© La Prensa

Nacida en Managua, Nicaragua, GIOCONDA BELLI es autora de una importante obra poética de reconocido prestigio internacional. Es autora de *La mujer habitada, Sofía de los presagios, Waslala, El taller de las mariposas* y un libro de memorias titulado *El país bajo mi piel*. Publicada por las editoriales más prestigiosas del mundo, Gioconda Belli vive desde 1990 entre Estados Unidos y Nicaragua.

EL PERGAMINO
DE LA SEDUCCIÓN

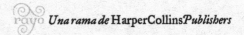

Una rama de HarperCollins*Publishers*

EL
PERGAMINO
DE LA
SEDUCCIÓN

Una Novela

GIOCONDA BELLI

Este libro fue publicado originalmente en España en el año 2005 por la editorial Seix Barral.

PRIMERA EDICIÓN RAYO, 2006

Library of Congress ha catalogado la edición en inglés.

ISBN-13: 978-0-06-083339-8   ISBN-10: 0-06-083339-4

06 07 08 09 10 ❖/RRD 10 9 8 7 6 5 4 3 2 1

*... any woman born with a great gift in the sixteenth century would certainly have gone crazed, shot herself or ended her days in some lonely cottage outside the village, half witch, half wizard, feared and mocked at. ***

VIRGINIA WOOLF, *Una habitación propia*

* ... ciertamente que cualquier mujer nacida con un gran talento en el siglo XVI, se habría vuelto loca, se habría suicidado o habría terminado sus días en una cabaña aislada, apartada del pueblo, medio bruja, medio maga, temida y objeto de escarnio. *(Trad. de G. Belli.)*

A Lucía y Lavinia,
mis hermanas,
por su amor y sus nombres.

Capítulo 1

anuel dijo que me narraría la vida de Juana de Castilla y su locura de amor por su marido Felipe el Hermoso, si yo aceptaba ciertas condiciones. Era profesor de la Universidad Complutense. Su especialidad era el Renacimiento español. Yo aún estudiaba en la escuela secundaria. Tenía diecisiete años y desde los trece, desde la muerte de mis padres en un accidente aéreo, estaba interna en un colegio de monjas en Madrid, lejos de mi pequeña patria latinoamericana.

La voz de Manuel dejaba dentro de mí un rastro denso. Era una marejada en la que flotaban rostros, muebles, cortinajes, los abalorios y rituales de tiempos perdidos.

—¿Qué condiciones? —pregunté.

—Quiero que levantes con tu imaginación los escenarios que te describiré, que los veas y te veas en ellos, que te sientas como Juana por unas horas. No te será fácil al principio, pero un mundo construido con palabras puede llegar a ser tan real como el haz de luz que ilumina tus manos en este momento. Está científicamente comprobado que el cerebro tiene una similar reacción cuando vemos una vela encendida con los ojos abiertos, que cuando la imaginamos con los ojos cerrados. Podemos *ver* con nuestra mente y no sólo con los sentidos. Dentro del mundo que evocaré, si aceptas mi propuesta, tú personificarás a Juana. Yo conozco los hechos, las fechas. Puedo situarte en ese tiempo, en los olores, colores y entornos de entonces. Pero en mi narración —porque soy hombre y, peor aún, historiador racional y puntilloso— faltará —siempre me falta— lo interior. No puedo, por más que trate, imaginar lo que sentiría Juana a los dieciséis años viajando en la nave capitana de una armada, compuesta por ciento treinta y dos embarcaciones, a casarse con Felipe el Hermoso.

—Dices que no lo conocía.

—Nunca lo había visto. Ella desembarcó en Flandes, acompañada por cinco mil hombres y dos mil damas de la corte, para encontrarse con que el prometido no la esperaba en el puerto. No puedo imaginar qué sentiría. Tampoco puedo acercarme a su intimidad en el momento en que al fin se encontró con Felipe en el monasterio de Lierre y ambos se enamoraron tan furiosa, tan súbita y rotundamente que pidieron que esa misma noche les casaran para consumar un matrimonio concertado por razones de Estado.

¿Cuántas veces habría hecho Manuel referencia a ese encuentro? Le daría gusto quizás ver cómo yo me sonrojaba. Sonreí para disimular. Aunque hubiera pasado mis últimos años en el convento, rodeada de monjas, podía imaginar la escena. Para mí no era difícil suponer lo que sentiría Juana.

—Veo que me vas entendiendo. —Sonrió Manuel—. No puedo quitarme de encima la imagen de esa joven, una de las princesas más cultas del Renacimiento que, tras heredar el trono de España, terminó, a los veintinueve años, confinada en un viejo palacio hasta su muerte cuarenta y siete años después. La educó Beatriz Galindo «la Latina», una de las filósofas más brillantes de ese tiempo, ¿sabes?

—Triste pensar que Juana enloqueciera de celos.

—Eso dijeron. Ése es uno de los misterios que tú podrías ayudarme a desentrañar.

—No veo cómo.

—Pensando como ella, poniéndote en su lugar. Quiero que dejes que esta historia te inunde la conciencia. Tú tienes casi la misma edad. También a ti te tocó dejar tu país y quedarte sola muy joven.

Mis abuelos me depositaron en el internado regentado por monjas en Madrid un día de septiembre de 1963. Aunque el edificio de piedra era severo y lúgubre —la fachada de altas paredes sin ventanas, la puerta majestuosa con el escudo antiguo sobre el dintel— su sobriedad calzó perfectamente con mi estado de ánimo de entonces. Crucé el zaguán recubierto de azulejos hasta la puerta más pequeña de la recepción, sintiendo que dejaba atrás los ruidos de un mundo que en nada acusó la catástrofe que de golpe puso fin a mi niñez. Ni el día ni la noche, ni el paisaje o el trajín de las ciudades, lograron registrar mi tristeza como la quietud de aquel convento en cuyo centro un pino solitario extendía su sombra sobre un mínimo jardín interior que nadie visitaba. Durante cuatro años había vivido dócil y callada en el internado. Si bien mis compañeras eran amables conmigo, mantenían una distancia prudente, influidas, creo, por la tragedia bajo cuya sombra yo había aparecido entre ellas. Las buenas intenciones de las monjas seguramente contribuyeron a mi aislamiento. Insistirían en pedirles que fueran delicadas y compasivas conmigo, que se cuidaran de no removerme las heridas o hacer que me entristeciera. Hasta preferían no hablar de sus vacaciones familiares, o su vida de hogar delante de mí. Pensarían que hablarme de sus padres haría que yo extrañara a los míos. Semejantes restricciones, unidas a mi carácter más bien introvertido y a que, inicialmente al menos, yo tampoco tuve ni la menor disposición a abordar el asunto de mi repentina orfandad, limitaron drásticamente mis posibilidades de hacerme de amigas íntimas. A eso se sumaron mis altas calificaciones, que dieron pie a que las monjas me tomaran como un caso ejemplar de triunfo frente a la adversidad, sin reparar en que esto ahondaría el foso que me separaba de las demás.

—Para serte franca, no me queda claro cuál es el papel que esperas que juegue. Por supuesto que puedo especular sobre lo que sentiría Juana; pero hay una gran distancia entre ella y yo. Siglos. Somos producto de dos tiempos distintos. No veo cómo, de mis reacciones, podrás deducir las de ella.

¿Qué cambiaba realmente cuando de sentimientos se trataba?, me dijo. Yo podía leer a Shakespeare, Lope de Vega, la poesía de Góngora, de Garcilaso, los libros de caballería y conmoverme con ellos. Pasaba el tiempo y cambiaban los entornos, pero la esencia de las pasiones, de las emociones, de las relaciones humanas era sorprendentemente uniforme.

—Puedes hacer esto que te pido como una obra de arte, un teatro de la historia. ¿Qué hacen los novelistas, por ejemplo, si no acumular información y luego situarse imaginariamente en el espíritu de quienes protagonizaron tal o cual hecho histórico? La literatura, la pintura, hasta la música, no son más que intentos individuales de volver a capturar sensaciones y épocas perdidas. Y hay correspondencias que se producen y sintonías que se alcanzan que no son explicables racionalmente. Uno lee las descripciones del proceso creativo que hacen los mismos creadores e inevitablemente se encuentra con pasajes donde describen el misterio de ser «poseídos» por sus personajes, o por algo que no logran explicar. Hay quienes comparan la inspiración con la actividad de los médiums y afirman que cuando escriben sienten como si estuvieran tomando dictado, o asistiendo a visiones que sólo tienen que consignar en el papel. Existen los clásicos porque esencialmente seguimos inmersos en los mismos dramas, reviviendo las mismas historias. Tú pensarás más libremente en el amor porque a ti nadie te obligará a casarte por razones de Estado, pero en el momento de enamorarte, en la manera en que experimentarás esa atracción, no serás muy diferente de Juana. Digamos, si quieres, que tú te acercarás más a sentir lo que sintió ella de lo que yo me podría acercar.

—Eres muy persuasivo —sonreí—, pero hablas como si intentases convencerme de abordar una máquina del tiempo. Después de todo, sólo me contarás una historia. Si lo haces bien, no me costará nada entrar en ella. La imaginación se me desboca a menudo. Al menos puedo intentarlo.

—No se trata sólo de mí, ¿sabes? Tú también tienes misterios muy relacionados con éste que quisieras se te revelaran. El asunto de los celos, por ejemplo, lo entenderías mejor.

En pocos meses, Manuel había llegado a saber mucho de mí. Lo conocí durante la primavera, en el último viaje de mis abuelos a Madrid. Recordaba bien que ese día yo llevaba un traje chaqueta de paño inglés y un pañuelo Hermes, regalo de mi abuela, al cuello. Me paseaba por el vestíbulo del Hotel Palace mientras esperaba que ellos bajaran de la habitación cuando lo vi. Parecía un personaje de otro tiempo. Tenía el pelo completamente blanco. A esto se añadía una piel muy clara, casi traslúcida, cejas gruesas oscuras, ojos azules y unos labios que, por contraste, lucían muy encarnados. Estaba hundido con la pierna cruzada en uno de los sillones forrados de damasco bajo la cúpula *art-nouveau* del recibidor, fumando displicente. Además de su peculiar colorido, me llamó la atención la fruición con que aspiraba el humo del cigarrillo. Me dijo más tarde que él también se fijó en mí pues no era usual en Madrid encontrarse mujeres jóvenes con la piel morena de los trópicos y la estatura de las nórdicas. No era la primera persona que hacía el comentario. Yo sabía que era llamativa gracias a mi metro setenta y cinco, aunque más bien me consideraba desgarbada, un poco jirafa. Hasta tenía los ojos grandes y la mirada melosa y esquiva de esos animales.

Cuando me senté en otra de las poltronas del vestíbulo, me sonrió con la mirada de entendimiento que se cruzan las personas que aguardan impacientes en andenes de tren o aeropuertos. Finalmente mi abuela salió del ascensor y detrás de ella, mi abuelo. Él era un hombre guapo, a sus setenta y tantos años, parapetado tras una inconmovible seguridad en sí mismo. Caminaba ligeramente inclinado como si quisiera aminorar la diferencia de tamaño entre él y su esposa. Mi abuela era menuda y siempre caminaba erguida, con una elegancia aprendida, sin naturalidad, que quienes no la conocían interpretaban como arrogancia. Llevaba un traje beige, el pelo arreglado en la peluquería. Su rostro se suavizó al reconocerme. Mi abuelo me tomó por los hombros y me examinó antes de darme un beso. Era un gesto muy suyo aquél, pero a mí me dio la impresión de que evaluaba si ya sería tiempo de dejar de ocuparse de mí.

Después de que mis abuelos me abrazaron, Manuel se acercó para presentarse. Era el guía privado enviado por la agencia para que nos acompañase a la visita a El Escorial. Llevaba un impermeable inglés azul marino y una bufanda escocesa y recuerdo que noté la marca de los cigarrillos que fumaba: Ducados. Nos escoltó a su coche, un Seat negro, muy pulcro. Durante el viaje, mis abuelos intercambiaron con él comparaciones entre la dictadura de Franco y la que sufríamos en nuestro país. Cuando se dedicaron a mirar el paisaje, Manuel aprovechó que iba sentada a su lado para hacerme preguntas sobre las materias que prefería, mi impresión de Madrid, si tenía muchos amigos. Fue en esa conversación donde me enteré de que era profesor y que hacía una investigación sobre Juana la Loca y Felipe el Hermoso. Me preguntó si sabía algo de esos personajes. Muy poco, dije. ¿No era Juana acaso la reina que enloqueció de amor? Eso decía la leyenda, dijo, con resignación. La verdadera historia se prestaba a otras interpretaciones, pero a pocos les interesaba profundizar en ella. Juana era la madre del emperador Carlos I de España y V de Alemania, del que se decía que en sus imperios nunca se ponía el sol. Por ende, era la abuela de Felipe II, el rey que mandara construir el monasterio de El Escorial que íbamos a visitar.

La verdad es que a mí tantos reyes y reinas se me confundían, le dije. Rió. Juana era especial, afirmó, muy especial.

—Te le pareces. Era morena, con el pelo negro, como tú —me dijo—. Jamás me encontré otra persona que se le pareciese tanto.

Calculé que Manuel tendría cerca de cuarenta años. Me dijo que él también había quedado huérfano muy joven. Su única familia era una hermana de su madre: Águeda. Aunque nos hizo a los abuelos y a mí de guía privado (y fantásticamente erudito), resultó que ése no era su oficio. Quien debía acompañarnos tuvo un contratiempo, explicó, y él le hizo el favor de sustituirlo porque eran amigos.

Yo había estado en El Escorial recién llegada a España, con un guía turístico que nos paseó a toda velocidad por los salones. Fue muy distinta la experiencia de recorrer el monasterio con un profesor de historia que no sólo conocía el período de Felipe II y sus ancestros en profundidad, sino que se transportaba y nos transportaba a la época con la vehemencia de sus gestos y el timbre grave, envolvente, de su voz llena de inflexiones. La erudición de Manuel era incluso conmovedora. Pensé que sufría por tener que conformarse con imaginar la vida en los siglos XV y XVI. Mirándolo frente al retrato de Felipe el Hermoso, en el nimbo de luz de la ventana, tuve incluso la inquietante impresión de que se le parecía físicamente. Fue junto a la pintura cuando narró el primer encuentro de Juana y Felipe. Habló como si hubiese sido testigo del amor inmediato e incontenible que los motivó a consumar el matrimonio esa misma noche. Algo notaría mi abuela, porque lo interrumpió para preguntarle sobre la silla de mano que se exhibía cerca del retrato. Él explicó que era la misma en que Felipe II, enfermo, hizo su último viaje de Madrid al monasterio. Manuel nos habló entonces de las enfermedades de Felipe, la gota que lo aquejaba, de sus devociones religiosas, sus cuatro esposas de las que enviudara sucesivamente. El rey se flagelaba, dijo, se ponía coronas de espinas. Hacía el amor a sus esposas a través de una sábana donde sólo existía el agujero imprescindible para asegurar la procreación. Ponía a las reinas a rezar el rosario mientras copulaban. Imploraba el perdón del Altísimo por cualquier sentimiento de placer que pudiera colarse en medio del lino y la oscuridad. (Mi abuela miraba al suelo, mi abuelo a mí, como disculpándose por la falta de auto-censura del guía frente a una joven como yo, pero el profesor estaba en lo suyo, arrastrado por la pasión de su relato.)

Antes de despedirse para seguir hasta Londres, mi abuela me entregó un cúmulo de viejos papeles que yo le había pedido, provenientes del secreter de mi madre. Cuando mis padres murieron, yo acompañé a Mariíta, nuestra vieja doméstica, a desalojar nuestra casa. A pesar de sus ruegos de que la dejara hacerlo sola, mi hijita, de que no me expusiera a ese dolor, yo insistí en estar allí, junto con las domésticas prestadas de las casas de mis tíos. Estuve presente cuando se vaciaron los closets, los estantes con libros, los muebles de la cocina, las gavetas de los escritorios, las mesas de noche. Las vidas de las personas están llenas de papeles y yo insistí en guardar los que fuimos encontrando por la casa. «Tu abuelo ya se llevó los seguros de vida, las escrituras. Nada me dijo del resto de papeles. No soy yo quien te va a contrariar si querés guardarlos para cuando estés más grande», asintió la Mariíta. Y es que pude ver la ropa, los zapatos, cinturones y pañuelos y decidir qué podría yo usar alguna vez y qué poner en cajas para llevar a las monjas de la Caridad, pero no pude mirar por un instante la caligrafía nítida y puntiaguda de mi madre o la cursiva de mi padre, sin que me ahogara el llanto y la pesadumbre. Casi cinco años después creí estar preparada para hacerlo. Leí los papeles aquellos en el internado, en el dormitorio silencioso en el que yo ocupaba una pequeña habitación con una cama de hierro, un ropero, un lavabo, una silla y una alta ventana desde la que divisaba los árboles del jardín, sus hojas nuevas refulgentes en el aire de la primavera. Los primeros años interna dormí en un gran salón con un pasillo al medio y cubículos a ambos lados, separados por paredes bajas y cerrados por cortinas blancas y almidonadas. Una monja nos despertaba a las siete de la mañana, invierno y verano, dando palmas. A los pocos minutos, pasaba de cubículo en cubículo descorriendo bruscamente las cortinas para cerciorarse de que estábamos ya fuera de la cama y frente al pequeño lavabo. Era una táctica de campamento que nunca dejó de perturbarme. Afortunadamente, desde el año anterior, me habían trasladado a la pequeña habitación privada en el dormitorio de las mayores. Fue como cambiarme de una pensión a un hotel de cinco estrellas. Como padecía de insomnio y en atención a mis trágicas circunstancias, madre Luisa Magdalena, responsable del dormitorio y también de la enfermería, me concedió el derecho de dejar la luz encendida por las noches hasta lograr conciliar el sueño.

Tenía las manos frías cuando, en pijama, sentada sobre la cama, con una colcha abrigándome las piernas, abrí el paquete. Apenas podía contener la agitación que experimentaba al acercarme de nuevo al tajo que dividía mi vida en un antes y un después. Saqué cinco sobres de papel manila y unos cuantos libros. Sonreí al ver uno de ellos: *La sexualidad humana*, por la doctora Stella Cerutti. Eran libros que mi mamá guardaba bajo llave para que no cayeran en mis manos. Me pareció oírla: «Ya te llegará el momento, todavía estás muy pequeña.» Ignoraba si alguna vez se habría percatado de que introduciendo un cuchillo por la ranura yo abría la cerradura de su secreter. Así leí *Un mundo feliz*, de Huxley, y también ese libro sobre sexualidad, ilustrado con dibujos en blanco y negro de los genitales femeninos y masculinos expuestos en un corte transversal. Por el temor a que mi madre me descubriera con ese libro en particular —que me parecía una transgresión mayor que el de Huxley— sólo atiné a leer la sección del coito. En ese tiempo me moría por saber qué era lo que se hacía en la famosa «noche de bodas», materia de múltiples especulaciones entre mis amigas. Mi propio cuerpo me había indicado que algo se haría con el lugar al que mi madre se refería como *allí*. «No te toqués *allí*. Lávate bien *allí*.» Yo estaba segura de que la actividad secreta entre hombre y mujer que nunca se mencionaba explícitamente, pero que se sobreentendía cuando se hablaba de «acostarse con un hombre» y todo eso, implicaba que las parejas se juntaran por la entrepierna. Lo que no lograba visualizar en ese tiempo era la complicada maroma que suponía debía realizarse para lograr esto. Ignoraba la mecánica de erección del pene y entonces la única manera en que podía imaginarlo era con la mujer o el hombre yaciendo de costado, deslizándose hasta acercarse con las piernas abiertas en ángulo para el beso genital que, forzosamente, impediría cualquier acercamiento de los rostros. Una pirueta, en fin, extremadamente incómoda y desagradable que difícilmente podría tener atractivo romántico y cuyas posibilidades intenté comprender, dibujando hombres y mujeres desnudos en mi cuaderno. Por supuesto que cuando leí que el pene se cargaba de sangre inflándose como un neumático y penetraba en la vagina rompiendo el himen tampoco eso me pareció placentero. Era más lógico, sin embargo, y explicaba la posición horizontal en que, normalmente, se mostraban las parejas desnudas. Me reí viendo ese libro, recordando mi ignorancia de niña ingenua.

Vacié uno por uno los sobres de manila sobre la cama y fui separando los que se relacionaban con el trajín cotidiano: recibos de lavandería y otros servicios, de las cartas, notas y anotaciones. Entre recibos de suscripciones, invitaciones a cumpleaños de mis amigas, números de teléfono anotados en tarjetas blancas y fotos mías de infancia, vi una tarjeta postal enviada desde Italia por Isis, la amiga colombiana de mamá que vivía en Nueva York. El tono me llamó la atención: «Tendrías que haber venido conmigo. Te habría hecho tanto bien.» Durante los funerales de mis padres, Isis no se apartó de mi lado. Nadie de la familia lloró tanto como ella. No paraba de sacudir la cabeza, de culparse por insistir en que mi mamá fuera a visitarla a Nueva York. «Pero quién me iba a decir que el avión tendría ese percance, Lucía, cuánto lo siento.» Isis quiso hacerse cargo de mí. Sólo tenía una hija. Dijo que yo podría asistir a la escuela de señoritas en Nueva York, seguir mis estudios luego en la Universidad de Columbia. Trataría de educarme como sabía le habría gustado a mi madre. Yo quería a Isis. Desde niña me habitué a llamarla tía y a verla instalarse en la habitación de huéspedes cuando pasaba semanas de visita en nuestra casa. Pero mis abuelos tenían otros planes. Le agradecieron cortésmente su ofrecimiento pero no lo aceptaron. Ya habían discutido entre ellos lo de enviarme a España. Consideraban que Estados Unidos no era el mejor lugar para una adolescente. Era una sociedad muy liberal y no compartían sus valores, que consideraban excesivamente materialistas. Isis se dio cuenta de que de nada le valdría insistir. Cuando fui a despedirla al aeropuerto, me pidió que la llamara cuando quisiera. Quizás mis abuelos me permitirían al menos pasar las vacaciones con ella. Y cuando cumpliera dieciocho años y terminara el bachillerato me correspondería a mí decidir qué hacer con mi vida, dijo. Entonces probablemente mis abuelos no se podrían oponer, si es que yo optaba por la universidad en Nueva York. Cuando me abrumaba la nostalgia por vivir en un hogar, recordaba su ofrecimiento, pero carecía del ímpetu para desafiar a mis abuelos. Habría requerido de mí una motivación superior a la ilusión de volver a sentirme hija en una casa de familia, algo que, después de todo, no dejaría de ser un espejismo. Encontré un grueso manojo de cartas cruzadas entre mi madre e Isis, cartas de mi abuelo materno, tarjetas de fichas escritas con fechas y leyendas que no tenían mucho sentido y dos cuadernos de espiral con anotaciones. Los papeles del primer grupo, si bien eran intrascendentes, tuvieron para mí un valor arqueológico en cuanto me permitieron reconstruir la cotidianidad de mi madre y sus oficios de administradora de su casa. Revisándolos me la pude imaginar sentada tras el secreter después de que yo partía al colegio, pagando cuentas, haciendo listas de mandados pendientes, disponiendo las compras y comidas de la semana, la ropa que debía llevarse a la lavandería. Me pareció que allí más que en otras cosas se evidenciaba el corte repentino de su vida, lo que quedara inconcluso, aquellos menesteres realizados mecánicamente pero con una noción de continuidad que se traslucía en inocentes anotaciones: decirle al jardinero que fumigue los helechos, llevar el traje de Ernesto al sastre. Leyéndolas me rodaron las lágrimas en silencio. Ya no fue, como al principio, un llanto de desesperación, con sollozos, sin consuelo. Fueron unas lágrimas tristes, viejas. La letra de mi madre adquirió una incorporeidad extraña, de manuscrito antiguo, como la pintura de un maestro vista en un museo, el tiempo del autor tan lejano al del objeto que lo sobrevive que es difícil imaginar su mano empuñando el pincel.

Luego leí las cartas de Isis, los apuntes de los cuadernos. Desde que me topé con la primera frase indicando los problemas que angustiaban a mi mamá, la boca se me secó. Tuve la tentación de detenerme, pero la curiosidad ganó la partida. Entré de lleno al drama que las cartas, y el sinnúmero de fichas blancas, me permitieron reconstruir. En las cartas, Isis reaccionaba inicialmente escéptica e incrédula a la carta que mi madre debió escribirle contándole de una serie de llamadas anónimas —voz de mujer— que había recibido y en la que le daban detalles sobre la infidelidad de mi padre. ¿Cómo iba a perder su tiempo con personas como ésas?, le respondía Isis, pero en las cartas siguientes la consolaba porque aparentemente mi madre ahora tenía certezas, e Isis hablaba de «las pruebas» y le rogaba que se asegurara de que fueran ciertas, que se podían hacer falsificaciones, la maldad de las personas envidiosas era legendaria. Tras esto había cartas, en fechas muy seguidas, rogándole a mi madre mesura, calma, que pensara que ella era una mujer extraordinaria, que no cayera en esas inseguridades, que confrontara a mi padre. Y luego Isis comentaba el trabajo detectivesco en que mi madre se había hundido obsesivamente y cuyos resultados veía ahora yo: anotaciones de fechas, lugares, cosas que ella le sacaría de las bolsas, palabras que él le decía y que estaban en el cuaderno mezcladas con frases dolientes que mi madre se escribía a sí misma: a media página, la pregunta «¿qué me pasa, Dios mío?», «me estoy volviendo loca». La palabra «loca» escrita muchas veces en los márgenes, junto al nombre «Ernesto», las «o» repintadas y vueltas a repintar con lápiz de grafito. Isis insistiendo en que se olvidara de eso. Sería algo pasajero. A muchos hombres les sucedía. No significaba que Ernesto no la quisiera. Tenía que calmarse, dejarlo pasar. Y más adelante la idea del viaje, de llevarlo a otra ciudad, volver a enamorarlo. Mi madre había visto a la mujer. Joven. Bonita. Tú también eres linda, le decía Isis, siempre fuiste atractiva. Y más notas: «E. regresó a las 11 p.m. Me abrazó. No pude. No pude. Lo odio. ¿Cómo ha podido hacerme esto?» Isis insiste en el viaje. Las cartas se espacian. Se queja de que mi madre no le escribe. «Celia, por favor, me has dejado en una angustia tremenda. Si no te decides a venir, me voy yo a verte. Escríbeme, por favor.»

No dormí nada. Temprano, madre Luisa Magdalena llegó a tocarme la puerta. Me vio en tal estado que al poco rato regresó con un tazón de chocolate con pan que hizo que tomara mientras ella se sentaba a mi lado en la cama recogiendo su hábito morado y mirando con curiosidad los manojos de papeles que estaban acomodados en pequeños montones en el suelo. «Son cartas y cosas de mi madre.» «Ah», respondió. Preguntó si no me parecía mejor dejar que mi madre descansara en paz, no hurgar en cosas que ella no habría querido darme a conocer. Su paz estaba asegurada, dije. Nada que yo hiciera la despertaría, y para mí había sido una revelación. «Increíble pensar que uno puede vivir con un hombre y una mujer, compartir su amor y no saber nada de ellos. Nada», dije. Era natural, respondió. Yo era tan pequeña cuando ellos murieron.

Madre Luisa Magdalena era alta y delgada, con un rostro de facciones alargadas que le daban una expresión adusta y severa. Sonreía poco y las internas le profesábamos respeto porque sin palabras, sólo con la mirada, imponía rotunda su autoridad. Recién llegada al internado, yo la temía. Una mañana en que amanecí con fiebre, ella llegó a mi habitación a tomarme la temperatura. Antes de marcharse, se inclinó hacia mí, me acarició la cabeza, me acomodó las sábanas. El gesto cariñoso entreabrió la trastienda donde mi corazón guardaba sus empolvados recuerdos de besos, abrazos y palabras dulces. Me poseyó una nostalgia furiosa que me hizo llorar desolada. Pensé que tras su fachada quizás madre Luisa Magdalena albergaba, igual que yo, un gran vacío de amor. Acabé sollozando por ella y por mí. Desde entonces dejé de temerla y le di cuanto cariño pude. Nuestra relación se transformó. Nos hicimos amigas.

—Tendrá que ser muy duro para ti crecer sin tus padres —me decía— y sin embargo nunca hablas de eso. Me pregunto cómo haces. Tienes que ser muy fuerte. Yo perdí a mi madre a los diecisiete años y sólo encontré refugio y consuelo en mi vocación religiosa. Entré al convento a los diecinueve años. Ahora tengo cuarenta y cinco.

Recuerdo su reacción cuando le pregunté si se arrepentía. Sonrió. Dijo que al principio pensó que no lo aguantaría. Echaba de menos la música, los ruidos de la calle. Me confesó que leer a Santa Teresa de Ávila fue su salvación. Era una mujer muy apasionada que encontró en Cristo a su enamorado.

La mujer que intuía bajo el hábito de madre Luisa Magdalena me llevó a contarle mi descubrimiento y a enseñarle incluso algunas de las tarjetas de mi madre. No fui capaz de silenciar mi hallazgo, la rabia y confusión que sentía. No entendía que mi madre hubiese optado por vivir con la angustia y la zozobra que se traslucía en sus anotaciones y cartas, en vez de dejar a mi padre. Habría sido menos doloroso para ella, y no se le habría ocurrido aquel viaje diseñado para reavivar el amor y para que ambos revaloraran su matrimonio. Y si el viaje no se hubiera realizado, yo tendría a mis padres divorciados, pero vivos.

—Amar a Cristo debe ser bastante seguro —le dije—. No se expone uno a los celos, ni a los desengaños. No logro imaginar a mi padre haciéndole eso a mi madre. Mi papá era muy dulce conmigo, en cambio se ve que a mi madre la hizo sufrir mucho. Ella estaba loca de celos. Me cuesta creer que sucediera algo así entre ellos. Siempre creí que se querían tanto.

—No soy yo quien pueda explicarte mucho sobre los celos, hija mía —dijo madre Luisa Magdalena sonriendo con una dulzura triste—, pero en España tuvimos una princesa que enloqueció por ellos...

Debí dar un respingo. ¿Cómo entender que hasta la monja pensara en ella? ¡Qué coincidencia!

—Juana la Loca —salté.

—¿Conoces la historia?

—Un poco. Pero conozco a alguien que sabe todos los detalles.

—Haz que te los cuente. Yo no sé los pormenores y hay mucho de lo que se dice que es más leyenda que otra cosa, pero fue un capítulo triste de la historia de España. Juana debió haber sido reina a la muerte de su madre, Isabel la Católica, pero en vez de eso terminó encerrada en el pueblo de Tordesillas, cerca de Valladolid. Supuestamente enloqueció por los celos que le provocaron las correrías del esposo. Cuando era niña fui de visita con mis padres al Monasterio de Santa Clara, donde estuvo el cadáver de Felipe el Hermoso, su marido. Me impresionó saber de esa reina encerrada tantos años allí y la historia de su hija, Catalina, que creció en un cuartito oscuro al lado de su madre, en el que finalmente abrieron una ventana para que ella se entretuviera viendo jugar a los niños afuera.

—¿El marido le fue infiel o se lo imaginó ella?

—Sí que le fue infiel, según dicen, aunque también se dice que los dos se enamoraron a primera vista y que se amaban mucho. Tuvieron seis hijos... Catalina nació cuando su padre ya había muerto. Hay un libro de Pradwin sobre ella en la biblioteca. Te lo conseguiré.

Eventualmente compartí con Manuel aquella historia de mis padres que alteró las memorias de toda mi vida. La reina Juana fue el pivote alrededor del cual gravité, seducida por el tormento de fondo y por las consecuencias que su drama tuvo para España. Según Manuel, había cambiado el destino del país para siempre.

—¿Y cómo haremos para evocar el espíritu de Juana? ¿Una güija? —sonreí, burlona.

Él no sonrió. Sentado frente a mí, inclinado hacia delante, los codos sobre las rodillas, me miraba sin darme tregua. Me enderecé en el sillón. Miré otra vez la ventana cerrada.

—No sé si conoces la práctica de los indios americanos de fabricar redes para atrapar los sueños. Pues lo que propongo es que fabriquemos una. Tengo un traje al estilo de la época. Quiero que te vistas como Juana. Quiero que te imagines en su piel mientras yo te cuento la historia, que te compenetres de su pasión, de sus confusiones. Hay quienes fabrican complejas máquinas para viajar en el tiempo. Yo te propongo un viaje sin más artilugios que la seda y el terciopelo. A través de mi palabra ella vendrá a ti y los dos podremos conocerla. No sé por qué, desde que te vi, sentí que tú lograrías comprenderla. No hay un momento que haya estado contigo en que no haya sentido la proximidad de su presencia.

Lo miré sin saber qué decir. La idea me espantaba y me atraía. Pensé que la voz de Manuel sería sin duda capaz de transportarme a otra realidad. Era una corriente en la que nadaba el tiempo sin estorbos. Hablaba del pasado como quien habla del presente. Mi abuelo materno había sido así: un cuentero fantástico que, desde que yo era niña, avivó las llamas de mi imaginación. Pensé en Sherezade y el califa y la vida que ella se ganó con su modo de enhebrar historias. ¿Qué vida querría ganar Manuel? Y ¿cómo no iba yo a reconocer el poder de las palabras si eran éstas las que me habían conducido hasta allí, hasta esa tarde y esa extraña propuesta?

No había pasado ni una semana desde la visita a El Escorial cuando Manuel me escribió. Era la hora de la merienda en el colegio cuando madre Cristina me entregó la carta con matasellos de España. No reconocí la letra. A través del sobre blanco y leve vi los colores de una fotografía. Por las tardes, las monjas nos repartían cuadrados de chocolate y pan de baguette cortado en rodajas. Yo jamás había probado la mezcla de pan con chocolate antes de llegar a España, pero desde que, imitando lo que hacían las demás, puse el chocolate al centro del pan, como un sándwich y lo mordí, me sedujo la mezcla de sabores. Era una delicia que usualmente yo comía sentada en un banco tras unos arbustos, junto a la gruta que albergaba una estatuilla de la Virgen de Fátima. Prefería leer a los juegos de baloncesto de los que se ocupaban las demás a esa hora del día. Aquella tarde me retiré allí con el sobre en uno de los bolsillos y varios trozos de pan y chocolate. Al abrir la carta me encontré con una postal impresa con la reproducción de una pintura del siglo XV que mostraba una mujer joven de facciones delicadas, con el pelo partido al medio. Era Juana de Castilla pintada por Juan de Flandes en 1497. Azorada, leí el reverso de la cartulina:

«Lucía: Juana de Castilla contaba con dieciséis años cuando casó con Felipe el Hermoso. Como tú, se sintió muy sola en Flandes, lejos de su familia. Cuenta conmigo si necesitaras algo en Madrid. Me puedes escribir, si lo deseas a: calle San Bernardo, 28, 4.º, Madrid, 00267. Saludos, Manuel de Sandoval y Rojas.»

Ese mismo día contesté su carta. Le escribí durante el estudio de la noche, la hora del Gran Silencio de las monjas. A partir de las nueve, sólo hablaban si era estrictamente necesario. Nosotras, las internas, también teníamos que estar calladas en el gran salón donde cabíamos todas, en mesas alineadas a lo largo del espacio rectangular de altos techos y ventanas. Sobre una tarima, tras un escritorio frente a la pizarra, se sentaba madre Sonia, la encargada de vigilarnos. A intervalos posiblemente marcados por el rezo del largo rosario de pulidos huesos de aceituna que colgaba de su cintura, la monja se levantaba y caminaba lentamente entre las filas de estudiantes. Sus pasos apenas hacían ruido, como si levitara, pero la pesada tela del hábito al desplazarse, las cuentas del rosario dándose unas con otras, y el penetrante olor a lana que desprendían sus vestimentas dejaban surcos en el aire como los de una embarcación moviéndose sigilosa entre ruidos de páginas y lápices arañando el papel.

Leí mis lecciones, hice la tarea y me puse a escribir. Escribí con cuidado: la letra muy clara, las líneas rectas gracias a la cartulina rayada que puse bajo el traslúcido papel blanco. Encontré gran placer en hacerlo. No supe cómo la carta para agradecerle la postal se hizo tan larga. Llené páginas y páginas hablándole de mí misma, deleitándome en la escritura. A pesar de mis años, me sentía mayor, como si el sufrimiento de mi orfandad me hubiera concedido una profundidad de comprensión superior a la de mi biografía. Quería saber más de Juana, dije. Me seducía la idea de que la reina del retrato y yo tuviéramos casi la misma edad y pudiésemos, cada una en su tiempo, haber experimentado un similar sentimiento de soledad. La soledad mía, por ser hija única, siempre poblada, le decía, por personajes literarios o inventados, de cuya compañía gozaba desde pequeña. Aunque yo también había tenido que acostumbrarme a otra cultura, en mi caso había sido una salvación no permanecer en un ambiente donde el vacío de la presencia de mis padres habría sido difícil de aceptar, casi intolerable. También me interesaba la tragedia de Juana, el amor y los celos que sintiera por Felipe el Hermoso, añadí hacia el final.

A las diez y media, cuando madre Sonia dio dos palmadas para indicarnos que era la hora de retirarnos al dormitorio, había escrito siete páginas. En mi cuarto pasé mucho rato mirándome en el espejo de mi madre, un espejo de plata en el que imaginaba que ella podía verme en el reflejo de mis ojos. Quizás a través de Juana podría entender lo que ella había sufrido. Pensé que era providencial que Manuel me hubiese escrito justo en esos días cuando el recuerdo de mis padres no cesaba de acosarme.

Al día siguiente añadí una despedida, firmé, cerré el sobre, le puse los sellos y la llevé a la portería donde Rosario, quien se encargaba de las cartas de las internas. Fue el comienzo de una correspondencia que introdujo el riesgo y la aventura en mi vida de colegiala y a la que me entregué con una pasión que yo misma no lograba comprender. Sería porque nunca antes un hombre se interesara por mí y a mi edad ya empezaba a imaginar cómo sería aquello, o sería porque fue la primera oportunidad que tuve de expresarme ante alguien que no conocía mi contexto familiar y ante quien sólo yo sería responsable de la opinión que de mí se formara. Lo cierto es que mientras escribía imaginaba la resonancia de mis palabras; el destinatario como el interior de un piano al que me asomaba para ver los martillos alzarse y vibrar. Imaginaba al hombre afuera, en el ajetreo de los Metros y el trabajo diario, leyendo mis cartas mientras tomaba un tinto o un cortado en el bar cercano. Me sentía como náufrago tirando mensajes al mar en coloridas botellas.

Desde esa primera vez, caminando por el pasillo de regreso al aula, me percaté de que pocas cosas en los últimos años me habían dado tanto placer como escribirle. Me gustó mi letra pulcra y redonda en el papel, me gustó imaginar la persona que mis frases evocarían en Manuel. Yo misma, al distanciarme de mis propias palabras, sentí simpatía por la muchacha que se perfilaba en mis digresiones. Imaginé a Rocío cargando el correo hasta el buzón de la esquina, mi carta desplomándose por la ranura hasta caer sobre el oscuro agrupamiento de sobres al fondo.

Manuel me respondió encantado, impresionado por mi madurez.

Pero no se limitó sólo a escribirme.

—¿Por eso fue que me mandaste aquella postal al colegio —pregunté, aprensiva—, porque pensaste que yo podría ayudarte a sentir a Juana?

—No sé qué pensé, Lucía —dijo, benévolo y suave, tomándome la mano—. Me interesó tu inteligencia, tu evidente fascinación por la historia. Te sospeché muy parecida a Juana. —Sonrió—. Enseño el Renacimiento en la universidad pero no suelo encontrarme a menudo con chicas de tu edad que demuestren demasiado interés por lo que estudian. La vida de Juana, además, la cubro en una conferencia. El diseño del curso no me permite, por más que quiera, dedicarle mucho tiempo. Pensé que a ti te interesaría.

—Curiosamente, después de que me hablaste de ella, su nombre salió a colación mientras conversaba con madre Luisa Magdalena sobre los celos de mi madre.

—No es extraño, Lucía, pregúntale a quien quieras. Las ideas tienen propiedades magnéticas, atraen pensamientos de otros, revelaciones súbitas, coincidencias inexplicables. En mayor o menor grado, todos hemos experimentado estas aparentes coincidencias.

Manuel se levantó a preparar café. Lo observé mientras daba vueltas en la pequeña cocina de su apartamento. Me parecía tan natural ahora estar allí con él. De no haber coincidido tantas cosas en el tiempo en que él apareció en mi vida, quizás jamás se habría presentado la ocasión para que yo confiase en él y nos hiciésemos amigos. Él sin duda había propiciado nuestro acercamiento. Justo el domingo siguiente a la visita a El Escorial me lo había topado en la calle del colegio.

Aquel día amanecí con una intensa jaqueca. Madre Luisa Magdalena me encontró doblada sobre la cama. Me arropó, me dio unas gotas de Cafergot. Toda la semana había estado pendiente de mí, solícita. Fue su manera de darme consuelo por lo que ella y yo sabíamos que ya no tenía remedio. Al medio día llegó con mi almuerzo. Se quedó un rato conmigo. La sopa caliente, la medicina hicieron su efecto. Me tranquilicé y empecé a sentirme mejor. Me aconsejó darme un baño y salir a dar una corta caminata por la calle antes de que anocheciera. La pastelería estaría aún abierta, me dijo, guiñándome el ojo. Era muy observadora. Sabía que siempre regresaba los domingos al colegio con mi ración de pasteles.

Me di una larga ducha con agua caliente. Los fines de semana no había que temer que se agotara tras los turnos de las internas. Yo aprovechaba para lavarme el cabello, frotarme las asperezas de pies y manos con piedra pómez, afeitarme las piernas y simplemente disfrutar del estar desnuda bajo el agua. En los cuatro años de internado mi cuerpo se había transformado asombrosamente y yo había seguido el proceso maravillada y temerosa a la vez. Casi de un día para otro fueron apareciendo mis pechos, alzándose y coronándose con unos pezones grandes y rosa pálido. Del sostén 32A de mis trece años, pasé al 36C. Mi pubis, que apenas mostrara un vello liviano al llegar, estaba ahora cubierto por un espeso, mullido y negrísimo pelo rizado. La cintura se me había pronunciado un poco, no mucho. No sería yo mujer de curvas voluptuosas. Era estrecha de caderas, delgada de piernas, aunque mis nalgas eran redondas y respingadas. No sabía si en lo que me faltaba para cumplir los dieciocho años crecería más, pero le pedía a Dios que no, pues me sentía gigante. Lo que más me gustaba de mi cuerpo era mi estómago plano y el ombligo pequeño y tan hundido que sólo acertaba a limpiar bien —como parte de mi rutina semanal— con un palillo de algodón, que se hundía entre sus pliegues hasta poco menos de la mitad y que al tocar fondo, por alguna razón incomprensible, me producía una sensación de cosquillas en el recto.

El baño alivió mi abotargamiento y me despejó. Me puse polvos en la cara y me delineé los ojos. En el zaguán recubierto de azulejos de Talavera me topé con Margarita, otra de las internas, que entraba con paquetes y una falda escocesa. Margarita era de Guatemala; una muchacha grande y aniñada, de gran corazón, con la que me llevaba bien. Me hacía reír con los chistes que contaba con mucha gracia. Se sorprendió al verme. Por la mañana, madre Luisa Magdalena le había dicho que estaba indispuesta.

—Pero veo que estás mejor —sonrió.

—Fue pasajero. Dolor de cabeza. Jaqueca. Pero ya me va pasando. Sólo voy a la pastelería y regreso.

Para llegar a ella tenía que subir por la cuesta empinada al final de la cual se encontraba la calle de Atocha y la boca de Metro de la estación de Antón Martín. El colegio quedaba en uno de los antiguos barrios de Madrid cercano a la estación de trenes, al Jardín Botánico y al histórico Lavapiés. Mayo se acercaba a su fin y los días empezaban a alargarse. A esa hora, poco antes de las cinco de la tarde, transitaban pocas personas por la calle. En España se almorzaba a las dos o tres de la tarde, de manera que la gente estaba terminando de almorzar o durmiendo la siesta. El viento fresco me sopló en la cara. Avancé en el aire luminoso del atardecer entre edificios cuadrados, de estilo castellano, con los balcones de hierro forjado colgados a intervalos regulares de las paredes. Los bajos de lo que habrían sido casas señoriales exhibían negocios, bares, portales de vidrios blancos enmarcados con molduras metálicas. Hiciera sol o estuviese nublado, la calle tenía siempre un aire de pesadumbre. Sería porque al lado del colegio se alzaba un convento de monjas de clausura apartadas para siempre del mundo, el Hospital de Atocha con sus altos muros y la construcción grande y macilenta de la morgue municipal. Me había detenido distraída por unos zapatos en la vitrina de una de las pequeñas tiendas cuando oí una voz a mi lado.

—No puedo creerlo. Qué feliz coincidencia.

Al levantar los ojos vi a Manuel. Iba vestido igual que la última vez. Llevaba una carpeta bajo el brazo. Recuerdo que me quedé en silencio, mirándolo, sin saber qué decir, sin atreverme a pensar que pudiese haber estado esperándome, por mucho que me costara aceptar que encontrármelo allí fuera una casualidad. Su amigo Genaro vivía en la vecindad, dijo, a modo de explicación. Era el guía turístico, la persona a la que él sustituyó, la razón por la que me conocía. Tenía que devolverle unos libros. Me preguntó qué rumbo llevaba yo. Apenas repuesta del azoramiento dije que sólo iba a la pastelería y luego de vuelta al colegio. Se ofreció a acompañarme. Empezamos a andar calle arriba. Él fumaba con deleite y miraba a su alrededor como si caminar por la calle en domingo fuese una novedad. Comentó que usualmente los pasaba en la biblioteca en casa de su tía, leyendo, o armando cosas. Era aficionado a los rompecabezas y los modelos a escala. Las multitudes que paseaban sin propósito fijo, como robots respondiendo a la orden semanal de divertirse, le producían agobio. A mí sí que me gustaba salir los domingos, le dije. El colegio era como una fortaleza y la ciudad ni siquiera se adivinaba cuando uno estaba allí dentro. Ese día en particular, sin embargo, el dolor de cabeza me había tumbado. «Pobrecita —dijo dulcemente al tiempo que su mano derecha se posaba en mi espalda suavemente por un instante—. ¿Y no será más prudente que no comas pasteles?» Sonreí. Al contrario, dije, lo dulce me haría bien. Sólo entrar a la pastelería era para mí una delicia. La misma monja que me cuidaba lo había sugerido. Era una debilidad mía: los pasteles, los chocolates. Lo que más extrañaba de mi país era una jalea espesa de guayaba que comíamos al desayuno. Había un árbol de guayaba en el jardín de mis abuelos. El olor era delicioso. «Tendrás que educarme en frutas tropicales. Lamento decir que nunca he visto una guayaba.» Cruzamos la calle y Manuel volvió a poner su mano sobre mi espalda, cerca del hombro. «Disfruté mucho tu carta —dijo—, escribes muy bien. Eres muy joven, pero lo olvido cuando te oigo hablar y lo olvidé aún más al leerte. Observas el mundo con sabiduría.»

Llegamos a la pastelería. Mujeres mayores de luto con pesados zapatos negros y medias gruesas color piel se agrupaban frente al mostrador. El dueño me saludó. El vaho del horno olía a miel y galletas. Seleccioné mis dulces de costumbre. Manuel miraba hacia lo alto del estante las cajas de pasta de guayaba alineadas allí y le indicaba al pastelero que le bajara una de ellas. (Son muy caras, Manuel, le dije acercándome yo esta vez.) Hizo que el dueño le abriera la caja donde yacía un bloque de pulpa de guayaba envuelto en celofán. Alzó la caja para olerla él y luego la alzó hasta mi nariz. Aspiré y dejé ir un suspiro. A pesar del empaque, el olor de la fruta me llegó a los pulmones. No pude disuadirlo de comprar la caja aquella, ni diciéndole que no estaba acostumbrada a la guayaba preparada de esa forma, una barra densa, de sabor espeso. Así la comían en Cuba, con pedacitos de queso, dijo el dueño. «Es exquisita. Anda, niña, que te gustará. Déjalo que te haga un obsequio. Te lo mereces.» Manuel no me dejó pagar por nada. ¿Que no me daba cuenta de que el destino, al ponerlo en mi calle ese día, lo comandaba a celebrar un encuentro tan feliz como inesperado?

A la par de la sorpresa de toparme con él, conservaba de ese día el recuerdo de Manuel tomándome del brazo de regreso de la pastelería, acercándose para hablarme al oído hasta el punto de darme escalofríos en el cuello. Parecía no tener demasiada conciencia de las distancias que las personas suelen guardar entre sí, porque no sentí que lo hiciera para provocar una reacción de mi parte, sino más bien como un niño torpe ajeno al efecto de sus manotazos entusiastas.

En la puerta del colegio me hizo prometerle que le escribiría más y se despidió con un beso en la mejilla. Me quedé unos minutos en la puerta diciéndole adiós con la mano alzada mientras él retomaba su camino calle abajo.

—Debe de haber estado rondando el colegio todo el día para encontrarse con vos —me dijo Margarita, sonriendo maliciosa, ella y yo las únicas en la mesa a la hora de la cena—. Casualidades como ésa son difíciles de creer. Qué dichosa sos que con lo poco que salís del colegio ya te hallaste un enamorado.

—Qué imaginación la tuya, Margarita.

—A ver, dejame probar esa pasta de guayaba. En Guatemala la comemos con queso o crema, como en Cuba.

No teníamos queso o crema, pero la untamos en el pan. La saboreamos como si trozos de nuestra infancia, de nuestros lejanos países, se nos disolvieran en la boca.

—Dime, Manuel, ahora que nos conocemos mejor, cuando nos encontramos en la calle del colegio, ¿fue un encuentro verdaderamente casual, o esperabas, oculto, a que yo apareciera?

—Fui hasta allí pensando en ti. No imaginé que te encontraría. Debo admitir, sin embargo, que tras toparme contigo tuve la clara sensación de que algo más que la casualidad era responsable de esa coincidencia.

—¿Crees en la telepatía?

—Todo lo que existe interactúa. Asumo que la telepatía es una manifestación de estas conexiones. En todo caso, la realidad es más compleja y maleable de lo que parece. Y el tiempo también. De ahí que pensar que tú podrás intuir la interioridad de Juana cuando yo sumerja tu conciencia en su época y su circunstancia no sea un desvarío de mis obsesiones. Créemelo. No es un ardid para embrujarte. Tú misma te darás cuenta.

—Está bien, Manuel. Ya te dije que Poe, Borges y Lovecraft son mis autores favoritos. Sólo que, claro, nunca pensé meterme en uno de sus cuentos. —Sonreí, un poco avergonzada de mi desconfianza—. Haré lo que me pides, pero ¿dónde está ese traje del que hablaste?

—Sígueme —dijo, poniéndose de pie, extendiendo su mano—. Vamos a mi habitación.

—Si no me siento cómoda te lo digo y me cuentas la historia sin más, ¿de acuerdo?

—De acuerdo —respondió.

Capítulo 2

Las monjas no aprobarían aquello. Ni madre Luisa Magdalena, mi amiga y protectora, comprendería la amistad entre Manuel y yo. No era el primer domingo que pasaba con él. Lo había hecho en dos o tres ocasiones antes del final del curso y otras más tras las vacaciones. Nos encontrábamos en el Museo de El Prado, al que yo solía ir cada domingo. Él me esperaba (fumando, leyendo el periódico), al lado de la estatua de Velázquez. Le comenté sobre mis visitas dominicales al museo, en la carta que le escribí tras nuestro encuentro casual en la calle del colegio: «Voy a El Prado alrededor de las once de la mañana», escribí, sabiendo muy bien lo que estaba insinuando.

La primera vez que lo encontré yo llevaba una capa nueva de lana rojo vino. De camino a El Prado, oscilando entre la seguridad de que me estaría esperando y el temor de que no hubiese captado mi solapada invitación, me sentí diferente dentro de mi piel, más mujer, más madura. Sé que emanaba otro aire porque los hombres cruzaban conmigo miradas y sonrisas veladas. Algunos iban acompañados por mujeres pero la compañía de éstas, más que inhibirlos, aumentaba el estímulo del juego aquel. Coqueteaban conmigo mientras mantenían la conversación o abrazaban a sus acompañantes. Me asombró lo experimentados que se mostraban en esta duplicidad. Pensé en mi padre. Toda la semana había pasado desasosegada por el descubrimiento de su infidelidad. No cesaba de sentir su fantasma y el de mi madre como si de pronto los animase una nueva vitalidad, conversando y desplazándose en mi memoria con gestos e insinuaciones llenos de recientes significados. Me mortificaba de tal manera haber adquirido ese conocimiento cuando éste ya no servía de nada, que reinventaba las escenas y me imaginaba dentro de esos recuerdos imprecándoles o advirtiéndoles el costo que esa crisis nos cobraría a todos. Aunque esto aliviaba de cierta manera la impotencia de haber sido sólo una espectadora ignorante del drama, mi esfuerzo por participar del pasado me tenía abotargada de las palabras que habría querido decir para impedir la tragedia. Me sentía adolorida, tensa. Quizás por eso se lo conté a Manuel.

Cuando lo vi, aguardándome junto a la estatua de Velázquez, sentí que me acaloraba. Él se acercó a saludarme como si encontrarnos fuera lo más natural del mundo. Hablamos largo rato, paseándonos por los jardines del paseo de El Prado. Los celos de la reina Juana se parecerían a los de mi madre, dije. Él me miró. Tendría que contarme la historia, dijo. Era una historia larga, compleja, tomaría muchos domingos. Después de las vacaciones, insistí. Una vez que empezara el curso, no faltarían los domingos.

Lo seguí al piso de abajo. Su apartamento estaba situado en Malasaña, el antiguo barrio de Madrid. San Bernardo era una de sus pocas calles amplias. Desembocaba más adelante en la Gran Vía. Al piso se subía por unas escaleras estrechas, pasando un portal de hierro forjado. Manuel me había dicho que los edificios contiguos habían sido parte de un palacio perteneciente a un antepasado suyo. Dijo que dividía su tiempo entre ese apartamento y la casa de su tía. Ella necesitaba su compañía tanto como él necesitaba un espacio propio.

De la antigüedad del edificio daban razón las extrañas particiones que sus habitantes modernos dispusieron para aprovechar las altas estancias de antaño. El apartamento de Manuel, por ejemplo, habría sido un gran salón de techo muy alto, que ahora estaba dividido en dos niveles. La puerta de entrada, el vestíbulo, la única habitación y el baño estaban en la zona inferior, que era oscura y en la que aun de día se requería luz artificial. De allí, subiendo una escalera y levantando una trampa se llegaba a un salón luminoso y bien ventilado que servía de sala, comedor y estudio y en el que había una pequeña y bien surtida cocina. Las ventanas estilo francés se abrían sobre un breve balcón donde unas maceteras de geranios estaban colocadas encima de varias hileras de guías telefónicas acomodadas unas sobre otras. Llegar allí era una sorpresa agradable tras la penumbra de la entrada. La estancia olía a tabaco, contenía muchos libros en libreros antiguos, un sofá invitador contra la pared, una mesa de trabajo con la máquina de escribir y, sobre las paredes, afiches muy hermosos de páginas de manuscritos antiguos y mapas. Además, por doquier había modelos a escala de veleros exquisitos y extraños móviles hechos con ripios de metal. En un extremo de la mesa de comer no faltaba nunca el rompecabezas inacabado.

Hasta ese día, yo jamás había visto el dormitorio de Manuel. Era nítido y ordenado. Al fondo había un hermoso ropero con puertas de espejo enmarcadas en madera labrada en volutas y rosetas. La cama lucía un cubrecama de seda en rombos naranjas y negros, la mesa de noche, las lámparas eran de buen gusto, muebles sin duda heredados de sus ancestros. Él fue hasta el ropero y sacó de allí un traje que puso sobre la cama con mucho cuidado. Como si realizara una labor que requería toda su concentración, sacó el vestido de la bolsa protectora, lo miró con el ceño fruncido, examinándolo, y alisó con las manos la parte inferior ligeramente arrugada. ¿De dónde lo sacaría?, pensé, mirándolo a mi vez. Era suntuoso, de paneles de seda dorada y roja yuxtapuestos uno al lado del otro, la cintura menuda marcada por una delicada cinta de terciopelo, que se repetía, más ancha, en el escote rectangular. Una hilera de negros botones diminutos cerraba el corpiño por la parte delantera.

Manuel lo alzó por la percha y se volvió hacia mí. Como un modisto con su maniquí, lo acercó a mi cuerpo, entornando los ojos para ver el efecto.

—Este traje debía llevarse sobre unos verdugos que harían lucir más anchas las caderas —dijo, aparentemente satisfecho por su inspección ocular—, pero prescindiremos de ellos no sólo porque no he podido fabricarlos sino porque no podrías sentarte.

—¿Te referís a un tipo de corsé?

—Se llevaba ajustado a la cintura y asegurado hasta la entrepierna con una estructura acampanada, de manera que el traje, al caer sobre el cuerpo, creaba una ilusoria impresión de volumen en la mujer que lo llevaba. Si no te importa te ayudaré a cambiarte.

Pretendía que me desnudara, pensé, mirándolo, quieta. Hacia el fin de mi niñez yo había pasado una época de extrañas fantasías en las que, ya fuera como una esclava egipcia o una princesa azteca, hombres rudos y violentos me obligaban a desnudarme. Yo pateaba frenéticamente y luchaba por evitarlo, pero al final, cuando mis captores me mostraban desnuda en grandes plazas colmadas de multitudes enfebrecidas, la exhibición de mi cuerpo me excitaba de manera inexplicable. Estuviera sostenida por enormes y fieros guardas, o atada a un madero como Jesucristo, una vez que me imaginaba desnuda, a pesar de ser la víctima, me sentía enormemente poderosa. Visualizaba esas cinematográficas escenas mientras me duchaba, antes de irme a la escuela. Imaginaba manos llenas de lujuria tocándome, mientras yo me removía y protestaba, o los miraba en una pose hierática y orgullosa. Sin poder imaginar aún el acto sexual, el clímax de mi fantasía lo marcaba el arribo de un héroe que me rescataba, abrazándome contra su pecho y cubriendo mi desnudez con su capa. Una excitación similar me producían los juegos al escondite con mis primos en los cuartos vacíos de la casa de mis abuelos. Ellos atrapaban a las dos o tres mayores de nosotras, nos empujaban debajo de las camas y nos ponían la mano «allí». Por años tuve la certidumbre de que aquel lugar era el nudo que sostenía todos los hilos de mi cuerpo, un imán que me mantenía sobre la tierra y sobre el que actuaba la famosa fuerza de gravedad. Imaginaba un invisible pilar de luz emanando desde mi interior hasta conectarse al suelo y comprendía la preocupación de mi madre porque nada lo obstruyera. Pensaba que el miedo a que nos catapultáramos al espacio, perdido el punto de apoyo, sería el responsable de que los primos actuaran tan rápido y quitaran veloces las manos como si fueran a quemarlos nuestros sexos suaves y sin plumas.

—Anda —dijo Manuel, ahora de espaldas a mí, ocupado en desabotonar la pechera del traje que colgó del marco del ropero—. El vestido te sentará muy bien. Déjame que te ayude.

Manuel procedía con la determinación de un autómata programado para ejecutar una tarea. Poseído por su obsesión daba la impresión de estar ya trasladado a otra realidad. Quizás fue esa actitud la que me permitió prestarme al juego sin remilgos. Me sentí frente a un científico al que yo acompañaría en su intento de atrapar un tiempo paralelo; un personaje de los cuentos fantásticos.

—No es necesario que te quites las bragas, pero quítate todo lo demás. Yo deslizaré el vestido sobre tu cabeza. No tiene cremallera, como es lógico.

De pie, frente a mí, a los pies de la cama, me miraba sin malicia. Yo lo miraba a mi vez, mi espalda vuelta hacia el espejo donde un instante antes viera mi rostro, mis mejillas ligeramente enrojecidas. Iba a decirle que girara hacia otra parte mientras me desvestía. En vez de eso me senté en la cama, me quité los botines. Bajé la cremallera del pantalón del traje chaqueta que llevaba. El forro de seda se deslizó por mis piernas con un suave crujido. Deslicé las medias hasta sacarlas. Sentía los latidos de mi corazón en el bajo vientre. Procedí a ponerme de pie y me quité la camisa blanca. Al quitarme el sostén comprobé que seguía mirándome con la misma expresión fija y sin emoción.

—Lista. —Sonreí, poniendo las palmas de mis manos sobre los pezones—. Apúrate que me puedo resfriar. Hace frío aquí.

Le tomó un instante moverse y descolgar el vestido como si tuviese que concluir una idea antes de seguir.

Se acercó.

—Alza los brazos —me dijo.

Metí la cabeza por la abertura del cuello. Manuel estaba muy cerca. Sus manos frías me rozaron. Por unos segundos sólo se escuchó el rumor de la tela deslizándose por mi cuerpo. Entre mis piernas se me vino una humedad. Era una sensación exquisita la de abandonarse a ese juego y cada roce del traje producía en mi piel el efecto de un pedrusco cayendo en un estanque y desatando una miríada de estremecimientos. Pensé que era divertido que mis fantasías de niña se cumplieran así. No me había sentido vulnerable desnuda. Más bien experimenté mi piel como un campo magnético cargado de fluida energía. Aunque fuese una sensación nueva, mi instinto la reconoció.

Manuel se me acercó diciendo por lo bajo que ahora había que abrochar los botones del corpiño. Pensé que lo haría con torpeza pero no me moví para ayudarle. «A ver —decía—, uno, dos, tres, cuatro, cinco, seis, siete, ocho, nueve, diez.» Sus manos largas, minuciosas, no fallaron deslizando los pequeños botones dentro de los ojales de cordoncillo. El traje tenía mangas anchas y el corpiño se ajustaba perfectamente a mi medida. Él se retiró y contempló mi figura de pies a cabeza.

—No exageraré haciéndote usar el tocado de la época. Pero habrá que recogerte el pelo. ¿Tendrás algún pasador en tu bolso?

Dije que sí y subió a traerlo apresurado. Lo oí subir las escaleras de dos en dos. Me vi en el espejo.

El ajuar me había transformado en un personaje de otra época. Una princesa de España en los tiempos de la conquista de Granada, del descubrimiento de América. Las niñas siempre jugábamos a ser princesas. Es un juego, me dije. Sólo se trata de encarnar una princesa en particular. Me separé el pelo al medio y lo recogí atrás para ver el efecto. Mejor. El pelo largo sobre los hombros me restaba jerarquía. Lucía más como amante que como esposa de Felipe el Hermoso. Él regresó con mi bolso, del que saqué el prensador y el cepillo.

—Déjame que lo haga —se adelantó él, colocándome suavemente frente al espejo—. Dime si te hago daño. —Y comenzó a cepillarme el pelo, alisándolo y luego peinándolo hacia atrás con movimientos pausados. Rozándome de vez en cuando el cuello y las orejas, trenzó el cabello y lo sujetó con el pasador de carey.

Adquirí de inmediato otra apariencia. Sobria. Elegante. Finalmente Manuel miró mi imagen y nos sonreímos por el espejo. Sus ojos volvieron al presente. Me tomó la mano para hacerme girar y se retiró al extremo de la habitación para ver el efecto final.

—Extraordinario —dijo—. Bienvenida al Renacimiento.

Capítulo 3

En lo alto de la tarde en Madrid, con las ventanas del mezzanine entornadas en un día que oscila entre soleado y cubierto, ataviada como princesa, me siento en el sofá que Manuel sitúa al centro de la estancia. Él se sienta detrás de mí. Me dice que cierre los ojos. Habla pausadamente. Susurra. Yo me dejo llevar por la voz. Desaparezco en ella y emerjo en otra parte. Soy Juana.

Y es Toledo. El 6 de noviembre de 1479, día de mi nacimiento. Beatriz Galindo, una mujer de rostro castellano, trigueña, pelo negro peinado en un moño bajo, los ojos pequeños, brillantes, lacrimosos, asiste al parto de su amiga la reina Isabel, mi madre. Al fin, mi cabeza asoma y entre quejidos de alivio y un solemne silencio, las comadronas me arrancan del vórtice de mi origen y me revelan el titubeante mundo en el que ingreso. Percibo las manos delgadas, los callos en las palmas. Se acabó el velo que me protegía; mi piel expuesta registra el tejido de los paños con que me cubren. Siento que me transportan, sobre precipicios, de un par de brazos a otro. Estoy desvalida y en peligro, ya sin agua que me aísle y me nutra. El mundo es atronador y su luz no admite el recogimiento. Quiero volver a las húmedas y calientes profundidades del seno materno. Quiero llorar de angustia y de hambre. Me acercan a un pecho. Lo reconoceré después como el de mi nodriza, María de Santiesteban. No será mi madre quien me alimente, a ella le toca alimentar el reino y yo no soy más que la tercera de sus hijos.

—Quiero que mi hija aprenda latín, Beatriz —oigo decir a mi madre—. Quiero que goce de los placeres de la inteligencia.

Puesto que nunca será reina, que sea una princesa con seso.

—Sí, sí, Isabel. Descansa. Será hermosa —dice Beatriz—. Mírale los rasgos finos que tiene. Es una Trastámara.

—La llamaré Juana. A Juan lo llamé así por Juan el Bautista. A ella la encomendaré a Juan el Evangelista.

Fernando, mi padre, entrará más tarde a saludar a mi madre y conocerme. Me mirará sin interés. No soy el hijo que esperaba y la frialdad de sus ojos se derrama sobre mi pequeño cuerpo envuelto en lana, sacándome del sueño y haciendo que prorrumpa en chillidos. Mi madre me consuela. En presencia de mi padre por primera vez me acuna. Reconozco su calor y los sonidos de su pecho; reconozco el ser que habité, el castillo del que fui una habitación cerrada. Su cercanía hace que me sienta otra vez entera, recompuesta. Mi nariz se pega a su pecho, busca ese olor familiar, esa parte de mí de la que me han separado. Yaciendo entre sus brazos, la mirada de mi padre se diluye y dejo de tener frío.

La voz de Manuel, tan cerca de mi oído, habla para que pase el tiempo y mis primeros años van quedando atrás en una sucesión de imágenes difusas.

Somos una familia de nómadas. Mis padres son reyes en guerra y la corte va de castillo en castillo. Primero han tenido que batallar contra los partidarios de Juana la Beltraneja en la Guerra de Sucesión. Tras su victoria, en 1485, han continuado afianzando su poder proponiéndose culminar la reconquista de Granada, último bastión de los moros. La corte se instala donde las necesidades militares lo demandan. Ha nacido mi hermana, María, y mi nodriza la amamanta ahora a ella, mientras a mí me cuida un aya llamada Teresa de Manrique. Apenas me queda tiempo para jugar entre los muchos oficios que mi madre ha dispuesto para que sus hijos crezcamos como dignos príncipes y princesas de Castilla y Aragón. Aprendo a tocar el clavicordio, a bailar, a tejer. Si soy buena, Teresa me lleva a la cocina y me prepara dulces con azúcar rosada. Si río a carcajadas, me dan de palos porque la experiencia enseña que el castigo físico es medicina para la locura de las niñas y que el dolor es saludable para la disciplina de nuestros cuerpos. He empezado mi instrucción con el maestro y doctor dominico, Andrés de la Miranda. Él ha dejado su monasterio en Burgos para convertirse en nuestro tutor. En las clases de latín, mi hermana pequeña, María, se duerme sobre la mesa. Yo no puedo dormir porque el padre Andrés es severo y me escarmienta describiéndome las penas del infierno. Me ha quemado la punta del dedo anular con un tizón para ayudar a mi imaginación a visualizar las penas del fuego que me consumirá si no aprendo a ser buena cristiana. Grité y pateé, pero mi madre, que acudió a mi llamado, se sonrió con el fraile y aprobó sus bárbaros métodos. Don Andrés habla de la gran cantidad de infieles que pululan por nuestros reinos y adoran otros dioses. Beatriz Galindo responde exaltando las bondades de la convivencia con judíos y moros. A escondidas, ella me da a leer poemas e historias de amor cortés que yo devoro en las noches en que mis padres se divierten rodeados de la corte. Sueño con hacerme adulta y no tener que vivir más con guerras, persecuciones y miedo.

Yo, Lucía, recuerdo la monja en el colegio católico de mi país, que cuando era una pequeñuela apenas, también me invitó a poner el dedo sobre la llama de un fósforo para ilustrarme las penas del infierno. Madre Aurora, una monja rubia con un ojo de vidrio que a menudo nos cuida en el dormitorio, me ha dicho que bañarse por más de media hora es tentar al demonio.

Resabios de la mentalidad que originó la Inquisición, dice Manuel. Fueron tus padres, replica, quienes eligieron a Torquemada como Gran Inquisidor. Con una corte austera e intolerante quisieron restarle poder a la alianza de la nobleza con los curas licenciosos y corruptos, y ganar estatura ante Roma. La estrategia funcionó. En esos años hasta abolieron el clásico traje blanco para el luto. En su lugar instituyeron los ropajes negros. Cultivaron el ánimo severo, penitente, la desconfianza al color, a los placeres del mirar, del comer. Dieron forma al espíritu «castellano», y oficializaron el castellano, esa lengua fuerte y varonil a la que sólo el seseo latinoamericano es capaz de limarle la dureza.

Pobre Juana creciendo entre ayas puntillosas y poco dadas al juego y las caricias. Pobre Juana teniendo como tutor a Miranda, que se entretenía anotando los diversos tipos de herejías, de las comunes a las exóticas, en legajos de papeles que cargaba siempre consigo y que ella leía a hurtadillas.

Leía las confesiones de las curanderas, de las mujeres que adoraban conejos y que les abrían el vientre para leer el futuro. Esos mundos oscuros no me parecían más tenebrosos que los corredores de nuestros palacios atravesados día y noche por clérigos susurrantes cuyos ojos, aun cuando era niña, me miraban de reojo con una amabilidad servil y mal disimulada concupiscencia. Poca alegría encontró mi infancia junto a los hombres encargados de cuidarme o dedicados a mi educación. Sería quizás que el rechazo de mi padre se les había contagiado y las tres princesas que llegamos después de Juan les recordábamos las veleidades de los vientres cuya fertilidad sólo es capaz de producir mujeres parto tras parto. María, Catalina y yo seríamos, para mi padre, recordatorios de que su virilidad no había dado a Castilla y Aragón más que un heredero varón; ese flaco y endeble hermano Juan, a quien yo aventajaba como amazona y como lancera porque mi flecha nunca dejaba la ballesta si no era para dar en el blanco. De haberle sucedido a Juan lo que a mí, cuando atravesábamos el Tajo en ruta hacia Toledo, y mi mula perdió pie y se hundió en la corriente, ya no tendríamos príncipe heredero. Pero yo no perdí la cabeza, ni me paralicé cuando el agua fría me cortó hasta la respiración y dejó mi traje de terciopelo tan pesado como una armadura. Agarré mi mula de las orejas y la hice emerger del agua. Luego me aferré a ella y hundí mis piernas en sus costados para que nadara hacia la orilla. Temblaba mi cuerpo, pero mi pecho estaba tranquilo y triunfante, sobre todo cuando vi los rostros de las damas y los caballeros y los sirvientes, anonadados y pálidos, mirarme incrédulos, aliviados y llenos de admiración ante mi bravía. Diez años tenía, pero era hija de mi madre, a quien tantas veces había visto, desde la ventana de mi habitación, salir de madrugada a caballo al frente de sus soldados a combatir al enemigo. Para recompensarme, no bien llegamos a palacio, me llevaron en presencia de mis padres. Mi padre me abrazó y me dio un tirón cariñoso en la trenza que colgaba de mi espalda. Creo que en ese momento descubrí lo que de él vivía en mí y él vio en mis ojos su reflejo. Estaba orgulloso de mí. Mi madre me apretó contra ella. No me importó el olor rancio que despedía desde la extraña promesa que hizo de no bañarse hasta conquistar Granada.

A Juan e Isabel los educaban para ser reyes. No así a las demás. Sólo los dos mayores acompañaban a nuestros padres y los veían a menudo. Yo me aplicaba al estudio del latín y de las lenguas romances y aprendía a tocar el clavicordio con maestría, con la esperanza de que las noticias de mis adelantos los llevaran a fijarse más en mí, a enviar por mí para que les leyera en voz alta o animara alguna noche sus veladas. Tendría doce años cuando la Latina me regaló por mi cumpleaños un libro que me absorbió. Se llamaba *Visión deleitable de la filosofía y las artes liberales*. Hasta que lo leí nunca había pensado cuán extraordinario era que nuestra especie hubiese llegado a deducir la existencia del alma, de las realidades externas e internas, ni me había percatado de lo insaciable y pertinaz que es la sed de saber de la que padecen nuestras mentes. Tampoco me había preguntado sobre el origen del impulso artístico, la necesidad de la belleza, ni había considerado que, como mujer, yo podía tener una función más activa en mi casa. Podía proponerme, puesto que no sería reina por razones de sucesión, dejar mi marca, tomar las riendas de mi destino con mayor consecuencia, halagar más mi inteligencia que mi vanidad. Porque era vanidosa. ¿Por qué no admitirlo? Desde que mi madre me autorizó a cambiar los trajes negros por trajes color carmesí, aunque los paños costasen el doble, mi mayor entretenimiento era encargar ropas nuevas. El espejo no me engañaba cuando me mostraba más bella que mis hermanas. Yo era el vivo retrato de mi abuela aragonesa. Era tal el parecido que mi mamá bromeaba llamándome «suegra». Pero también decían que me parecía a Isabel de Portugal, la madre de mi madre, que vivía en Arévalo en un castillo fortificado junto al río Adaja. Me halagaba que me dijeran que había heredado su belleza trigueña, tan diferente del colorido rubio de mi madre y mi hermana mayor, pero no me gustaba que me compararan con ella porque oía a las damas cuchichear sobre su locura. Contaban que había enloquecido por la mala conciencia que tenía de haber forzado a su marido, Juan I, a que ejecutase a su fiel pero malévolo consejero don Álvaro de Luna. Aparentemente, mi abuelo nunca se recuperó de haberla obedecido y murió trece meses después deprimido y afirmando que odiaba su vida de rey y que más le habría valido ser el hijo de un labriego. Según decían, mi pobre abuela, mortificada, no cesaba de ver el fantasma de don Álvaro y aseguraba que el río, al pasar bajo su ventana, susurraba el nombre del muerto. Sin embargo, mi madre tenía recuerdos poéticos de su infancia en Arévalo. Sus ojos se empañaban cuando hablaba de la independencia con que creció y de la libertad que tuvo para recorrer a sus anchas el paisaje castellano hasta sentir que su mansedumbre había pasado a constituir el aire que habitaba su alma. Cuando estaba agitada, solía decir, le bastaba con cerrar los ojos e imaginar las planicies y colinas de Castilla, las veredas al lado de los ríos, para recuperar el equilibrio interior. Creo que de esa experiencia mi madre deducía que sus hijos no padeceríamos su ausencia y más bien aprenderíamos a valernos por nosotros mismos y a no depender del afecto familiar. La receta le habría venido bien a ella, pero a mí su ausencia me mantenía vacía, disminuido el corazón. A medida que crecía, la carencia de afecto se me convertía en dolor físico. Soñaba con caricias, con arrumacos.

Abrí los ojos. Supongo que la mejor manera de describir el estado en que me sumergí mientras Manuel hablaba es compararlo a un paréntesis. La realidad fuera de mí dio paso a una realidad proyectada en mi retina desde dentro de mí. No sé si era el traje, su voz cercana y acariciante llamándome Juana, o mi imaginación joven y dispuesta, pero entré de lleno en el entorno de su narración. Mi voz interior completaba la de Manuel con sus propios comentarios y la conciencia se dejaba llevar seducida por una fascinación semejante a la que nos lleva a seguir el hilo de sueños intrincados. Sentí que mi mente, ancha como una caverna, proyectaba aquellas escenas como si se tratara de recuerdos guardados allí desde antes, prestos a emerger no más ser convocados. Experimenté la sensación de nacer (semejante a la de haber estado por primera vez desnuda frente a unos ojos masculinos), y la de haber llegado a una vida confinada en que las decisiones que definirían mi destino las tomarían otros por mí. (Creo que a esta última contribuía el peso del traje que me envolvía como una armadura de seda.)

—Manuel, ¿qué hora es?

—Son las cuatro de la tarde.

—En una hora debo regresar al internado.

—Regresarás, pero cierra los ojos de nuevo.

Para entender la frialdad de mi madre, tendría que haber comprendido su difícil ascendencia al trono. Las referencias nunca faltaban en las conversaciones de la corte, pero no fue sino hasta la adolescencia que logré unir todas las dispersas islas de mi conocimiento y reconstruir el pasado que hizo de mi madre la formidable mujer cuya presencia ansiaba, pero que me inspiraba el silencio y recogimiento que otros experimentaban en los templos ante la cercanía de Dios.

Mi madre había sentido gran afecto por su medio hermano Enrique, hijo del primer matrimonio del rey Juan I, su padre. Cuando el rey Juan murió, la corona pasó a manos de Enrique, quien se convirtió en el rey Enrique IV. Este hermano mayor, de seis pies de altura, rubio y que se reía de la ceremonia de la corte, recibiendo a la nobleza sobre cojines en el suelo, vestido de moro, convenció a mi abuela de la conveniencia de que mi madre y su hermano Alfonso se trasladaran a vivir a la corte en Valladolid y dejaran el aislamiento de Arévalo.

La abuela no quería dejarlos ir, pero no pudo oponerse. Después de que partieron sus hijos fue que la venció la locura. Mi madre tenía diez años y Alfonso nueve. Hablaban más portugués que castellano. Por ese tiempo nació la princesa Juana, hija de Enrique y Juana de Portugal. Mi madre y mi tío estuvieron presentes en su bautizo y oyeron al rey proclamarla futura heredera de Castilla. ¿Cómo iba a imaginar mi madre que un día ella estaría en guerra contra esa criatura por la sucesión al trono?

La vida licenciosa del rey Enrique, su gusto por los muchachos, sus fallidas aventuras con damas de la corte, contribuyeron a los rumores que le valieron el apelativo de «el Impotente». Porque los impotentes no pueden engendrar y porque el apuesto caballero Beltrán de la Cueva era no sólo favorito de Enrique, quien lo nombró mayordomo de su casa real y Grande de Castilla, sino íntimo de la reina, la nobleza empezó a llamar a la pequeña princesa, Juana «la Beltraneja». A pesar de esto, el rey, en vez de alejar a don Beltrán le concedió más y más títulos nobiliarios. Lo nombró conde de Ledesma, arregló su matrimonio con una sobrina del cardenal Mendoza y para remate lo nombró regidor de la Orden de Santiago, dueña, después de la corona, de la mayor cantidad de tierras en el reino de Castilla. Este favoritismo fue demasiado para los nobles, sobre todo para el poderoso arzobispo de Toledo, Alfonso de Carrillo. Carrillo, quien comandaba un formidable ejército, había sido tutor y protector de mi madre y su hermano desde que éstos llegaron a la corte. Los desmanes de Enrique, las dudas sobre la legitimidad de su hija, llevaron a Carrillo y otros nobles a propugnar que la corona de Castilla se entregase a mi tío Alfonso.

El presunto heredero, sin embargo, murió tras cenar una trucha —quizás envenenado, porque ¿quién muere de eso?—, y la designada entonces para ocupar el trono pasó a ser mi madre. Tras presiones, levantamientos y asedios militares, el rey aceptó que mi madre lo sucediera y firmó en Toros de Guisando un tratado que así lo consignaba. Más de una vez, sin embargo, el rey Enrique renegó de este compromiso. Mi madre vivió varios años de su vida en vilo. La intentaron casar varias veces con el rey de Portugal y con un caballero mucho mayor que ella, pero Carrillo al fin propuso el matrimonio con mi padre, Fernando, para así lograr el apoyo del reino de Aragón en la lucha sucesoria. Mis padres se casaron en Medina del Campo en una ceremonia preparada sigilosamente, a la que mi padre llegó de incógnito, disfrazado de arriero. Sólo después de la boda solemne y los seis días de fiesta que siguieron, mandaron un emisario a notificarle del suceso al rey Enrique, quien se enfureció tanto que volvió a proclamar a la Beltraneja como su heredera. Se dice que, entre mis padres, hubo amor desde que se conocieron. Ambos eran jóvenes, hermosos y supongo que las secretas circunstancias de su boda, saber que estaba de por medio la unión de Castilla y Aragón, los peligros, alimentarían la atracción del uno por el otro. Se sabían el centro de tantas expectativas y tensiones. Nada mejor que la conspiración para acelerar la sangre y la pasión.

Para demostrar que el matrimonio había sido consumado y que atrás quedaba la impotencia de la corona castellana, mi padre salió de la habitación conyugal la noche de bodas, a mostrar la sábana manchada con la sangre virginal de mi madre.

Muchos episodios de esos días, relatados por mi tutor, Andrés de Miranda, o por Beatriz Galindo, me ayudaron a construir la imagen de mi madre como habría sido en esa encrucijada de su vida en la que se jugó el todo por el todo al asumir (bajo premisas no muy transparentes a mi juicio), su derecho a la sucesión de la corona de Castilla. Pero el gesto más revelador de su genio es la manera en que, al día siguiente de la muerte de Enrique, quien murió sin hacer testamento, se hizo coronar reina de facto en Segovia el 13 de diciembre de 1474, en virtud del tratado de Toros de Guisando y sin esperar a la llegada de mi padre. Él había aceptado ser rey consorte en las capitulaciones, firmadas frente a Carrillo y aprobadas por el rey Juan de Navarra, mi abuelo paterno, pero que Isabel se lo hiciera sentir de manera tan contundente no dejó de herir su orgullo. Sin embargo, ella se las ingenió para restañar la herida. Cuando él llegó a Segovia el 2 de enero fue recibido en las afueras de la ciudad por el cardenal Mendoza y el arzobispo Carrillo bajo un palio real hecho del más fino brocado. Sus ropas de luto fueron cambiadas por una capa tejida con oro y bordeada de armiño. En su camino hacia la ciudad vio los suburbios todos adornados con estandartes y el júbilo de las gentes que salían a ovacionarlo mientras la música regaba las calles. Los mejores juglares cantaban desde las esquinas acompañados por prestidigitadores que lanzaban bolillos y pañuelos al aire y hombres que escupían fuego por la boca o balanceaban objetos sobre sus cabezas. Fue un recibimiento triunfal que se prolongó hasta el atardecer cuando cruzó las puertas de San Martín entre los hidalgos que se arrodillaban a su paso y alzaban antorchas encendidas. Mi madre esperó a que la procesión entrara a la plaza para dejarse ver en lo alto de la escalinata del Alcázar como una aparición de fuego y oro, engalanada con su tiara y un collar de rubíes sobre su garganta. Con la juventud y belleza de sus veintitrés años, bajó entre las aclamaciones de sus súbditos a reunirse con su marido para acompañarlo a la catedral, donde él juró su alianza a la ciudad y dio su promesa de defender y hacer cumplir las leyes de Castilla.

Pocos días después, mis padres escogieron el emblema y la divisa real: Tanto monta, monta tanto.

Se hizo silencio en el apartamento.

—No está mal para una reina del siglo XV —le dije a Manuel volteando la cabeza para mirarlo. Noté que la tarde se diluía en la ventana cerrada del edificio al frente—. Ahora sí, Manuel, debo regresar al internado. Son casi las cinco y media.

Me solté el pelo del moño bajo en que lo tenía recogido. Me dolía la cabeza. Más que dolor, era el zumbido de una carga eléctrica lo que sentía irradiar de mi cráneo. Las visiones de palacios medievales, el deslumbre de la historia revelándoseme como un recuerdo viejo, daban al presente un tono descolorido e irreal pero debía recuperarlo, regresar al internado, si es que no quería que madre Luisa Magdalena entrara abiertamente en sospechas y me interrogara a fondo sobre mis ocupaciones domingueras.

Sin decir nada, Manuel me tomó la cabeza con las manos y puso sus pulgares sobre mis sienes.

—Relájate tan sólo unos segundos.

Respiré profundo con los ojos cerrados, una, dos, tres veces. Luego mis manos empezaron a desabotonar el corpiño.

—Déjame. Yo lo hago.

Volvimos a la habitación de Manuel. Él me ayudó a quitarme el traje y luego me dejó sola para que terminara de vestirme. Fue todo muy rápido y eficiente sin las vacilaciones de hacía unas horas. Lo hizo como si él fuera el eunuco de uno de los harenes de *Las mil y una noches*, o el ayuda de cámara de una reina mucho mayor que yo.

La realidad de mis ropas modernas no logró despojarme inmediatamente de la sensación de estar en otra época. Me costó volver a las prisas, los ruidos de la calle. Le insistí a Manuel que me dejara regresar sola al colegio. Quería tener un rato conmigo misma, sin sentir su presencia, ni su atención. No se lo dije pero lo habrá intuido. Las calles del barrio dormían la siesta de sus habitantes. Sólo pequeños grupos de muchachos se veían en una que otra esquina fumando a hurtadillas. Yo jamás había probado un cigarrillo. Hasta entonces nunca antes había sentido el impulso de hacer cosas de adulta sin informarle a nadie. Empezaba a darme cuenta, sin embargo, de que no sería la educación académica ni el convento los que me enseñarían lo que necesitaba saber de la vida. Los mayores le hacían dudar a una sobre el propio discernimiento. De acuerdo con ellos éste sería inevitablemente inmaduro, juvenil. ¿Pero de qué otra cosa disponía que no fuera mi discernimiento? ¿Cómo se suponía que debía aprender a vivir? ¿Cómo?

Manuel me fascinaba. El entorno, su obsesión con Juana, con Felipe eran más seductores que las voces de cautela que susurraban en mi interior las admoniciones de las monjas. Sería excéntrico, raro, pero me halagaba que me hiciese su cómplice. De él podría aprender mucho más de la naturaleza humana y de la historia que lo que podría enseñarme algún joven de mi edad. Quería saber más sobre la historia íntima de hombres y mujeres. Por qué se atraían y rechazaban; por qué permitían que las pasiones desafiaran el control de la razón, aun cuando sufrieran en el proceso. Me preguntaba por qué los personajes místicos que las monjas nos presentaban como modelos ideales: Santa Teresa de Jesús, fray Luis de León, tendrían que hacer uso de cilicios, obligarse a la soledad y el destierro del mundo para alcanzar a Dios o la santidad. Me preguntaba si la infidelidad de mi padre era más una consecuencia de su humanidad que una aberración. No sabía si aquello de negar el cuerpo o ser masoquista era propio del carácter de los españoles, si tenía relación con el paisaje árido, las grandes extensiones rojizas, desoladas de Castilla.

En términos de relaciones místicas prefería la visión del padre Vidal, un sacerdote bellísimo de anchas espaldas con el que habíamos hecho un retiro espiritual el año anterior. «Dios es una presencia enorme que, sin embargo, tiene conciencia de cada uno de nosotros. Dios conoce nuestro nombre.» La idea de un Dios dirigiéndose a mí por mi nombre, pensando en mí como Lucía, me había hecho llorar. Durante ese retiro concebí por primera vez la idea de un Dios benigno, cariñoso, amante. Dios era amor, nos dijo el padre. Esto me pareció mucho más aceptable que la idea de un señor de barba blanca llevando la cuenta de los pecados humanos en un libro que desempolvaría el Día del Juicio Final. Esta noción me parecía muy mezquina y limitada para un ser que era, se suponía era, infinitamente inteligente, sabio y todopoderoso. Gracias al padre Vidal, Dios me parecía ahora mucho más comprensivo y tolerante.

A la salida de la estación del Metro, apuré el paso para detenerme en la pastelería y regresar al colegio con mi acostumbrada dotación de pasteles. Llegué al comedor a tiempo y madre Luisa Magdalena se acercó durante la comida, solícita, a preguntar qué tal mi domingo.

—Vi pintura flamenca de los siglos XV y XVI —dije—. El Bosco, Van Eyck. Merendé en la calle Goya.

Notó sobre la mesa mi atado de pasteles y sonrió.

Capítulo 4

En el estudio del lunes por la noche tuve el impulso de escribirle a Isis comentándole el descubrimiento de las cartas y papeles de mi madre. Empecé a llorar mientras lo hacía. A diferencia de madre Luisa Magdalena a quien mis palabras no podían evocarle más que imágenes opacas, Isis y yo compartíamos la precisión de nuestros recuerdos. Al evocar yo a mi madre ella la veía tal como era. Podría rememorar la curvatura de los labios perfectos que eran su orgullo y en los que derrochaba crayones de labios y delineadores con matices que iban del marrón al rojo, al púrpura. Para realzarlos apenas se maquillaba. Iba pálida con apenas un poco de rímel en las pestañas de los ojos negros que yo había heredado. El efecto era dramático porque la piel de mi mamá era suave y brillaba como la superficie de una perla, y entonces su boca sobresalía audaz, insinuando algo comestible.

Saber que para Isis el recuerdo de mi madre tenía color y perfume y gestos particulares (como cuando se ponía nerviosa y enredaba el dedo índice en un mechón de pelo hasta rizarlo y volverlo a rizar), me aliviaba de explicaciones y dejaba mis emociones en libertad. No quería caer en sentimentalismos pero me encontré naufragando en ellos. Si al escribirle a Manuel sentía que me describía madura y perceptiva, al dirigirme a Isis me contemplé desolada, infantil y con una gran necesidad de que me compadecieran. Escribí desde mi niñez lastimada y desde un sentimiento de profunda orfandad que hasta no poner en el papel ignoraba albergar con semejante desgarro. El pecho se me hizo como de lona rígida y, cuando terminé la carta, me salí del salón de estudio para poder sollozar como criatura en mi habitación. Fue como si por primera vez interiorizara a cabalidad la ausencia definitiva de mis padres; la realidad de que ya jamás, nunca, vendrían por mí al colegio, que no me esperarían en el *parloir* sorbiendo café y mordisqueando galletas como los padres de las demás. Que no me llevarían a casa. Yo ya no tenía casa. Era como un globo lleno de helio sin una mano que sostuviera la cinta de color; un globo desprendido, movido por el viento. Estar en el internado donde las demás tampoco vivían con sus padres me había permitido hacerle trucos a mi conciencia y hacerme la ilusión de que al final de esos años, un día de tantos, si hacía todo bien y era buena alumna, yo también recibiría la visita de mis padres y saldría con ellos por el zaguán recubierto de azulejos. Pero no era así. Nadie vendría a buscarme. Imaginé el día de la graduación. El jolgorio después de la ceremonia en el salón de actos y la misa en la capilla. Y supe exactamente lo que sentiría detrás de la sonrisa con la que compartiría el júbilo de mis compañeras, la cara que pondría al despedirlas deseándoles suerte, y el vacío que experimentaría cuando me encaminara al dormitorio a empacar mis cosas, seguida por madre Luisa Magdalena, quien marcharía a mi lado conversando para consolarme.

El reconocimiento de esta realidad resquebrajó las ilusiones en las que me había refugiado. Llegó un momento en que la tristeza me dio miedo y me dije que debía dejar de llorar. Me abracé y empecé a consolarme como lo hacía mi padre, hablándome con palabras tiernas, diciéndome ya está, ya está, ya pasó.

Me sumí en un sueño pesado del que desperté sintiendo que me ahogaba. Al abrir los ojos salí a flote, y tomé una bocanada de aire. Me llevó un rato reconocer la habitación pequeña, la silueta de los árboles en la ventana. Poco a poco las alarmas de mi cuerpo se apaciguaron viendo la quietud de los muebles, de las paredes (no me percaté de la inmovilidad del mundo hasta que me enfrenté con la tragedia; entonces percibí la falta de alma de los objetos habituales). Desde la muerte de mis padres no había vuelto a visitar el recuerdo de esos días, las conversaciones que oí describiendo el hangar donde mis abuelos identificaron los cadáveres. Ellos no se percataron de que yo escuchaba cuando le narraron a mis tíos los horribles detalles de las mesas, las bolsas negras y el misterio de que el brazo derecho de mi padre quedara intacto. De su cuerpo fue lo único reconocible. El psicólogo de la compañía aérea les explicó que solía suceder: alguna que otra extremidad se salvaba de ser calcinada. El fuselaje se abría, el fuego se extinguía, seguía de largo. Era inexplicable, pero al menos ellos eran de los afortunados que podían identificar con certeza a su ser querido. La mayoría tendría que esperar a las placas dentales. En el sueño yo tomaba el brazo de mi padre de la camilla y me lo echaba sobre los hombros rogándole que me abrazara una última vez. El cadáver carbonizado se alzaba en la pesadilla haciendo enormes esfuerzos no sólo por abrazarme sino por apoyarse en mí pidiéndome sin hablar, pero con una voz que oía mi corazón, que lo sacara de allí. De nada valía el sigilo con que yo intentaba llegar a la puerta. Mi padre hacía un ruido como si tirara de latas atadas unas con otras. Cuando me volví para amonestarlo vi que el ruido lo producía el esqueleto ennegrecido de mi madre que él venía arrastrando con su brazo. En el hangar las demás personas de luto se volvían a verme con miradas de censura. De pronto oía la voz de mi abuelo. Mi abuela y él me alcanzaban y me empujaban en dirección a la mesa donde hasta hacía un momento yacían los cadáveres que yo intentaba llevar conmigo. Con gestos airados me indicaban que los volviera a poner en su sitio. Yo no quería obedecerles pero una fuerza más potente que yo me obligaba a complacerlos. El antebrazo de mi padre, su mano fuerte, se aferraba a mí. Mi abuelo forcejeaba. Yo gritaba y mi abuela me tapaba la boca. No podía respirar. Fue cuando desperté.

Recordé que la noche anterior había sido muy fría. Estaba tapada con todas las colchas que guardaba para el invierno.

En la clase de Historia del Arte que enseñaba Marisa —delgada, fibrosa, de brazos atléticos y cara de bibliotecaria— estudiamos la obsesión de los romanos con los ritos. Nos leyó un pasaje de *Los idus de marzo* de Thornton Wilder: César envía una carta a un sabio amigo expresando su irritación porque los malos augurios y adivinaciones del día han obligado a cancelar la sesión del Senado. Marisa disertó sobre la importancia de los ritos cuando el mundo era todavía inescrutable y la ciencia no alcanzaba a explicar ni los fenómenos naturales, ni la psiquis. Se me ocurrió mientras escuchaba y dejaba que mi mano hiciera garabatos sobre el cuaderno que quizás yo estaba llevando a cabo mis propios ritos para despedirme de la inocencia. Intuía que mi vida entraría pronto en otro ciclo y que atrás quedaría la niña que albergaba esperanzas de que resucitaran los muertos y de que las tragedias tuvieran milagrosamente un final feliz.

Por la noche, saqué de mi ropero el libro de Pradwin que madre Luisa Magdalena me prestara. En la contra-tapa leí que el señor Pradwin era natural de Ucrania, historiador, y que su biografía de la reina Juana era producto del interés que ese personaje despertara en él durante una de sus visitas a España. Hojeé los grabados y reproducciones de pinturas de la época. Miré fija y largamente el rostro de Juana. El parecido conmigo era notorio y lo más curioso era que no se trataba de una similitud de rasgos, sino de algo menos preciso, quizás lo que en mi país llamaban «darse un aire» a tal o cual persona. Juana tenía rasgos finos. En la frente alta me impresionó el arco perfecto de sus cejas delgadas. ¿Serían naturales o ya en esa época se las depilarían? Los ojos parecían no tener pestañas. (El pintor se había limitado a trazar una línea negra sobre los párpados.) Eran lo más sobresaliente en su cara; almendrados, oscuros. La nariz era recta y delgada, muy aristocrática, y la boca pequeña, bien delineada, con el labio inferior carnoso y sensual. Pensé que una tenía que ser guapa para verse bien con esos tocados que ocultaban el pelo como una cofia de monja hecha de terciopelo. Felipe el Hermoso me pareció muy delicado. Las reproducciones eran en blanco y negro, pero se adivinaba que tendría que haber tenido la piel muy blanca y el pelo castaño claro, casi rubio —el colorido de Manuel, aunque el pelo de Manuel fuera blanco—. ¿Me habría enamorado yo de Felipe? En mis fantasías, más que rostros bellos, mis héroes tenían brazos fuertes y pechos anchos. Me atraía imaginar el cuerpo masculino al tacto, la firmeza de los muslos, lo áspero de la barba, la solidez del todo. Pero los ojos también, y la voz.

A lo lejos oí la señal de que debíamos apagar la luz. En las últimas semanas mi capacidad de ausentarme de la realidad inmediata me sorprendía. Absorta en mis pensamientos fácilmente perdía la noción del tiempo y del espacio. Me levanté y acomodé el libro entre mis otros textos. No lo leería, pensé. Si lo leía sabría demasiado y no podría prestarle la misma atención a Manuel. Prefería escuchar su versión de la historia en el apartamento, vestida con el mismo traje de seda y terciopelo que llevaba Juana en el grabado antiguo que acababa de ver.

Sería porque nuevas sensaciones y premoniciones me ocupaban por lo que esa semana me relacioné más con mis compañeras de clase. Con Piluca, que era exquisitamente perfecta y aplicada, con Marina, que era dulce como una niña grande, con Cristina, la práctica, y, por supuesto, con Margarita y sus chistes. Despertó mi interés por conocer cómo se las ingeniaban ellas para dilucidar el asunto de crecer e ir adentrándose en la *terra incognita* que era la vida para todas nosotras. Puse atención, en los recreos, a las historias de sus conflictos caseros. Piluca y Marina eran externas y todos los días regresaban a sus casas, discutían con sus hermanos, jugaban o estudiaban con los vecinos. Marina estaba obsesionada por un chico que vivía en el apartamento encima del suyo y que le mandaba mensajes en una lata atada a un cordel todas las tardes cuando calculaba que ella estaría haciendo su tarea justo frente a la ventana de su cuarto, debajo precisamente del cuarto del chico. «Me manda unos poemas tontísimos, horripilantes. —Reía ella, sonrojándose—. O copia pasajes del *Cantar de los cantares*. Si será tonto.» Decía despreciarlo pero bien que se traslucía en sus relatos la curiosa intimidad que los dos habían desarrollado por el mero hecho de saberse tan cerca. Ella oía su música. Sabía cuándo él se iba a la cama y apagaba la luz. Él hasta le daba las buenas noches con unos golpecitos en el suelo. La vida de Piluca, en cambio, estaba marcada por su hermana mayor, que se había hecho cantante y empezaba a ser conocida. Los chicos la llamaban constantemente y Piluca la espiaba cada minuto que le quedaba libre. Participé en la conversación contando de los juegos al escondite con mis primos mientras pensaba en la cara que ellas pondrían si les contara que me había desnudado frente a un hombre tan sólo la semana anterior, pensando que volvería al apartamento de Manuel, que pronto esas conversaciones me sonarían aún más ingenuas e inocentes, sintiendo que ya había traspasado un umbral que me ubicaba más allá de la adolescencia.

«Lucía: te han puesto bien tu nombre. ¿Brillas en la oscuridad o es de día en la memoria cuando cerramos los ojos? Hasta pronto, Manuel.»

Era viernes, y eso decía la carta que recibí. De la angustia pasé a una suerte de dulce desconcierto. Nunca había leído nada tan poético dirigido a mí. Me metí la carta en el bolsillo de la falda y busqué ocasiones para estar a solas y releerla. Pasé el día en un estado de euforia casi beatífica. Fui a la capilla por la tarde. Arrodillada en la penumbra rodeada de cirios y olor a incienso, veía los ojos de Manuel arder en las llamas de las candelas votivas puestas en fila frente al altar.

Capítulo 5

El domingo antes de salir dediqué algunos minutos a tranquilizar a madre Luisa Magdalena, asegurándole que no debía preocuparse por mí. Ella solía vigilar mi estado de ánimo con dedicación maternal. Si me notaba ensimismada su instinto la ponía en guardia y como amazona de Cristo se lanzaba contra mi melancolía sugiriendo esta o aquella distracción. Me sorprendió su insistencia en que, en vez de mi acostumbrada visita a El Prado, me fuera con Margarita y otras internas rumbo al sector comercial de la Puerta del Sol. Dije que no estaba triste, ni deprimida, pero que tampoco quería ir de compras. Por primera vez me arrepentí de haberla hecho mi confidente y protectora cediéndole ascendencia sobre mí. Nunca antes se había involucrado en lo que hacía o dejaba de hacer los domingos.

Salí del colegio con Margarita y las demás, pero ya en la calle me despedí de ellas. Muy curiosa, Margarita me preguntó si es que acaso veía a mi enamorado, pero lo negué categóricamente. No era eso, le dije. Simplemente no estaba de ánimo para ir de tiendas.

Cuando llegué a El Prado aún no había logrado superar el malestar que me produjo ser objeto de atención justo cuando más quería evitar preguntas o sugerencias. Hacía apenas un año que era libre de vagar por la ciudad los días de fiesta. Mis paseos eran a El Prado, al Corte Inglés o Galerías Preciados, a la Gran Vía o al cine con Margarita. Con la aparición de Manuel, mi rutina cambió. Desde el inicio del curso escolar en septiembre, me encontraba con él todos los domingos. De compras y esas cosas iba los sábados.

Manuel me esperaba con su infaltable cigarrillo. Llevaba un

abrigo de paño negro, que lo hacía lucir más blanco. Los ojos azules parecían dos planetas de agua en el espacio pálido de su rostro. Dejé que me llevara por las salas del museo a paso rápido. Quería mostrarme el cuadro de Francisco Pradilla: *Doña Juana la Loca*. Sólo nos detuvimos brevemente ante *El jardín de las delicias* de El Bosco. Ante ese retablo había pasado yo muchas horas, le dije. Podía encontrarle siempre elementos nuevos y no cesaba de provocarme la imaginación. «Todo Dalí está en ese cuadro», dijo él. Eso era parte de la fascinación que me inspiraba, añadí. Uno podía imaginar tantos otros pintores anonadados frente a esa obra y observar luego en sus pinturas el deseo de ir más allá, o de desentrañar el pasado o el futuro de aquellas figuras.

—Curioso el Bosco, ¿no? Le pone sabor de infierno al paraíso —comentó Manuel—, juega con la duplicidad de todas las realidades posibles. Tú misma te asomaste, en las cartas de tu madre, a lo que estaba detrás del aparente paraíso que percibías. He pensado mucho sobre eso y sobre ti esta semana. Quería que vieras el cuadro de Pradilla por eso. Es un pintor poco conocido, pero un gran artista. Cuando veas la cara de Juana, podrás imaginar el estado interior de tu madre.

Frente a la pintura de Pradilla estuvimos largo rato. La figura de Juana, enfundada en un hábito de monja, ocupaba el centro del lienzo. Era una imagen pasiva, oscura, que, por alguna razón, yo registré como una imagen en movimiento. Me pareció que Juana quería obstaculizar la mirada curiosa sobre el ataúd de Felipe, impedir que nadie se acercara a él. Manuel dijo que Juana había intentado llevar el cadáver de su marido a Granada para sepultarlo al lado de Isabel la Católica. Como historiador, él pensaba que su motivo ulterior era, por un lado, rodearse de la nobleza andaluza que estaba de su parte y librarse de los flamencos que rodearan a Felipe en vida, y, por el otro, legitimar el derecho real de Felipe —colocándolo junto a la reina Isabel— y de esa manera asegurar la sucesión de Carlos, su hijo. La leyenda, sin embargo, esgrimía estas jornadas nocturnas como testimonio de la locura de amor de una reina que rehusaba apartarse del amado y que sostenía que caminaba de noche porque su marido era el sol y no podían brillar dos soles en el mundo.

—Afirmaron que sus celos eran tales que no permitía a las mujeres acercarse al cadáver —añadió Manuel—. Son falacias, por supuesto.

Pensé que quizás mi madre habría sentido algo similar a la orgullosa impotencia que revelaba la mujer en la pintura. Cuando se percató de que mi padre y ella morirían juntos, experimentaría, en medio del terror del accidente aéreo, el alivio de saber que mi padre era ya suyo para siempre. Manuel miraba la pintura y me veía a mí como queriendo aprehender cada una de mis reacciones.

Comimos un bocadillo en un restaurante de paredes cubiertas de azulejos donde servían, según Manuel, la mejor sangría de Madrid. La bebida dulce donde el vino se escondía entre sabores de frutas me puso acaloradas las mejillas. Luego Manuel detuvo un taxi, y dio la dirección de su casa.

En el recorrido nos sentamos muy cerca. Percibía junto a mi falda la tensión de su pierna estabilizándose cuando el taxi tomaba las curvas. No me aparté. En el apartamento Manuel encendió el fuego de la chimenea. Era mediados de septiembre, pero el otoño anunciaba ya el frío del invierno. Él hablaba y fumaba con el rostro envuelto por un halo rojizo. Decía no sé qué cosas de los libros que había leído en la semana. Yo no podía ponerle atención. Intentaba aquietar mi azoramiento para que él no se percatara del efecto que la conjunción de sus fantasías y las mías estaba teniendo sobre mi cuerpo y mi alma. Me preguntó por el internado. Mi vida de colegiala con su rutina cotidiana no era materia para alimentar una conversación, dije. Yo tenía preguntas que hacerle a él, sin embargo, continué, interrogantes surgidos en el silencio de las misas matinales, o en las largas horas de estudio callado.

—¿Por qué tanto interés por Juana la Loca? ¿Cómo es que empezaste a estudiarla, que te dio por saber tanto de ella, de esa época?

—Es de familia —dijo Manuel aspirando el humo y mirándome fijo, con cierta ironía—. Mis ancestros se ocuparon mucho de doña Juana. Crecí escuchando historias de ella y en cierto momento quise saber, como historiador, la realidad de tantas ficciones. Sabrás que uno de los trabajos más apasionantes del historiador es separar los datos falsos que el tiempo acumula sobre un personaje o un evento.

—Tus ancestros eran historiadores también.

—No exactamente. El rol de mis ancestros en la vida de la reina fue más bien detestable. Quizás por eso siento que le debo una enmienda al menos a su memoria.

Su apellido paterno, Sandoval y Rojas, provenía del linaje de los marqueses de Denia. A la muerte del rey Fernando de Aragón, don Bernardo de Sandoval y Rojas primero, y luego su hijo, Luis, fueron comisionados por el hijo de Juana, Carlos I de España y V de Alemania para administrar la casa de ésta en Tordesillas.

—Administrar es un eufemismo, sin embargo —dijo Manuel—. Realmente fueron comisionados para mantener aislada a la reina y no dejar que hablara ni se comunicara con nadie. La rodearon de servidores leales al marqués, cuya complicidad fue esencial para crear alrededor de Juana un mundo ficticio. Sabrás que estuvo cuarenta y siete años encerrada allí —Manuel se levantó sacudiéndose las cenizas del pantalón como si esta tarea le demandara toda su concentración.

—Lo sé, pero no logro comprenderlo —confesé, poniéndome de pie para servirme un vaso de agua en la cocina—. La verdad es que sé muy poco de Juana la Loca.

—No estás sola. La verdad es que los seres humanos sabemos muy poco de quienes nos precedieron en el tiempo. Heredamos sus afanes, pero no sus experiencias. Te aseguro, sin embargo, que cuando termine de contarte esta historia, sentirás que has sido parte de ella, que Juana y tú no sois tan distintas la una de la otra. Tú, en su lugar, habrías sentido similares pasiones; la misma rabia, la misma desesperación... quizás hasta el mismo entregado amor. Reviviremos a esa reina. Sólo así podremos comprenderla y juzgarla con acierto. Pero ya sabes mis condiciones. Bajaré a ayudarte con el traje.

Bajamos otra vez al espacio oscuro de su habitación y otra vez me desnudé, esta vez más despacio, sintiendo que mi turbación daba paso al placer, como si cada parte de mí que se libraba de la ropa estuviera saliendo por primera vez a la luz y al descubrirse frente a otro se descubriera a sí misma. Sentado en un banquillo con las piernas abiertas, los codos apoyados sobre las piernas y la barbilla entre las manos, Manuel me observaba, pero tanto él como yo evitamos mirarnos a los ojos.

Finalmente él me ciñó las cintas que cruzaban por la espalda y se anudaban al talle. Era curioso el efecto del traje y de aquella ceremonia sobre mi psiquis. Como si el contacto de mi piel con la falda voluminosa, la seda, el terciopelo, animara en mi mente quién sabe qué oscuras memorias de otros tiempos y me hiciera, además, ceder mi voluntad a voces de la historia que se movían entre Manuel y yo como almas en pena necesitadas de revelar sus secretos. Me preguntaba si acaso yo no habría vivido esa época en una vida anterior, si el hecho de que Manuel y yo nos encontráramos carecía de casualidad y era más bien algo inevitable, el resultado de una cadena de hechos que forzosamente conducían a esta tarde, a este apartamento en Madrid.

Manuel se sienta detrás de mí. Susurra. Soy Juana.

Es 1485, el reino de Aragón ha recuperado Nápoles de los franceses. Sin embargo, las tensiones persisten. Escaramuzas fronterizas estallan a menudo en Rosellón y Fuenterrabía. Para sellar una alianza con la casa de los Habsburgo destinada a aislar al rey francés Luis XII, mis padres deciden concertar un doble matrimonio. Mi hermano Juan —el príncipe heredero— y yo casaremos con los hijos de Maximiliano de Austria y María de Borgoña. Juan casará con Margarita de Austria y yo con el archiduque Felipe.

Para desterrar la imagen de incesantes conflictos, atraso y anarquía que, antes de la llegada al poder de mis padres, ha existido de nuestro país en Europa, mis padres conciben nuestras bodas como una ocasión para desplegar la magnificencia de sus reinos. Que no se diga más que la corte española carece de los brillos y suntuosidades de sus vecinos. Mi madre supervisará personalmente la construcción y organización de la armada que, tras llevarme a mí a Flandes, regresará con la princesa Margarita, futura reina de España.

El pacto matrimonial acuerda que ninguna de las novias reciba dote. Cada esposo abastecerá su casa y atenderá las cortes correspondientes con el producto de rentas establecidas. Esta disposición resultará, más adelante, nefasta para mí, pero en aquel momento de arreglos y buenas voluntades nadie duda de que sea una medida acertada.

Ignorante de los pormenores que discutían mis padres con los embajadores borgoñones, yo me preocupé únicamente por impresionarlos. Me vestí con un traje carmesí de pesado terciopelo y bajo escote. Até a mi garganta una cinta negra de seda de la que pendía el rubí que mi madre me regalara en ocasión de mi compromiso. Así ataviada, con el cabello recogido en un moño apretado que tirando de mi piel realzaba la forma almendrada y el tamaño de mis ojos, me asomé al balcón del salón de audiencias justo cuando calculé que no pasaría desapercibida. Las miradas de los nobles no se hicieron esperar. Me complació percibir la aprobación que revelaban sus murmullos en francés, sus sonrisas y reverencias. Logrado mi cometido, me retiré otra vez. No tardó mucho en aparecer Leonor, una de las más jóvenes damas de compañía de mi madre. Entre risas contó que uno de los embajadores había solicitado autorización a la reina para que el pintor flamenco Michel Sittow me hiciera un retrato. Así la corte borgoñona y mi futuro esposo conocerían de antemano la veracidad de las palabras con que ellos describirían mi belleza.

Desde que se concertó mi compromiso, mi vida pasó a girar totalmente alrededor de los preparativos de la boda. A diferencia de mi hermana Isabel, que casó con el príncipe Alfonso de Portugal, heredero del trono, yo no me casaría con un futuro rey. Sin embargo, los preparativos para mi traslado a Flandes fueron los más ostentosos y ricos de que se tuviera memoria en la corte castellana. Apenas cuatro años habían transcurrido desde la Reconquista de Granada, la conquista de las Islas Canarias y el descubrimiento de las Indias Occidentales. En esos cuatro años, el reinado de mis padres se consagró como uno de los más prósperos y sólidos de Europa. Las noticias de las enormes riquezas descubiertas en las Indias, donde se rumoreaba que existían ciudades enteras construidas con plata y oro; la firmeza de mis padres para imponer en la península el mandato de la corona y subyugar tanto a la nobleza díscola, como al clero corrupto, anunciaban tiempos de ventura para quienes el papa Alejandro VI bautizara como los «Reyes Católicos». Nunca vi a mi madre con más bríos de los que hizo gala cuando se dedicó a preparar la fastuosa armada que me llevaría a Flandes. Los preparativos para mi viaje empezaron en el verano de 1495. Desde la primavera, la corte real se trasladó a la Villa de Almazán, donde los reyes supervisarían la construcción de la flota en los astilleros del Cantábrico. Fue una época muy dichosa para mí. Mi padre, que hasta entonces no paraba en mí muchas mientes, se transformó en mi amigo y cómplice. Me sentaba sobre sus piernas o me llevaba a los astilleros para mostrarme el progreso de los artesanos que construían las carracas genovesas que trasladarían mi séquito multitudinario. A éstas se sumarían además otras quince vizcaínas y cinco carabelas donde viajarían los cinco mil soldados que me acompañarían para garantizar la navegación segura frente a las costas de la hostil Francia. Yo disfrutaba observando el efecto que su presencia tenía sobre el enjambre de afanados trabajadores. El poder sentaba muy bien a mi padre. Tenía el don innato de la autoridad. Su cuerpo fuerte y atlético ocupaba más espacio del que físicamente le correspondía. Aun los cortesanos de más alcurnia, instintivamente, guardaban alrededor de él una prudente distancia, como si respetasen el foso invisible de un castillo. Que tendiera el puente levadizo cuando yo me acercaba, me hacía sentir infinitamente importante y especial. Orgullosa reconocía en mí rasgos de su talante y si antes me esforzaba por endulzar mi carácter y comportarme como complaciente damisela, esos meses me enseñaron las ventajas de no falsear mis opiniones, ni sacrificar mis pareceres para ganar la engañosa y momentánea aprobación de cortesanos zalameros.

Mi madre se complacía viéndonos tan cercanos. Desafortunadamente, ese paréntesis de felicidad filial duró pocos meses. A fines de junio, los franceses volvieron al ataque en Perpiñán y mi padre salió en julio hacia Cataluña. Recuerdo que al despedirse me llamó «reinecita». Dijo que, a sugerencias de Juan de Arbolancha, mi madre había solicitado que los cientos de barcos laneros que viajaban a Flandes escoltaran la comitiva nupcial. Ciento treinta y dos barcos zarparían al unísono. No te desposarás con un rey, sonrió mi padre, pero nadie dudará de que mereces ser reina. Subí a la almena para verlo partir y allí estuve hasta que desapareció la cabalgata que lo acompañaba. Sabía que no volvería a verlo por largo tiempo y que todo sería diferente. ¡No imaginé cuánto! Fue mi madre entonces quien se encargó de apertrechar las naves. Ella seleccionó a los cinco mil soldados que me acompañarían y entrenó a los más de dos mil miembros de mi séquito en los particulares de la corte de Flandes.

El 20 de agosto todo estaba presto para partir. El abordaje de las naves empezó desde el amanecer. Por la tarde, de improviso, una tormenta se ensañó sobre el golfo de Vizcaya. Yo había terminado de acomodarme en mi camarote. Constaba de un espacio amplio y una alcoba con la cama adosada al costado de la nave. Una gruesa cortina de terciopelo bermellón separaba una estancia de la otra. En la antecámara había sillas, un escritorio pequeño, un diván y un pequeño armario para mis instrumentos musicales. A mi lado, mi madre se asomaba, por las mirillas cubiertas por holandas, al horizonte oscuro y las crestas agitadas del mar. Al menos el calor se había apaciguado y ella y yo teníamos un momento de soledad tras el ajetreo del abordaje. Esperaríamos juntas el paso de la tormenta, dijo. Quizás ese tiempo era un regalo que Dios nos concedía antes de separarnos.

—Estarás lejos, Juana. Eres joven e impresionable y temo por ti en la corte de Flandes.

—¿Qué sientes tú, una muchacha de dieciséis años a punto de dejar todo lo que le es familiar y amable y embarcarse en un viaje sin retorno? —preguntó Manuel.

—Miedo, pero también excitación. Pienso en el marido que me espera, me pregunto si seré feliz, si de veras será «el Hermoso».

—Tocarías el clavicordio, aunque también conocías el monocordio y la guitarra. De las hijas de Isabel, eres la más educada. Esa noche, en la velada que sigue a la cena, mientras la carraca se balancea en el agua, ríes con las jóvenes damas de tu séquito y tu madre piensa en lo hermosa que eres y trata de que no se le ablande el corazón tan bien entrenado para el infortunio y la discordia. Tú la miras de reojo porque presientes su turbación y su tristeza. Percibir que le causas esos sentimientos te llena de cierta oscura alegría. Tu madre nunca ha sido afectuosa y a menudo te has preguntado si es capaz de amarte como te ama tu nodriza María de Santiesteban, quien se despidió de ti en Valladolid con el viejo rostro convulso por los sollozos. Por eso, el espectáculo de tu madre turbada en medio del jolgorio y las bromas te hace sentirte amada e importante, te alegra las incertidumbres del viaje. No te arredra la travesía porque el mar te gusta y desde niña lo has considerado como una líquida alfombra mágica capaz de transportarte lejos. Es el desembarco lo que te inquieta.

Desde que mis pies cruzaron el puente de proa de la carraca del capitán Juan Pérez, en medio de los fardos y la carga, comprendí que el equipaje que más cuenta lo llevo dentro de mí: llevo mi nobleza, la sangre de mis ilustres antepasados, la España de mi corazón. Cuando mi madre se despida y desembarque, seré yo el ancla y motor de esta expedición. Será a mí a quien obedezca el séquito. Mientras tanto gozo de la intimidad inesperada con Isabel, gozo viendo cómo la ternura aletea sobre su rostro y pone en sus ojos brillos que jamás antes vi. Lágrimas. ¿Será posible? Esa noche ella y yo dormimos en el mismo lecho. Desde que era muy pequeña no la veo en camisa de dormir. Despojada de sus ropas reales es sólo una mujer sobre cuya espalda desciende un arroyo de pelo largo y entrecano. Un rostro afilado recostado en las almohadas. Tengo que pedirle a mi boca un gesto melancólico, apagar mis ojos para que ella no perciba la exaltación que, más allá del temor, me produce la idea de vivir en la corte de Flandes, como esposa del archiduque de Borgoña. Desde niña he oído las historias del boato y colorido de esa corte. He admirado el trabajo de sus exquisitos orfebres, las armaduras sin par de sus herreros, los tapices de sus telares. De sobra conocida es la magnificencia de sus justas, así como el fausto de sus banquetes y festividades. También he oído las críticas mordaces sobre las licenciosas costumbres de la nobleza flamenca. Siempre

me ha parecido adivinar un dejo de envidia en los más escanda-
lizados por la liberalidad de esa corte; por las prácticas que, según ellos, son contrarias a la austeridad castellana. Sucede que
últimamente, entre nosotros, hasta una irrelevante falta de reca-
to puede convertirse en motivo suficiente para que intervenga el
severo Tribunal de la Santa Inquisición.

Mi madre fija sus ojos en mí y me mira como quien se viera en un espejo. Está conmigo pero también sé que está lejos, su
mente siempre viendo más de lo que ve. Me pregunto si recordará acaso la boda con mi padre realizada en secreto y contravi-
niendo la voluntad de su hermano, el rey Enrique IV. Me ha contado de los trucos que usó mi padre para entrar al castillo de Medina del Campo donde se realizó la íntima y secreta ceremonia.
Ella también, cuando se desposó, albergaría la ansiedad confusa
que siento yo, agravada en su caso por la incertidumbre de si llegaría o no a ocupar el trono de Castilla.

—No olvides que te debes a España —me dice—. Tu padre
y yo hemos empeñado nuestra juventud, nuestra salud, en uni-
ficar este país. Este matrimonio tuyo nos hará de importantes
aliados y fortalecerá nuestra posición frente a Francia. Compór-
tate como lo que eres, una princesa de Castilla y Aragón, que no
se deja seducir por retruécanos ni excesos —me aconseja—. Llevas un séquito numeroso para que te sientas rodeada de los tu-
yos. Apóyate en quien preside tu corte, nuestro almirante, don
Fadrique Enríquez, hombre nobilísimo, y en la nobleza de Beatriz de Bobadilla, joven pero sabia. Quizás te resulte extraño el
matrimonio cuando aún no conoces a tu marido, pero la juventud de ambos será tierra arada para la semilla que queráis plan-
tar. Deja que tu decisión sea la de amarlo y el amor se te dará. No
seas esquiva y controla tu temperamento fogoso. El fuego en las
mujeres asusta a los hombres. Hay que guardarlo con discreción
para que no desate aguaceros que terminen por apagarlo.

Mi madre habla y habla y su voz va y viene en mis oídos al
compás del balanceo del barco en el agua, al compás de las ráfa-
gas de viento sobre el golfo de Vizcaya en esa noche oscura iluminada a intervalos por el restallar de relámpagos lejanos.

Al día siguiente, llueve. Yo permanezco en mi camarote,

mientras mi madre ocupa su agitación con las damas de la corte revisando las provisiones del viaje. A la noche, ella y yo cenamos con Beatriz Galindo. A la hora del postre, ésta se saca del corpiño un frasco pequeño preparado por las esclavas moras. Una pócima de amor, me dice, que debo tomar y hacer que tome mi marido. Le han asegurado que es un filtro infalible que hará que él y yo nos amemos hasta el fin de nuestros días.

Beatriz vierte la mitad del frasco en mi copa de vino y la tomo sin rechistar pensando en Isolda y en los peligrosos equívocos del amor.

Mi madre y Beatriz ríen como niñas que han hecho travesuras.

—Ya veremos si funciona —dice la reina—, y no le cuentes esto a tu padre. Éstos son secretos de mujeres.

Reíamos aún cuando se personó a la puerta el almirante de la armada, don Sancho de Bazán, para informarnos de que la tormenta había amainado y que se avecinaba un viento favorable. Con la venia real, zarparíamos muy temprano al día siguiente.

Mi madre alabó a Dios y extendió su consentimiento para la partida. Discreta como era, Beatriz se marchó y nos dejó solas. Poco dormimos esa noche, pensando que quizás nunca más estaríamos juntas.

—Ya verás cuán duro es, Juana, desprenderse de los hijos. Si en la vida cotidiana, mientras crecéis, uno os mira y apenas comprende que hayáis surgido de la propia entraña, basta un peligro o una despedida para que el cuerpo de una se rebele y ansíe la sangre correr en pos de las venas que alguna vez alimentó. Pero es ley de vida que el más grande amor sea el más entregado, el que no se deja nada para sí. Me siento infinitamente triste y feliz. Triste porque pierdo a mi niña; feliz porque gano una colaboradora en esta empresa de hacer más grande y próspera a España.

Al día siguiente, apenas amanecía cuando todo estuvo a punto. La despedida se prolongó con el besamanos de la comitiva a la reina y las recomendaciones de ésta. Por fin llegó mi turno. Oí el corazón de mi madre cuando me apretó contra su pecho. ¡Qué fuerte latía! No queríamos llorar, pero tampoco salirnos la una de los brazos de la otra. Nada dijimos. Ella me hizo sobre la frente la señal de la cruz. Me arrodillé y besé su mano.

Mi madre permaneció en el muelle y yo en la cubierta de la carraca hasta que la distancia borró la costa y me quedé sola frente al mar sin fin y el cielo claro y azul de un día de inusitada transparencia. Me parecía viajar sobre una cometa arrastrando una larga cola. Hasta donde mi vista alcanzaba ondeaban los brillantes colores de las banderolas y penachos que adornaban los mástiles de las ciento treinta y una embarcaciones que me acompañaban. Era un espectáculo espléndido. Me sentí personaje de una canción de amor que cantarían los juglares. Acompañada por don Fadrique y otros caballeros y damas de la corte pasé muchas horas esos primeros días sobre la cubierta de la carraca, admirando la calma de las olas y las manadas de delfines que nos acompañaban grandes trechos saltando sin esfuerzo al lado de las embarcaciones. Navegábamos en parejas. Mi carraca genovesa ocupaba el centro de la armada. A los tres días de navegación estable y sin tropiezos, se desató una furiosa tormenta que nos obligó a fondear en el puerto inglés de Portsmouth. Durante los dos días que debí permanecer en tierra, recibí el homenaje de los nobles ingleses. Se presentaron sin demora no bien corrió la voz de la ciudad flotante aparecida en las aguas del puerto. Me hospedé en el castillo de Portchester, a la orilla del mar. Era una edificación antigua con salones malamente iluminados, pero nuestros anfitriones hicieron cuanto pudieron por albergarnos cómodamente. Tras ocho horas de soportar un mar embravecido que nos zarandeó inclemente, la mayor parte de mi séquito era una ruina de rostros pálidos y desencajados. Porque la navegación no me afectaba ni el equilibrio ni el estómago, les parecí de singular belleza a los ingleses, según no se cansaron de repetirme. Sólo años más tarde me enteré de que el mismo rey Enrique VII llegó en secreto para contemplarme de lejos, ya que el protocolo no permitía que un rey se desplazase del sitio de asiento de su trono para recibir a una princesa. Aparentemente, exageraron de tal modo mi hermosura que no pudo resistir la tentación de verme personalmente. Para mí que saciaba su curiosidad. Mi hermana Catalina estaba por comprometerse con su hijo y él querría mirar el tipo de linaje con el que estaba cercano a emparentarse.

Tras ese percance continuamos viaje sin nuevos contratiempos hasta que nos topamos con los bancos de arena de nuestro destino en el puerto de Arnemuiden, en Flandes, al cual llegué el 9 de septiembre de 1496. Todavía en alta mar me trasladaron a una vizcaína en la que arribé a la que sería mi patria adoptiva. Entre tanto, otra carraca genovesa cargada de regalos para la corte flamenca encalló e hizo agua por la quilla. Originalmente, mi ajuar, consistente en más de cincuenta baúles, viajaría en esa nave. Por fortuna, mi madre dispuso a última hora trasladar todas mis pertenencias a la nave insignia, de manera que yo no tuve demasiado que lamentar. Más bien mi insistencia en que se ocuparan todas las vizcaínas disponibles para recoger a los náufragos evitó que perecieran ahogados el pasaje y los tripulantes.

—Lucía, ¿cómo crees que iría Juana en ese viaje?

—Azorada, embelesada. Le habrá gustado el recibimiento de los ingleses, irradiar su propia luz, no depender de la de los padres. Yo bien que recuerdo esa experiencia de «no ser» de mi niñez. Los mayores me miraban para encontrar los rasgos de mis padres en mí, como si se tratase de evaluar la calidad de la copia. No era yo quien les interesaba. El objetivo de sus atenciones era congraciarse con ellos. A Juana le pasaría lo mismo. En el viaje tomaría conciencia de que separarse de su casa y su familia le permitía ser ella misma. Sería como el polluelo que sale del cascarón, y horas después ya no titubea sobre el pasto. Quizás por eso no se mareaba cuando los demás sucumbían al zarandeo del mar; querría afirmar su carácter. Desde pequeña su valentía, su fuerza física, causaban admiración, ¿no es cierto? En cuanto a su belleza, no sé cuán consciente sería de ella. Lo digo un poco por mí misma, guardando las distancias. Me gusta lo que veo en el espejo, no te voy a decir que no, pero todo depende del día y de mi estado de ánimo. Intuyo que la belleza física está llena de contradicciones. Una sabe, tanto por intuición como por el mundo que nos rodea, que la belleza no es un don despreciable para una mujer. Más de una vez recé para que Dios me librara de ser fea. Pero claro, también me pregunto si la fealdad realmente existe, si es justo decir que alguien es feo, como si esto tuviera la menor importancia. Sin duda que no la tiene si uno es del sexo masculino.

Me había girado para ver a Manuel sentado detrás de mí con el rostro inclinado hacia delante, rozándome el brazo que puse sobre el espaldar de la silla. Su mirada atenta parecía querer atisbar otro tiempo a través de mí. Sus ojos no se detenían ni en los míos, ni en los confines de la sala. De pronto puso su frente sobre mi brazo, como si estuviese abrumado. Tras un instante de recogimiento suyo e incomodidad mía, pareció recuperarse y me sonrió una disculpa.

Recordé la primera vez que fui a su apartamento. Tomamos vino en el almuerzo y, como me puse soñolienta, me invitó a echarme sobre el sofá y dormir un rato. Eran casi las cuatro de la tarde. Debía regresar al colegio en dos horas, pero el Metro de Noviciado estaba muy cerca. Sabía que si lograba dormitar al menos diez minutos se me quitaría la sensación de pesadez. Cerré los ojos. Lo oí moverse por el piso, encender el fuego, llenar de agua la cafetera. Por la ventana se filtraban los ruidos de domingo del barrio: conversaciones de transeúntes, coches que pasaban esporádicamente, puertas que se cerraban. Eran sonidos que parecían lejanos, apagados, que no lograban penetrar la plácida quietud de la hora de la siesta, como si quedaran atrapados en el borde del círculo estático al centro del cual estaba el sofá donde yo yacía cuan larga era. A pesar que, desde entonces, se me cruzó por la mente que las monjas no aprobarían que visitara el apartamento de un hombre que apenas conocía, me gustó la idea de estar allí. Me sentí muy cómoda y adulta. La soledad que rodeaba a Manuel actuaba como un vínculo instantáneo entre ambos. Una especie de virtud compartida. No se me ocurrió pensar que hubiera nada inusual en aquel hombre entusiasmado por la amistad y la compañía de una chiquilla como yo. Me desperté con los dedos largos de Manuel acariciándome la cabeza. Cuando abrí los ojos su cara estaba muy cerca de la mía y su boca me besó levemente en los labios. «Despierta, pequeña», me dijo,

mirándome con ternura. A menudo pensé en aquel beso durante el verano, siempre con una curiosa sensación de cosquillas en
la boca.

—Sigamos —dijo interrumpiendo mis reminiscencias—,
quiero contarte el encuentro entre Juana y Felipe el Hermoso.
Has llegado a Arnemuiden. La noticia que te espera nada más
desembarcar es que tu prometido no ha llegado a recibirte. Te lo
informa una dama española, María Manuel, la esposa de Balduino de Borgoña, encargado por el rey Maximiliano de Austria de
darte la bienvenida, junto con un pequeño grupo de acompañantes.

Para trasladarme de la carraca a la vizcaína que me llevaría
a tierra, yo había insistido en vestir uno de mis más bellos trajes
dorados. Las palabras de don Fadrique, doña Beatriz y las otras
damas de mi séquito no lograran disuadirme. Yo quería lucir mi
tez y mis cabellos negros, distraer la atención de mi corazón que
marcaba el tiempo como un reloj descomunal. La pompa de mis
vestiduras, los volantes, el verdugo, convirtieron el traslado a
la vizcaína en alta mar en una hazaña. Hubo que bajarme de la
nave como un fardo pesado e inútil. Lo soporté pensando en los
ojos deslumbrados de mi prometido. Al llegar a tierra, sin embargo, sólo se acercaron a recibirme un grupo de adustas damas
españolas. La agobiante sensación de ridículo que me invadió
me puso de pésimo humor. Jamás me había sentido así de hu-
millada. Pensé en el esfuerzo de mi madre por desplegar la gloria de España en aquella armada impresionante que, desde la
costa, daba al horizonte el aspecto de una calle de gran ciudad
engalanada para un día de festividades. Semejante desplante me
confundía. Doña María y don Balduino disimulaban su contra-
riedad. Iban ataviados a la manera borgoñona: ella con sombrero muy alto, traje de finísimo brocado rematado con puños y
cuello de encaje, él con bombachas cortas, finas medias ocre, zapatos de gamuza con arabescos y un peto de rombos trenzados
en hilo de oro. Doña María, muy locuaz, estaba ávida de noticias
de la corte castellana y nos puso al tanto de los preparativos del
viaje de la novia de mi hermano Juan, Margarita.

En la carroza, camino a nuestro hospedaje, ya fuera del alcance de oídos indiscretos, doña María nos informó de que, aunque mi suegro, el emperador Maximiliano, compartía la posición española de que era necesario aislar a los Valois, los consejeros que, desde niño, rodeaban a Felipe y gran parte de la nobleza borgoñona privilegiaban la relación con los franceses. Recelaban de la poderosa flota, la cantidad de soldados y el numeroso séquito que me acompañaba. Lo consideraban un gesto inequívoco de la influencia que, tras mi matrimonio, los Reyes Católicos pretendían tener sobre Flandes. Los flamencos se proponían sin duda ignorar el poderío de España. La corte flamenca admiraba a Francia. A nosotros, en cambio, nos criticaban por llanos, rígidos, petulantes y mojigatos.

—Debéis saber, Alteza, que a vuestro prometido, el archiduque, no sólo se le llama Felipe el Hermoso, sino Felipe el Aconsejable, «Croit Conseil», pues confía ciegamente en sus consejeros.

—El archiduque ha pedido que viajéis a Brujas, donde os han preparado una recepción —intervino don Balduino.

—Pero podríais elegir viajar con nosotros a Bergen-op-Zoom. El señor Jean de Berghes me ha pedido que os extienda una cordial invitación para que asistáis al bautizo de su hija y seáis la madrina. Berghes es chambelán del archiduque, pero fiel a la corona de Castilla y Aragón —me dijo doña María, con una sonrisa pícara de labios delgados.

La clara insinuación no cayó en oídos sordos. La verdad era que en aquel momento nada me pareció más adecuado que desbaratar los planes de mi prometido. Todavía no desaparecía el acaloramiento que me produjo el chasco de tener que pasearme con mi vestido dorado y sin galán ante la multitud que se aglomeró en el puerto.

—Me encantan los bautizos —respondí—. Ya habrá tiempo para visitar Brujas.

—Dejémoslo aquí. Ya es hora de que regreses al colegio.

No acepté que me llevara. Nos despedimos a la entrada del Metro. Sentada en el tren, no podía dejar de pensar en la desilusión de Juana. Distraída, me confundí de estación y llegué al colegio unos minutos después de las siete. La cena había comenzado. Madre Luisa Magdalena me miró desde el podio donde vigilaba el refectorio. De camino al estudio me preguntó si había tenido algún contratiempo.

—Ya de regreso, uno de los viejos libreros en la Cuesta de Moyano decidió contarme su vida —dije—. Me dio pena interrumpirlo. Hoy vi en El Prado a la Juana la Loca de Pradilla. Me impresionó.

—Es muy hermoso. Mira que a mí me extrañó verte llegar sin tu ración de pastelería —sonrió.

Bajé la cabeza para evitar mirarla a los ojos. Temía su perspicacia y que me leyera la mentira en la cara pero no quería decirle la verdad. La política de las monjas era siempre preventiva. Antes que confiar en que uno tuviera suficiente juicio preferían evitar que uno lo ejerciera del todo. El afecto que me profesaba madre Luisa Magdalena no era ninguna garantía de que aprobaría mis acciones. Ante todo, era una monja.

Capítulo 6

Durante la semana, recibí carta de Manuel.

«El domingo estuve estudiando la obra de Francisco Pradilla, pintor de Juana de Castilla. No me canso de admirar su capacidad de captar la tristeza e impotencia de nuestra pobre reina condenada al ostracismo y al desamor en plena juventud. El rostro de Juana me hace pensar en muchas mujeres modernas que se resisten a aceptar las limitaciones del entorno asfixiante en que la sociedad las obliga a existir. Mientras más observo estas pinturas más me convenzo de la lucidez del pintor y de su personaje. Interesante que Pradilla decidiera dejar plasmada esta reflexión sobre el estado de Juana. Yo podría llenar muchas cuartillas que ahondaran en este tema, pero basta mirar el rostro de la reina pintado por Pradilla para comprender la magnitud de la tragedia de esta mujer. Debo aburrirte quizás con mis obsesiones, pero la historia de España, de ese período en particular, es tan vívida para mí como la sangría exquisita con que acompañé mi almuerzo dominguero mientras miraba pasar gente por la calle. A menudo me pregunto cómo puede este mundo producir el rostro desolado de Juana y otros rostros donde todavía es posible observar la inocencia del paraíso.»

En la clase de español con la profesora que peinaba el cabello abombado a la altura de la oreja como un negro casquete opaco inmovilizado con excesivo fijador, apenas puse atención. Las palabras de Manuel eran cubos de colores y con ellas armé y desarmé las emociones que intuía detrás. A pesar de mi afición por la lectura y la literatura y quizás por eso, las lecciones de la señorita Aguilar (llamábamos «señoritas» a todas las maestras) me ponían invariablemente de mal humor. Insistía en que le recitáramos de memoria, palabra por palabra, párrafos de la lección del día. Nos forzaba a recordar fechas y nombres pero se preocupaba muy poco por ampliar lo que el texto escolar anotaba sobre los escritores y sus obras. Era un desperdicio que alguien como ella impartiera una materia que se prestaba para mucho más que para entrenar la memoria. Lecciones aprendidas así, además, solían esfumarse del recuerdo antes de que concluyera el semestre, pero la señorita Aguilar —persona de escasas luces— confundía el conocimiento con la habilidad de repetir. En su clase, observándola, yo solía oscilar entre la irritación y la lástima. Había en ella un aire de hastío, de tristeza disfrazada de autoridad. Ya no era joven pero creo que seguía creyendo que recuperar su aspecto juvenil era un asunto de maquillaje. Se lo aplicaba mal, sin embargo, o deprisa. Lo cierto es que el carmín de labios violeta pálido siempre lo llevaba corrido sobre el borde inferior de la boca, el delineador se le hacía una mancha en el ángulo de los ojos, y todo eso le daba un aspecto de muñeca trastabillada que daba pena.

El domingo siguiente desperté de madrugada. Era octubre y el frío había empezado a media semana con vientos helados que soplaban de la sierra. Arropada en la cama me bastaba estirar las piernas para sentir en mis pies descalzos una estepa fría al extremo de las sábanas. Pensé en el invierno que se avecinaba. Durante la noche las monjas apagaban la calefacción y las gruesas paredes parecían absorber, como esponjas, el hielo nocturno para exprimirlo dentro de nuestras habitaciones. En mi mesa de noche la cara luminosa del reloj despertador marcaba las 5:17 a.m. Todavía faltaban varias horas para que el día se iluminara pero yo ya estaba despabilada pensando en el encuentro que tendría con Manuel en El Prado. Por más esfuerzos por evitarlo, aquella semana me la había pasado pensando en él, imaginando escenas descabelladas en su apartamento. A la vez que me sentía nerviosa y en vilo experimentaba una energía, un fragor en el pecho, que apenas me dejaba estar quieta. Habría querido levantarme, empezar a vestirme, pero aún tenía que asistir a misa, desayunar, fingir la acostumbrada lentitud de los domingos en el internado.

Manuel me esperaba de pie en el mismo lugar. Esta vez no hizo siquiera amago de entrar a El Prado. Empezó a caminar sobre la acera y al llegar a la esquina detuvo un taxi y le dio la dirección de su casa. Yo me dejé llevar.

En su apartamento, sobre la mesa frente al sofá, había dispuesto platos de aperitivos, dos copas y una botella de vino. La conversación entre nosotros fluía muy fácilmente, aunque siempre me desconcertaba la fruición con que Manuel aspiraba el humo del tabaco. Yo me había sentido un poco nerviosa en los primeros minutos del encuentro debido a la tensión de querer aparentar liviandad y naturalidad mientras intentaba sofocar el temor irracional de que Manuel pudiera leer en mi rostro las fantasías románticas que me asediaban. Su actitud tranquila, su voz de tonos bajos, la manera en que me acogió continuando la conversación conmigo como si ésta no se hubiese interrumpido, mermó mi ansiedad. Me sentí como un fonógrafo al que le reducen el número de revoluciones por minuto. La sangre empezó a circular más despacio por mi cuerpo.

Tomamos vino, comimos los aperitivos y Manuel sirvió el almuerzo que había preparado: trucha al horno, arroz y verduras. Le contaba de mis clases de literatura, de la señorita Aguilar y su manía de tomarnos de memoria la lección cuando me preguntó si me había enamorado alguna vez.

Debí sonrojarme, porque sentí calor en las mejillas, pero me reí de buena gana.

—No he tenido muchas oportunidades. Desde los trece años encerrada en un internado...

—Pero a los doce, a los once, ¿no sentiste atracción por ningún chico? Yo siempre fui de amores platónicos. Recuerdo a Amalia, por ejemplo, mi vecina. Suspiraba por ella, pero jamás me atreví a confesárselo.

—Mi primo Alejandro me gustaba. Éramos inseparables y él me decía que yo era su novia, que algún día nos casaríamos. Los primos mayores decían que no podíamos casarnos porque éramos parientes y hubo una época en que me puse muy melancólica pensando que aquello era un amor imposible... pero eran cosas de chiquillos. ¿Qué pasó con Amalia?

—Amalia se cambió de casa un buen día y no la volví a ver. Después fue Nieves. Y Alejandro ¿te escribe?

—Hace unos dos años tuvo un accidente. Se tiró de cabeza en una piscina sin fijarse que estaba casi vacía. Por poco se mata. Estuvo en coma varios meses. Se ha recuperado, afortunadamente, pero tiene lagunas. Su amor por mí quedó en una de esas lagunas. Nunca me escribe. Después de Alejandro tuve una ilusión pasajera por un hombre mayor: el arquitecto que construyó nuestra casa. Era muy guapo y me trataba con mucha deferencia, como si yo fuera una adulta, pero creo que quien realmente le gustaba era mi madre. No más aparecía mi madre en escena, se olvidaba de mí.

—¿Te ponías celosa?

—Supongo que sí. Me daba rabia ser tan pequeña. Me escondía en la habitación contigua al estudio y oía la conversación de ellos a través de la puerta para ver si los pillaba y poder decírselo a mi padre, pero no hablaban más que de la construcción. Sin embargo, estoy segura de que a mi madre le gustaba ese arquitecto. Se arreglaba muy linda para recibirlo y le brillaban los ojos al saludarlo. ¿A qué vienen esas preguntas?

—Quizás a que nunca he conversado de estas cosas con una persona de tu edad. Yo apenas recuerdo cómo veía el mundo de adolescente y cuando pienso en Juana la Loca y su enamoramiento por Felipe el Hermoso a los dieciséis años me pregunto si es posible el amor cuando se es tan joven.

—¿Por qué no va a ser posible? Además, en esa época se casaban así de jóvenes, ¿no? Algo tendrían que sentir.

Manuel sonrió mientras me servía más vino y encendía otro cigarrillo.

—Cuando tú digas, te cambias y continuamos. Quiero contarte el encuentro de Juana y Felipe. Cuando la dejamos, se dirigía al bautizo de la hija de Jean de Berghes en Bergen-op-Zoom.

—Vaya nombrecito.

En el viaje a Bergen-op-Zoom, me impresionaron las pulcras y populosas ciudades flamencas; sus casas rectangulares de ladrillo, muy juntas una a la otra, coronadas por graciosos techos orlados que me recordaron las ilustraciones del libro de horas que María de Borgoña obsequió a mi madre. Los techos de las granjas eran de paja muy tupida, con los bordes cortados a ras. Por todas partes se veía a la gente ocupada en labores de campo o afanadas en panaderías o comercios. Se respiraba laboriosidad y un ambiente muy distinto al de nuestra Castilla pastoral y pobre. La familia del chambelán Jean de Berghes me recibió con gran afecto, acomodándome con mis damas en unos aposentos exquisitamente decorados con grandes tapices de brillantes colores. Después del viaje por mar, esos días me proveyeron de un descanso sin el cual no sé cómo habría sobrevivido el mes siguiente. En la ceremonia del bautizo, yo sostuve a la pequeña niña a quien llamaron Jeanne en mi honor.

A los pocos días salimos de Bergen hacia Amberes, donde arribamos el 19 de septiembre. En cada ciudad del trayecto, la gente me recibió con grandes muestras de júbilo y curiosidad a las que correspondí con sonrisas y saludos mientras recorría las calles principales con mi séquito. Mis damas y yo cabalgábamos al trasvés —a la manera española— sobre monturas de cuero repujado. Llevábamos nuestras mantillas y tocados tradicionales sobre los colores oro y grana de nuestras ropas más lujosas. Nos acompañaba un numeroso cortejo de trompeteros y portaestandartes anunciando con grandes aspavientos nuestro paso. Estas procesiones, a la usanza de Castilla, que aquí incluían hombres tragafuegos, bufones y toda suerte de entretenimientos, estaban destinadas a darme a conocer y a indicar, con su boato y derroche de fiestas, la importancia de mi unión con Felipe dada la nobleza y elevada posición de mi estirpe. Las gentes sencillas de estos lugares, de rostros rubicundos y pieles frágiles y enrojecidas, nos veían pasar con manifiesta admiración, diciéndonos con sus sonrisas y aplausos lo que poco podían decirnos con palabras. El pueblo flamenco me llamaba la atención por alegre y desfachatado. Hombres y mujeres se trataban con gran familiaridad, sin la formalidad y modestia común en Castilla. Las muchachas bailaban con panderetas levantándose las faldas. Desde las ventanas de las tabernas, vi a más de una asomarse con el jarro de cerveza en la mano. Don Luis de Osorio, mi confesor, me causaba risa por lo mucho que se escandalizaba por las costumbres de estas gentes. Se persignaba con disimulo y me miraba como para asegurar que yo coincidiese con él en que aquellos comportamientos eran reprobables y licenciosos. A mí, la verdad es que el espíritu desenvuelto de Flandes me contagió con su entusiasmo. Si bien durante los agasajos que nos ofreció la nobleza en las principales ciudades, no faltaron las ocasiones en que claramente percibí el deseo de poner en evidencia nuestra inexperiencia en cuanto al ceremonial borgoñón, como si esperaran divertirse con nuestra ignorancia, yo no me tomé esto a mal. Me pareció propio de ese espíritu irreverente, animado y jovial que tan gratamente me había sorprendido en mis futuros súbditos. Me sentía liviana y feliz. Los cumplidos que por doquier recibía más que envanecerme me hacían sentir agradecida y con deseos de ser una soberana que llegaran a amar verdaderamente. A medida que pasaban los días y entendía mejor el flamenco, o cuando oía comentarios en latín que envidiaban mi suerte de casar con un príncipe tan hermoso, aguerrido, buen jinete y que tenía un envidiable amor a la vida, la tristeza y el desconcierto iniciales al separarme de mis padres y cuanto conocía fueron sustituidas por una tremenda sed de gustar esta nueva vida y ser la encantadora princesa extranjera que haría feliz al archiduque Felipe.

Empezaba a hacer frío. En Amberes, a pesar del faustuoso recibimiento que nos brindaran, la fortuna no nos sonrió. Yo caí presa de altas fiebres que me hicieron delirar, dejándome con el cuerpo adolorido. Me asaltó el temor de que la tardanza de mi futuro marido en reunirse conmigo tuviera, como se me había sugerido, la intención de humillar a la corona española. La realidad, que entonces yo apenas empezaba a desentrañar, se remontaba a la infancia de mi prometido. Desde que su madre murió en un accidente de equitación cuando él era un crío, su padre lo entregó a la tutela de nobles flamencos y belgas que lo inclinaron decididamente hacia una alianza con Francia. Mientras ellos gobernaban las provincias, lo mantuvieron entretenido con fiestas, cacerías y banquetes. Ahora que ya era un hombre, su padre intentaba librarlo de estas influencias y encauzarlo a la defensa y administración de los intereses germánicos. Por eso lo había forzado a ejercer la regencia del parlamento alemán en Lindau, razón por la que Felipe no estuvo en el puerto esperando mi arribo. A mí, sin embargo, su ausencia me parecía inexplicable. Cuando me enfermé tras los días de alegres festejos, y yacía en mi cama con fiebre, la felicidad de encontrarme en un país sin las sombras y rigideces de mi España pronto desapareció. Entré en un estado de melancolía que sólo se agravó por la muerte inesperada de don Luis de Osorio, mi confesor, y las alarmantes noticias procedentes de Arnemuiden referentes a los hombres y la flota que esperaba para trasladar a Margarita a España. Dejados a su suerte, los miles de soldados y marineros sufrían de hambre, frío y también de fiebres. La muerte los empezaba a diezmar. Impaciente y contrariada, dicté a don Fadrique una carta para mi prometido urgiéndole a que se apresurara a encontrarme en el monasterio de Lierre, adonde me trasladé. La abadesa María de Soissons me brindó su hospitalidad gracias a doña María de Borgoña, quien no se había apartado de mi lado.

Felipe llegó la noche del 12 de octubre, sucio y mojado tras viajar varios días sin descanso, recurriendo incluso a monturas de casas de posta. La abadesa le preparó un salón con un buen fuego para que secara sus ropas y le ofreció de comer y beber. Tras conocerse la noticia del arribo del archiduque, el monasterio se transformó en un sitio de carreras y murmullos. La presencia masculina pareció alborotar en todas las mujeres allí encerradas quién sabe qué viejos recuerdos o visiones prohibidas. La abadesa sabía de las cosas del mundo, pues era viuda cuando ingresó en el convento. No bien terminó de atender a Felipe, se llegó hasta mis aposentos para cerciorarse de que mis damas hacían lo necesario para acicalarme de forma que mi prometido se impresionara favorablemente al verme.

Por fortuna, yo ya estaba recuperada de mi pasajera enfermedad. La excitación que permeó el ambiente tras la noticia de la llegada de Felipe sacudió los restos de melancolía que aún me afligían. Me propuse mostrarle el talante con que me presentaba ante él en mis ensoñaciones. Quería que me viera como una criatura radiante. Escogí un vestido rojo granate de escote cuadrado y anchas mangas. No quería halagarlo acicalándome en exceso. Al cuello me puse el rubí que mi madre me regalara para mi compromiso y me dejé el pelo suelto. Ni siquiera acepté usar las ballenas para ampliar mi falda, pues preferí que el terciopelo al caer sobre mis caderas alargara mi figura. De pie frente al espejo, no podía evitar ver en los ojos de mis damas las fantasías que les cruzaban por la mente. Sus ojos, más que los míos, estaban encendidos por la ilusión del idilio. Yo, en cambio, apenas podía contener el tropel de pensamientos contradictorios que lo mismo avizoraban mi felicidad que mi ruina. Bien sabía Dios que cualquier cosa podía suceder. Si Felipe no lograba seducirme, me esperaban años de sufrimiento. Recé fervientemente, en silencio, por que aquel hombre encontrara la manera de tocar mi corazón. Divertida por mi agitación, Beatriz de Bobadilla me alcanzó el frasco con la poción que la Galindo me hiciera tomar la última noche que cenamos con mi madre. Ahora yo debía ingeniármelas para dársela a mi futuro consorte, dijo jocosa. Metí el vial en mi corpiño y, finalmente, acompañada por la abadesa, por Beatriz, don Fadrique y doña María de Borgoña, me dirigí a la sala donde esperaba el archiduque.

Por los vitrales del pasillo oscuro y frío del monasterio, la luz de la luna se colaba dibujando las ramas de los pinos del jardín movidas por el viento y la lluvia que caía sin cesar. Apreté con mis dos manos sobre el pecho el mantón que llevaba y así, cubierta y aterida, divisé por primera vez a Felipe.

Antes de que mis ojos lo definieran, vi los suyos mirándome desde la mancha azul de sus ropas, como si la mirada fuera una entidad sin cuerpo que me atrapara envolviéndome como un lazo de seda jovial y curioso. Poco a poco la mirada adquirió cabello y mejillas, cuello y manos alargadas. Era más alto que yo, delgado, rubio, apuesto, pero nada de eso parecía más importante que la emanación que fluía de él hacia mí, la complicidad con que me transmitió su propia duda, su alivio. Sentí la abundancia de imágenes urdidas y prefiguradas por los dos en ocasión de este encuentro. Aunque ambos habríamos enfrentado nuestro destino cualquiera fuese la impresión que nos causáramos, mirarnos y reconocer que para nada nos desagradábamos, desató en los dos una rara y eufórica complicidad. Conscientes de lo poco que habíamos intervenido en los engranajes de nuestras vidas, intercambiamos, sin cruzar palabra, la certidumbre de que juntos descubriríamos nuevos usos para la libertad que nos concedería el matrimonio. Lo bien que se acoplaron nuestros silencios bastó para convencernos de que nos habíamos enamorado a primera vista. Iba a hacer la acostumbrada reverencia, pero él me lo impidió, tomándome de la mano y llevándome sonriente al otro lado de la chimenea indicándome que tomara asiento fuera del alcance de nuestros acompañantes. Me admiró verlo actuar ante los demás con el aplomo que nos es tan difícil de asumir a las mujeres. Apenas habíamos conversado cuando pidió a la abadesa, a los miembros de su corte y de la mía que nos dejaran solos, pues ya que pasaríamos la vida juntos, bien nos haría empezar a conocernos. Cuando todos salieron, mi determinación de increparlo por su tardanza para reunirse conmigo fue totalmente avasallada por un calor en el pecho que me subió hasta los ojos produciéndome una suerte de vahído de llanto, mezclado con un trasfondo de risa y alivio. Sin saber cómo disimular emociones tan poco apropiadas para el momento, me tapé la cara con las manos, luchando por recomponerme. Él se arrodilló a mi lado, ansioso, pero le dije que no debía preocuparse. Estaba cansada tras tantos días de viaje y me daba gusto ver que, después de todo, parecía que no tendría que maldecir mi destino. Sacó su pañuelo, me secó las lágrimas. Creo que ni cinco minutos habían transcurrido antes de que me diera el primer abrazo y me besara en los labios. Sus labios eran delgados, pero su lengua parecía una pequeña lanza hurgando en mi boca. Había tomado cerveza, porque recuerdo el sabor a malta y el calor que su lengua hizo correr sobre la mía y que, desde mi garganta, bajó como una corriente de ardor que me sacudió un cuerpo metido en el mío que hasta entonces yo ignoraba poseer.

Me separé de él para tomar aire. Sus ojos azules estaban tan cerca que parecían una luna colgada en su frente. Me tocó las mejillas y yo toqué las suyas, que se habían puesto muy rojas y calientes. Sin más, tomó mi mano y la llevó al centro de sus piernas, bajo la casaca azul. Allí toqué un manojo de uvas tensas, y lo palpé para entenderlo pues la verdad era que apenas conocía la anatomía masculina. Mientras yo exploraba, Felipe conocía mis clavículas, y su boca, dejando un trazo húmedo, mordía el borde de mis pechos que asomaba sobre el escote. En ese momento recordé el vial que llevaba oculto en el vestido y la idea de que lo encontrara me hizo recuperar súbitamente el otro cuerpo que no conocía estos apasionamientos. Saqué la mano de bajo su casaca y la puse suavemente entre él y yo.

—Os ruego aguardar, señor —le dije—. Tendríamos que ser pacientes y esperar a que se bendiga esta unión —agregué haciendo un mohín, al tiempo que me pasaba las manos por la falda, el corpiño, el cabello y me ponía de pie para alejarme de él.

—Hago lo que se nos manda hacer —dijo él, con picardía y una sonrisa que no pude más que imitar. Se levantó y fue a la mesa a beber un largo trago de cerveza. Volvió a sonreírme y añadió—: Ya que os he visto no veo impedimento en que vos y yo decidamos cuándo y cómo ejecutar nuestras órdenes. Os lo demostraré ahora mismo.

Se dirigió a la puerta sin vacilación. Como ambos supusimos, nuestros séquitos estaban prácticamente al otro lado de ésta, seguramente intentando escuchar lo que hablábamos. Felipe dio órdenes a su mayordomo mayor de llamar a la abadesa. Cuando ésta llegó minutos después, cuál no sería mi asombro cuando le oí pedir su autorización para que la ceremonia de nuestra boda se realizase de inmediato.

—La princesa y yo ya hemos perdido un mes completo y quisiéramos pasar juntos esta noche —dijo adoptando una pose solemne, sin que su rostro diera pie a la más mínima posibilidad de ser contravenido.

Me senté en una silla, mirando fijamente el reflejo de las velas sobre el terciopelo de mi falda. A pesar de la no poca vergüenza que me invadía por sentirme tan dispuesta a participar en el juego, a pesar de mi temor a que don Fadrique y Beatriz pensaran que había perdido el juicio; cada vez que levantaba la vista y miraba de reojo la espalda de Felipe, me sentía feliz de que un hombre como él me hubiese caído en suerte. Nada más arrojado ni caballeresco podía yo pedirle a la vida que semejante escena. Salían y entraban los cortesanos. Su mayordomo y el mío intercambiaban susurros en una esquina. La abadesa había salido a buscar a don Diego Ramírez de Villaescusa, mi primer capellán, quien llegó apresurado y se acercó a susurrarme al oído.

—¿Es lo que vos queréis, Alteza?

Bajé los ojos con fingida modestia, disimulando la risa y los nervios ocultos bajo mi pecho.

—Yo acato gustosa las decisiones de mi prometido. Y concuerdo en que si a casarme he venido más vale que no posterguemos lo que se nos ha encomendado —susurré, sosteniendo la mirada divertida de Felipe que, a diferencia de mí, no se molestaba en ocultar lo bien que lo estaba pasando.

El recuerdo de esa improvisada ceremonia junto a la chimenea donde Felipe me besó por vez primera, sigue presente en mi memoria. Se encendieron velas llevadas de otras habitaciones y frente a la mesa tosca del recibidor de la abadía, mientras la lluvia continuaba enfriando la noche, don Diego nos casó, ante la presencia de los más cercanos miembros de nuestros séquitos. Las sombras de la concurrencia se elevaban altas sobre las paredes grises del recinto. Yo vi la silueta de mis manos entre las manos de Felipe (las de él tan delgadas y finas como las mías) proyectarse como picos de cigüeña sobre la cabeza del sacerdote. Sin que yo hiciera uso de la poción del vial que aún guardaba en mi corpiño, mi prometido parecía haberse prendado de mí. Me miraba con incrédula felicidad y adoración, como si lo que sucedía fuera la culminación de un largo deseo. Yo le correspondía deslumbrada ante su deslumbre. La posibilidad del amor nos había enamorado. Bien supuso mi madre que siendo jóvenes seríamos como la tierra fértil. Pensé en ella mientras el cura nos bendecía. No aprobaría semejante precipitación. Y sin embargo, su boda no había sido tan distinta.

—Lucía.

Fue como si una ola de pronto me sacara de la suavidad del mar a la dura superficie de una playa rocosa. Abrí los ojos. Debían de ser las cuatro o cinco de la tarde a juzgar por la luz. Manuel estaba de pie yendo hacia la cocina. Regresó con dos copas de vino tinto.

—Creo que un poco de vino nos ayudará a recuperar el sentido de la realidad —dijo con una sonrisa tristona.

—Lo dices como si prefirieras no recuperarlo.

—Daría cualquier cosa por poder entrar en la psiquis de esos dos. Imagínate. Ella de dieciséis años. Él de dieciocho. Acaban de conocerse. Ella virgen, hermosa y azorada. Él seguramente excitado por la cabalgata, por el poder de su posición. La atracción carnal mezclada con su deseo de provocar a los españoles y desafiar las convenciones. Haría frío. Juana se vería como tú, con las mejillas enrojecidas, trémula. Ven, vamos a quitarte esa ropa. Pareces estar bajo un encantamiento.

En las escaleras hacia la oscuridad del cuarto de Manuel, sentí mis piernas flojas. No quería salir de la escena que mi imaginación continuaba proyectando: prendas íntimas lanzadas sobre el suelo de una habitación austera, monacal.

Manuel se situó detrás de mí y suavemente me quitó el medallón y, al hacerlo, inclinó su cabeza sobre mi cuello y empezó a morderlo con los labios, pasando su lengua sobre la sombra de mi pelo. Iba a protestar, pero la piel me lo impidió, alzándose como una bailarina que lanzara sus velos sobre mi asombro y mi reticencia. El mundo se llenó de sedas y gasas. Cerré los ojos y me abandoné al tiempo remoto de cientos de años atrás. Yo era otra vez Juana. Felipe y yo al fin estábamos solos tras la ceremonia. Él me seguía besando la línea del omóplato, mientras sus manos deshacían apuradas las cintas del frente de mi traje, que se aflojaba sobre mi cuerpo. Yo era una paloma y la jaula se ensanchaba. Respiré hondo sintiendo las manos suaves que deslizaban las mangas del traje sobre mis hombros. Besos y humedades de su lengua perseguían cada milímetro de piel que se descubría como si las olas cortas y frecuentes de un lago fueran arrancándome las vestiduras a pequeñas embestidas. Mis pechos saltaron fuera y sentí el espacio abierto, el viento sin corrientes de la desnudez. Mis pezones se alzaron, se contrajeron como redondos aguijones. Él me abrazó por la espalda. Sus manos rodearon la redondez de mis pechos al aire, amasándolos deliberadamente con una lentitud enervante como si fueran pan, como si se tratara de hacer subir la levadura de mi piel hasta que ésta se hinchara de placer.

Cuando el traje se derramaba sobre mi cintura, Felipe me empujó suavemente. Me guió sorda y silenciosamente hasta la cama. Mi espalda sintió el contacto con la seda de la colcha de Manuel. Su respiración jadeaba mientras deslizaba el traje sobre mis piernas hacia mis pies. Quedé desnuda, con sólo las bragas puestas, y no quería pensar, ni abrir los ojos. Sólo quería ceder y pretender que no tenía voluntad. Quería abrir mi cuerpo, despojarme de las advertencias, dejar que aquello sucediera. Manuel tiró sus ropas. Sentí su cuerpo masculino, la piel lisa envolviendo músculos tensos, nada de redondeces ni tierra blanda, sino un territorio geométrico, angular, el escaso vello en el pecho, el corazón palpitando acelerado al centro, rozándose contra mis pezones. Y Felipe se adhería a mí, se restregaba contra mí, hundía su boca en mi pelo, en mis orejas, gemía casi dolorosamente tocándome por todas partes, tanteándome las piernas, los costados, zafándome las bragas, con prisa, como si temiese que me esfumara de pronto. Era blanco el cuerpo que entreví, el miembro alzado entre las piernas, surgiendo inesperado del arbusto donde vivía agazapado, como un índice desmesurado y enérgico en su gesto de amonestación casi risible. Lo miré fascinada mientras él se echaba a mi lado para besar mi ombligo, para irme trazando las piernas con los dedos, ir dibujando sobre ellas líneas rectas hacia mis pies; cada línea una orden para que yo fuera queriendo abrirlas centímetro a centímetro, y así dejar que pasara su mano sobre mi pubis. Yo oía ahora mis quejidos confundirse con los suyos mientras por dentro me invadía la sensación de miel derramada, un panal soltando una sustancia viscosa, cálida, y él sumergiendo su mano entre mis piernas, untándose los dedos, llevándoselos a la boca, para luego pasarlos sobre mis labios dándome a beber a mí conmigo misma. Giré frenética y el instinto me dijo que tomara el miembro fuerte y erguido de Felipe y me lo llevara a la boca como una copa de vino. Luego, me agarré de su espalda para ayudar a su cuerpo a escalarme. Me estremeció la sensación exquisita del primer acercamiento, la dureza suya contra el foso que llevaba a mi castillo interior, pero cuando mi instinto lo animaba a cruzar el umbral hacia los salones secretos de pronto todas las alarmas se encendieron y un dolor de sitios prohibidos, de puertas tercamente cerradas se interpuso. Susurré gimiendo que no alcanzaba, que no podía, pero Felipe o Manuel, no sé quién era ni importaba ya, me clavó los brazos abiertos en las almohadas y sobre mis gritos y llanto empujó su sexo como si taladrara mis entrañas en busca de agua y al fin sentí el desgarramiento y la penetración honda, su carne perdiéndose dentro de la mía, yo llorando de dolor y alivio, pensando ya pasó, ya estuvo, sintiendo que él había hecho lo que había que hacer, perdonándolo, llorando y al fin sintiendo el ir y el venir y los dos gritando y él de pronto saliendo de mí alzándose de rodillas entre mis piernas y dejando caer desde la altura el líquido caliente, espeso, sobre mi ombligo.

Capítulo 7

Kyrie eleison.
—Kyrie eleison.

El padre Justo, capellán del colegio, mecía el incensario como un péndulo sobre el altar. El humo espeso y fragante inundó la capilla. Cerré los ojos y me dejé llevar por el sonido rítmico de la cadena del incensario. A mi lado, sobre la banca, estaban arrodilladas Margarita y Pilar. Me pregunté si detectarían el olor que emanaba de mí como si mi carne produjera su propio aroma consagrado. Me había duchado la noche anterior, pero por la mañana, al despertar, metí la cabeza bajo las sábanas y percibí un olor a mar. Me pasé una toalla y tuve que correr para alcanzar la misa de las externas, procurando no exacerbar la molestia y ardor que sentía entre las piernas. Paradójicamente, aquel dolor me hacía sentir estúpidamente superior a las demás, a las once mil vírgenes que me rodeaban. La imagen me provocó una sonrisa sobre el misal.

Me parecía increíble poder ocultar sin dificultad un acontecimiento tan trascendental; que no se dibujara en mi cara como proyección cinematográfica. El mundo seguía igual con sus rutinas y sus lunes. Sólo dentro de mí las cosas cambiaban de lugar. Me sentía como la casa de mis padres el día que llegó la mudanza a llevarse los muebles al almacén: mis pasillos llenos de cajas, la grama del jardín cubierta de papeles rotos, el desasosiego de sillas y mesas fuera de lugar. Era mi niñez de virgen la que me desalojaba. No entendía por qué se le atribuía tanto valor a la inocencia. Ahora que la había perdido, no la echaba de menos. Por el contrario, la infancia, la pubertad, se me hacían un largo período oscuro, confuso y repleto de supercherías. Tanto temer la piel y sus orificios. Tanto imaginar dolores y vergüenzas cuando la sexualidad me había parecido llena de lucidez; una revelación de la intimidad entre el cuerpo y el espíritu. ¿Cómo no iba a maravillarme ver mi cuerpo actuar instintivamente seguro de sus movimientos? ¿Ver la sincronía entre piel y pensamiento? Era como encontrar un viejo mapa hundido en el inconsciente. O toparse con la lámpara de Aladino y sentir al genio salir del ombligo al primer roce, para hacer realidad el deseo y la fantasía. Aunque en la penumbra de la capilla, arrodillada entre las vírgenes de mi clase, me preguntara si no debía más bien sentir vergüenza, en mi ciudad interior no sentía otra cosa que júbilo y celebración. Habría querido comulgar cuando el sacerdote alzó la hostia frente a nosotras y nos invitó a acercarnos. Pensé que haber hecho el amor me permitía comprender la idea de la comunión.

Ahora sí sabía lo que era albergar otro ser en el interior más íntimo. Sin embargo, no me atreví a recibir la hostia. Tuve miedo. Estaba segura de que si me confesaba, el padre Justo me reprendería y quizás hasta me negaría la comunión. Él, igual que las pobres monjas, jamás haría el amor. Para ellos, el amor carnal era impuro. Mantenían y seguirían manteniendo la superchería de que el apareamiento era sólo un mal necesario para procrear. Los curas y las monjas trastocaban esa experiencia crucial de la vida en una receta de oscuridad. Sentí rabia cuando recordé las constantes amonestaciones en que nos advertían del llanto y el crujir de dientes. Por fortuna, en mi casa, la religión siempre fue un rito social; un artificio conveniente para el orden. O, como bien decía mi padre, era una historia, una leyenda moral para consolarnos del inevitable final. Era una ilusión reconfortante, afirmaba, imaginarse cortes celestiales, un viaje intergaláctico, en vez de la nada después de la muerte, que para él era una certeza. Pero cada quien tenía su proceso y era yo la que, a fin de cuentas, tendría que decidir en qué creer una vez que pudiese discernir entre el mito y la ciencia. Mi madre no lo contradecía, pero sostenía que ni él ni ella eran peores seres humanos por haber tenido una educación religiosa. A ella le gustaba rezar conmigo por las noches, pero en sus rezos yo intuía el deseo más bien de continuar una tradición dulce e inofensiva. La displicencia de mis padres en materia de los principios de la fe, que en el colegio las monjas nos martillaban como si asegurarse de que sintiéramos la culpa de nuestra existencia fuera la única manera de convertirnos en seres humanos decentes, había hecho de mí una persona tibia para la devoción. No era indiferente a las peroratas sobre el infierno y la eternidad, pero la crueldad de los suplicios no me parecía coherente con la inteligencia de un Ser Supremo capaz de crear un colibrí o una ola. La idea del Dios amante y gentil era mucho más congruente, a mi juicio. Lo difícil era saber si la ausencia de castigo divino justificaría ante mi padre, por ejemplo, que yo me abandonara a la seducción de Manuel. La idea de que me estuviera viendo desde su muerte no dejaba de incomodarme. Pensé que debía encontrar con quién confesarme fuera del colegio, un cura, un adulto que pudiese aconsejarme. No podía ser el padre Justo, pero si yo no volvía a ponerme en la fila de comulgar, Madre Luisa Magdalena lo notaría. Y comulgar sin confesarme era más de lo que mi relativo escepticismo me permitía.

Más que nunca, durante esos días, lamenté no tener una amiga íntima a quien poder decirle que ya no era virgen. Me parecía un asunto tan trascendental que me moría por contárselo a alguien, por compartir una revelación que me parecía que ni Margarita ni Piluca ni Marina podrían digerir sin atragantarse del susto y mirarme atónitas. No fue su censura lo que me detuvo, sino el miedo a que no se aguantaran la necesidad de contárselo a alguien más. De una en otra la noticia correría desatada y escandalosa por el colegio, y a eso no me podía arriesgar. ¡Ah! ¡Pero cuánto me habría gustado presumir ante ellas! La verdad es que me sentía orgullosa de mi aventura, aunque mi atrevimiento no dejara de causarme pasmo. ¿Cómo había podido, sin más, dejar que Manuel me sedujera? ¿Creería él que era una desvergonzada? ¿Y de dónde surgiría en mí aquel deseo incontrolable que, en vez de apagarse, se encendía como un bombillo entre mis piernas cada vez que recordaba las manos de Manuel y sus caricias; la ternura con que me apaciguó después de que pasó todo y yo me eché a llorar como criatura?

A media semana inventé que debía llamar a mis abuelos para meterme en la cabina y telefonear a Manuel. Pareció desconcertado por mi llamada. No la esperaba, dijo. Fui breve porque su frialdad me llenó de desasosiego. Me enfurecía ser, desde niña, tan susceptible. A veces me abrumaba el miedo de que por mi tristeza nadie me quisiera. Me pregunté si Manuel estaría consumido de arrepentimiento por lo sucedido. La culpa que a mí me faltaba quizás la habría cargado toda él. Quizás me diría que no volviéramos a vernos. La zozobra me mantuvo insomne. Apenas podía comer. El viernes, sin embargo, recibí una postal ilustrada por un tapiz flamenco.

«Lucía: He estado muy cargado de trabajo esta semana. En vez de mi escritorio, quisiera un prado verde donde contemplar a mis anchas la vida de Juana en Flandes. El domingo, a medio día. ¿Podrás almorzar conmigo?

Manuel.»

En la iglesia de San Cipriano, no muy lejos del colegio, confesaban los sábados por la tarde. Entré e hice la acostumbrada genuflexión mientras ubicaba los confesionarios. Parecían grandes armarios de madera a uno y otro lado de la nave circular de la Iglesia. Tomé mi puesto en las bancas cercanas a uno de ellos, en las que vi varias mujeres mayores esperando turno. La atmósfera del templo, su silencio de caverna, me envolvió en un abrazo. Por más que me hubiese repetido que no me condenaría por lo que había hecho, primero porque el infierno muy probablemente no existía y segundo porque Dios me entendería, estar allí logró que me sintiese como una Magdalena pecadora e impura. La efigie de Cristo crucificado que presidía el altar mayor me pareció la de una autoridad superior que sólo con su presencia dolorosa reprendía mis acciones. Metí la cara en las manos. Mi arrepentimiento fue, en ese momento, genuino. Quise pensar que era sincera cuando me dije que no volvería a hacerlo, que retornaría, como hija pródiga, al camino de la virtud. Pero mi mente saltaba de una cosa a la otra preocupada en ensayar la forma de decírselo al sacerdote. «Un hombre me sedujo, padre, y yo me dejé seducir» o «Padre, me acuso de que perdí la virginidad».

La primera variante me parecía más digerible para el cura, menos incriminadora para mí, aunque no del todo honesta. En ésas estaba cuando llegó mi turno. Me sudaban las manos cuando me arrodillé y dije la fórmula, el Ave María Purísima. El confesionario era muy oscuro y olía a madera vieja y rancia, a pecados derramados, mustios. El sacerdote estaba oculto bajo una telilla púrpura, pero por una rendija vi sus zapatos bien lustrados.

—Anda, hija, dime tus pecados —me dijo la voz grave, de hombre, luego de preguntarme por la última vez que me confesara.

—Hice el amor con mi novio, padre.

Se hizo un silencio. El cura carraspeó. Yo me metí las uñas en los brazos, que tenía cruzados sobre el saliente de madera junto a la ventanilla.

—¿Hiciste tú lo posible por vencer la tentación?

—No sé. Fue algo que no esperaba. Una fuerza más poderosa que yo —titubeé, sin saber qué decir.

—Cuéntamelo. Cuéntame cómo sucedió.

No pude hacerlo. Salí corriendo molesta. Era ridículo tener que confesar cosas tan íntimas. ¿Qué derecho tenían los curas a escuchar las intimidades de uno? A la postre acudí al confesionario en la capilla del colegio. Me acusé con el padre Justo de pensamientos y deseos impuros, segura de que Dios entendería la clave.

El domingo, en vez de llamar a un taxi, Manuel me guió por las calles vecinas laterales al paseo de la Castellana, a un restaurante pequeño y acogedor de techo bajo y arcos de adobe. Servían tapas. Él seleccionó mejillones y tortilla, jamón serrano, queso, aceitunas, champiñones y no sé cuántas cosas más. De beber pidió vino tinto de la casa. Actuaba igual que siempre, como si no hubiese cambiado nada. Yo me desconcerté un poco. Viéndolo tan inmutable pensé que así debían ser las cosas entre adultos y jugué mi parte.

Lo noté pálido, ojeroso.

—¿Pasa algo, Manuel? Luces cansado.

—No te lo dije por teléfono, pero esta semana he tenido que atender a la tía Águeda. Normalmente es muy sana, así que cuando enferma se pone absolutamente desvalida y de mal humor. Apenas si he estado en mi apartamento. Por fortuna, la biblioteca donde estudio está en la casa de mi familia. La casa es muy hermosa. Es un museo de la historia, las vergüenzas y los secretos de la familia.

—¿Y ya está mejor tu tía?

—Sí. Era una infección en el oído que le causó laberintitis. Se inflama el oído medio y se pierde el sentido del equilibrio.

—¿Cómo es que tu tía Águeda nunca se casó?

—Culpa mía, quizás —dijo, sombrío—. Se ha dedicado a mí. Pero tendrás que conocerla —añadió con otro aire más liviano—. Es una urraca guardando sus tesoros. Sospecho que hay unos cuantos que oculta hasta de mí. En una ocasión, cuando yo era adolescente, me habló de un cofre de la reina Juana que vio de niña. No recordé el incidente hasta que hace poco encontré referencias en documentos antiguos a un cofre que la reina ocultaba en su habitación y que contenía sus objetos más preciados. Le pregunté a Águeda si no sería éste el que ella había visto. Pero pareció no recordar nada y negó haberlo mencionado jamás. No sé qué pensar, pero me intriga la posibilidad de que sí sepa dónde está. Si existe, tendrá que decírmelo algún día.

Tomábamos el café. Manuel echó azúcar en su cortado y movió la cucharita pensativo.

—Imagínate, si lo encuentras. Me pregunto qué se sentirá pudiendo asomarse a lo que ella guardó hace siglos.

Cubrió mi mano con la suya y la apretó tan fuerte que la aparté.

—Perdona —dijo echándose hacia atrás el mechón de cabello blanco que constantemente le colgaba sobre la frente—. Tú no sabes lo que ha significado para mí que hayas accedido a ser mi cómplice en esta indagación. Hay personas que viven sólo en el presente, que se entregan al fragor externo de la existencia como si no existiese nada más allá de sus sentidos. Otros, en cambio, no vemos el tiempo como una sustancia lineal, sino como un continuo devenir en el que la división entre pasado, presente y futuro no existe más que en función de la necesidad psíquica de los seres humanos. Estudiar la realidad según la percibe alguien que la observa desde un determinado punto de vista es, para el historiador, lo que para un biólogo marino la exploración de la profundidad ignota de los océanos. Para mí no hay nada más apasionante que los misterios de nuestro propio comportamiento. Los marqueses de Denia engañaron a Juana muchos años relatándole falsedades sobre lo que sucedía fuera de las cuatro paredes de Tordesillas. Cuatro años pasó muerto Fernando el Católico, antes de que Juana se enterara de la noticia. El marqués intentó convencerla de que su padre se había retirado a un convento, enfermo. Le decía que le escribiera. Quería usar sus cartas como prueba de que ella estaba loca. En otra ocasión, para disuadirla de salir del palacio, le dijeron que la peste cundía en Tordesillas y organizaron procesiones fúnebres todo el día bajo su ventana. ¿Sentirían placer en la farsa de la que eran artífices? Tienen que haber sentido algún tipo de placer. Pero ¿qué tipo? ¿Sabes que la pobre Catalina, la hija póstuma de Juana y Felipe, que creció en el encierro con su madre, de niña se pasaba todo el día frente a una ventana tirando moneditas a los niños para que se acercaran y así al menos verlos jugar? Y ya te enterarás del resto de la historia. Apenas hemos tocado el ardor del primer encuentro. Y el cuerpo es tan sencillo, Lucía. Es lo más puro que poseemos. La mente en cambio está llena de vericuetos. Ése es el laberinto. Y en la vida real, no hay Ariadna ni hilo de plata. Es uno y el Minotauro jadeando. Siempre tan cerca.

Ni durante el almuerzo ni en el trayecto a su casa hablamos del domingo anterior. Consideré una falta de gentileza, puesto que yo había perdido la virginidad, que no me preguntase al menos si tuve o no molestias. Pero podía ser que los hombres se tomaran esas incomodidades como minucias que no ameritaban mayores comentarios. Quizás supondría impertinente la pregunta. La otra inquietante posibilidad es que creyera que eso había sucedido entre Juana de Castilla y Felipe el Hermoso y no entre nosotros.

Capítulo 8

O tra vez el reloj gira hacia el pasado. Me enfundo el traje. Me acomodo en la silla. La tarde de Madrid se disipa bajo el balcón.

El universo de Juana dio un vuelco desde la primera noche que pasó con Felipe en la celda monacal improvisada como recámara nupcial.

Descubrir la alegría de mi cuerpo me hizo cuestionar todo cuanto en la vida se me presentara como cierto. Poco cabían en las sensaciones que en la cama me embargaron la culpa y la condena, o las penas anunciadas para los pecados del sexto y noveno mandamientos. No sé qué habrán pensado las monjas si es que me escucharon, porque Felipe me animó a gemir y maullar a mis anchas y él rugió y gritó y los dos nos reímos a carcajadas de nuestra desvergüenza. A mí me costaba creer que era la misma de ayer. En pocas horas nada quedaba de mis pudores o reparos. Me entregué tan gustosamente al placer y el desenfado que bien se me podría haber tomado como hija de una cortesana y no de una reina tan católica. Por la mañana, desnudo con las piernas cruzadas sobre la cama, mientras yo jugueteaba con su sexo adormecido y blando, vástago del dragón que, oculto, renovaba su fuego, Felipe me habló de la vida que me esperaba en Flandes. La belleza, me dijo, era el sumo premio del poder y en su patria olvidaría yo las estrecheces que sufrían las mentes españolas. «Te han mandado a mí rodeada de curas, de espías, de soldados, de damas austeras y secas, pero aquí, ya lo has visto, nuestro paisaje es suave, plano, brumoso y lleno de verdor. Yo te enseñaré a gozar la vida, a gustar del vino, y de ti misma. Conmigo tu cuerpo fuerte beberá el placer de existir y de saciarse. Tu tacto aprenderá la seda y los intrincados bordados de Brujas; tu ojo se entregará a la luz de nuestros pintores. Ellos te harán comprender el sentido verdadero de cantar la creación. Verás cómo pueden los hilos de colores de un tapiz parecerse a la vida y retratarla. Comerás en vajillas en las que cada plato es una obra de arte. Ya verás, Juana, la vida que conocerás conmigo. Te olvidarás de las hogueras donde ponéis a arder a las pobres gentes que suponéis herejes. Te olvidarás de la intolerancia de tu estirpe, pero tienes que dejar que te rodee de nuestros nobles, que te aparte de la corte que has traído y que no sólo no comprende, sino que sospecha de nuestro esplendor.» Me había puesto la mano en el vientre y su dedo índice cercaba mi ombligo como un jinete el foso de un castillo. Sí que deseé entonces dejar que ese hombre —al que de todas formas se esperaba que me sometiera— tomara las riendas de mi vida y me mostrara lo que había tras las sombras con que se condenaba el placer en la corte castellana. Ese día no me dejó salir del lecho. Se revolcó en mi pelo, me alimentó con su semilla, me conoció como yo misma no podría jamás conocerme. Por la noche pidió vino, pan y frutas. Usó mi sexo como fuente. Nos comimos, nos mordimos. No me dejó dormir porque dijo querer ver el sol del amanecer brillar sobre mi piel y así fue que vimos despuntar el otro día, desnudos, exhaustos y locamente felices.

Manuel también me sirvió la merienda en la cama. Desafortunadamente yo tendría que ver amanecer en mi habitación del internado, me dijo, pero la tarde bien podía jugar a ser la noche.

Desnuda estaba yo, yaciendo sobre mi estómago, aún jadeante, cuando Juana abandonó el convento y se despidió de María de Soissons.

Abracé con la mirada el perfil de la abadía en el amanecer. El gris de sus paredes parecía una sustancia líquida que fluía dentro de la atmósfera nubosa de esa madrugada de colores tenues. Las monjas con sus hábitos oscuros, de pie en la puerta, levantaban los brazos diciéndonos adiós. Los caballos de Felipe y mío marchaban al frente de la comitiva. Poco antes de llegar a Amberes nos separaríamos para que Felipe acompañara a Margarita, su hermana, a Arnemuiden, donde ésta se embarcaría con rumbo a España. Margarita había llegado a Lierre a presentarse y me había conocido enfundada en una blanca y holgada camisa de dormir porque mi marido, ni corto ni perezoso, y sin preguntarme si me importaba o no ser vista en la intimidad, la hizo pasar a nuestra recámara. Pensé que ella haría feliz a Juan porque, igual que su hermano, Margarita exhalaba vitalidad y energía nerviosa. A mi frágil hermanito no le haría falta más que dejarse querer. Podía imaginar la sorpresa que sería para él toparse con las ganas de vivir de los Austrias y con la belleza rubia de mi cuñada. Las cartas que me llegaron de España, tras la boda, me confirmaron mi intuición. Juan, que era sólo dos años mayor que yo, se entregó apasionadamente a su amor.

Durante la cabalgata hacia Amberes, en la que mi esposo alabó mis dotes de jinete, Felipe puso a mi lado a la que había sido su institutriz, Jeanne de Commynes, Madame de Hallewin. Pensaba, me dijo, que ella debía ser mi principal dama de honor pues nadie como ella podría instruirme mejor en los tejes y manejes de la corte borgoñona. Madame de Hallewin llevaba puesto un sombrero puntiagudo, de cuyo extremo colgaba un velo muy delicado. El sombrero, como todo su ajuar, era a la última moda francesa, cosa que me hizo sentir por ella un prejuicio inmediato que traté de ahuyentar para no ofenderla, ni disgustar a Felipe. A pesar de lo afrancesado de sus ropas, Madame de Hallewin tenía la ventaja de hablar español perfectamente. Era una mujer ya madura, con un rostro muy blanco de facciones angulosas y ojos solícitos, de un verde terroso. La boca ancha y bien delineada aminoraba un poco su aspecto de ángel sin sexo. Me dije que debía conocerla mejor, antes de guiarme por mi instinto. Si había sido la institutriz de Felipe y él estaba lleno de encantos, la mujer tenía que ser digna de mi amistad y confianza. Mientras ella me participaba de las festividades que se organizaban en Bruselas, Gante, Brujas y otras ciudades para celebrar mi boda, capté la mirada de sospecha de Beatriz de Bobadilla a mi derecha. Durante el primer momento de descanso, busqué la oportunidad para acercármele y contarle de las disposiciones de Felipe.

—Tendré dos damas de honor —dije— porque no he pensado renunciar a tu compañía. No debes ni pensar que esta Madame podrá sustituirte en mi confianza o mi corazón.

—Debes estar alerta, Juana —me dijo—. Tengo la impresión de que tu marido querrá rodearte de flamencos y apartarnos a los españoles de tu lado. No me huelo nada bueno. No dejes que el amor te ciegue.

No sólo el amor me cegó. En los meses que siguieron, los habitantes de Flandes nos recibieron a Felipe y a mí en procesiones jubilosas en las principales ciudades. El boato, los colores, la alegría de esas celebraciones, a pesar del cielo gris y de la lluvia tenue que velaba el paisaje flamenco, animaron mi deseo de adoptar genuinamente en mi corazón ese país que ahora me pertenecía. La felicidad de mi carne cada noche me incitaba a rebelarme contra los resabios de la rigidez castellana que prevalecían en el séquito leal a mi madre que me acompañaba. No me opuse a que Felipe fuera sustituyéndolos por damas y caballeros de su confianza, cuyas costumbres se adaptaban mejor a nuestra manera de vivir. Incluso desatendí mis obligaciones para con quienes, arriesgando sus vidas y sirviéndome fielmente, me habían acompañado en la travesía azarosa de Laredo a Flandes. Pienso que exageran quienes dicen que fueron miles los soldados que murieron de frío ese invierno esperando el buen tiempo para que Margarita de Austria se hiciese a la mar. Pero bueno, eso se dijo. Beatriz me recriminaba. Me recriminaba mi confesor Diego Ramírez de Villaescusa, quien también se quejaba de mi falta de interés por las devociones religiosas. Me hacía perder la paciencia, tan mojigato y severo, con las peroratas en que acusaba a mis súbditos de preocuparse más por el buen beber que por la virtud, como si comer y beber fueran placeres prohibidos o pecaminosos. Dedicada a organizar mi casa según el protocolo borgoñón, al cabo de un año no me quedaban sino dieciocho de los noventa y ocho miembros españoles de mi séquito más íntimo. Sin contar con recursos propios, poco podía hacer yo por retenerlos. Mi arreglo matrimonial estipulaba que Felipe mantendría mi servidumbre y me proveería de cuanto yo necesitara. Así era. Pero puesto que él pagaba, él decidía quién trabajaba para nosotros. Beatriz se quejaba. Decía que le costaba comprender que mis padres hubiesen aceptado semejante arreglo. Los nobles que volvían a España les llevarían noticias a mis reales progenitores porque enviaron como embajador a fray Tomás de Matienzo. A través de sus palabras, me di cuenta de que me culpaban por el éxodo español y censuraban mis acciones y mi comportamiento. A mí la independencia se me había subido a la cabeza como un licor cálido. No me daba cuenta aún de que mi destino sólo había cambiado de las manos de mis padres a las de mi marido. En las manos de Felipe no veía yo más que instrumentos que me acariciaban y sacaban música de mis entrañas. Él era muy hábil para hacerme pensar que sus decisiones y las mías provenían del común acuerdo. Al acceder a sus deseos sentía que afirmaba los míos y que demostraba mi soberanía de criterios. No dudaba que le debía lealtad a España, pero pensaba que mejor servía a los intereses de mi país si lograba que los flamencos me consideraran su soberana y vieran en mí la unidad de propósitos de nuestros respectivos países. Pensar que yo podía instaurar una isla española en Flandes era una idea peregrina, desprovista de realidad. Que mis padres no lo comprendieran y enviaran a fray Tomás a reprenderme me dolió y enfureció.

Mi marido no era un mequetrefe, pero sus consejeros, de no haber sido por el rey Maximiliano, gustosamente se habrían aliado con los Valois y no con nosotros, los castellanos. La nobleza en Flandes era mucho más influyente que la nuestra y yo no necesitaba mucho conocimiento del mundo para darme cuenta de que estos señores sabían que, estando mis padres tan lejos, ellos, por estar a mi lado, acabarían teniendo más influencia sobre mí.

Apenas Felipe y yo nos instalamos en Bruselas, las posiciones más importantes de mi casa cuando no las ocuparon los flamencos, las compartieron con mi personal de confianza de manera que rara vez podía yo estar con ellos a solas. En esos tiempos, sin embargo, en la intimidad de nuestro apareamiento, cuyo fuego no daba señales de amainar, Felipe acallaba mis reclamos con regalos fabulosos y mimos. Casi todas las tardes, salíamos a caballo por los bosques cercanos al palacio y nuestra diversión consistía en perder a los nobles de nuestra comitiva galopando a rienda suelta. Ya solos, solíamos desmontar en las pequeñas poblaciones vecinas, pasearnos por las calles y visitar los mercados como dos paisanos ricamente vestidos. A Felipe le gustaba acorralarme en alguna esquina y besarme largamente a la vista y paciencia de los transeúntes. Tomados de la mano, más de una vez, visitamos los talleres artesanales donde se fraguaban espadas para las justas o se hilaban hermosos tapices. Los maestros nos invitaban a tomar vino y compartían con nosotros las ocurrencias de sus vidas sencillas. Tras estas escapadas, regresábamos a las intrigas palaciegas, a las miradas de celos entre sus cortesanos y los míos, a las larvadas luchas de poder que se libraban a nuestro alrededor pero de las cuales, cuando estábamos solos, nos sustraíamos. Entonces era como si los ojos del uno fijos en los de la otra crearan un espacio inmune a todo cuanto no fuera el inmenso amor que nos hacía correr la sangre como río desbocado por el cuerpo.

Ah, pero nuestro amor estaba sitiado por intereses de Estado y la inocencia de mi enamoramiento sufrió su primera gran desilusión la tarde en que me llegó la nefasta noticia de la muerte de mi hermano Juan. Por mi cuñada, Margarita, y los nobles de la corte, yo estaba enterada de las fastuosas ceremonias con que se celebraron sus bodas. Igual que Felipe y yo, Juan y Margarita se enamoraron nada más poner la mirada el uno sobre el otro. Pero Juan no tenía mi constitución y la pasión de los Austrias lo derritió como un cirio. Eso se dijo al menos. Que por no salir del tálamo nupcial y entregarse a Margarita hasta palidecer, el cuerpo no pudo protegerlo de las altas fiebres que le atacaron en Salamanca, cuando visitaba la ciudad con su nueva esposa. Apenas siete meses después de casarse, mi pobre hermano murió en los brazos de mi padre el 6 de octubre de 1497.

Yo jamás imaginé que algo así sucedería, sobre todo porque no hacía mucho Margarita me había escrito una carta dándome la noticia de que esperaba un hijo. Aquella muerte me aflojó los huesos. Era un día de cielo apagado como solían ser en Bruselas los días de otoño. La conciencia de que Felipe me había separado de todo cuanto amaba acrecentó mis lágrimas porque justo entonces me percaté del aislamiento en que me encontraba. Yo había permitido que despidiera a casi toda mi corte española. No podía siquiera compartir mi duelo con los míos. Aparte de Beatriz y Ana de Viamonte, en esa habitación a nadie le importaba realmente la muerte de Juan. Más bien, sentada en la poltrona junto a la chimenea, los oía cuchichear animadamente. Llorando a Juan me arrepentí de no haberle escrito a mi madre, negándome a su influencia por consejo de Felipe. No sé en qué momento me levanté y saqué a gritos a los flamencos de mi sala pues no quería oír el sonido de su lengua gutural, ni ver sus expresiones de falsa conmiseración. Seguramente ellos llamaron a Felipe, quien apareció hecho un energúmeno y sin reparar en mi duelo me dijo que debíamos llamar al embajador Manrique y comunicarle que, muerto Juan, nosotros pedíamos se nos concediera de inmediato el título de príncipes de Asturias. Él y yo debíamos reclamar el derecho a la corona. Estaba loco, le dije. No sólo vivía mi hermana Isabel, sino que su propia hermana Margarita estaba embarazada. Me dijo que era yo la que estaba loca, la que no me percataba de que ésta era la oportunidad que necesitábamos para ser considerados herederos de Castilla y Aragón. No sé cuántas cosas me dijo porque en cierto momento sus palabras pasaron a ser sólo sonidos lejanos para mí; golpes sordos, y su rostro, que nunca pensé que me desagradaría, lo vi como el de un ave de rapiña posada sobre el pecho de mi hermano, presto a descuartizar sus pobres restos. Con las manos en los oídos, salí corriendo de allí, diciéndole que hiciera lo que quisiera. Qué más me daba a mí. Ya se toparía él mismo con mis padres.

Eso fue lo que sucedió. Mis reales progenitores reaccionaron airados ante su atrevimiento y eligieron, como su heredera, a Isabel, que, tras la muerte del príncipe Alfonso, había casado con el rey Manuel de Portugal, dado que el hijo de Margarita y Juan nació muerto. Yo tuve que encontrar un equilibrio frente a mi marido porque la negativa de mis padres, si bien la comprendí desde el inicio, no dejó de agraviarme. Felipe había sido torpe y agresivo en sus pretensiones, pero al apartarlo a él, mis padres me dejaban a mí sangrando y nadando sola en un mar de tiburones.

Pasó un año desde la fecha de mi matrimonio. Ya empezaba a preocuparme yo por que tanto hacer el amor no diera fruto, cuando en enero, por fin, comprobé que estaba encinta. Felipe se puso muy feliz al saberlo y yo no cabía en mí de contenta. Se fue ensanchando mi cuerpo. La piel de mi vientre era un tambor cruzado de subterráneos y delicados ríos azules. Acostada en mi cama, con las manos sobre la luna redonda que se sacudía con voluntad propia, podía pasarme horas imaginando cómo iría a ser la criatura que tan enérgica se revelaba en mi interior. Mi ensimismamiento no impedía, sin embargo, que me empezara a percatar de ciertas insólitas ausencias de Felipe. Notando mi pésimo humor, Madame de Hallewin y Beatriz intentaron consolarme asegurándome que era vieja costumbre la de que, en los meses «mayores», los maridos no amenazaran el bienestar de las preñadas requiriéndoles satisfacer sus apetitos.

—Tu propia madre, Juana, bien que pasó por esto. En tiempos así fueron concebidos los hijos bastardos de tu padre que, debes saber, se educaron en la corte porque la reina Isabel, magnánima como es, y comprensiva, así lo dispuso.

—Debes entenderlo, hija —me amonestó allí mismo fray Tomás de Matienzo, el enviado de mis padres que residía ahora en mi corte.

—Pues no lo entiendo —le dije, mirándolo furiosa, sintiendo que las mejillas me ardían de subida que tenían la temperatura por la rabia que se me paseaba dentro—. Ustedes los hombres todo se disculpan. Yo estaría conforme con esto si Felipe, como hizo mi tío el rey Enrique con su esposa, la reina, me da su venia para que yo me busque mi Beltrán de la Cueva para concebir mis propios bastardos.

Mi desplante lo repetí esa noche, en público, durante la cena ante el mismo Felipe. Si fray Tomás se asustó por mis palabras, a Felipe la amenaza lo atemorizó lo suficiente como para no volver a dejarme sola. Esa y otras muchas noches, encontramos la manera para escurrirnos detrás de la montaña de mi preñez. Mientras Dios me diera vida y salud, le dije, ni por aquel, ni por ningún otro embarazo, tendría que ir a buscar él en otra parte quien le calmara las hambres que tan bien sabía calmarle yo.

Mi primer hija, Leonor, nació en el 15 de noviembre de 1498 en Lovaina. Me asistió en el parto Ysabeau Hoen, una comadrona de Lierre. Yo estaba muy nerviosa. Apenas dos meses antes, el 23 de agosto, mi hermana Isabel había muerto de parto. Mi madre me había escrito una carta desolada. Isabel había muerto en sus brazos una hora después de dar a luz. Yo sabía lo mucho que mi madre la amaba. En menos de un año sus dos hijos mayores ya no existían. Yo no entendía cómo era posible. Y la pobre Margarita. Su embarazo había concluido en un mar de sangre. No era un niño sino una masa amorfa lo que albergaba su vientre. Fue el hijo recién nacido de Isabel, el pequeño príncipe Miguel, el designado por mis padres para heredar la corona de Castilla y Aragón. Así lo confirmaron las Cortes.

En medio de mis dolores, yo veía las caras de Juan e Isabel flotando sobre mi cama. Afortunadamente, Ysabeau no sólo tenía las manos suaves y hábiles, sino la presencia de ánimo y la fiereza para sacudirme por los hombros y sacarme del pánico que me poseyó cuando me tocaba empujar al bebé.

—Nunca. ¿Me entiendes? Nunca te morirás de parto —me gritó en flamenco, zarandeándome para que dejara de taparme la cara con las manos.

Fue una orden, un conjuro, no sé, porque desde ese momento nunca más dudé de mí misma, o de mi salud a la hora de parir. El cuerpo se me aflojó y Leonor nació sin contratiempos. Lloré cuando Ysabeau me puso a la niña en mis brazos. Comprendí cuán terrible habría sido el duelo reciente para mi madre. Deseé que pudiera estar allí conmigo. Sabía que si me hubiera acompañado habría renacido un poco. Leonor era una Trastámara.

Felipe llegó más tarde cuando, a la usanza de Borgoña, me habían acomodado, para recibir los saludos de la corte, en una habitación de honor, en una cama cubierta con un palio verde, bajo una frazada dorada con borde de armiño. Él también se emocionó cargando en sus brazos a Leonor, pero a mí me miró con desapego, como si la niña me hubiese transformado en otra Juana. No bien me bajó la leche, sin embargo, la fascinación de ver mis pechos tan crecidos y de verme amamantar lo transformó en un niño curioso. Se pasaba las mañanas con Leonor y conmigo en la cama. Felipe y yo parecíamos tontos mirándola embelesados. Leonor no perdía tiempo. Se pegaba a mis pezones con fruición y mientras ella mamaba yo sentía como si sus encías también me mordieran el vientre. Era una extraña sensación. Quizás el gran amor que esa frágil criaturita me inspiraba hacía que mis entrañas parecieran querer salirse de mí para cubrirla y protegerla de nuevo.

Le dije a Felipe que no quería nodrizas para mis hijos. Los amamantaría yo aun si no era la usanza en la corte. No trató de disuadirme. Más bien desarrolló verdadera afición por estar a mi lado en esas ocasiones. Le encantaba ver la expresión de sus nobles cuando yo me bajaba el escote. Nos reíamos después comentando las reacciones y él me animaba a que luciera mis pechos.

—Son tan hermosos, Juana, que quiero que todos envidien mi suerte. Quiero ver a mis cortesanos desearte ferozmente y tener que ocultarlo. Es muy divertido.

Al mes de nacida Leonor, apareció en mi habitación muy galante llevándome de regalo un medallón bordeado de perlas. Poco después organizó una justa en mi honor donde portó el amarillo, que era mi color. La confirmación de mi fertilidad surtió efectos mágicos entre los flamencos de mi corte. Aunque la dependencia económica en que vivía me pesaba y limitaba mis posibilidades de regentar mi casa, yo me sentía feliz y amada. Con la maternidad, mi cuerpo maduró y la fogosa pasión de nuestras noches se tornó sibarita y golosa. A menudo, la madrugada nos sorprendía al uno sobre el otro como si por más que nos saciáramos nunca decreciera nuestra sed. Así fue como concebí otra vez.

Hacia el final de mi embarazo, la ciudad de Gante ofreció hacer una generosa donación de cinco mil florines para ser la cuna de nuestro hijo y Felipe aceptó. Así pensaba mi marido estrechar los vínculos con esta ciudad. Para mi traslado, faltando poco para el parto, Felipe comisionó la construcción de dos carrozas de mucho lujo, con el interior tapizado en terciopelo, y hasta pidió a los monjes de la abadía de Anchin, a manera de préstamo, que me dejaran usar su reliquia más ilustre: el anillo que, según decían, llevaba en su anular la Virgen María durante el nacimiento de Jesús. Fueron tantas sus atenciones que se evaporó mi malestar por un viaje que, al inicio, más me pareció una transacción comercial a mi costa que otra cosa.

Tras instalarnos en el castillo de Gante, Felipe invitó a una cantidad de sus amigos a festejar en el palacio el 24 de febrero, víspera de San Mateo. Una vez que llegaron los invitados, el ambiente festivo me contagió. Por grande y pesada que estuviera, no había perdido mi ánimo, ni mi agilidad. Empecé a tocar el clavicordio y a mostrarles los pasos de una danza española. En ésas estaba cuando sentí unas punzadas en el bajo vientre. Corrí a mi habitación con Beatriz, excusándome momentáneamente y dejando a los invitados en el salón. Pensando que se trataba de la necesidad de evacuar mis intestinos, puesto que era un dolor semejante, apenas empujé mis músculos hacia afuera en el retrete cuando sentí el agua que anuncia el parto correr por mis piernas. Llamé a Beatriz, que salió corriendo como loca a pedir ayuda. Yo fui a acostarme en mi cama, aguantando desesperadamente la necesidad de echar fuera al niño, cuya cabeza sentía asomar entre mis piernas. Beatriz llegó cuando ya el crío estaba sobre la cama, recién expulsado de mi interior. Llegaron Madame de Hallewin, María Manuela, Ana de Viamonte. Llegó Felipe pálido y desencajado. Llegó la partera, que cortó el cordón y terminó de limpiar al bebé y de asistirme a mí. La noticia de que era un niño salió hacia todas partes como llevada por bandadas de palomas mensajeras. Al poco rato oímos los fuegos artificiales que alguien encendía desde el campanario de la iglesia de San Nicolás y el rebato de las campanas en toda la ciudad. Me eché para atrás en las almohadas. Había tenido miedo del parto, de que no fuera tan feliz como el anterior, de morir, y de desilusionar a Felipe si era otra niña. Sin embargo, apenas si había sentido dolor. Mandé que me llevaran a Leonor. Le enseñé la cara arrugada y seria de su hermanito. Apenas comprendía nada, pero quería tenerla junto a mí. Que no se sintiera menospreciada. ¡Qué distinto celebraba el mundo la llegada de un varón!

—Carlos —dijo Felipe alzando a su hijo, orgulloso—. Se llamará Carlos como mi abuelo.

Yo había dado a luz a Carlos I de España y V de Alemania, el rey en cuyos reinos nunca se pondría el sol, el más poderoso monarca de Europa. Mi hijo, el que jamás me tuvo misericordia.

Me espabilé. Manuel me había tirado encima una frazada.

—Será mejor que te tapes —dijo.

Capítulo 9

De vuelta en el internado, dije que había cenado y subí al dormitorio. Caminé por el pasillo angosto donde se sucedían las delgadas puertas de madera de las habitaciones. Se oía ruido en varias de ellas. Las monjas tenían terminantemente prohibido que entrásemos en otro cuarto que no fuera el nuestro. Golpeé en la puerta de Margarita pero no estaba. Fui al mío pensando en darme una ducha. Busqué mis cosas. En el baño, el vapor de dos regaderas abiertas empañaba los espejos. Las bañistas hablaban de una película vista esa tarde. Se reían. Me desvestí y entré en el cubículo más lejano para no oírlas. Bajo el agua tibia cerré los ojos. Mi ducha tendría que ser breve porque el agua caliente no duraría mucho. Me pasé la toalla de mano, áspera y con los bordes deshilachados, sobre los brazos, el cuello, los pechos. «Para ser tan joven y virgen eres muy desinhibida», me había dicho Manuel. Cuando le respondí que me gustaba estar desnuda, añadió que él, como hombre, tendía a pensar que las mujeres eran, por lo natural, recatadas. Yo me burlé de su inesperado comentario. En mi familia, mi padre y mi madre eran de la escuela nudista, le dije. Nunca se habían cuidado de taparse la desnudez delante de mí. Seguramente por eso yo no tenía reparos para estar en cueros. La desnudez es hermosa, le dije, notando por primera vez la toalla que él anudaba a la cintura. Creía que eras de la misma opinión. Él se había criado en un ambiente muy distinto, argumentó a manera de excusa, sin darme los ojos, comportándose como un adolescente poseído por un arrebato de timidez.

Me pasé la toalla por la vulva, el pubis, frotándome con fuerza. Me detuvo el ardor causado por mi brusquedad. Estaba empeñada en comprender el desasosiego que el comentario de Manuel me produjera. Me daba rabia admitirlo pero, inexplicable y súbitamente, cuando me tiró la manta para que me cubriera, me dio vergüenza. Yo había asumido como natural que las mujeres, siendo de mejor ver, nos tapáramos menos que los hombres en la cama. A mí, la verdad, no me excitaba verlo desnudo. En cambio él reaccionaba sin duda a mi desnudez. Pero quizás me pasaba de desparpajada. Al despedirme Manuel me notaría distante porque intentó restarle importancia al incidente. Dijo que yo era la más sana de los dos, pero la espina ya estaba clavada. Salí del baño, me sequé. En mi habitación, tras enfundarme en la camisa de dormir, me acosté con la cabeza en el sitio donde ponía los pies. Así veía la noche por la ventana alta que empezaba a media pared sobre la cabecera de mi cama, el árbol dorado entregándose lentamente a la muerte del invierno.

Si pretendía ser otra persona y me observaba desde fuera, tenía que admitir que la muchacha de diecisiete años yaciendo en esa cama nadaba desde hacía varios fines de semana en aguas que subían varias cuartas por encima de su cabeza. Ya no era virgen. Había hecho el amor con un hombre, una docena de años mayor que yo, obsesionado por una reina del siglo xv. Al tocarme a mí bien podía ser que él imaginara que la tocaba a ella, una mujer cuya pasión y desafuero eran objeto de leyenda. Él decía querer comprenderla pero, al toparse con un reflejo del comportamiento de Juana en mí, se atemorizaba y hacía el intento de controlar, de censurar, la fuerza que él mismo había desatado. Yo no podía entender de otra forma la manera hostil, casi agraviada, con que me miró cuando pidió que me tapara. Menos aún comprendía que, con un gesto, lograra culpabilizarme por la naturalidad que tan sólo el domingo anterior alabara como señal de inocencia. Me trajo a la memoria las contradicciones de mi madre. Ella hizo intentos por crearme la ilusión de que las funciones naturales del cuerpo eran transparentes y desprovistas de malicia. Pero, a la par de esto venían las amonestaciones, el no te toqués *allí*, o nunca hablés con extraños. Ella tuvo que esforzarse para explicarme los *misterios* de la vida sin ruborizarse. Al final los aprendí yo sola leyendo los libros que saqué a escondidas de su secreter.

La imagen de mi padre se sobrepuso a la de Manuel en mis reflexiones. Que mi padre engañara a mi madre debía servirme a mí para comprender lo poco que entendía la mente masculina. Quizás sería prudente echarme una sábana encima la próxima vez. Aunque me parecía ridículo. ¿Qué sería lo mejor?

Me quedé dormida sin llegar a ninguna conclusión.

Lo más extraordinario de mis semanas en el internado, luego que se derrumbó el muro que me separaba del mundo de los adultos, fue darme cuenta de lo que la individualidad genuinamente significaba. Dentro del entorno de mi mente y mi cuerpo yo era reina y soberana y disfrutaba de la más absoluta libertad. Hasta entonces, la libertad para mí había sido un concepto más bien intangible, puesto que eran otros quienes tomaban decisiones en mi nombre. Ahora, sin embargo, la noción de libertad se me revelaba en todo su esplendor. A los demás podía parecerles que yo continuaba siendo la colegiala que iba con los libros bajo el brazo de un aula a la otra, pero en mi interior el paisaje era totalmente diferente. Por primera vez me percataba de la amplitud del horizonte de mis posibilidades y esta nueva conciencia traía aparejada la sensación física de respirar a todo pulmón y de ocupar más espacio sobre la tierra. Me fascinaba la idea de mi propia impenetrabilidad, de que nadie tuviese acceso al sonido de mi mundo interior. Me maravillaba la cantidad de información, opiniones, percepciones, ideas y proyectos que podía albergar sin que nadie sospechara cuánto se movía tras la estable fachada de mi rostro. La soledad a que me obligaban mis secretos me parecía un precio irrisorio que pagar por la propiedad privada e inviolable de mi intimidad. En el salón de estudio, sostener sin inmutarme la mirada indagatoria de madre Luisa Magdalena era mi mayor reto. La monja tenía su intuición y aunque no se lo admitiera ni a sí misma, su delicada pantalla de radar le indicaba disturbios a mi alrededor. Ella no podía dar la alarma, sin embargo, mientras yo continuara obteniendo buenas notas, cumpliera con mis deberes y no le ofreciera evidencias que justificaran su inquietud. Y yo ya había logrado recuperar el paso académico luego de trastabillar las primeras semanas del semestre. Me daba pena ver a madre Luisa Magdalena azorada por la distancia que crecía entre nosotras, pero yo no sabía qué otra cosa hacer para protegerme del poder que su cariño le confería sobre mí. Temía que cualquier día me interrogara en detalle sobre mis actividades de los domingos, a pesar de cuantas mentiras había urdido para hacerle creer que estaba empeñada en recorrer todos los sitios históricos de Madrid. Cuando a media semana le correspondía a ella vigilarnos durante el estudio de la noche, yo me aseguraba de que me viera consultando la guía de la ciudad para planificar mis excursiones dominicales. De hecho ocupé varios sábados por la tarde, en que dije que iría de compras, para recorrer varios de estos sitios y así contestar sus infaltables preguntas. La complicidad de Margarita, que me gané cuando le confesé estar de novia con el enamorado de los encuentros casuales, fue crucial para mantener bajo control sus sospechas. Salíamos juntas y nos poníamos de acuerdo para regresar a la misma hora. Margarita me decía que un día de esos le tendría que presentar a mi misterioso galán y yo le prometía que sí, que un día de esos haríamos un plan para que lo conociera.

Recibí carta de Isis. Decía que aunque habría preferido que continuara ignorando los antecedentes del viaje en que mi padre y mi madre perdieron la vida, mi hallazgo la aliviaba de guardar el secreto conmigo. Algún día, cuando fuera mayor, entendería lo frágil que era el amor y los desvaríos y dolores que había que superar cuando se quería mucho. Me repetía que continuaba en pie su invitación de darme alojamiento si es que decidía realizar mis estudios universitarios en Nueva York, como ella me lo había sugerido. Qué planes tenía, me preguntaba, y me reiteraba su amor, su apoyo. La carta me llegó en buen momento. Me hizo sentir menos sola. Isis era una mujer moderna. Más adelante quizás hasta me animaría a pedirle consejo.

Reconciliarme con mi cuerpo una vez que me quedaba sola en la cama fue un desafío. La sensibilidad de mi piel era tal que me preguntaba si la pérdida de la virginidad era para la biología femenina la señal para que se activaran terminaciones nerviosas dormidas hasta entonces. El roce de las sábanas bastaba para provocarme la memoria y desatarme un deseo persistente que no cedía a mis intentos de pensar en otra cosa. Me revolvía insomne hasta que aceptaba rendirme a mis instintos. Entonces me sacaba la camisa de dormir, las bragas, y dejaba que la desnudez, el contacto de mi piel con el aire de la noche avivara mi imaginación como el oxígeno anima la llama. El calor me subía a las mejillas y en el oscuro espacio de mis ojos cerrados surgían otros entornos y circunstancias. Mis manos, entonces, jugaban el papel de amantes fogosos. Vueltas ellos acariciaban mis pechos, mi estómago, mi sexo. Sin titubeos, dueños de la información precisa de las coordenadas de mi placer, me hurgaban las fuentes, encontraban el agua abundante y cálida. Lenta, muy lentamente, como quien carameliza una fruta, la untaban sobre el pequeño pistilo de mi sexo hostigándolo, sacándolo de su encierro, convirtiéndolo en el tenso detonador diminuto de tormentas de polen. Poseídos de mi urgencia y mis gemidos, los amantes dedos se tornaban entonces en colibríes aleteando vertiginosamente sobre la flor de pétalos carnosos que desde mi centro se extendía hasta llenarme de aromas el cerebro. Al fin, la flor enorme, ululando y deshaciéndose en pulsaciones y contracciones, soltaba sus etéreas nubes amarillas, mientras el manojo de pétalos mojados que era yo, flotando sobre la delgada cama de hierro, retornaba despacio a su existencia de muchacha.

Ciertas noches volvía a repetir el rito una y otra vez. Me retaba a indagar los límites de mi sed o mi resistencia; a saber si aquello no podría ser acaso una manera feliz de suicidarse. Pero no era tanta mi fortaleza ni mi deseo de morir y a la postre me quedaba dormida.

Algo que me intrigó entonces fue no poder responderme si estaba o no enamorada de Manuel. Cuando pensaba en él terminaba meditando sobre mí misma. Era como si su mirada fuese la luz cenital descubriendo el volumen que ocupaba mi ser en el escenario de la vida. Si antes tenía de mí misma la imagen plana de una pintura *naif,* ahora podía verme como un ser tridimensional con sombras y profundidades. Hasta entonces yo había sido un ánfora vacía que los mayores sentían obligación de llenar con instrucciones, preceptos y generalidades, Manuel no tenía ninguna obligación tutelar para conmigo, ningún objetivo prefigurado. Yo no podía imaginar a qué conduciría aquello. No sabía dónde terminaba él y empezaba Felipe; ni si cuando estaba con él era Juana la que amaba a su marido a través mío, o éramos Manuel y yo quienes nos acariciábamos. Nuestra historia no existía fuera de la de Juana y Felipe. En el apartamento de Manuel no había otro tiempo que el del Renacimiento. Su voz lo evocaba con tanta realidad que más de una vez yo oí claramente el ruido de seda de los trajes deslizándose por las gradas de los palacios flamencos y sentí el olor a cera derretida de los candelabros. Cuando Manuel era Felipe y yo era Juana, el amor me anegaba toda. Cuando me vestía y salía de allí, cuando trataba de separarme de Juana, era que se me ocurría preguntarme dónde conduciría mi relación con Manuel. En algún momento nuestra historia tendría que separarse de la de ellos. Después de todo, nosotros estábamos vivos y los días seguirían sucediéndose cuando Manuel llegara al final de su narración. Pero ya se vería. Imaginarme el mañana me resultaba imposible, ocupada como estaba en recrear el pasado. Después de todo, el futuro era como esas notas de mi madre sobre las instrucciones que le daría al jardinero cuando regresara de su viaje. ¿Cuánto tiempo no se pasaría escribiéndolas? Tres hojas escribió. Hasta dibujó un croquis indicando dónde sembraría los diversos tipos de flores. Y ¿para qué?, ¿de qué le había servido?

Esperaba el domingo. Me desdoblaba para ser Lucía durante la semana.

La historia imponía su voz, su rutina. Yo llegaba al apartamento de Manuel. Bajaba a ponerme el vestido.

Tu destino, Juana, da un vuelco el 20 de julio de 1500. Tras sólo veintitrés meses de vida, muere el príncipe Miguel, el hijo de tu hermana Isabel, el designado heredero de la corona de Castilla y Aragón. Tantas muertes, Juana. Y no les queda a tus padres más remedio que nombraros, a Felipe y a ti, príncipes de Asturias. De tercera en la línea de sucesión, has pasado a ser la futura reina de España.

Yo jamás consideré ser reina, ni lo deseé. Cuando me enamoré de Felipe pensé que la vida me bendecía acomodando la felicidad dentro del destino que mis padres escogieran para mí. Pensé que podía ser simplemente la archiduquesa de Borgoña. Me propuse encontrar en mis funciones de personaje menor —la única de mis hermanas que no casaría con un rey— las dichas de una vida sin mayores preocupaciones u obligaciones. Sentí que, irónicamente, al mandarme casar con Felipe, mis padres le daban a mi espíritu la libertad que ningún otro de sus hijos estaba llamado a disfrutar. Hice uso, quizás desmedido, de esta libertad. Pensé demostrarles que no los necesitaba, que Flandes, libertina y dulce, se adaptaba mejor a mi personalidad. Pensé que me libraba del celo religioso que como una coraza gris atenazaba nuestra existencia imponiendo su rigidez y su intolerancia. Bien recordaba yo las escenas dolientes y llorosas de los judíos saliendo en tristes caravanas sin rumbo cuando se decretó su expulsión. Nunca comprendí que mis padres se llamaran justos y de un tajo cortaran las raíces de toda esa gente, obligándolos a encontrar otra tierra que llamar patria. Mi hermana Isabel se contagió de este fanatismo y rehusó casarse con Manuel de Portugal hasta que él no se comprometió a expulsar a los judíos también de su reino. En Flandes, en cambio, la tolerancia es la norma y la religión no nubla el entendimiento de las personas, ni las obliga a desvivir la vida en aras de labrarse otra después de la muerte. Quise demostrar a mis padres, que me confiaron a lo incierto, que yo era capaz de encontrar certidumbre en el entorno de esos reinos cuya hermosura y derroche les merecían escarnio, más que en la piedad religiosa. Aliviada, me distancié de los rezos y devociones en que se atrincheraban con no poca arrogancia mis coterráneos. Decidí no escribirle a mi madre porque hacerlo era verme forzada a rendirle cuentas y aceptar que le debía sumisión. En fin, puse tierra y enojo entre mi alma, mi patria y mi familia. Un error quizás. Sufro de momentos en que me ensoberbezco y pienso que puedo valerme sola en todo. Me pongo vengativa y altanera. Una rabia que yace muy dentro de mí y cuyo origen desconozco aflora a mi superficie y me anega. Me rebelo contra la obediencia y la idea de que sean otros quienes decidan mi vida. En este estado de ánimo, hago cosas impulsivas de las que después me arrepiento. Y sin embargo, no puedo jugar el papel dócil que se me asigna sin que se me remuevan las entrañas. Soy una princesa del Renacimiento. He leído a los clásicos y he discutido filosofía con Erasmo de Rotterdam, quien, según me lo confiara el milanés Pedro Mártir de Anglería, tutor de mi hermano, quedó asombrado de mi inteligencia. Hablo el latín con fluidez, igual que el francés, e italiano y el inglés. Amo las canciones de gesta de Mallory, de Matteo Boiardo. *Tristán e Isolda* de Von Strassburg es uno de mis libros favoritos. El grabador Durero me viene a mostrar sus enérgicas imágenes y me habla del genio del Bosco. Me siento dichosa de vivir en un tiempo en que a la vez que se descubren tierras nuevas y rutas insospechadas, Europa redescubre en su pasado clásico el amor por las formas y la filosofía y en todas partes se comenta la genialidad de los artistas que están transformando la faz de Roma: Miguel Ángel, Rafael, Botticelli. Admiro de Flandes el empeño y gusto por elevar la belleza de las cosas cotidianas, desde la orfebrería de los platos y utensilios que utilizamos en las comidas, hasta la suavidad de los tejidos con que nos abrigamos o los pequeños devocionarios con sus exquisitas y coloridas miniaturas. No siento que mis enaguas resten nada a mi talento. Mi madre me enseñó que las mujeres no necesitamos doblegarnos. Ella hizo bordar en su estandarte su afirmación de igualdad con mi padre: «Tanto monta, monta tanto». Pero parece ser que su idea de que las mujeres somos capaces de mucho más que gestar se la reservó para ella. Sólo ella se dispensó el rol de varona. A sus hijas todas nos ha usado como moneda de cambio para alianzas y para ampliar su poder. Ha actuado como si la única mujer exenta de obligada servidumbre a su marido fuera ella. Mientras a todos mis hermanos los proveyó con respetables dotes, en mi caso aceptó prescindir de ella y me dejó a merced de los tacaños consejeros de Felipe, que me odian por ser española. De todas las princesas, yo he sido la más mísera pues no poseo ni los maravedíes necesarios para preservar a mis leales cortesanos. Uno a uno se han ido marchando. Ni con los enviados de mis padres he podido ser hospitalaria. No me quedaron más que mis pucheros y lágrimas para recriminar a Felipe cuando no quiso ni darles de comer en nuestra casa.

Por otra parte, creo que mi madre ha dado demasiado crédito a sus confesores y recela de la pasión que me une a mi marido. Nadie me cuenta los rumores, pero yo sé escuchar lo que trae el viento. Sé que a Torquemada, a Cisneros, a esa agrupación de prelados que rodea a mi madre como bandada de cuervos, les preocupa mi vocación por la vida, mi ardor; lo que ellos llaman el «nocivo influjo de Flandes». Que yo esté tan plantada en mi cuerpo les parece una peligrosa debilidad. Hipócritas. Mientras recelan de mí porque disfruto lo que es lícito dentro del matrimonio, hacen la vista gorda de los escándalos de su Iglesia y secundan y aconsejan a mis padres, tan católicos, a que se erijan en defensores del papa Alejandro VI, con la justificación de que es necesario hacer causa común contra Francia. ¿Es que acaso no conocen las historias que se cuentan de los Borgia? ¿Ignoran que Giulia Farnese, la amante del Papa, vive a pocos metros del palacio del Sumo Pontífice? Y ¿qué decir de sus tres hijos ilegítimos, que él se ha empeñado en hacer obispos? Mi prima Juana de Aragón, casada con el duque de Amalfi, me escribe de Nápoles y me cuenta de las orgías de César Borgia. Tira castañas al suelo y hace que las recojan, a gatas y desnudas, las mujeres que lo acompañan. Y éstas no son barraganas, sino damas de alcurnia. A él nadie le reclama. En cambio mi amor por mi marido se ha tornado en piedra de escándalo. Ciertamente que en este Flandes no se nos mira a los españoles con simpatía. No hay duda de que sienten mayor lealtad hacia Francia y que ésta tiene precedencia en sus corazones. Pero ¿cómo culparlos? Las historias de Margarita, mi cuñada, sobre lo que vio en los dos años que pasó en España han contribuido al disgusto que sienten los flamencos por nuestros «bárbaros» métodos. Margarita estaba en Granada visitando el fabuloso palacio nazarí de la Alhambra el día en que el arzobispo Cisneros, el asceta y fanático confesor de mi madre, en un arranque de celo religioso mandó quemar todos los libros árabes de las bibliotecas de la ciudad. Libros de agricultura, de matemáticas, de ciencias, ochocientos años de cultura mora en España ardieron esa tarde. Sólo trescientos libros consideró el prelado que debían salvarse de las llamas. La gente escondió, decía Margarita, muchos de los manuscritos (bien los recordaba yo de recorrer con Beatriz Galindo la biblioteca de la Alhambra tras la conquista de Granada), pero el resto se perdió.

Como producto de esas noches de invierno alrededor del fuego, escuchando las historias de Margarita sobre las atrocidades de los Autos de Fe, y la fanática crueldad de Torquemada, Felipe empezó a castigarme como si al hacerlo vengara la complicidad de mis padres en esas ofensas contra la humanidad.

Mi matrimonio se ha convertido en un dragón de dos cabezas. A los días en que Felipe se vuelca en ternuras conmigo, se suceden otros en que siento que se desprecia por quererme. Tras una noche de pasión y risas puede que se levante de la cama por la mañana negándose incluso a dirigirme la palabra. Altanero y distante me humilla frente a los demás actuando como si yo le estorbara. Todavía me anda el cuerpo oliendo a él cuando me entero de que se ha ido de cacería por varios días a Lovaina sin siquiera despedirse o advertírmelo. Es Madame de Hallewin quien usualmente me informa de su ausencia. Es ella la que me lo susurra al oído cuando me ve errar por palacio buscándolo como un perro a su dueño. En esos días, yo me pierdo de mí misma y parezco no encontrar más oficio que el de preguntarme qué acción mía o de mis cortesanos le irritaría. Me empeño en recuperar el estado de gracia y me pongo nostálgica por los recuerdos de apenas una semana atrás. Ni las risas de mis hijos me sacan del desconcierto y de la angustia que me produce sentir que se aleja de mí. Si hoy su distancia es una grieta, mañana temo sea un desfiladero.

Así las cosas, la noticia de que él y yo seremos reyes me ha causado las náuseas que no llegaron a provocarme ni mis dos primeras preñeces, ni el tercero que ahora cargo. Mis padres nos han mandado llamar a España. Es preciso que Felipe y yo recibamos el nombramiento para que éste sea ratificado por las Cortes. El arzobispo de Besançon, François de Busleyden, sin cuyo consejo Felipe no mueve un dedo desde que era niño, ha convencido a mi marido de que antes de viajar a España debe aplacar los temores de los franceses y consolidar la relación de Flandes con Francia. Él y Philibert de Veyre, otro empedernido defensor de los franceses, han convencido a Felipe de que selle esta alianza concertando el matrimonio de mi pequeño Carlos con Claudia, la única hija de Luis XII. Que a Felipe, a las puertas de ser reconocido heredero de los reinos de Castilla y Aragón, no se le ocurra nada mejor que acudir a los rivales históricos de España para ofrecerles nuestro hijo, es un acto cuya hostilidad me ha desbordado la rabia que con tanto esfuerzo mantengo contenida, sobre todo ahora que vivo con la zozobra de que acabe por quitarme su amor un buen día. Cuando se me apareció, como lobo con piel de cordero, para que yo estampara mi firma y aprobara el acuerdo matrimonial con que pensaba congraciarse con Luis XII, me enfurecí. Rasgué el pergamino de arriba abajo y lo continué rompiendo, impávida ante los insultos que empezó a propinarme acercándose hasta asirme por el pelo. Violento, me obligó a sentarme en la silla al lado del escritorio junto a la chimenea de mi habitación.

—¿Con qué derecho? ¿Quién me había creído? —gritaba sin poder siquiera formular otros insultos que no fueran aquellos trillados reclamos.

—Jamás te he negado nada, Felipe. Suéltame de inmediato.

Me soltó. Me pidió perdón. Se arrodilló y me abrazó las piernas. No, él no maltrataría a la madre de su hijo, me dijo. No sabía qué mal espíritu lo había poseído, pero yo tenía que comprender que su obligación era la defensa de Flandes. Las buenas relaciones con Francia podían ser irrelevantes para España pero eran vitales para Borgoña.

—Tu país adoptivo es un pequeño país, Juana, y por muy española que seas, más ahora que serás reina, tienes que ser sabia y comprender mi posición. Casar a Carlos con una princesa de Francia no es condenarlo a indignidades ni afrentas. Al contrario. Imagínate. Él reinará sobre un imperio que no alcanzamos nosotros ni a soñar: España, Francia, Flandes, Alemania, Sicilia, Nápoles.

—En otro momento quizás, Felipe, pero no ahora. Luis de Valois no ha gobernado por mucho tiempo aún. Ya llegará el momento de estas decisiones cuando entendamos mejor qué le conviene a España y asumamos nuestra responsabilidad de futuros soberanos frente a las Cortes de Castilla y Aragón. Antes de eso me seguiré negando y no podrás hacerme firmar ningún papel.

No firmé. Después de esa escena, Felipe entró en razón. Hasta sentí que admiraba el coraje que tuve al confrontarlo y durante semanas se comportó conmigo con la dulce intensidad de los primeros días.

¿Qué temía Felipe? Me bastaba escucharlo para saber que pocas cosas lo amedrentaban tanto como vérselas con mis padres. Lejos de ellos podía presumir de que sabría cómo actuar. Admirable es la facilidad con que la gente se engaña. Dicen «yo haré esto», «diré esto». Es tan fácil envalentonarse con el coraje de las intenciones. Yo misma hago discursos contra Felipe que nunca digo. Él aparece por la puerta y el perfecto edificio de mis argumentos que hasta ese instante se alzaba sobre la neblina de mi rabia como una masa sólida y definitiva, titubea y reverbera como un espejismo en el desierto. El valor me abandona y soy como un campo que de pronto se empantana. Mi cuerpo se llena del lodo viscoso del miedo y temo que cualquiera de mis palabras sea el pedrusco que haga trizas su amor. Me aterra que Felipe deje de quererme, por mucho que sepa que mi temor será, a la postre, la causa de mi desgracia. Él se enamoró de mi desenvoltura y arrojo y no de esta sumisa y atemorizada Juana en que me he convertido. Lo tengo tan claro y, sin embargo, no encuentro la manera para dejar de actuar como actúo. Otras fuerzas que no acabo de comprender son más poderosas que la razón que alumbra, inútilmente, mi entendimiento. Tanto oye una hablar de la irracionalidad del amor, pero yo no imaginaba que podía obligarlo a uno a actuar contra uno mismo. Sin embargo, muy a mi pesar, me denigro, pierdo la cabeza. ¿Será que la falta del amor es como la muerte y entonces uno se aferra a la vida a cualquier precio? Desesperar por amor, conformarse aunque sea con migajas como quien se muere de hambre, me parece un sino endemoniado. No quiero aparecer ante Felipe como una mendiga, pero eso es lo que soy. Así me siento a mi pesar. Mi razón me muestra las debilidades de mi marido: este miedo, por ejemplo, a viajar a España. Tanto ansió ser príncipe de Asturias, tantos planes tiene para nosotros y nuestros hijos, y sin embargo, no hay día que no encuentre argumentos para postergar la marcha. Sin proponérmelo, yo he terminado por ser su mejor excusa. Mi gravidez avanza. Me ha crecido la barriga inmisericorde. Incómodo y arriesgado sería viajar en estas circunstancias. Sin embargo, mis padres insisten, se desesperan. Me envían mensajes pidiéndome que interceda, ofrecen mandar una armada al puerto de Zelanda a recogernos. Prefieren que hagamos el viaje por mar. Por tierra tendríamos que atravesar Francia.

Por fortuna, Felipe ha rechazado esta idea. Conociendo las tormentas del Mar del Poniente, no atino a comprender que mis padres piensen que así velan por mi seguridad. No es a mi bienestar, sino a sus prioridades a lo que sirven. Es esta manera descarnada y tenaz de mi familia la que incomoda a Felipe, aunque también es posible que tema que yo revele a los míos la zozobra que últimamente soporto y lo constreñida que me mantiene. No sé. Siento que soy madera lanzada en un nido de termitas. Dudo de mi proceder. Me odio y el odio carcome mis cimientos, o sale de mí buscando resarcirse. Haciendo el amor más de una vez mis manos lo han buscado para hacerle daño. He hundido las uñas en sus brazos, en su espalda y he tenido orgasmos provocados por la visión de su rostro sin vida. Sólo que en el mismo momento en que me entrego a mis visiones homicidas, llega él a tocarme con la lengua el montículo húmedo del sexo y es allí donde puedo olvidar mis rencores y mis fútiles filosofías, porque de momento el cerebro se me llena de llamas pentecostales. De una estocada Eros vence mi odio y me rindo como una paloma que despertara mansa tras soñarse halcón.

—Parece extraño, ¿no?, que Felipe se negara a viajar a España a ser nombrado heredero oficial de la corona.

—Felipe no era ningún tonto. Sus consejeros menos aún. Sabían que los Reyes Católicos buscarían la manera de comprometer su lealtad y que lo presionarían para que renunciara a sus coqueteos con Francia en aras de consolidar su posición como heredero en España. Felipe sospechaba que los Reyes Católicos pretenderían que les entregara a su hijo Carlos para educarlo a su manera. Para contrarrestar las ambiciones e influencia de sus suegros, el archiduque urdió su propio plan. Dejó a los niños con su padre en Austria, e incluyó en su ruta de viaje a España una visita, con toda pompa y ceremonia, a Francia. Así iría a España, pero antes tranquilizaría a su amigo Luis XII, reiterándole la lealtad de Flandes. Tienes que comprender que en pocos años España se había convertido en un imperio y, como todo imperio, tenía impulsos expansionistas que sus vecinos no ignoraban. Por otro lado, los flamencos se ufanaban de ser más civilizados y cultos que los españoles. Cuando Juana llegó al palacio de Coudenberg de Bruselas, no podía creer la magnificencia de sus salones y la belleza de sus estancias. Los palacios españoles eran más bien fortalezas para monarcas guerreros. Hasta la conquista de Granada, la corte itinerante de Fernando e Isabel se alojaba en tiendas si era necesario según los requerimientos de la Reconquista.

—¿Y cuándo viajaron Juana y Felipe al fin a España?

—Un año después. El 16 de julio de 1501 nació Isabel, la tercera hija de Juana y en enero de 1502, tras una breve estancia en Francia, la pareja arribó a España.

—Juana no perdía tiempo en reproducirse, sonrió Lucía.

—Para la época, ella era una mujer extraordinariamente fuerte y sana. ¿Estás cansada? Si quieres dejamos esta historia aquí por hoy.

Manuel se me acercó y me hurgó la mirada con ternura, apartándome un mechón de pelo de la cara.

—Siento tristeza por Juana. Eso de no saber si uno es o no amado me hace pensar en las cartas de mi madre a Isis, en las que se nota la desesperación de la incertidumbre. Es raro, ¿no? Me da la impresión de que lo que más las debilitaba, tanto a mi madre como a Juana, era la incertidumbre. Si cualquiera de ellas hubiese tenido la certeza del desamor del marido, me parece que habrían tenido más fuerzas; pero esa duda, la posibilidad de que dependiese de ellas que los hombres siguiesen o no queriéndolas, era mortal, por lo visto. Pero quizás ellas amaban con demasiada entrega, demasiada pasión.

—Sucede a menudo —dijo Manuel—. ¿No crees que pueda pasarte a ti, por ejemplo?

—¿Contigo?

—Por ejemplo —dijo, expeliendo una nube de humo.

—Creo que no porque, en primer lugar, tú estás enamorado de otra mujer... —Sonreí maliciosa.

—¿Y quién sería esa mujer? —sonrió Manuel.

—Juana, por supuesto —dije con aplomo—. Estoy convencida de que estás enamorado de Juana.

—¿Y si así fuera? ¿Qué tendrías que temer? Juana no existe ya. Es un fantasma —sonrió él.

—Los fantasmas tienen su manera de vivir. Nunca lo había visto tan claro. En todo caso, ella me protege, me parece, de enamorarme perdidamente...

—Es una lástima... —dijo lanzando el humo en círculos hacia el techo.

—¿Es que acaso querrías verme loca de amor?

—Juana no estaba loca y mi pregunta no tiene caso. Además, veo que estás cansada. Te propongo que vayamos a visitar a mi tía Águeda. Creo que te gustará conocerla.

Capítulo 10

La tía Águeda era una mujer setentona, alta, de huesos grandes, con el cabello teñido rubio abombado a la altura de las orejas. Tenía la misma tez pálida y los ojos azules de Manuel. Una capa de maquillaje rosa disimulaba la blancura de su rostro. En su juventud debió ser guapa. Aún lo era. Calzaba mocasines azules e iba vestida con un conjunto gris de tela de punto, falda a la rodilla, suéter y cárdigan. Del cuello pendía una cadena de oro con un crucifijo. Llevaba pendientes y una gruesa pulsera de oro de la que colgaban monedas antiguas —monedas romanas, dijo, cuando notó que las miraba.

A la casa se llegaba entrando por un jardín detrás de una cancela en la calle del Cid, una vía umbrosa, muy corta, entre Serrano y el paseo de Recoletos, a poca distancia de la Biblioteca Nacional. Era una hermosa mansión castellana, esquinera, con aire de barco naufragado. La pátina del tiempo, la humedad y el musgo oscurecían el borde inferior de las paredes exteriores. Un gran castaño crecía a un lado de la casa. La escalinata que en sus mejores tiempos llevaba a la puerta principal estaba ahora bloqueada por maceteras grandes con plantas medio mustias. Pensé que la casona semejaba una anciana desdentada aferrándose a un mundo donde ya no tenía cabida.

Manuel me condujo por una vereda de piedras y entramos por lo que habría sido un acceso de servicio. Tras el brillo del mediodía del que proveníamos fue como llegar a una cueva fría. No vi nada inicialmente y cuando mis ojos se acostumbraron a la oscuridad descubrí un par de altas sillas al lado de una mesa redonda con cubierta de mármol y patas torneadas. Las paredes estaban pintadas en ocre y sobre un perchero a la derecha había tres o cuatro abrigos colgados, varios pares de botas de invierno y un portasombrillas. Manuel subió por unas escaleras adosadas a la pared hasta la cocina amplia, con estantes llenos de utensilios. Al lado de una ventana que daba al jardín y por la que el sol se filtraba a través de las ramas del castaño, había una mesa de madera maciza con unas cuantas sillas. De allí pasamos a la sala ricamente decorada, iluminada por candelabros de cristal y amueblada con sillones de cuero al estilo castellano, braseros, sillas con aplicaciones de bronce, hermosas mesas de patas labradas. El aire de deterioro del exterior no se extendía al interior de la casa. Era evidente que cuanto la poblaba estaba cargado de tiempo y preservado con gran devoción, todo muy limpio, las maderas y los bronces pulidos, los ambientes en penumbra, toda la casa alumbrada por un tragaluz sobre el atrio central y alguna que otra ventana abierta que entreví en los pisos superiores. Sobre la chimenea, en otra habitación donde la tía pasaría el tiempo a juzgar por los libros y una cesta con hilos de tejer, colgaba el retrato de un hombre adusto, que llevaba al cuello una golana típica del siglo xv.

—¿Algún antepasado? —pregunté a Manuel.

—Justamente Bernardo de Sandoval y Rojas, grande de España, primer marqués de Denia. Te dije que fueron dos Denia los que custodiaron a Juana. Éste es el padre.

En el retrato, don Bernardo lucía sereno, una serenidad tan segura de sí que rayaba en la arrogancia, como si aquel hombre se hubiese sentido por encima de cualquier infortunio. Vestido de negro, como casi todos los personajes de esa época, tenía la misma piel blanca traslúcida que Manuel. Los labios eran una línea apenas y el gesto de su rostro transmitía el orgullo de quien ha dominado las tentaciones de la carne. Parecía estar muy bien acomodado en el rigor de la espiritualidad de su época. Pensé que sería el tipo de persona que juzgaría las debilidades de los demás sin un ápice de misericordia o tolerancia. Se le notaba en el ángulo de su barbilla ligeramente alzada, cubierta por una cuidada perilla. Su cabello era blanco, también.

—Vosotros los americanos no tenéis que preocuparos tanto por la historia.

Esto fue lo primero que me dijo la tía Águeda cuando apareció en el salón, sin hacer ruido, mientras yo miraba absorta el retrato.

—Sólo por sus consecuencias —respondí.

Manuel me miró, satisfecho con mi respuesta, sin moverse de mi lado. Sentí que deseaba protegerme, marcar una invisible línea divisoria de no-agresión entre su tía y yo.

—Nosotros también cargamos con las consecuencias, no te creas, pero me refería a estos recordatorios familiares. A vosotros al menos se os han confundido los árboles genealógicos —hablaba mientras le estampaba a Manuel un beso en las mejillas y se acercaba a mí para estrecharme la mano.

—Lucía —dije, sintiendo el frío de sus anillos en mis manos.

—¿Cuántos años tienes, hija mía? Pareces muy joven. Manuel sólo me dijo que eras americana —dijo, mirándonos a ambos.

—Diecisiete.

—¡Ah! —exclamó, de una forma que se prestaba a variadas explicaciones—. Tomaréis la merienda conmigo, ¿no?

Fuimos a la cocina. Ella nos hizo sentar a la mesa mientras disponía galletas, jugos y otras cosas sobre la mesa. A través de la ventana observé un sendero de piedra que iba de la puerta hacia una fuente al fondo, más allá del castaño. La fuente estaba apagada, recubierta de hiedra y musgo. Enredaderas creciendo a su gusto se volcaban a la tierra desde los muros dando al conjunto un aire de claustro.

—Ni mires el jardín —dijo Águeda—. Es una ruina. Suficiente trabajo tengo yo dentro de esta casa.

—A mi tía el mundo fuera de esta casa poco le interesa —sonrió Manuel.

—Pues mira que a ti tampoco, hijo. Yo al menos vivo en este siglo —respondió ella.

Los observé curiosa. Era claro que ambos se mofaban de buen grado de las mutuas excentricidades.

La tía Águeda se movía con aplomo en su mundo de la cocina. Cargada de energía sacaba leche del refrigerador, ponía la tetera en el fuego y le pasaba los platos y tazas a Manuel para que él y yo las acomodáramos en la mesa.

Durante la merienda, Águeda habló de su infancia con tutores. Su padre rehusó enviarla al colegio, dijo. Tenía aversión por las monjas. Ella que desde niña fue piadosa rezaba a escondidas. Me hizo preguntas sobre el internado y mi familia, con ese modo español de ser las mujeres: expansivo, vital y directo, que a mí me hacía gracia y me apabullaba a la vez. La gama de sus gestos y expresiones era muy vasta. Mantenía un balance a veces precario entre el tono amable y la rigidez de sus juicios, como si se mantuviese constantemente alerta contra una dureza de espíritu que le disgustara poseer. Pero era simpática, diferente. En cierto momento perdió interés en la plática. La noté cansada y ausente. Vivía cada vez más encerrada, me había dicho Manuel. Hacía visitas telefónicas a dos o tres amigas que él llamaba el «Club de las Reclusas». Era mal de familia. A Manuel yo sólo le conocía un amigo, Genaro, otro historiador, el guía turístico.

En el jardín, las sombras se inclinaban alargándose entre las ramas del castaño. Rara vez en esos años había tenido la oportunidad de estar en la intimidad de una familia. La quietud y penumbra de la casa me recordó los días de lluvia de mi infancia. Me sentí bien, contenta, ya sin la tensión que me produjo la perspectiva de la visita. Me intrigaba la relación entre Manuel y su tía. Mientras nosotras hablábamos, él sacó unos papeles de su mochila, se puso a leer y hacer notas. De vez en cuando levantaba los ojos y nos miraba como si le extrañara que pudiésemos conversar. Águeda lo miraba también a menudo. La dulzura de sus ojos desaparecía por completo no bien él la miraba a su vez. Entre ellos fingían la tolerancia obligada por los vínculos familiares, pero yo percibía que se querían más de lo que ambos estaban dispuestos a aceptar.

Antes de marcharnos, Manuel me condujo al atrio central de la casa, del que partía una escalinata que subía a los dos pisos superiores, de los que dijo sólo ocupaban unas cuantas habitaciones. Admitió que su apartamento era un lujo innecesario, pero a veces necesitaba estar solo. Me indicó que me fijara en las piedras incrustadas en el dibujo circular del piso.

—Son piedras preciosas —me dijo—. Rubíes, aguamarinas,

lapislázuli, esmeraldas, topacios. Se dice que provienen del tesoro de Juana que Carlos V sacó de Tordesillas subrepticiamente. La reina lo tenía guardado en cofres en su habitación. Supuestamente, estas piedras son el precio que Carlos pagó por la excelente labor de los Denia en impedir el contacto de la reina con el mundo exterior. Eran tantas las gemas que el nieto de los Denia que construyó esta casa se figuró que no había mejor lugar para guardarlas. Cuando era niño intenté sacar una esmeralda con una navaja, pero me pillaron —rió, mostrándome el lugar donde se veía en el piso de mármol una minúscula seña blanca al lado de una esmeralda del tamaño de un pedrusco.

Alrededor del atrio, en mesas puestas en los corredores, en anaqueles y nichos en las paredes, se exhibía una cantidad de objetos valiosos. Había platos de porcelana sostenidos por delicados trípodes de hierro forjado, una colección de objetos litúrgicos de plata en un mueble con paneles de cristal, cajas antiguas, llaves. En las paredes colgaban tapices en mejor estado que muchos de los que se exhibían en El Prado. Manuel me mostró una colección de espadas toledanas, un yelmo, y bastones con intrincados pomos, que databan de la época de la Reconquista. Imaginé a la tía Águeda con el plumero yendo de aquí para allá todo el día, ocupada en una labor que pensaría vigilaban los fantasmas de sus antepasados.

Me pregunté si semejante afán sería común a la nobleza desplazada por un presente que sólo les reconocía los méritos y alcurnias de su pasado.

—¿Cuándo fue que Juana quedó cautiva en Tordesillas? —pregunté a Manuel cuando caminábamos de regreso al internado, ya caída la tarde.

—No falta mucho para que lleguemos a esa parte de la historia —dijo él, andando a paso rápido con las manos metidas en la gabardina—. Quizás podrías inventar algún pretexto para pasar el fin de semana completo fuera del colegio. Así podríamos adelantar y no te consumiría la curiosidad... Imagino que más de alguna interna sale todo el fin de semana, ¿no?

—Claro. Pero es un proceso complicado. Una tiene que estar encomendada a una familia que se hace responsable; usualmente amigos de los padres. De mis abuelos, en este caso.

—¡Por Dios! Pero tú ya no eres una chiquilla. ¿No podrías decir que te quedarás a dormir con alguna amiga?

—Creo que no, pero déjame indagar. Despidámonos aquí. No vaya a ser que me vea alguna de las chicas contigo.

La propuesta de Manuel me tentaba. Me tentaba probar si podía extender los límites de mi restringida libertad. Él tenía razón. Yo ya no era una chiquilla. Solicitar nuevas prerrogativas más adecuadas a mi edad no se me había ocurrido hasta ahora. Quizás las monjas serían más flexibles. No era justo que continuaran aplicándome reglas que eran válidas a mis trece años. Pero yo no podía simplemente mentirles y carecía de coartadas fáciles de que echar mano. Quizás lo mejor sería que él llegara y conociera a madre Luisa Magdalena; que se presentara como un profesor amigo de mis abuelos. El rostro de Manuel calzaría con la imagen que ella tenía de los académicos y no le despertaría sospechas. Yo ni lo miraría para evitar que la monja se percatara de nada. Aunque era una precaución innecesaria. Lo que vivíamos Manuel y yo en la intimidad no se traducía en la mirada cómplice de los amantes. Muy distantes estábamos de los novios que se hacían arrumacos en las bancas del paseo de El Prado o La Castellana. La pasión de nuestros encuentros era mediada por Juana y Felipe. Sólo transmutada en ella, vestida o desnuda como ella, se me despertaba esa otra piel sedienta y sedosa que existía bajo mi recatado uniforme de colegiala.

Tras meditarlo varios días llamé a mis abuelos. Margarita me confirmó mis sospechas de que necesitaría su autorización para obtener la venia de las monjas. No me costó mucho convencerlos de que enviaran un cablegrama a la madre superiora, aprobando mis salidas de fin de semana. Bastó que supieran que Manuel y su tía pertenecían a la nobleza española para que pensaran que no tenían nada de qué preocuparse.

Manuel y su tía Águeda llegaron al colegio el jueves de la siguiente semana por la tarde. Madre Luisa Magdalena quería conocerlos. Era parte del protocolo en estos casos. Fui llamada al *parloir* —el salón de pulido parquet y muebles de junco y madera donde se recibían las visitas. Allí me despedí yo de mis abuelos, sin llorar, cuando por primera vez me quedé sola en el colegio. Cuando entré, Águeda y Manuel se pusieron de pie y me saludaron corteses y paternales. Los dos hicieron a la perfección su papel. Con los datos que conocía por nuestras conversaciones, él fingió una sólida amistad con mis abuelos, producto de los viajes de éstos a Madrid en los últimos años. Dijo que hacía tiempo les había ofrecido darme alguna instrucción sobre la historia de España, pero que varios asuntos se lo impidieron e hicieron que lamentablemente lo olvidara. Por fortuna, al encontrarse fortuitamente en la calle conmigo y yo contarle de mi interés por conocer mejor la ciudad y sus monumentos, pues había recordado su promesa y que mi familia estaba lejos. Por lo mismo, él y su tía Águeda con mucho gusto se ofrecían para atenderme y sacarme del colegio los fines de semana y darme al menos un ambiente distinto donde pasar sábados y domingos. Era una lástima que yo hubiese carecido hasta entonces de una suerte de familia sustituta, pero nunca era tarde. Aún quedaba tiempo, en mi último año de secundaria, para que me fuese de Madrid con otras experiencias y nuevas amistades.

Madre Luisa se mostró extrañada de que yo no le mencionara ese encuentro sino hasta ahora. La contradije. ¿No recordaba el comentario mío sobre el historiador que estudiaba a Juana de Castilla? Hizo una expresión de reconocimiento que aproveché para admitir, francamente, que recién me percataba que mis diecisiete años me calificaban para una libertad que no habría quizás sabido administrar a los trece. La feliz coincidencia de mi encuentro con Manuel y su tía, la invitación de ellos, me había motivado a solicitar la aprobación de mis abuelos. Mi explicación la satisfizo.

Con su acostumbrada sagacidad e inteligencia la monja prolongó la conversación un rato más. Mientras la tía y el sobrino se ocupaban de ganar su simpatía, ella los calibraba con ojos atentos. Finalmente, el compendio de pedigrí, simpatía y solidaridad de los Rojas, unido al cablegrama de mis abuelos, causó el efecto deseado. Después de todo, madre Luisa Magdalena era una mujer de corazón moderno que, además, estaba encariñada conmigo.

—Acompáñalos a la puerta, Lucía —pidió madre Luisa Magdalena—. Yo debo volver a la enfermería.

Los encaminé por el pasillo de los azulejos.

—No sabe, Águeda, cómo le agradezco que viniera —dije, efusiva.

—No faltaría más —sonrió ella—. Manuel tenía razón cuando dijo que mi presencia tranquilizaría a las religiosas y conferiría respetabilidad a la solicitud. Con todo y la aprobación de tus abuelos, no estoy segura de que te hubieran dejado ir sola con él. Contigo en casa, recuperaré a Manuel los fines de semana. Mira que le ha dado por pasarlos en su apartamento. Te habilitaré una habitación. Ya viste que la casa es grande. Apenas usamos un tercio del espacio. Será un soplo de brisa tener alguien joven allí, y Manuel podrá seguirte relatando la historia de la reina —dijo, mirándome, obviamente complacida.

—¿Te fijas, Lucía, que alterando el esquema de lo que era posible o no, tu realidad ha cambiado? Salió todo a pedir de boca —dijo Manuel.

El sábado, con unas pocas ropas en mi mochila, además del pijama y el cepillo de dientes, salí del colegio escoltada por Manuel y la tía Águeda, que llegaron a buscarme.

En la calle, caminando entre los dos en dirección al coche, sentí por primera vez cierto desasosiego al volverme a mirar la fachada del colegio. Pasaría la noche en el caserón de los Denia, rodeada de los recuerdos y los objetos de Juana, encomendada a la custodia de los descendientes de sus carceleros.

Capítulo 11

Águeda me condujo a una habitación amplia, con un balcón sobre el jardín. La ayudé a descorrer las pesadas cortinas de damasco y la luz del medio día se abrió paso, discreta, entre las ramas del castaño. Los techos eran altos. El tapizado de las paredes debía ser antiguo, pero se conservaba en buen estado. Era asedado, de un color entre mostaza y ocre, con paneles enmarcados por molduras rojo oscuro. La cama era de bronce, de cuatro pilares. El resto del mobiliario lo componían un delicado diván tapizado en el mismo damasco color vino de las cortinas y dos pequeños sofás azules. Era una habitación femenina, con una alfombra oriental muy bella en el piso y una chimenea en la pared. Me asomé a la ventana. Abajo se veía la fuente apagada.

—Qué bonita habitación, Águeda, muchas gracias.

—Aquí durmió mi hermana Aurora —dijo.

—¿La madre de Manuel?

Asintió con la cabeza, momentáneamente detenida por sus recuerdos. Se recuperó.

—En el cuarto de baño te he puesto toallas limpias y todo lo demás.

—Gracias, gracias —dije—. Es usted tan amable.

—No es nada, hija mía —respondió Águeda dando una última mirada alrededor, deteniendo al fin la incesante actividad que mantenía desde que llegamos a la casa y alisándose el pelo con las manos—. Ahora échate un rato y descansa. Cualquier cosa me llamas.

Manuel había salido a encontrarse con Genaro, así que me tendí sobre la cama, miré a mi alrededor y me propuse no pensar durante media hora y disfrutar la hermosa habitación. Presumiría que era un hotel de lujo. Olvidaría a Juana y a los Denia.

Me quedé dormida. Manuel tocó mi puerta hacia las dos de la tarde. Acostumbrada al breve espacio de mi celda de interna, sentí que volvía en mí en una catedral. Me alcé del sueño azorada y con escalofríos en el cuerpo.

Águeda había preparado algo de comer para nosotros, dijo Manuel, asomando la cabeza por la puerta. Me esperaban en la cocina cuando me despejara.

—Después te contaré el primer viaje de Juana y Felipe a España.

Me lavé la cara en el baño, muy nítido, con una bañera blanca montada sobre pedestales de bronce en forma de patas de león. Del lavamanos arrancaba un espejo alto de bordes difuminados y listones donde el tiempo había desleído el mercurio. Me miré la cara soñolienta y me reconfortó mi reflejo. Era la persona que mejor conocía en esa casa.

El almuerzo fue frugal y breve: jamón serrano, aceitunas, queso manchego, pan. Águeda hizo preguntas sobre mi familia, mis años en el internado. Usualmente con la gente mayor me era más fácil hablar de mis padres, tíos o abuelos que contar nada interesante sobre mí misma. Sin embargo, Águeda logró que le confiara mis inquietudes intelectuales, mi gusto por la escritura y la lectura, mis tardes en El Prado, mi opinión sobre madre Luisa Magdalena. Se lo agradecí.

A la hora del café, noté que Manuel estaba impaciente.

—Con tu permiso, tía, me llevaré a Lucía a tomar café en la biblioteca.

—Lo que quieras. Por mí no os preocupéis.

Se negó a que la ayudáramos a levantar la mesa. Nos despachó con la bandeja del café a la biblioteca, una estancia magnífica que vi entonces por primera vez.

Era una sala rectangular, con un pequeño salón de lectura al lado de una chimenea donde estaba encendido el fuego. Al fondo las paredes estaban recubiertas de estanterías a todo lo alto, además de libreros alineados uno al lado del otro a todo largo de la habitación. Calculé centenares de tomos, algunos, a ojos vistas, muy valiosos y antiguos. Dos sofás de cuero verde, gastados por el uso, flanqueaban la chimenea. Completaban el mobiliario mesas con libros de arte, un escritorio con una máquina de escribir y varios recipientes altos y tubulares conteniendo bastones antiguos. La acumulación de objetos y libros en cierto desorden, en contraste con la nitidez del resto de la casa, me dio ganas de arrellanarme en un sillón y quitarme los zapatos.

—Bienvenida a este sancta sanctórum, Lucía. Una verdadera biblioteca; la mejor de las posesiones de la familia.

—Te dará gusto estudiar tus historias aquí —sonreí, recorriendo con la mirada la hermosa habitación. Al lado de la chimenea colgaban varios retratos: tres hombres y cuatro mujeres. Siglos XVI, XVII quizás.

—Sí que me da gusto —suspiró—. Aquí, en este ambiente de recogimiento, las voces de los libros se escuchan verdaderamente. Puedo imaginar que Platón o Kant dialogan de un estante al otro. Parafraseando la Biblia: el saber flota sobre las aguas...

Me hizo señas de que me acercara a su lado, al sofá de cuero donde tomó asiento. Sus mejillas estaban encendidas por el vino del almuerzo. Jovial y relajado, parecía más joven y hermoso.

Me acerqué y me pasó el brazo por los hombros. Me habría gustado sentirme cómoda, imaginar que ésta era mi casa, pero la novedad de la situación me tenía un poco anonadada. Ponía de relieve lo poco que conocía a Manuel.

—Sé que sabes poco de mí —me dijo, sorprendiéndome con su intuición—. Sé que me he metido en tu vida de sopetón. Eres tan joven. Mirándote ahora, mientras comíamos, lo pensé. Pensé en el mundo lleno de dudas de mi adolescencia. Tu soledad me recuerda la mía a tu edad. Ambos nos quedamos huérfanos muy jóvenes, ¿te das cuenta? Quizás por eso nuestras psiquis encuentran vasos comunicantes.

—Que yo me sienta sola en el convento es casi natural, me parece, pero tú, dime, ¿por qué te has quedado solo? ¿Cómo es que a tu edad no te has casado?

—Me conozco. Estoy casado con mis libros, la historia, esta

casa. No necesito nada más. La vida que he escogido es solitaria. Simplemente acepto esa realidad. No me angustia.

—A mí tampoco me molesta la soledad —dije, sintiéndome incómoda con el giro de la conversación—. ¿Has traído el traje de Juana de tu casa?

—Sí, sí, claro.

Sonrió lamentando mi prisa. Pero claro, dijo, la idea de pasar el fin de semana juntos tenía el propósito de avanzar en nuestra historia. Se levantó y sacó el traje de un pequeño armario adosado a uno de los estantes al fondo de la biblioteca.

—Será mejor que te lo pongas aquí mismo —dijo—. Frente a la chimenea, para que no cojas frío.

El juego empezaba de nuevo. Sentí el calor encendérseme en el vientre.

—¿Estás seguro de que Águeda no vendrá?

—Totalmente.

Me quité la ropa y la fui poniendo sobre el sofá frente al que se sentaba Manuel. Él me miraba y se tomó su tiempo antes de pasarme el traje y deslizármelo por encima de la cabeza como de costumbre.

—Es una lástima que tengas que vestirte. La luz del fuego te favorece.

Me senté en el sofá. Manuel arrastró una silla alta hasta situarse detrás de mí, hasta que su boca estuvo cerca de mi oído y su voz empezó a susurrar.

Tu hija Isabel ha nacido el 16 de julio de 1501. Ya no hay obstáculos para que tú y Felipe viajéis a España. Antes de partir, tu suegro te ha convencido de que accedas al compromiso de tu hijo Carlos con Claudia, la hija de Luis XII. El acuerdo matrimonial ratificará el tratado firmado en Lyon por Maximiliano I, Felipe y Luis XII reafirmando la amistad de Austria, los Países Bajos y Francia. Accedes a cambio de que Felipe se comprometa a no retrasar más el viaje a España.

Para asistirme en los preparativos del recorrido, mi madre me ha enviado al fin un consejero sagaz y sabio, Juan Rodríguez de Fonseca, obispo de Córdoba. Gracias a él me he sentido menos sola y he comprendido la complejidad de los intereses en juego que antes sólo sospechaba mi intuición. No he andado desacertada en mis juicios. El obispo Fonseca me asegura que mi cordura y fortaleza en la corte flamenca han sido motivo de halagos en la de mis padres. Me comenta que incluso el embajador de España, Gutierre Gómez de Fuensalida, a su regreso de Flandes, ha dicho a los reyes que yo era digna hija suya y que, para mi edad, no tenía par en el mundo. Esta noticia me complació. Tanto el obispo como Fuensalida consideran que los asesores de Felipe son glotones, borrachos, fanfarrones y dados a la difamación. Estas debilidades, sumadas al recelo que tienen de perder su influencia sobre Felipe en España, son el lastre que retrasó nuestros planes de viaje. El obispo les achaca que convencieran a Felipe de descartar la travesía por mar, para optar en su lugar por la ruta terrestre que nos llevará a través de Francia. Resulta irresistible para estos cortesanos flamencos la idea de ser recibidos, con toda pompa y ceremonia, por la corte de Luis XII. Tan aficionados son al placer de los banquetes, a la emoción de las justas y cacerías y al boato de los rituales de la corte. Por otro lado, yo no puedo censurar totalmente la ambición de Felipe que pronto, supone, se verá convertido en soberano de un reino que juntará bajo su cetro el imperio de su padre y los reinos de mi corona, más sus posesiones borgoñonas. Que aspire a la amistad de Francia dentro de ese esquema no deja de tener lógica. Yo hasta he llegado a pensar si no sería factible que una vez Felipe y yo tomemos las riendas de España, se disipen los conflictos con Francia y se pueda construir una paz digna para todos. Sería motivo de orgullo poner fin a conflictos tan antiguos sin recurrir a nuevas guerras.

Sin embargo, el obispo Fonseca me advierte de que su mayor preocupación consiste en que Felipe decida gobernar España desde Bruselas como si se tratase de una provincia, y que no acepte siquiera trasladar su residencia a Valladolid. Si esto llegara a plantearse yo tendría que estar preparada a confrontar a mi marido y no admitir semejante absurdo. Mis padres confían en que yo inclinaré el fiel de la balanza en favor de España. No conocen la terquedad y arrogancia de mi marido, ni la eficacia de sus consejeros en aislarme y restarme influencia.

Pero mal hago cargando mi corazón de sombríos vaticinios. Yo espero que mi tierra seduzca a Felipe. Ya veremos quién saldrá vencedor de esta partida. Por lo pronto, el palacio está trastornado con los preparativos. El humor de Felipe ha dado un giro favorable a mi corte y mi persona. Mi séquito ha recibido de él regalos y mercedes y ha sido ampliado para incluir siete damas españolas y treinta y cuatro borgoñonas. El vizconde de Gante, Hughes de Melun, será en el viaje mi caballero de honor. Celebrando el nacimiento de Isabel, mi marido me ha colmado de ropas, de joyas. Se place en imaginar lo bien que lucirá mi belleza a la par de las pálidas francesas y como si la idea lo excitara ha vuelto a pastar sobre mi cuerpo como un toro ávido de caricias y besos. A ratos pienso que la felicidad hace su camino de puntillas de vuelta a mi casa, pero después de hacer el amor, mis sueños están llenos de pesadillas en las que me rodean laberintos llenos de silencio y soledad. Yo tendría que ser feliz, le digo a Beatriz, mi fiel Beatriz. Mis hijos son tan hermosos, mi vientre tan fértil, pero estos palacios borgoñones llenos de luces y tapices tienen el suelo plagado de alacranes y en las ranuras de sus piedras se esconden la traición y las dagas. Ya no soy la misma muchacha ingenua que podía fiarse de su felicidad y que no conocía los espejismos. Mi corazón ha envejecido deprisa y si de mí dependiera me llevaría a Felipe lejos de aquí y con mi lengua le arrancaría esa piel de ogro y dragón que nada tiene que ver con su alegría y su nobleza. Son ellos, sus cortesanos malévolos y calculadores, los que lo incitan a irritarse y a emprenderla contra mí. Pero yo conozco al Felipe desnudo que ellos ignoran. Yo conozco al niño que se acomoda en mis entrañas y que busca en mis pechos el olor de la madre que perdió en la infancia. Yo conozco al hombre que me navega el alma y el cuerpo con las velas desplegadas. A ese ser veo detrás del rojo de sus furias. Por ese callo y me entrego, porque el amor tiene más ojos que los de llorar.

Mis padres querían que llevásemos a Carlos a España, pero Felipe se negó rotundamente. Mis tres hijos partieron hacia Malinas, donde permanecerán con su bisabuela y su tía Margarita.

Pasarán meses antes de que vuelva a verlos. De noventa días tuve que destetar a Isabel y cederla a su nodriza. ¡Mi rubia hijita! Cada vez que la veo me parece estar viendo a mi hermana mayor. Carlos, de dieciocho meses, se pegó a mis faldas y gritó como condenado cuando el príncipe de Chimay lo arrancó de mis brazos para subirlo al carruaje. Sólo Leonor conservó la calma, pero yo vi su boquita temblar, a punto de echarse a llorar, cuando la despedí con un abrazo.

Sin mis hijos en este palacio me volvería loca de añoranza de no ser porque todo el día entran y salen sastres y costureras, peluqueros y plateros que me traen los terciopelos, sedas y brocados, los calzados y pelucas que debo elegir para el viaje. Se han preparado más de cien carretas para llevar nuestro equipaje. El obispo Fonseca, Dios lo bendiga, no cesa de darme consejos. Me advierte de que esté alerta y no me deje avasallar por los sutiles juegos y engaños de los Valois. Por ser hijo de francesa y archiduque borgoñón Felipe será sin duda recibido como primer par de Francia —noble, pero vasallo de su rey. Yo, en cambio, como heredera de los reinos de Castilla y Aragón y futura reina, no puedo aceptar ese vasallaje y debo actuar con inteligencia para no entorpecer los intereses de mi marido, pero tampoco los míos.

Diríase que toda la población de Bruselas ha salido a despedirnos. El cortejo que llevamos es magnífico y hemos iniciado la marcha hacia Valenciennes en nuestra ruta hasta Bayona, bajo un cielo encapotado y otoñal. Cabalgando al lado de mi carroza, Felipe alumbra el día con su belleza. ¿Para qué dos soles, si basta con el sol de mi marido? Él y yo saludamos a las gentes que se aglomeran por el camino. Los aldeanos y pobladores nos miran con reverencia y admiración; admiran nuestra belleza, nuestra juventud, las sonrisas que cruzamos Felipe y yo, y en las que cualquier hombre o mujer puede reconocer un vínculo más humano y elemental que el de las cabezas coronadas. El arzobispo de Besançon, François de Busleyden, viaja en la carroza delante de mí. Cuando no cabalga a mi lado, Felipe se detiene al lado suyo y los dos se enfrascan en largas conversaciones que yo recelo, igual que él debe recelar las que Felipe tiene conmigo. Nadie en toda la corte de Flandes me malquiere tanto como ese anciano. Ni a nadie malquiero yo tanto como a él. Los dos somos, en todo este reino, quienes más amamos a Felipe. Por lo mismo, luchamos por poseerlo y nada nos haría más felices que ver a nuestro rival caer de su favor. La mano de Besançon asoma entre las cortinillas y señala la lontananza. Sus manos son largas y delicadas, femeninas, igual que una parte de su alma. Lamentablemente, tiene los vicios de mi sexo y ninguna de las virtudes, pero Felipe es ciego a sus torcidos intereses. Desde niño lo ha tenido a su lado. Carece de la distancia para observarlo sin el velo de su afecto filial.

Beatriz de Bobadilla y Madame de Hallewin dormitan a mi lado. Hemos rodado sin parar y el sol empieza a desvanecerse sobre el camino. Me echo la colcha en los hombros. Pronto llegaremos a Valenciennes y nos recibirán con fiestas y palios. Nunca he visitado el sur del país. Podré descansar y disfrutar del amor de mis súbditos. Aún faltan unos cuantos días para que lleguemos a Francia.

—Imagínate, Lucía, lo que serían aquellos dos meses en que Felipe y Juana viajaron de Valenciennes a Bayona. Los reyes de Francia prepararon fabulosos agasajos para ellos durante todo el trayecto. Por donde pasaban eran recibidos como reyes. En cada ciudad los acogían los nobles principales. Las campanas tocaban a rebato. Por las calles engalanadas los vitoreaban las multitudes, ávidas de ver a la pareja renombrada por su belleza y la elegancia de su séquito. En las ciudades a Felipe se le concedía el honor de indultar condenados y de presidir las cortes de justicia. Por la noche se ofrecían bailes y banquetes y en el día justas y torneos. Juana impresionó a sus anfitriones con su porte y dignidad y, sobre todo, con su fluido manejo del latín, en el que pronunció discursos de saludo y agradecimiento. Aconsejada por el obispo Fonseca, sin embargo, se retiraba discretamente de las festividades destinadas a honrar al rey de Francia.

—Felipe estaría feliz con tanto halago.

—Apenas se enteraba de los aprietos diplomáticos de Juana. Y ella lo perdonaba porque la felicidad lo disponía para el amor.

En París la ciudad y sus mujeres se le subieron a Felipe a la cabeza.

Yo lo vi reír con la nariz hundida en los bucles de las cortesanas. Sólo porque Beatriz me tiró de las faldas no me levanté para imprecarlo a que se comportara con decoro al menos en mi presencia.

¡Tantos elogios merecía esa ciudad! Yo había soñado ver el río, los puentes, Notre Dame, pero París era frío y por días lloviznó. Por mucho que en los palacios suntuosos brillaran los candelabros, el oro y los frescos de vivos colores, yo no sentía más que deseos de marcharme cuanto antes. Felipe se iba todo el día de cacería y volvía sucio, hediondo a caballos y vino. Se me lanzaba encima con bríos desmedidos en los que yo adivinaba las fantasías que tendría por el cuerpo de otras mujeres. Lo convencí de que me dejara ir antes a Blois. Yo me llevaría el cortejo y él después me podría alcanzar cabalgando con postas. Lo dejé en París. Temía que si continuaba atestiguando sus devaneos no podría contener las garras y dientes de mi corazón. No sé de dónde brota la rabia y zozobra que me posee cuando lo veo fascinado por el contorno de otra mejilla. No se percata de las falsas intenciones de las mujeres que lo halagan y cae en esos juegos sin medir cuán ridículo e infantil luce ante los demás. Pero claro, los hombres que lo rodean lo consienten como a un niño y celebran la gracia de cuanto hace. En cambio, si yo me altero, soy la bruja que lo persigue y le impide disfrutar su belleza y juventud. «No te des por aludida», me aconseja Beatriz. «Los hombres acabamos odiando a las mujeres que nos halagan en demasía», sentencia el obispo Fonseca. Creo que mi idea de salir de París, de no dejar que los ojos vean y así evitar que el corazón sienta, ha sido juiciosa a pesar del vacío y la angustia que me ha producido en el pecho.

A las puertas de Blois esperamos la llegada de Felipe. Apareció por la mañana cabalgando gallardamente sobre un corcel negro y lustroso. Se arrodilló ante mí haciendo una exagerada reverencia con un gran sombrero negro de fieltro adornado por una pluma cobriza. Me abrazó jovial y de buen humor. No bien llegó, el ánimo de la entera comitiva se transformó por encanto e hicimos nuestra entrada en el castillo de Blois, bajo un cielo claro y auspicioso. En el salón del trono aguardaba una nutrida concurrencia de nobles ricamente vestidos. El rey Luis, enfundado en una casaca blanca bordada con doradas flores de lis, contestó el saludo del chambelán que anunció a Felipe pregonando: *Voilà, sire, Monsieur le Archiduc*, exclamando: *Voilà, un beau prince*. Mi esposo hizo tres reverencias ante el rey, pero yo, que entré después, sólo me incliné una vez. El rey se adelantó entonces, me ofreció su brazo y me besó afectuosamente la cabeza. Un rato más tarde, aludiendo a que me aburriría entre ellos con pláticas de hombre, me despachó hacia las habitaciones de la reina con las otras mujeres.

Mis damas y yo nos retiramos. La reina Ana nos ofreció té y jugos de frutas en un primoroso salón con grandes ventanales que daban a un jardín cuyos setos, perfectamente alineados y podados en los extremos, semejaban el verde contorno de un pavo real. La reina era una mujer amanerada, de rostro alargado y grandes ojos grises. Ella, al igual que sus damas, me examinó de arriba abajo sin mucho disimulo. Correspondí haciendo lo mismo. De inmediato me percaté de que no estábamos destinadas para la amistad. Al día siguiente, durante la misa, a la hora de la limosna, mandó una de sus damas con una bandeja de plata llena de monedas, para que hiciera diezmos en su nombre. Si lo hacía, declaraba mi vasallaje ante su real autoridad. Decliné el ofrecimiento. No me importó que Felipe se rebajase a aceptar las monedas que le envió el rey. Yo indiqué que me encargaría de mi propia ofrenda. Al final de la misa, la reina no me invitó a unirme a su cortejo para salir de la iglesia. Me quedé arrodillada, simulando orar, y salí a mi propia conveniencia. Por la noche, a la hora de la cena, descarté las ropas de estilo borgoñón y me vestí a la usanza española, ordenado a mis damas que hicieran lo mismo.

Mientras yo marcaba distancias con los reyes de Francia, Felipe recibía de Su Alteza Luis XII un halcón de regalo y lecciones de cetrería. A diario salía con el rey a paseos en caballo y partidas de caza. Estaba encantado con la gentileza y cultura del francés, quien hábilmente otorgó a mi ingenuo Felipe el título de «Príncipe de la Paz».

—El rey Luis opina que aun en el caso de que muera tu madre, tu padre no cederá el poder, ni aceptará retirarse a Aragón. Otro monarca consorte lo haría pero no Fernando de Aragón —me dijo una noche de esas, animado por el vino y la comodidad de nuestro colchón de plumas—. Necesitaremos aliados para reclamar el trono, Juana. Y qué mejor aliado que el rey de Francia.

—Tú necesitarás aliados —dije—. Yo no quiero enfrentarme a mi padre. Me vale más su amor que cualquier reino.

No imaginaba entonces cuán proféticas resultarían sus palabras, ni cómo sufriría yo por mi lealtad.

Mi negativa a rendir pleitesía al rey y la reina de Francia generó tensiones que Felipe prefirió sortear acortando nuestra visita y reanudando el viaje hacia España. Él había logrado afianzar su amistad y sus vínculos con el rey Luis y temía que yo estropeara sus esfuerzos si permanecíamos allí más tiempo.

Salir de Blois con antelación significó que tuvimos que cruzar los Pirineos y las montañas de Cantabria en lo más crudo del invierno. En medio de heladas y nieves, el 26 de enero de 1502 llegamos al fin a Fuenterrabía. Allí nos recibieron con gran pompa el comendador de León, don Gutierre de Cárdenas y el conde de Miranda, don Francisco de Zúñiga. Nos hospedaron por unos días en un palacio con vistas al mar y nos suministraron una partida de fuertes mulas de Vizcaya para que llevaran la carga el resto del viaje. Puesto que nuestra caravana era demasiado aparatosa y pesada para atravesar los pasos de montaña, hubo que despachar los carruajes hacia Flandes, y continuar el viaje sobre las mulas y caballos. Con el cuerpo expuesto al frío y la ventisca cruzamos los estrechos del monte San Adrián. Cinco horas duró el martirio, aquel avance lento con numerosas caídas y resbalones de los animales y de la parte del séquito de criados que avanzaba a pie. Yo me cubrí toda con una piel de oso. Bajo la caperuza, tiritando y pasándome la lengua por los labios partidos por la resequedad, trataba de no pensar en las maldiciones que irían profiriendo mis flamencos ante la entrada tan inhóspita a España.

Menos mal que en Segura pudimos descansar, pero no antes de recibir el homenaje de nobles, pobladores y vecinos de muchas leguas a la redonda, en celebraciones y besamanos que casi acaban con Felipe y conmigo.

Ya en el valle del Ebro, camino de Castilla, unos días más tarde, se recompusieron los ánimos. Para mí volver a España, oír los dulces sonidos de mi lengua, mirar las fisonomías gallardas y los colores familiares, respirar el aire de sus paisajes, fue como despertar tras una larga hibernada. Mi sangre galopaba con ímpetu hacia mi corazón. El comendador Gutierre de Cárdenas me confió que meses atrás, en preparación de nuestra llegada, mi madre autorizó que se sustituyeran las ropas negras de luto, impuestas a la muerte de mis hermanos, por atuendos de color elaborados con ricos materiales. De allí que, por donde fuimos pasando, nos recibieron los notables de las villas ataviados con ropas magníficas de nueva confección. Felipe se mostraba muy complacido y deslumbrado por la prosperidad y riqueza de las gentes principales y la cantidad de imponentes castillos fortificados que encontramos a nuestro paso. A las puertas de Burgos, unos soldados nos confundieron con una hueste invasora y nos cerraron las puertas de la ciudad. Fue un episodio del que nos reímos mucho porque, tan pronto se aclaró el malentendido, la ciudad desplegó el gran recibimiento que nos tenía preparado. Dieciocho caballeros vestidos de rojo alzaron un palio dorado sobre nuestras cabezas. En señal de soberanía, el primer escudero de Felipe alzó la espada oficial de heredero de Castilla, que enviaron mis padres. La multitud se deshizo en vítores y aclamaciones. Más tarde, don Íñigo de Velasco, condestable de Castilla, nos entretuvo con corridas de toros y un banquete exquisito.

Estas recepciones se repitieron en Valladolid, Medina del Campo, Segovia y Madrid. En Valladolid, Felipe se puso de mal talante por la desaparición de uno de sus cofres, que contenía valiosas piezas de su vajilla de oro. Me apenó que mis compatriotas le robaran, pero yo estaba demasiado contenta de reencontrarme con lo mío como para enfadarme. Me emocionó volver a ver al almirante de Castilla, don Fadrique Enríquez, el mismo que me acompañó en la travesía por mar rumbo a mi boda, siempre con su nobleza de espíritu, haciendo votos por mi felicidad.

A Madrid llegamos el Viernes Santo 25 de marzo y descansamos allí hasta el 28 de abril. Varias noches Felipe y yo nos escapamos del palacio, vestidos como ciudadanos corrientes y nos mezclamos, sin ser reconocidos, con otros hombres y mujeres en la feria de la villa. Felipe me acompañó también a bautizos de moros y judíos convertidos al cristianismo. Mi confesor, Diego Ramírez de Villaescusa, pensaba que observar la hermosa y solemne liturgia disminuiría la aprensión del príncipe a nuestra práctica de convertir infieles. Tras largas jornadas de incansable actividad, la energía de Felipe en vez de disminuir se redoblaba por las noches. Apaciguado por el buen vino español y arrullado por la admiración y el agasajo que lo rodeaban, celebraba nuestro amor con grandes despliegues de pasión e inventiva, a los que yo me prestaba con alegre y decidida complicidad. Me hizo el amor exprimiendo uvas sobre mi piel, acariciándome con plumas. Las discordias no lograban entorpecer la perfecta sintaxis de nuestros cuerpos que, cual engranajes exquisitamente bien calibrados, alcanzaban una armonía que ni él ni yo nos explicábamos o lográbamos resistir. Padecíamos la perentoria necesidad de fundirnos, penetrarnos, desvencijarnos juntos. Yo sólo tenía que pasar mis dedos por su brazo o su cuello, o él hacer lo mismo, para que el odio quedase suspendido como una imagen atrapada en el reflejo de luces lejanas. En una trifulca, cuanto más nos ofuscábamos, mayor era la intensidad con que luego nos aferrábamos el uno al otro. «Esto es una locura, Juana, una locura», me susurraba Felipe. A veces yo recordaba la pócima que me diera Beatriz en mi viaje a Flandes. Me preguntaba si Felipe la habría tomado también, si al fin yo se la había dado y simplemente no lo recordaba.

Íntimamente agradecí a mis padres esos días de felicidad en Madrid. Les agradecí que permanecieran discretamente en Andalucía y dejaran que Felipe y yo recibiéramos el homenaje de la nobleza y los pobladores. De otra manera, bien lo sabía yo, el ánimo de Felipe habría estado empañado por el temor que le inspiraban mis padres, soberanos formidables que gozaban del respeto y de la admiración del mundo entero. Viajando por España habíamos constatado la grandeza y orden del reino. La gente sencilla se deshacía en alabanzas a sus monarcas y no cesaba de comparar el presente con la anarquía, los desmanes y las constantes escaramuzas que afligían el país antes del reinado de los Reyes Católicos. Buena parte de la nobleza, en cambio, resentía el control y el vasallaje impuesto por los reyes y no perdía la oportunidad de advertir a Felipe sobre las ambiciones de mi padre, y ofrecerle su respaldo para defender nuestros derechos. Felipe me refería estas conversaciones con personajes cuyo nombre se guardaba, como evidencia de lo apropiado de sus consideraciones y las de sus consejeros sobre la necesidad de cuidarnos de las posibles manipulaciones y argucias de mi progenitor.

Al fin emprendimos el camino hacia Toledo, mi ciudad natal y el sitio donde nos recibirían las Cortes para otorgarnos el mandato real y reconocernos oficialmente como herederos de la corona. Quiso la mala suerte que en abril Felipe se enfermara de sarampión en Olías. Hasta allí llegó mi padre a interesarse por su salud.

Yo no esperaba tal demostración de afecto. Bien recuerdo mi alegría y sorpresa cuando, al oír la conmoción en el patio de la villa donde nos hospedábamos, me levanté de la vera de mi afiebrado Felipe para asomarme por la ventana, y vi a mi padre descendiendo de su caballo. Corrí escaleras abajo para encontrarlo y me recibió con un abrazo tan apretado que casi me deja sin aire. Me separé para ver su inolvidable rostro de rasgos rotundos, curtidos ahora por el sol y el tiempo. Sus ojos oscuros me miraron y volvieron a mirar, desconociéndome y reconociéndome a la vez. Todo de negro con la ropa que olía a lana y polvo y la barba áspera poblada de canas, mi padre me abrazó una y otra vez. Recuerdo cómo la empuñadura de la espada se me enterraba entre las costillas. Mientras me daba recados de mi madre, y repetía su asombro por lo mucho que yo había cambiado en esos años, me pidió que lo llevara sin demora al lado de mi marido, pues llegaba sumamente afligido por su salud. Me di cuenta de que en su preocupación habitaban los fantasmas de mis hermanos cuyas muertes súbitas nos habían situado a Felipe y a mí a las puertas de Toledo.

Mi padre contó que la mala noticia de la indisposición de su yerno llegó justo cuando la comitiva de notables y obispos que los acompañarían a mi madre y a él a las puertas de la ciudad a recibirnos estaba a punto de partir. Al cancelarse la ceremonia, cundió la zozobra.

—Quise venir personalmente —dijo— y cerciorarme de que no os faltara nada.

Subimos juntos a la habitación. Mi padre se descubrió al entrar. El médico de la corte acababa de diagnosticar sarampión. El rostro de Felipe lucía rojo por efectos de la fiebre y la enfermedad. Al ver al rey intentó alzarse de la cama, pero mi padre se lo impidió con firmeza, y detuvo con un gesto el ademán de mi marido de inclinarse para besarle la mano.

—Olvídate de reverencias y formalidades, hijo mío.

Traduje la conversación entre ambos al francés. Mi padre se mostró en extremo amable y campechano y alabó la buena impresión causada por Felipe entre cuantos le habían conocido durante nuestra estancia en España. Sólo debía preocuparse por mejorar su salud, le dijo. Que la ceremonia de las Cortes se retrasase unos días no era mayor cosa. Su señora, la reina, pensaba llegar a visitarlo al día siguiente, agregó mi padre, a pesar de estar un poco indispuesta también.

Felipe sacó fuerzas de flaqueza e hizo derroche de galantería, insistiendo en que no debía la reina cansarse, cuanto más que correría el riesgo de contraer aquellas fiebres. Si él se enteraba de que ella preparaba viaje a Olías, se levantaría cualquiera fuera su estado y saldría a recibirla a las puertas de la ciudad.

El ímpetu de Felipe agradó a mi padre. Con una íntima sonrisa pensé cuán distintos eran los dos hombres de mi vida. Si lo comparaba con el rey de Francia, con mi suegro o incluso con los nobles de Flandes, mi padre carecía de refinamiento. Sus ropas negras y sin adornos contrastaban con los elaborados abalorios borgoñones. La sencillez de su atuendo, sin embargo, no hacía más que realzar su gallardía, la manera natural en que comunicaba su autoridad. Felipe, en cambio, apuesto y refinado como era, semejaba a su lado un medroso ratoncito obligado a conversar con el gato que puede descabezarlo de un zarpazo. Sus manos tensas apretaban las sábanas que lo cubrían hasta el pecho y los músculos de su cuello denotaban el esfuerzo que hacía por mantener en alto la cabeza sobre la almohada. Mi padre, entre tanto, estaba sentado a su lado en una silla, con las piernas abiertas y el cuerpo inclinado hacia delante. Brevemente le explicó en qué consistiría la ceremonia en Toledo y tras una media hora de visita, se levantó y dijo que se marcharía para que Felipe pudiese descansar y reponerse.

Tras años de sentirme sola y desprotegida en Flandes, la presencia de mi señor, el rey, más que cualquier discurso de mis confesores o consejeros, me devolvió la noción de mi estatura real. Tras despedirlo en el patio de la villa y verlo salir a galope con la partida que lo acompañaba, subí de regreso al lado de Felipe. La visita lo había reanimado. A las pocas semanas se recuperó.

El 7 de mayo entramos triunfalmente en Toledo. A nuestro séquito se unieron los personajes y dignatarios que nos esperaban varias leguas antes de las murallas de la ciudad: delegados de la justicia y los estamentos, el clero, los embajadores de Francia, Venecia, el cardenal Mendoza, seis mil nobles del reino y finalmente mi padre montado en un hermoso alazán. Felipe y yo, en nuestras cabalgaduras, nos situamos a su lado; mi esposo a la derecha y yo a la izquierda. Los tres precedimos el multitudinario cortejo. Era un día espléndido de primavera; el cielo azul realzaba los perfiles rojizos de la tierra, las caras ávidas de vecinos y hortelanos, que bordeaban el camino, eran todas ojos y bocas sonrientes en un despliegue de colores y estandartes. Deseé que mis hijos pudiesen haber visto ese espectáculo, y me distraje mirando la niña que un labriego sostenía sobre sus hombros en medio de la masa de curiosos, y que tenía un parecido inusitado con mi pequeña Isabel. Cuando alcé los ojos y recuperé el paso, mi padre y Felipe, olvidados de mí, avanzaban bajo un palio dorado que unos pajes izaban sobre sus cabezas. Me atormentó que no me hubiesen aguardado. Sin volverse, mi padre siguió avanzando hacia la catedral —ya muy cerca— acompañado únicamente por

Felipe. A varios metros de distancia vi que el cardenal Cisneros y mi madre salían a recibirlos.

Que hubiesen alcanzado la catedral sin mí era un desplante que no pasamos por alto ni mi madre ni yo. Pero la rabia no llegó a cuajarme en el pecho. Les disculpé la fanfarronería, su necesidad masculina de marcar territorio y castigar la momentánea nostalgia de una mujer que echa de menos a su cría, porque en ese momento la visión de mi madre me ocupó toda. Vestida enteramente de luto, Isabel no aplicó ni para sí ni para mi padre la licencia del duelo que otorgó a sus cortesanos. La muerte de mis hermanos le marcaba el rostro que yo recordaba terso y nacarado. Surcos oscuros bajo sus ojos registraban el paso del dolor. De las aletas de la nariz le nacían ahora dos arcos profundos a cada lado de la boca. Desde las ensombrecidas cuencas, su mirada brilló, sin embargo, nada más posarse sobre mí y mientras abrazaba a Felipe, viéndome de reojo, capté su mensaje de que no padeciera, que ya ella se encargaría de poner las cosas en su lugar. Me tocó a mí al fin el turno de sus brazos. Cerré los ojos sobre su pecho, husmeando su olor tan distinto al rancio perfume que exhalaba cuando partí. Ahora olía a lavanda y lana. Suavemente pasó su mano sobre mi cabello trenzado alrededor de la cabeza, incapaz de contener un raro gesto de ternura. Pero era el fin de seis años de ausencia y no podía menos que cundir la alegría ese día bajo el arco de la catedral de Toledo, en la que penetra para nuestra juramentación como futuros soberanos. Se procedió luego al Te Deum, los cantos, el incienso. Salimos en medio del clamor jubiloso de la multitud.

Mi padre no se apartaba de Felipe, que, sintiéndose ya rey, miraba a su alrededor con arrogancia de dueño y soberano. Fuimos andando hasta el palacio, donde permaneceríamos a solas los cuatro hasta que diera inicio, más tarde, el banquete de celebración. Ya en privado, Felipe les comunicó la mala noticia que nos habían dado en Orleans: la muerte de Arturo, el quinceañero príncipe de Gales, marido de mi hermana Catalina. A sus diecisiete años ésta perdía, con su viudez, la esperanza de ser reina de Inglaterra. España quedaba otra vez bajo la incógnita de futuras alianzas. Mi madre no pudo evitar el quejido que le salió del pecho, un ronco estertor que contuvo con la mano sobre la boca. Mi padre se levantó a echar otro leño en la chimenea con un gesto casi de rabia. «*Porca miseria*», le oí decir entre dientes, en el italiano de su amada Nápoles.

Tras veinticinco años de forjar alianzas y arreglar matrimonios que consolidaran la posición de España, la única certeza que les quedaba era que un flamenco, que no hablaba siquiera su idioma, ocuparía el trono de Castilla y Aragón. Eso pensarían. Lo pensaba incluso yo. Felipe aparentaba congoja pero bien poco podía comprender la honda desolación del hombre y la mujer que, sumidos en un laborioso silencio, ocupaban la sala gris en el palacio de Toledo. Corta había sido la alegría de reencontrarme con mis padres. Mañana toda la gente tendría que vestirse de luto por nueve días. De hombres ataviados como cuervos recibiría yo de las Cortes de Castilla mi mandato de heredar la corona de esos reinos asolados por la muerte de sus jóvenes príncipes. Me pregunté qué aguijones punzarían el alma de mi madre, si sentiría remordimiento, o si pensaría que tanta desgracia era castigo del cielo por usurparle el trono a la Beltraneja y obligarla a recluirse en un convento. Me estremecía pensar que ahora ese reino maldito me tocaría a mí. A mí, a Felipe y a nuestra descendencia. Una frase de Jesucristo me vino a la mente: «Padre, aparta de mí este cáliz.»

La mano de Manuel se posó sobre mi cabeza. Abrí los ojos y suspirando exhalé el aire de mis pulmones.

—En esa época, una serie de muertes tan cerca las unas de las otras tendrían que interpretarse como alguna señal del Cielo, ¿verdad, Manuel?

—Ciertamente. El pensamiento científico no hizo su aparición hasta el siglo XVII. Antes de eso no existía más interpretación de los hechos que la basada en creencias mágicas, o religiosas, que es lo mismo.

—¿No crees que el desinterés de Juana por el poder emanaba de un temor supersticioso a que la desgracia la persiguiera o cayera sobre su descendencia? A mí me habría dado miedo.

—Es una hipótesis interesante. Definitivamente, y lo verás más adelante, Juana no poseía la ambición del poder. Más bien puede decirse que lo rehuía. Es uno de los argumentos usados para defender la tesis de su locura. Por cierto que, hasta este viaje a España, las quejas sobre su comportamiento se limitaban a su falta de devoción religiosa y a su desidia en mantener correspondencia con sus padres. A partir de 1508, según los que han estudiado su supuesta locura, ella empieza a dar claras manifestaciones de inestabilidad psicológica. Pero ya me dirás tú si habrán sido locura sus desplantes. Sin embargo, es tarde. Terminemos por hoy.

Habíamos estado en la biblioteca por la tarde y también después de la cena. Eran las diez y media, yo no tenía sueño, pero Manuel se notaba cansado. Se puso de pie y removió los troncos en la chimenea. Apenas quedaban brasas. Me acompañaría a mi habitación, dijo, y regresaría a apagar las luces y a fumar el último cigarrillo de la noche. Prefería cerciorarse de que no quedara encendida ninguna lumbre en el hogar. En un incendio, esa casa antigua ardería como estopa.

—Déjate el traje. A esta hora, Águeda ya se ha retirado.

Capítulo 12

Manuel entró a mi habitación y cerró la puerta con cuidado. Me soltó los lazos del traje y me pasó un albornoz blanco para que me arropara. Se movía con mucho sigilo para evitar las sospechas de la tía. Con el traje sobre el brazo, me susurró las buenas noches. Su cuarto era el último antes de llegar a la escalera, dijo. Allí estaría si necesitaba algo. Águeda dormía al otro lado del pasillo. Probablemente no nos oiría, indicó, pero era mejor prevenir que lamentar.

Me lavé los dientes y me puse el pijama. Águeda había cerrado las cortinas, pero las entreabrí para dejar que la claridad de la luna disipara un poco la oscuridad. Saqué de mi mochila el libro de Pradwin sobre Juana que me diera madre Luisa Magdalena. Había decidido leer yo misma sobre los Denia, corroborar lo que Manuel y su tía decían. La lámpara de la mesa de noche era delicada, de cristal, con una pantalla de raso amarillo pálido. Me metí en la cama. Puse el espejo de mi madre sobre la mesa de noche, a manera de amuleto protector. Olía ligeramente a naftalina y sábanas limpias. En casa de la tía, Manuel no se atrevería a meterse en la cama conmigo, pensé, sintiendo aún vívidamente el roce de sus dedos sobre mi espalda. Arropada por un liviano edredón de plumas, lo lamenté. Mi cuerpo respondía a su proximidad, reconocía la fuente de donde manaban las fantasías que rumiaba en los silencios del internado. Sin abrir siquiera el libro, reconocí que me habría gustado pasar la noche con él.

Durante la cena con su tía, no me inspiró la sensación habitual de alguien con medio cuerpo inmerso en el pasado. Más tarde, disfruté viéndolo cómodo y apaciguado entre los libros de la biblioteca con las mejillas sonrojadas por el calor del fuego. Me pareció accesible, dulce y no pensé en Felipe, sino en él, Manuel. Lógicamente, estar en la casa de su familia suponía ciertas limitaciones. La tía, al hacerse responsable de mí, no admitiría otro comportamiento que el propio entre un hombre de su edad y una jovenzuela como yo. Quizás al día siguiente, antes de volver al internado, pasaríamos por su apartamento.

Me quedé mirando la lámpara del techo, la habitación reflejada en las lágrimas de cristal; mi pijama estampada con gatos siameses coloreando los prismas en blanco y negro. El silencio allí era mayor que el del colegio. De vez en cuando la casa crujía. Cerré los ojos con aprensión.

En ésas estaba, navegando a la deriva de mis pensamientos, meciéndome en sus pequeñas olas, cuando oí un ruido metálico que resonó por toda la casa, animándola con una vida mecánica incongruente e inexplicable. Fue un sonido de compuertas, de aldabas, que se repitió como un eco por todas partes, incluyendo mi habitación, y que me atravesó de extremo a extremo. Me senté en la cama, sobresaltada. Sin acertar a definir el origen del ruido, lo relacioné con el encierro de Juana, con el puente levadizo de un castillo cerrándose con un golpe seco y amenazante. Pensé que estaría alucinando. Me quedé expectante, quieta, con el libro en las manos. Luego me levanté y fui a la puerta. Puse el oído sobre la madera. No se oía nada. La abrí y salí al pasillo descalza. Caminé en puntillas hacia la escalera. Bajo la puerta de Manuel había luz.

Me acerqué y con la uña del dedo índice toqué apenas, dos o tres veces.

Manuel abrió en camiseta blanca, los pantalones de una sudadera y descalzo. Cuando me vio, pidió silencio con el dedo sobre los labios, me tomó de la muñeca y me introdujo dentro de su cuarto.

—¿Qué fue ese ruido, Manuel? —susurré—. Me asustó.

—¿Qué ruido?

—No sé, un ruido metálico, seco, como de aldabas o trampas.

—¡Ah! —sonrió, encendiendo un cigarrillo—. No te preocupes. Hay un sistema eléctrico que activa cerrojos de seguridad en toda la casa. Mi tía lo enciende cada noche a las once. Es un requisito de la compañía de seguros. Hay muchas cosas valiosas aquí. La casa debía ser un museo.

Me abrazó con la mano libre, con torpeza. Me besó en lo alto de la cabeza. Me estreché contra él.

—Bonito ese pijama de gatos —me dijo, conduciéndome hacia la cama. Era mi pijama favorita. La tela blanca, de punto, asedada caía suave sobre la piel. Miré a mi alrededor. Había dos altos nichos con estantes colmados de modelos a escala de barcos, galeras, castillos e, igual que en su apartamento, tenía complejos mecanos, móviles metálicos en delicados equilibrios y puestas una sobre otras, en orden, más cajas de rompecabezas.

—¿Qué haces...? —dije—. ¿Y si se entera tu tía?

Hablábamos en susurros.

—Echa los cerrojos antes de quedarse dormida y además es un poco sorda. Tienes que estar muy callada, pero te extrañaba. Me alegro de que hayas venido.

—Yo también te extrañaba. A ti. No a Felipe.

—Todas las mujeres son potencialmente infieles —dijo con sorna.

El tempo de sus movimientos pasó sin tregua de la ternura a la brusquedad y tuve la clara impresión de que se había puesto furioso, de que deseaba agredirme de alguna manera. Intenté retroceder pero él me desabotonó la camisa. El último botón saltó cuando él le dio un brusco tirón a la pijama.

—Espérate. Cálmate. No me destruyas la pijama —dije, sosteniendo la camisa sobre mi pecho con las manos, mirándolo confusa, atemorizada.

—Perdona —me dijo, dejando caer los brazos a su costado y mirando al suelo—. No sé qué me pasó.

—Creí que te gustaría saber que no siempre pienso en Felipe —dije, aventurando una sonrisa, acomodándome la blusa.

Sonrió con ironía.

—Lo lindo de tener tu edad es que uno se atreve a ser sincero. No sabía que pensaras en Felipe cuando estabas conmigo.

—Pues yo siempre asumo que piensas en Juana —dije con franqueza—. Es más, siento que somos ellos, que nos poseen, que vuelven a vivir, a quererse.

—¿Sí? ¿Eso sientes?

—Bueno, también te siento a ti.

—Somos cuatro, entonces.

Sonreí.

—Pero hoy fuiste tú quien me hizo falta. Sólo tú —añadí con énfasis deseando que me creyera—. Quería estar contigo. No pensaba venir hasta aquí cuando abrí la puerta para indagar la procedencia del ruido. Me trajeron mis pies. De repente me vi ante tu puerta. Y toqué.

Se puso de pie y me hizo poner de pie a mí. Me abotonó los botones de la camisa de pijama.

—Ven, te llevaré a tu habitación.

Salimos en puntillas. Sentí ganas de llorar, vergüenza de mi ingenuidad, angustia ante la posibilidad de haberlo herido y no poder remediarlo. En la puerta del cuarto, me volví. Él vio mi congoja.

—Lo siento, Manuel —atiné a decirle con la voz atenazada por el esfuerzo de aguantar el llanto. Me sentía apenada, pero las lágrimas eran también consecuencia del susto y de la revelación de que ese hombre me inspiraba más afecto del que yo misma aceptaba sentir por él.

Me empujó dentro del cuarto. Me abrazó, me besó, me echó encima una multiplicidad de brazos como si en vez de un hombre se hubiese convertido en varios. El cambio repentino; sentir que de perderlo, lo recuperaba, me animó a dejarle ir una seguidilla de besos al pecho, los hombros, el cuello, la boca. Me le apreté al cuerpo, me restregué contra él. Apenas podía respirar, apenas podía contener los gemidos. Mi llanto era un rugido bajo, mezclado con saliva, con secreción de nariz. La cara me ardía con un calor intenso. Nos arrancamos la ropa. Hicimos el amor en el suelo del baño, sobre una toalla. Manuel me pasó otra para que me la pusiera en la boca y así apagara los quejidos porque la angustia o el alivio o ambas cosas resultaron en que me viniera no una, sino varias veces. Mi cuerpo era un resorte de cuerda infinita. Se retorcía y un orgasmo traía otro y otro, como si cada vez que Manuel se hundía dentro de mí, el extremo de su pene tocara una campana, un gong cuyo sonido eran las ondas de placer sacudiéndome toda desde el vientre. Manuel me sostenía con los ojos cerrados. Nunca los abría cuando hacíamos el amor.

No me di cuenta de en qué momento se marchó. Me desperté de madrugada, con frío, en el piso del baño, desnuda. Me arrastré a la cama y dormí hasta la diez de la mañana. El sol entraba por las cortinas entreabiertas.

Cuando bajé, Manuel y su tía Águeda conversaban sentados a la mesa en la cocina. Él tenía un grueso folio de papeles a su lado. Ella tejía. Los platos, el pan, la mantequilla estaban sobre el mantel, pero era obvio que ya ellos habían desayunado. No bien aparecí yo, Águeda dejó las agujas y preguntó si quería huevos, cereales. Me daba apuro hacerla trabajar, así que dije que desayunaría pan y café.

—Lucía se llevó un susto anoche cuando se activaron los cerrojos —dijo Manuel, moviendo el legajo de papeles para hacerme lugar a su lado.

Águeda me miró mientras se llevaba la mano a la frente.

—¡Pero qué cabeza la mía! Te lo debí advertir. En cierta forma esta casa es una moderna fortaleza. Es una lata, pero ya te habrá explicado Manuel que nos lo exige la compañía de seguros.

—Sí, sí. Ya me lo dijo.

—Otro día que vengas, sacaré algunos de nuestros tesoros para que los veas. Son cosas muy antiguas. Muy interesantes.

—Cosas robadas —dijo Manuel.

—Anda, Manuel, no digas eso. —Se notaba que la tía lo había oído más de una vez. Siguió colando el café.

—Producto del expolio de los marqueses de Denia al tesoro de la reina Juana.

—No le creas, Lucía. Cuando murió la reina, el rey Carlos I recompensó a los Denia por sus servicios con joyas y obras de arte y les pagó una deuda que la reina contrajo con ellos.

—Y anda con la misma historia —dijo Manuel, terminando de vaciar la pequeña taza de café expreso.

—Nunca he aceptado tus teorías, Manuelito. La reina estaba loca y cuidarla fue una misión difícil y dura que marcó a nuestra familia. Bien se merecían lo que les dieron. Eso y más.

—La reina no estaba loca. Estaba prisionera.

—Imagínate si no estaría loca, Lucía. Todas las noches, después de que muriera Felipe el Hermoso, ordenaba que abrieran el féretro y se abrazaba al cadáver. Le besaba los pies. Y esa procesión fúnebre a Granada. ¿A quién en su sano juicio se le ocurre viajar por toda España con un ataúd?

—No sé por qué insistes cuando ya te he explicado que fueron dos veces las que mandó que abrieran el féretro para comprobar que el cuerpo estaba allí. La primera vez temía que los flamencos no sólo se hubiesen llevado el corazón sino también el cadáver.

—¿Los flamencos le sacaron el corazón? —pregunté.

—Para enterrarlo en Bruselas —dijo Manuel.

—Así justifica Pradwin la actuación de la reina, pero hay otros estudiosos que disienten —intervino Águeda—. Vete tú a saber cuál es la verdad. Para mí no hay más explicación para el comportamiento de Juana que la locura.

—Te aferras a la idea de la bondad de Fernando el Católico, pero Fernando era un hombre sin escrúpulos. Fue el modelo en el que se basó Nicolás Maquiavelo para su *Príncipe*. ¿Qué crees tú, Lucía, crees que el amor puede llevar a alguien a enloquecer?

Los miré a los dos. Águeda había retornado a su tejido, pero levantó sus ojos esperando mi respuesta.

—Pues... no sé.

—¡Qué preguntas haces, Manuel! ¿Cómo iba a saberlo ella? Seguramente aún ni sabe lo que es estar enamorada.

—¿Es verdad, Lucía? ¿Nunca has estado enamorada?

Creo que me sonrojé. No entendía a Manuel. ¿Cómo se le ocurría hacerme esa pregunta frente a la tía? Con aquella intensidad, además. No me quitaba los ojos de encima.

—Déjala, Manuel.

—Tú no te metas, tía. Ella puede contestar.

—Dicen las monjas que a mi edad una sólo se enamora del amor —sonreí.

—Bien dicho, hija mía.

—Pero Juana tenía tu edad cuando se enamoró de Felipe. Era un amor como el que podrías sentir tú. Una gran pasión. La mayor parte de los habitantes de este planeta viven el amor en su adolescencia. Mira si no cómo la biología femenina está pensada para que las mujeres conciban sus hijos en la temprana juventud. Además, ¿no dice el adagio que el amor no tiene edad?

—Por Dios, Manuel. Eso se dice para justificar a los viejos verdes que se lían con jovencitas —dijo la tía—. ¿Y tú piensas que el amor puede hacer enloquecer a las personas?

—Pienso que puede conducir a actos que se confundan con la locura, a momentos de gran ofuscación. Mira si no cuántos crímenes pasionales se cometen —dijo él.

—Pero piensas que Juana no estaba loca... —insistió la tía.

—Precisamente. Ofuscada puede haber estado, pero no loca. La acorralaron y reaccionó como cualquier mujer moderna lo habría hecho. No tenía ningún recurso más que enfurecerse o la suerte de huelga de brazos caídos a la que recurrió tan a menudo: no comer, no bañarse, hacer que temieran por su vida. Es posible que, privada de libertad, llegara a dudar de su propia razón.

—¿Tú qué piensas, Lucía? —me preguntó Águeda.

—Pues que no sé lo suficiente para opinar —dije—. Pero me gustaría saber si tú, Manuel, te has enamorado locamente alguna vez.

—Una vez —dijo, dando un sorbo a su cigarrillo—. Ya ves, yo lo admito —sonrió, mirándome.

—¿Una vez? —se admiró la tía Águeda, clavándole los ojos—. Espero que de ninguna de esas alumnas bobas que te llaman con vocecitas apagadas y nunca dejan su nombre.

—Por Dios, tía Águeda, son mis alumnas —exclamó Manuel.

—Son muchachas jóvenes. De esas que dices que pueden enamorarse locamente.

—Creo que nos salimos del tema —Manuel se levantó y miró su reloj—. Lucía y yo tenemos que seguir con nuestra historia.

—Anda, iros a la biblioteca. Yo prepararé el almuerzo.

Ayudé a Manuel a encender el fuego. Hablamos poco. Dame esto, enciende aquello. Pásame el traje. Le pregunté por qué insistía en que me lo pusiera. No lo necesitaba ya para sentirme en la piel de Juana. Es lo que crees, dijo. No hubo manera de disuadirlo. Desnuda, con los brazos cruzados sobre el pecho, esperando a que lo deslizara por mi cabeza, me sentí más indefensa que antes, como si la noche anterior hubiese cambiado mi disposición de ánimo. Quizás Manuel tenía razón y hoy sí que necesitaría el bendito traje. Quizás, pensé, haber incursionado fuera del círculo en el que encarnábamos a Juana y Felipe afectaría la facilidad con que yo lograba situarme en el espacio intemporal que él creaba con sus palabras y en el que se me revelaba la interioridad de Juana hasta que se me hacía difícil discernir entre lo que él decía y los diálogos, escenas entre líneas o reflexiones al filo de la narración que imaginaba yo.

El comentario de la tía Águeda sobre las alumnas de Manuel me había inquietado. ¿Sería que él practicaba este tipo de «enseñanza» con otras muchachas como yo? ¿Sería ésta su manera de seducirlas?

¿Dónde estábamos?, decía Manuel. Nos quedamos en Toledo, ¿no es cierto? Arturo de Gales ha muerto y es Felipe quien comunica la noticia a los Reyes Católicos. Al día siguiente, el luto envuelve a la ciudad. Como temías tú, Juana, os veis rodeados durante nueve días por los ropajes negros de la corte. Felipe se refugia en el rosa de tu piel y te cuesta hacer que deje el lecho para acompañarte a las misas y responsos. ¿Cómo puedes soportar tanta mojigatería, curas y rezos?, te pregunta; ¿qué hay en el alma de tus coterráneos que los lleva a pensar con tanto temor en las llamas del infierno?

Preocupada por el estado de ánimo de tu marido, hablas con tus padres y acordáis que mientras tú y Felipe esperáis a que las Cortes de Aragón os reciban para ungiros como herederos, un grupo de nobles tomarán al príncipe bajo su tutela y se encargarán de que no decaiga su espíritu mostrándole los brillos y posibilidades de su nuevo reino. Tu padre no omite comentar con sarcasmo su opinión de que será más fácil que España seduzca a Felipe con juegos y placeres que con razones de Estado. Mientras tú y tu madre presidís misas y lutos, tu esposo parte a los jardines de Aranjuez a jugar pelota, y no regresa si no hasta que el duelo se diluye en la vida cotidiana. Cuando vuelve, se incorpora a las giras de caza con su suegro en los bosques de la sierra. Practica las artes de cetrería y participa en justas al estilo español. Se familiariza con la lidia y las corridas. La corte lo mima y se empeña en ofrecerle pasatiempos. Tantas son las atenciones en su honor que Felipe se ablanda y se siente obligado a corresponder. Con su encanto característico, logra tu complicidad para organizar en secreto, en honor de tus padres, un banquete al estilo de Flandes. Vestida con un traje dorado de ancho escote bordeado de armiño, gargantilla y pendientes de diamantes canarios y un sombrero de pico de cuyo extremo cuelga un finísimo velo de hilos de oro, tú recibes a su lado a los complacidos invitados. Durante el banquete intercambias miradas de complicidad con tus padres y con tu viejo amigo el obispo de Cambray, y el hermano de Jean, Henry de Berghes, líder de la facción pro española de los flamencos. Mientras tanto, el arzobispo de Besançon, François de Busleyden y los consejeros pro franceses de Felipe apenas prueban bocado y te miran con disimulada hostilidad.

En aquel banquete de jabalíes, cerdos y venados donde, bajo los candelabros en los que ardían cientos de velas aromáticas, corrió el mejor vino borgoñón, imaginé mi reino futuro como una amalgama de lo mejor de Flandes y España. Algún día presidiría una corte que sería el epítome de cuanto era tolerante y culto en Europa. Me vi reinando España con mis hijos y con Felipe. Seríamos una pareja afortunada y amante bajo cuyo trono se unirían no sólo las viejas estirpes, sino las nuevas colonias de las anchas tierras americanas que a nosotros nos tocaría explorar y gobernar. La ingenuidad de mis sueños coloreó alfombras, cortinas, rostros y viandas y me pareció que tanta gracia y belleza me protegería contra intrigas y desgracias. Más tarde, a solas con mi esposo, toqué el clavicordio y bailé para él las danzas que me enseñaran las esclavas moras. Pero después de hacer el amor, cuando acostados sobre la cama repasábamos los pormenores de la fiesta, él empezó a reír de pronto y a mofarse de mis coterráneos, de los modales toscos de este duque o aquel marqués, el olor de las barbas de los curas y lo grasiento de la comida «sin imaginación». Nunca había apreciado tanto Flandes como estando en España, dijo. Le estaba tomando un gran esfuerzo continuar esperando a que nos recibieran las Cortes de Aragón para aceptarnos finalmente como herederos. Se le hacía que la tardanza era un truco de mi padre para obligarnos a retrasar nuestra partida. Querría efectuar la ceremonia en medio del conflicto de Francia con la corona aragonesa y así obligarlo a tomar partido contra su amigo el rey francés. Por el obispo de Besançon sabía que las tensiones por la división de Nápoles estaban a punto de provocar otra guerra entre el reino de Aragón y los franceses.

—Tu padre quiere obligarme a toda costa a que me enemiste con Luis. No sabe que mis lealtades no están a la disposición de España.

—Mal te aconseja Besançon, Felipe —le dije, pretendiendo que sus palabras no me hacían mella—. Hablas contra ti mismo. Serás rey de España y abrazar la causa española es lo que ahora te corresponde.

—La causa española la decidiré yo en su momento. No tengo por qué heredar rencillas que sólo aislarán a Flandes de sus aliados históricos, no tengo por qué continuar la política de tus padres. Y te lo demostraré. Despacharé a Henry de Berghes de regreso a Bruselas. Me molesta su complacencia y su servilismo con todo lo español. Para agente de Castilla y Aragón me bastas tú. Tú hueles bien —dijo metiendo la cabeza entre mis pechos—, tú eres mi flor castellana; tú me has dado los hijos más hermosos, tú eres mi única España.

Felipe conocía cómo apagar la mecha antes de que la llama llegara al polvorín y estallara. ¿Cómo iba yo a resistir palabras tan bonitas? No quería hacerlo. Para él era importante sentir que retenía el poder frente a mí. No terminaba de aceptar la idea de que yo sería la reina y él mi consorte. Esa resistencia me obligaba a mí a estar en guardia para no ofenderlo insinuando que mis palabras podían tener más peso que las suyas. Él era de la opinión, por ejemplo, de que los aragoneses bien podían evitarse cambiar sus leyes sálicas adjudicándole a él el reinado. Hería su orgullo que se tomaran tanto tiempo discutiendo cómo hacerlo a un lado. Él no tenía la sagacidad de mi padre para acumular autoridad real y trascender la formalidad de los títulos. Por mi parte, yo carecía de la determinación de mi madre para hacerle frente. Temía sus arrebatos, la cruel arrogancia de la que hacía gala cuando se sentía inseguro. Sus súbitos cambios me mantenían en vilo. Mi energía se iba en apaciguarlo, en mantenerle intacto el orgullo para que al menos continuara siendo partícipe dispuesto en el destino que en mala hora la vida nos había dispensado.

Antes de levantarnos al día siguiente, apelé a las argucias de la pasión y a las caricias para pedirle que no despachara a Berghes y para insistir en que a mi padre, más que a nadie, le interesaba acelerar las ceremonias en Aragón. Pedí que no escuchara a quienes sugerían lo contrario. Le recordé la preocupación y cortesía de su suegro cuando llegó a visitarlo en su lecho de enfermo en Olías. Alabé la gentileza de Berghes conmigo y le rogué que calmara sus ímpetus. Mi gestión fue efectiva y por unos meses desistió de su propósito. Apenas llegó el verano, sin embargo, el sol pareció meterse en el cuerpo de mi marido y resecarlo, llevándose cuanta agua guardada podía refrescar su temperamento. Me trataba como un déspota, se burlaba de mi inteligencia y horas más tarde me atrapaba en un rincón de mi alcoba y decía que nunca se cansaba de mi belleza. El ardiente y seco verano azotaba a los flamencos como una plaga. Se apagaban las risas y los bailes en el sopor del mediodía y las tardes sin brisa. Sería agosto cuando el emperador Maximiliano de Austria le escribió a Felipe incitándolo a colaborar con mis padres. En vez de tener el efecto deseado, la carta lo hizo entrar en estado de agitación extrema. Felipe aborrecía las intromisiones de mi suegro, al tiempo que nada le placía más que su aprobación. Acusó a mis padres de difundir falsedades e intrigar para indisponerlo con su progenitor. Puesto que no se atrevía a recriminarlos directamente, la emprendía conmigo profiriendo epítetos y denigrando a España. A pesar de mis protestas cumplió con su amenaza y ordenó el retorno inmediato a Flandes de Henry de Berghes y los miembros de la corte que mantenían posiciones pro españolas.

Mi madre, que atribuía poderes mágicos a las armas de mi sexo, me rogó que intercediera. Le dije que mi intervención había logrado retrasar esa decisión por varios meses, pero ella insistió diciendo que si Felipe se negaba a escucharme era porque yo no argumentaba el caso con suficiente energía. Y es que en el palacio de Toledo la leyenda de mis embrujos carnales era la comidilla de la corte. ¿Cómo negar la pasión de mi marido, se decía, si en las noches de pasillos silenciosos no había quien no hubiese oído mis gemidos de gozo? Además, mi cuerpo no mentía. Estaba encinta de nuevo. Que mi marido siguiese retozando conmigo cuando mi gravidez iba ya por los cinco meses era prueba suficiente de apetitos insaciables que no obedecían siquiera a los dictados elementales de la cristiana moderación. Todo esto llevaba a mi madre a pensar que mi poder era el más antiguo blandido por las hembras de la especie y por tanto capaz de lograr cuanto se propusiera.

Apenada ante la imposibilidad de hacerla comprender mi difícil situación, decidí finalmente revelarle el anverso de mi nocturno paraíso y hablarle de los contrastes de mi marido. No sé cuánto crédito dio a mis palabras, pero al fin, de mala gana y sin convencimiento, desistió de reprocharme y tomó la determinación de hablarle ella misma. Fue inútil. No sólo se topó, igual que yo, con la terquedad flamenca; aquella conversación la llevó a temer y a desesperar por el futuro que con tanto cuidado venía forjando para España. Sufrió un golpe muy duro al comprobar que, después de todos sus esfuerzos, las lealtades de su yerno seguían puestas fuera de las fronteras de Castilla y Aragón. Ni ella ni yo supimos calcular la oculta rabia que llevaba a Felipe a contradecir a su padre. Supongo que fue entonces que mi madre urdió el plan de confrontarlo y obligarlo a comprometerse claramente con el mandato que heredaría. Calculó que también pondría en la balanza el amor que Felipe y yo nos profesábamos. En esa estratagema yo sería la víctima propiciatoria, el Isaac de Abraham o la Ifigenia.

El calor, que causaba estragos en la salud de los flamencos, se confabuló con el destino para agravar la tensa situación. Una madrugada hacia el final del verano el arzobispo de Besançon, François de Busleyden, sufrió un síncope. De madrugada tocaron en nuestra alcoba requiriendo la presencia de Felipe, que se vistió y salió apresurado. Unas horas más tarde regresó con el rostro descompuesto, arrancándose la ropa. El olor de la muerte lo asfixiaba, dijo. Parecía un niño sin consuelo. Lloraba lamentándose. Busleyden, más que su padre, lo había criado. Era su tutor y consejero desde la tierna infancia. Y sin embargo, poco valió su amor para evitar que falleciera. La pena y la rabia le hacían emitir unos terribles sonidos guturales que se filtraban entre las entrecortadas palabras de despecho con las que repetía que Busleyden había sido envenenado. Era mi gente, se lamentaba, la responsable. Mi gente había asesinado al más leal y sagaz de sus consejeros. Paseándose frenético me gritaba que aquello era obra de mi padre, que se equivocaba si creía que así lo obligaría a desistir de su amistad con Francia. Mientras más trataba yo de calmarlo, más se exaltaba. Mandó llamar mayordomos, chambelanes y les ordenó que se prepararan para partir. Él no esperaría a que lo mataran, me decía. No se quedaría en Toledo. Partiríamos a Zaragoza y nos ungieran o no las Cortes de Aragón, saldríamos hacia Francia tan pronto fuera posible.

Aproveché la confusión que reinaba para enviarle a mi madre una carta a Madrid, al cuidado de uno de mis mejores jinetes, poniéndola al tanto de lo acontecido. Cuando regresé junto a Felipe éste daba voces ordenando salir de palacio a la guardia castellana, mientras colocaba en su lugar soldados flamencos. Como un endemoniado, mi marido se dirigió después a la cocina y despidió a los cocineros. Llevaría unos días embalsamar el cadáver de Busleyden y prepararnos para partir y, mientras tanto, no se tomaría ningún riesgo. Yo no podía fingir la misma congoja de Felipe ante la muerte del arzobispo; ni cometí la torpeza de negar rotundamente que mi padre pudiese estar involucrado. Guardé silencio. Ya Felipe podía interpretarlo como le viniera en gana.

Mi madre respondió a mi mensaje con otro suyo dirigido a Felipe. Lamentaba enormemente el súbito deceso del arzobispo, pero conminaba a Felipe a permanecer en España y renunciar a su idea de retornar a Flandes atravesando Francia. Las hostilidades habían recrudecido y podríamos terminar convertidos en rehenes de Luis XII. Mi padre, por su parte, mandó un emisario con la nueva de que las Cortes de Aragón estaban prestas finalmente para llevar a cabo las ceremonias de nuestra jura como herederos de la corona.

Antes de marchar a Zaragoza, Felipe escribió a su amigo el rey de Francia poniéndolo en autos de su situación y solicitándole audiencia y garantías de que no se nos tomaría como rehenes de guerra. Luis contestó afable. Ningún temor de esa naturaleza debíamos albergar. Para probarlo, decía, estaba despachando diez nobles de Francia que permanecerían en Bruselas en prenda de su palabra, hasta nuestro seguro y feliz retorno a Flandes.

—¿Has visto, Juana? En vez de encomendarme la misión de negociar una tregua con los franceses, aprovechando la estima de Su Alteza para conmigo, tus padres querrían obligarme a renegar de mis vínculos. Eso es lo que les preocupa; saben bien que no corremos peligro. Aquí es donde el peligro me acecha, por eso nada ni nadie me obligará a cambiar de parecer. Se lo prometí a mi amado mentor en su lecho de muerte.

Zaragoza nos recibió con igual pompa y multitudes que Toledo. Los estandartes de los reinos de Aragón, Valencia, Sicilia, Mallorca, Cerdeña y del condado de Barcelona ondeaban al viento entre los miles de personajes vestidos de grana que se alineaban para el besamanos con que nos expresarían su respeto y sometimiento. Doblaban las campanas y se echaban a volar palomas; cintas de colores colgaban de los balcones por donde pasaba nuestra cabalgata. El nombramiento de las Cortes de Aragón, sin embargo, estaba condicionado. Me aceptaban como reina pero, si yo moría, Felipe no sería rey. Más aún, si mi padre volvía a casarse tras la muerte de mi madre y procreaba un heredero, la corona de Aragón sería para su hijo.

Poco después de la ceremonia mi padre salió de regreso a Madrid preocupado por las extrañas fiebres que tenían postrada a mi madre. Antes de partir le pidió al hosco Felipe que presidiera las restantes solemnes sesiones de las Cortes. Mi vanidoso príncipe interpretó la deferencia como un gesto de conciliación que reconocía su calidad de futuro rey. Ingenuos éramos ambos. Al inicio de la sesión, sentada a su lado bajo el palio de la sala capitular, contemplar a Felipe con la barbilla alzada, el pecho erguido, los ojos midiendo la concurrencia, me inspiró una mezcla de orgullo y ternura. Como yo, él también maduraba, intentaba llenar el molde de las estatuas que se alzarían en su honor.

El secretario se puso de pie para leer el orden del día. Entonces nos percatamos de la trampa tendida por mi padre: la sesión que presidiría Felipe se ocuparía de aprobar los subsidios extraordinarios necesarios para financiar la guerra contra Francia. Cundió la agitación entre la visitante bancada flamenca. Sentí que la cacofonía de comentarios y murmullos a caballo de las miradas de la concurrencia, se dirigían hacia mí como potros desbocados en un mal sueño. Pensarían que era cómplice de esa maniobra. Felipe salió galante en mi defensa. Se puso de pie y sin revelar más que la calma y majestad de un soberano, se volvió hacia mí para hacerme una reverencia y pedir mi venia para iniciar la sesión. Luego, como lo habría hecho un rey español, procedió a abordar la agenda.

Alivio, miedo. No sabría decir qué sentimiento predominaba dentro de mí más que la noción de que, en cualquier momento las aguas podrían cambiar de dirección y anegarme. La ropa me apretaba y me faltaba la respiración. Fue la primera vez, recuerdo, que obligué a mi mente a la fuga. Mientras la sesión proseguía, vi el clavicordio de mi infancia con las decoraciones ámbar y naranja pintadas en la madera, vi sus teclas de marfil, el pliego de música de Josquin des Prez, las notas negras y, con los ojos abiertos y las manos inmóviles sobre mi silla, regresé a mis ocho años y leí la música. Los dedos de mi mente me trajeron nota a nota la melodía. Mi cuerpo se llenó de acordes y atrás quedó la tensión de la sala capitular.

Aprobados los sufragios, Felipe dio por terminada la sesión. El movimiento de la sala diluyó el encantamiento de mis retinas. Respiré hondo, sosegada. Mi sangre fluía apaciguada y mansa cuando abandonamos el recinto.

Después de ese incidente, me colmó la certeza de cuál debía

ser mi proceder. Cesó el vaivén de mis lealtades. Decidí anteponer mi amor de esposa al amor filial. Cualesquiera fueran las desavenencias entre mi marido y yo, nuestro matrimonio requería que urdiéramos a nuestro alrededor una cota de malla para protegernos. Tras el foso de nuestra discordia se alzaba la fortaleza donde habitaban nuestros hijos. Yo también quería regresar a Flandes. Extrañaba a mis criaturas. Imaginaba sus días, sus noches, y me dolían las yemas de los dedos por el deseo de acariciarlos. ¿Por qué negar que Felipe pudiese negociar la paz con Su Majestad Luis XII? Él no padecía los rencores de España y tendría la mente más clara y la voluntad más proclive al equilibrio. La mala jugada de mi padre me recordó que en mi familia los intereses de poder siempre fueron más fuertes que los parentescos.

Esa noche le ofrecí a mi marido mi lealtad. Prometí hacer causa común con él y apoyar su regreso a Flandes pasando por Francia. La rabia que mantenía a Felipe envarado y lejano, con el rostro crispado y las manos empuñadas dentro de los bolsillos de la casaca, se plegó como una vela de barco. Su mirada cáustica y sardónica tornó a ser el abrazo sensual y cómplice que me sedujo. Que estuviese de su lado era lo que él esperaba, dijo. Ya vería cómo no me arrepentiría de mi decisión. Él no me defraudaría y al final mis padres tendrían que reconocer que su modo autoritario de hacer las cosas no siempre brindaba los mejores resultados.

Me dediqué con energía a los preparativos de nuestro viaje. Encargué nuevas monturas para llevar de regalo a mis pequeños. Mandé bordar mantillas para mi cuñada Margarita y a otras damas de Bruselas. Hice también confeccionar nuevos y amplios trajes para mi paso por la corte francesa donde Felipe y yo finiquitaríamos el acuerdo de matrimonio de Carlos y Claudia, al que finalmente accedí. Las comodidades dispuestas para mí en la caravana demandaban especial esmero dado que mi preñez iba por los siete meses. Poco me preocupaban estas cosas usualmente, excepto que esta vez quería asegurar que el parto no se adelantara para evitarme el engorroso accidente de dar a luz a un francés.

Una noche antes de partir, tuve un sueño donde me vi de nuevo en un incendio que presencié cuando era pequeña y mis padres acampaban cerca de Granada. Aún años después conservaba la memoria de las tiendas ardiendo en la noche de la sierra, el fuego herrando la piel del cielo con sus efímeros signos, los centinelas convertidos en antorchas, corriendo y dejando tras de sí un nauseabundo olor a carne quemada. En el sueño, yo buscaba inútilmente a mis hijos en medio de las llamas. Oía su llanto lejano pero, cuando me acercaba, sus ayes se convertían en los alaridos de los condenados a la hoguera en los Autos de Fe. Me desperté acongojada y salté de la cama como si huyera del mismo demonio. Me topé con Felipe, que llegaba a decirme que mi madre enviaba un mensajero requiriendo su presencia en Madrid. La reina quería verlo antes de partir y él no podía negarse a su llamado, sobre todo dado su estado de salud. Se iría en postas, viajando día y noche, para no perder tiempo y regresar pronto. Besó con dulzura el globo de mi vientre, la frente, la boca y se marchó.

No salí de mi cama en todo el día. Cada vez que cerraba los ojos, oía el llanto de mis hijos.

—Qué extraño que Isabel mandara por Felipe y no por Juana, ¿no te parece? —le comenté a Manuel.

—Cuando Fernando llegó y le comunicó a la reina las cláusulas acordadas por las Cortes de Aragón, Isabel temió por la unidad de España a la cual había dedicado su vida. No fue de su agrado saber que, muerta ella, si Fernando contraía matrimonio de nuevo y engendraba un heredero, Juana sería despojada de la corona de Aragón. Pensó que los aragoneses cobraban caro a su hija la debilidad de su marido por los franceses. Consideraba inaceptable que, tras soportar las infidelidades de Fernando pensando en la herencia de sus hijos, las veleidades de un príncipe extranjero pusieran su legado en peligro. Si Felipe amaba a Juana debía renunciar a su amistad con Luis y permanecer en España. Lo mandó llamar para hablarle con franqueza y enterarlo de lo mucho que arriesgaba dejándose llevar por sus impulsos.

—¿Lo convenció?

—¡Qué va! Felipe no cejó en su argumento de que podía detener la guerra y así ganar el favor de Aragón. También recurrió a las obligaciones que tenía con sus súbditos, quienes amenazaban con rebelarse si él no regresaba y añadió que su padre lo necesitaba en Germania. No. Los reyes no lo convencieron. Tres días pasó Felipe en Madrid insistiendo en que su decisión era irreversible, discutiendo con tu padre y tu madre sin que lo disuadieran. Entonces la reina jugó su última carta: tú, Juana.

Puesto que no atendía a razones, le dijo, poco podía hacer ella por detenerlo. No admitiría, sin embargo, que tu vida y la de tu hijo corrieran el riesgo de ser víctimas de su obcecación. No te dejaría viajar en pleno invierno por los Pirineos. Si él decidía marcharse sin ti, tendría que esperar hasta que tu salud, la guerra y el clima te permitiesen volver a Flandes. Tu madre intentaba, como último recurso, insinuarle a Felipe que podría perderte, que considerase que no sólo se jugaba la corona, sino también su matrimonio.

—¿Y Felipe reaccionó?

—La reina logró que, por primera vez, Felipe vacilara, pero a la postre no logró que cambiara sus planes.

Doce días después de que Felipe saliera rumbo a Madrid, el vigía del alcázar avistó una partida de jinetes. Me sentí súbitamente liviana, pero cuando me asomé por la ventana para mirar a los recién llegados, no logré ver a Felipe. Era el marqués de Villena el que me traía un mensaje. Muy galante y apuesto, el marqués se presentó ante mí. Sus ojos pardos bajo unas cejas de arco perfecto me examinaron sin ocultar su admiración. Vestido con bombachas de cuero y una capa de paño, se descubrió respetuoso ante mí. No estaba yo para cortesías. Le pedí que me dijese sin demora la razón por la que Felipe aún permanecía en Madrid.

—Su Alteza, vuestro marido, os espera en Alcalá de Henares. Me ha enviado para que os escolte hasta allí. Tengo instrucciones de hacer el viaje por etapas para que no os canséis, pero lo que ha de deciros sólo él lo sabe.

—Os suplico me digáis si la reina está en buena salud —pregunté en vilo sospechando su gravedad o agonía. Pero el marqués de Villena se apresuró a tranquilizarme.

—Alteza, la reina se ha recuperado. No temáis por su salud.

En pocas horas nos preparamos para partir. Pensaba —casi sin atreverme al optimismo— que la reina habría persuadido a Felipe de permanecer en España. De la misma opinión eran Beatriz de Bobadilla, mi fiel dama de compañía y hasta Madame de Hallewin. Esta última, incluso, se mostró mustia y enfurruñada durante el viaje pues la idea no le hacía ninguna gracia. Beatriz y yo, en cambio, nos dimos a la tarea de imaginar los alcances de semejante decisión y todo el trayecto lo ocupamos en discutir la mejor manera de trasladar a los niños, qué palacio sería el adecuado para que Felipe y yo fijáramos nuestra residencia y quiénes debían componer nuestro séquito.

Mi ánimo no podía haber sido menos propicio para escuchar la noticia que me daría Felipe. A primera vista noté su mirada esquiva, la tensión de su cuerpo. En pocos días, su rostro se había afilado. De la dulzura con que nos despedimos percibí apenas un retazo cuando, tras darme la bienvenida, pidió que nos dejaran solos. Aunque me senté al lado de la chimenea, empecé a sentir frío. Escuché el largo rodeo que dio para explicar su decisión de marcharse. A medida que sus palabras tumbaban mis esperanzas, la furia se desencadenó dentro de mí como una tromba de arena. Cuando hablé, las palabras salían como lanzas de mi boca. El despecho se apropió de mi vocabulario. ¿Así me pagaba mi lealtad él que tanto defendía las suyas? ¿No era acaso yo quien mejor podía discernir la fortaleza y capacidad de mi cuerpo? ¿Por qué tanta preocupación por mi salud cuando estas consideraciones no habían detenido hasta ahora los preparativos para nuestro viaje? Si pensaba que las razones de mis padres eran tan juiciosas y válidas, ¿por qué entonces no aguardaba él también en España que naciera nuestro hijo? Tan sólo faltaban dos meses. En cambio, si nos separábamos ahora sólo Dios sabía cuándo nos volveríamos a reunir. ¿Acaso no había mostrado yo paciencia cuando por más de un año él pospuso mes a mes viajar a España para que nos reconocieran las Cortes? ¿De dónde provenía ahora su urgencia que no le importaba dejarme lejos de él, de mis hijos y bajo el dominio de mis padres? ¿No se daba cuenta de cuánto extrañaba a mis niños? ¿Y si moría en el alumbramiento?

De un lado al otro me paseaba como péndulo desquiciado, incapaz de callar. De las preguntas que no respondió, pasé a los insultos empeñada en hacerlo reaccionar. Lo llamé mequetrefe, débil, estúpido, incapaz de asumir un reino. ¿Qué eran sus pequeños Países Bajos comparados con el poderío de España? Él no era más que un altanero, le espeté. No podía alzarse de su pequeñez para tomar lo que el destino le ofrecía.

Enmudecido, Felipe me miraba sentado en un sillón junto al fuego. Su silencio aviva el frenesí de mi desesperación y mi impotencia. Quería estrellar la cabeza contra las paredes, patear, destruir. No podía resignarme a la idea de permanecer en España sin Felipe. Bajo mi rabia se extendía el miedo como un lago subiendo de nivel que amenazaba con ahogarme. Tenía la certeza de que, cuando se marchara, mis padres se apoderarían de mí y me moverían como peón sobre un tablero. Tendría menos libertad que la más miserable de mis esclavas. El miedo sin bridas me tenía con los ojos muy abiertos y viéndome perdida me arrodillé ante Felipe, me aferré a sus piernas, suplicante.

El turno de su rabia llegó cuando me vio perder la compostura y la arrogancia. Me echó a un lado, me dijo que odiaba todo lo que yo representaba, mi país árido y oscuro de monjes sanguinarios y de nobles tortuosos y fatuos, mi país de ignorantes, de asesinos. ¿Qué podía decir yo si el trono que heredaría era un trono usurpado, construido sobre engaños, bendito por Papas lascivos, si mis padres gobernaban por autoritarios?, ¿acaso no me daba cuenta cuánto los odiaba la misma nobleza que los rodeaba? Jamás había conocido él corte más llena de intrigas y dobleces, más presta a las puñaladas y a la traición. Caterva de asesinos que él no toleraría matasen a uno más de sus amigos, mucho menos que lo mataran a él. Los planes de mi padre eliminarían a quien se interpusiese en su camino. Sólo yo me negaba a ver las torceduras de su mente.

Él no regresaría a España como cordero listo para el sacrificio. Se haría antes con aliados que lo protegieran. ¿Es que no me daba cuenta de que mi padre nos sacrificaría a los dos aun si las lágrimas le nublaran los ojos?

No era tonto, mi Felipe. Tiempo después muchas veces recordé sus palabras, pero aquel día me sonaron terriblemente injustas. Tirada en el suelo, me tapé los oídos, le grité que se fuera, que no quería verlo ni un instante más, que se marchara a cazar y a beber con sus franceses, con esos mequetrefes como él que sólo servían para adornar salones y bailar *bassedanse* y pavanas. Así nos despedimos mi gran amor y yo. Felipe se marchó y me quedé en Castilla desolada, carroña para los buitres.

Capítulo 13

Cómete un chocolate, Lucía.

Mientras Felipe se marchaba hacia Francia, y la pobre Juana continuaba su embarazo bajo la mirada perspicaz de su madre; mientras lo sucedido en el siglo XVI dejaba una estela de desmayo y tristeza entre los libros del estudio, Manuel y yo tomamos un respiro para almorzar. Águeda sirvió lasaña en un recipiente de plata. De postre, nos sirvió bizcochos y los chocolates que me ofrecía extendiéndome la hermosa caja dorada. Contemplando a la tía y al sobrino, sentados a la par, volví a maravillarme del parecido entre ambos: los ojos claros, las cejas en arco, la nariz pequeña y fina, los labios anchos. Poseían una aureola de majestad que, más que de su alcurnia, provenía de su limitado interés por el presente. En Águeda, lo único disonante era la pulsera pesada, el aire de artificio del maquillaje excesivamente rosa.

—Se parecen mucho ustedes dos —dije.

—Mi hermana y yo éramos gemelas.

—¿De veras? —Me sorprendí.

—Sólo que mi madre era la oveja negra. La loca de la casa... y no en el sentido en que santa Teresa nombraba a la imaginación.

—Pero era muy imaginativa. Mucho más que yo. Yo era la práctica. Ella era la soñadora, la que creía en el arte, en la bohemia. No estaba loca, Manuel, aunque ciertamente carecía de juicio. Nació fuera de su tiempo y pensó que mi padre comprendería que se rebelase. Se equivocó. En esta casa nadie osó desde entonces cuestionar la autoridad paterna. Mi madre y yo no pudimos ayudarla. Vosotros no tenéis ni idea de lo que os digo, de lo estricto que era nuestro padre. —Águeda, con los ojos fijos en sus recuerdos, removía el azúcar en el café.

—Caramba, tía, que en España la policía aún prohíbe que las parejas se hagan arrumacos en lugares públicos —intervino Manuel, con liviandad—. Y esto en los años sesenta. No han cambiado mucho las cosas.

—Créeme que sí —dijo ella, alzando los ojos, recuperándose—. Hay una corriente de rebeldía muy fuerte en el mundo. Sólo tienes que ver las noticias, las muchachas esas en Washington quemando sostenes. Los jóvenes saben que el tiempo está de su parte. Vosotros tenéis menos miedo, menos escrúpulos que los que nos mortificaban a nosotros.

—Pero la mamá de Manuel tuvo que casarse muy joven, ¿no? —pregunté.

—Nunca se casó —dijo Manuel partiendo un pedazo de pan—. Yo nací fuera del matrimonio. Mi padre era un profesor de secundaria que prefirió borrar su rastro antes que enfrentarse a sus suegros. Por si se aparecía, mis abuelos desheredaron a mi madre. Le quitaron todo. Hasta su hijo.

—Era mejor olvidarse de tu padre, Manuel, créemelo. A mí no me importó desde que te vi tan pequeñito y tan mono. Aurora no volvió más. Fui yo la que crié a Manuel —me dijo Águeda, sonriendo beatífica mientras miraba a Manuel.

—Hasta que me fui al internado...

—Yo jamás te hubiese mandado interno, Manuel, tú lo sabes, aunque luego pensé que sería mejor para ti que te alejaras de los abuelos.

—Ni me recuerdes las que pasé con los abuelos. Me querían hacer tan buen castellano que casi acaban conmigo —dijo Manuel volviéndose hacia mí.

—No me digas que yo no te salvaba a menudo de unas buenas palizas —dijo Águeda, súbitamente juguetona, mientras tiraba un chocolate a Manuel.

—Sí, tía. Tú has sido mi ángel de la guarda —rió él mientras atrapaba el dulce.

—Lo menos que podía hacer por Aurora, la pobre.

—¿De qué murió tu mamá, Manuel?

Tía y sobrino se miraron.

—De una sobredosis. Se suicidó con tranquilizantes en un hotel en Portofino —dijo él.

—La pobre Aurora nunca se recuperó de que la echaran de casa.

—Qué triste —dije.

—Sí, hija mía, los padres de uno a veces hacen cosas terribles. Y lo peor es que creen hacerlo por amor —suspiró Águeda.

—¿Sabes cuánto tiempo retuvieron los reyes a Juana en España tras negarse a dejarla marchar con Felipe?

—Y dale, Manuel, que la aburrirás.

—¿Cuánto tiempo? —me interesé. Prefería hablar de los reyes.

—Un año entero. Cuando Juana regresó a Flandes, su relación con Felipe no volvió a ser la misma.

—Aquel año en España marcó el comienzo de su locura, ¿no es cierto, Manuel? Insistía en que la dejasen volver a Flandes. Le gritaba a la madre, golpeaba a quienes la cuidaban —dijo Águeda.

—Pues no me extraña —intervine—. Sería desesperante para una mujer ya con tres hijos que no la dejasen actuar con libertad ni volver a su hogar.

—¿Te fijas, tía? Es un asunto de perspectivas. Una mujer moderna no puede concebir que esa rebelión de la que se acusa a Juana no estuviese ampliamente justificada.

—No niego que la historia haya sido injusta con ella, pero, ¡por Dios!, era una princesa. Tendría que haberse controlado. Peores tragedias suceden y las mujeres aprendemos a no perder los estribos. Mira tú qué mundo sería éste si cada mujer la emprendiese contra quien la trata injustamente.

—Quizás no hubiese llegado a estar como está —dije, sin poder evitar la imagen de mi madre y un ardor en el pecho.

Por toda respuesta, Águeda se puso de pie y empezó a levantar platos y cubiertos de la mesa. Insistí en que me permitiera hacerlo, pero se negó rotundamente.

—Iros a la biblioteca, anda.

—Nos llevaremos el café a la biblioteca —dijo Manuel—. En unas horas más tendré que llevarte de regreso al colegio.

Fui al baño y cuando regresé al estudio, vi sobre el sofá un traje negro. Se me vino a la boca un sabor ácido con vago gusto a chocolate.

—Ay, Manuel, no me hagas ponerme esto —dije, tocando la tela (lana de buena calidad. El tejido muy apretado le daba una textura lustrosa y suave). El traje era de cuello cerrado, con pliegues en la pechera bordeados de encajes blancos. Tenía mangas bombachas que se estrechaban al llegar al antebrazo.

—Estarás cómoda. Recuerda que aceptaste mis condiciones. Anda. Sé buena.

De nada valdría discutir. Me desvestí. Manuel, un poco nervioso, deprisa, me cerró las cintas de la espalda. Pensé cuán curiosa era su insistencia, el rito de los trajes. Me recogí el pelo otra vez. El olor de la lana me recordó a las monjas. No era un traje nuevo. Olía ligeramente a naftalina.

Una vez vestida tenía que admitir que Manuel no andaba del todo equivocado. Algo me sucedía. Podía separarme de mi ser cotidiano, imaginarme lejos de allí. A mi alrededor el resplandor del fuego envolvía los estantes de libros, los muebles y papeles en una luz dorada. La habitación levitaba envuelta en una burbuja. Poseída de irrealidad, cerré los ojos.

Habrías querido, Juana, que la rabia con que despediste a Felipe te durara un poco más. Te habría sido menos angustiosa esa primera noche sin él, yaciendo sobre las sábanas frías en la recámara real del Palacio Arzobispal de Alcalá de Henares. Pensaste en las esperanzas que albergaras durante el viaje hasta allí: la corte y el palacio que tu imaginación pobló de rostros y muebles y donde te vislumbraste viviendo con tu marido y tus hijos en suelo español; recordaste el deseo ansioso que habías acumulado para esa velada de reencuentro. Desolada, te arrepentiste de cada una de tus palabras despechadas.

Una a una las pesé, las repetí. Adiviné el efecto nefasto que habrían tenido entrando con sus aristas afiladas en la conciencia de Felipe. Ahora me odiará, pensé, y no me perdonará nunca. Acostada en la oscuridad repetí en alta voz las frases que recordaba haber pronunciado. Quería atrapar el sonido de mi voz y estrujarlo en el aire como quien caza insectos y los aplasta. Veía a Felipe cabalgando por las áridas serranías de Castilla azotado por el viento que llevaría el eco de mis insultos. No dormí hasta que me impuse el castigo del silencio como penitencia por mi impulsividad. Me propuse no hablar, forzarme a no emitir palabra por un buen tiempo.

Mi madre no entendía mi mutismo. Se sentaba a mi lado intentando dialogar, haciéndome preguntas. Me exigía que tomara este caldo, aquel cocido. Yo me moría de hambre, de sed, pero me había propuesto tener la boca cerrada. Por dos o tres días no hice más que llorar.

Al fin, Beatriz me convenció de comer. Por mi hijo. Por ese pájaro que sin cesar picoteaba la vida dentro de mí. El niño me exigía vivir, enterraba sus pies en mis costillas. Vinieron curas, monjas. El cardenal Jiménez de Cisneros llegaba todas las mañanas a enterarse de mi estado de ánimo, antes de partir hacia la universidad que había fundado. Lo escuchaba porque me traía noticias de Felipe. Así me enteré de las vicisitudes que enfrentó mi marido durante los dos meses que le tomó alcanzar la frontera con Francia, porque mi padre intentó impedir su avance, ordenando que se le negasen caballos y hasta albergue en los castillos, bajo el pretexto de la inminente guerra con los franceses. Pensé que tantos obstáculos quizás obligasen a Felipe a desistir. Me ilusionaba pensando que se echaría para atrás, pero no fue así. Finalmente mi padre se convenció de que el terco yerno no cejaría y optó por ceder él y encomendarle la gestión de representar a España en las negociaciones con el rey de Francia para resolver la disputa sobre Nápoles.

Me quedó claro que mi esposo no volvería sobre sus pasos.

El 10 de marzo de 1503 di a luz a mi hijo Fernando, sin mucho dolor y sin complicaciones. Las campanas tocaron a rebato en el palacio arzobispal de Alcalá de Henares, celebrando que mi segundo hijo varón hubiese nacido en España. El niño era sano y hermoso. Se parecía a mí, sin la barbilla protuberante y afilada de los Habsburgos que heredara mi pequeño Carlos. Pensé que al fin podría regresar a Flandes, a Felipe y mis hijos. Nada me lo impediría. Aliviada, dormí dos días de un tirón.

Pocos días después llegó un jinete desde Lyon portando un regalo que me enviaba Felipe: una bellísima gargantilla de oro con siete perlas inmensas significando los siete gozos de la Virgen María.

Aunque las ropas negras habían vuelto a ser el traje oficial en la corte, yo rehusé usar luto el día del bautizo de Fernando. Llevé un vestido color grana con adornos dorados y con un escote profundo sobre el que destacaba mi regalo. Para la entrada en el templo, insistí en llevar yo a mi niño en brazos. Durante la ceremonia en la Catedral, el obispo de Málaga, Diego Ramírez de Villaescusa, el mismo que oficiara mi matrimonio, se deshizo en halagos para mí durante la homilía. Afirmó que Dios me premiaba con hijos sanos y que, al igual que la Virgen María, yo jugaba y reía durante los alumbramientos. Cincuenta días con sus noches, añadió, no serían suficientes para enumerar mis virtudes. Aunque exageraba sus lisonjas, se las agradecí de todo corazón, pues no sólo estaban allí mi madre y mi padre, sino todos los grandes del reino para escuchar sus preces. Bien que necesitaba yo defensores, pues cualquier cosa que hacía o dejaba de hacer se interpretaba antojadizamente. Mi tristeza y melancolía por estar lejos de los míos —hasta mi falta de apetito— no faltaba quien las atribuyera a debilidades de mi mente o escasez de juicio. Esa disposición general para retratarme de manera desfavorable y presentarnos a Felipe y a mí como amenazas para la estabilidad y los intereses de la corona, motivaron que mi esposo ordenara que nadie entrase a mi servicio sin su aprobación.

Pero cuando nació Fernando, mis padres, haciendo caso omiso de la voluntad de Felipe, introdujeron más de setenta nobles españoles en mi séquito.

Yo era el centro de una lucha sorda de cuyo propósito me percaté con el correr del tiempo. Pasaban las semanas sin que nadie atendiese mis insistentes reclamos de regresar a Flandes. Cuando, impaciente, propuse viajar a Lyon a reunirme con mi esposo, me obligaron a desistir esgrimiendo las mismas razones dadas a Felipe: no podía arriesgarme a que los franceses me dejasen de rehén para obtener ventajas en la guerra de Nápoles. Cuando pedí hacer el viaje por mar, se me dijo que no sería posible sino después de la primavera, pues los marineros vizcaínos pronosticaban que la temporada se presentaría llena de borrascas. Por el comportamiento general, retazos de conversaciones y los rumores que nunca faltaban fui cayendo en la cuenta de que mi madre pensaba retenerme en España. Estaba convencida de que el tiempo daría paso al olvido y que yo me percataría de que ser la reina en quien ella depositaría el legado de su vida, bien merecía el sacrificio de separarme de Felipe. Confiaba en que yo antepondría mis deberes de Estado a mis deberes de esposa y madre y que preferiría el poder político a la doméstica felicidad del amor.

Cuanto más me percataba de los deseos de mi madre, más se me encabritaba el corazón. Me poseyó la obsesión de desafiarla. Me propuse destruir su paz y su concierto y amargarle cada uno de los días que me obligase a deambular por los pasillos del palacio. Quería que llegase a desear fervientemente mi partida. Ya veríamos quién de las dos se cansaría primero. No me fue difícil poner en marcha mis planes, pues me embargaban la rabia, la angustia y la desesperación. Entregué al pequeño Fernando a su nodriza y a falta de aliados, de ejércitos u otras armas, usé mi único recurso: mi cuerpo y mi voluntad.

—Isabel jamás esperó semejante nivel de resistencia sostenida —dijo Manuel, levantándose a reavivar el fuego—, pero Juana tenía temple de reina. Podía pasar días sin comer, sentada en la cama con la mirada fija, rechazándolo todo y a todos. La madre mandó que las Cortes se trasladasen a Alcalá de Henares y, mañana y tarde, entre que atendía ésta o aquella gestión de Estado, Isabel visitaba a la hija y la increpaba a salir de su mutismo. Juana no hacía más que repetirle su petición: que la dejase marchar a Flandes a reunirse con Felipe y sus hijos. La princesa perdía peso a ojos vistas. Estaba pálida, desgreñada, desprovista de vanidad, como si nada que tuviese que ver con su persona le importara.

Quiero que mi madre sienta vergüenza por lo que dicen en el palacio los cortesanos que día a día, ven cómo me apago. Quiero que tema por mi vida, por mi salud. Quiero que evoque al fantasma de mi abuela. Recordará a su madre vagando insomne con la mirada perdida por el palacio de Arévalo. Esos recuerdos son un trozo de infierno en su memoria y yo soplo sobre esas llamas sin pudor ni remordimiento, porque en estos días lo que siento por mi madre se parece cada vez más al odio. Tan pronto oigo sus pasos acercándose por el pasillo y el rumor de quienes la acompañan en sus visitas cotidianas, la sangre se me pone a borbotear como agua que hirviera en la caldera de mi vientre. Nada me cuesta desafiarla cuando nos quedamos solas. Yo que de niña me sentía abrumada ante su presencia, ahora la espero sin parpadear. A veces simplemente no le respondo, no reacciono cuando, con miedo, toma mis manos entre las suyas. Uso el truco de ausentarme e imagino mi clavicordio y los pliegos de música hasta que se marcha impotente y deprimida. Otras veces, lloro o le hablo de mis hijos.

—Madre, ¿es que acaso no echas tú en falta a mis hermanos muertos, a Isabel, a Juan? ¿No recuerdas cuando eran niños y sus cuerpecitos cabían en el hueco de tus brazos? ¿Es que acaso no recuerdas sus sonrisas, el ruido de sus juegos? ¿Nunca imaginas que los arrancas de sus tumbas y los devuelves a la niñez? Porque yo sí que imagino a mis hijos en Bruselas. Me parece oír lo que piensan de la madre que los ha abandonado. No sé, mi señora, cómo puedes hacerme esto tú que dices haber sufrido tanto esas ausencias. ¿O es que nunca te importamos, madre? ¿Nunca sentiste nada por nosotros y por eso ahora no te explicas que yo pueda sentir tanta ansia por mis hijos?

O le recuerdo el tormento de los celos.

—¿Recuerdas, madre, cuando te enteraste que mi padre esperaba hijos de otra mujer? ¿Lo imaginaste acariciando otro cuerpo con las mismas manos que te buscaban por la noche? ¿No sentiste, acaso, como la siento yo, una boca con afilados dientes que te devoraba por dentro? Felipe es joven. No resistirá mucho tiempo sin amor y cuando busque a otra, ¿qué pasará si besos ajenos le saben más dulces que los míos y la pasión prohibida se le antoja más vibrante y novedosa? Tú y nadie más que tú cargará con la culpa de mi desgracia. ¿Qué se hace para que las piedras tengan corazón? No quiero ser reina jamás si para eso he de volverme dura y sorda como tú.

La reina me pedía paciencia. Me engañaba diciéndome que viajaría no bien el tiempo fuera propicio. Luego me amonestaba insistiendo en que recordara cuánto más grande era el destino del reino que el de cualquiera de nosotras. El rostro pálido, los ojos azules, los rizos dorados que escapaban de su cofia la dotaban de un aspecto de virgen de cera, remota y carente de fuego. A mí la rabia me enrojecía. A ella le hacía palidecer. A menudo nuestra conversación terminaba con hostiles frases hirientes. Yo no le ponía trabas a mi corazón para que dijera lo que sentía. Le negaba a mi madre el respeto y la consideración. ¿Por que iba a ser sumisa con ella? Sufría siendo su víctima y rehusaba poner la otra mejilla.

Beatriz me reprochaba. Aseguraba que esos disgustos agravarían la enfermedad de la reina y que mi actitud alimentaba los rumores de que yo había perdido la razón.

¡Que dijeran lo que les viniera en gana! Quienes nacen como siervos, sumisos y obedientes, carecen de voluntad y no saben afirmar su independencia, pero yo había nacido princesa, sería reina y no pedía otra cosa que lo que por derecho me correspondía. ¡Ya habría querido ver en mi situación a quienes me acusaban de demente! No lograba comprender que mi madre considerase justo que yo antepusiese mi lealtad para con ella a las obligaciones que tenía para con los míos. Semejante demanda era tan sólo producto del encono que ella y mi padre albergaban contra Felipe. No perdonaban la fidelidad que él sentía por sus dominios, ni que insistiese en decidir por su cuenta el futuro nuestro y de nuestros hijos.

De hecho, Felipe había logrado negociar una tregua con Luis de Francia basada en un acuerdo que contemplaba dividir

Nápoles entre Francia y España hasta que el matrimonio de nuestros hijos, Carlos y Claudia, lo situara bajo la corona unificada de ambos reinos. Mientras los príncipes alcanzaban la mayoría de edad, Felipe se ocuparía de la regencia por parte española y Luis nombraría un regente para la parte francesa.

De esta tregua, a todas luces propicia para mi retorno al lado de Felipe, no se me informó nada, sin embargo, por instrucciones expresas de mi madre. No lo habría sabido a no ser porque Beatriz de Bobadilla desafió la prohibición real y me lo dijo.

Mi madre y yo habíamos salido de Alcalá de Henares hacia Segovia. Se me hizo pensar que, a la par de huir del calor, iniciábamos el viaje hacia el norte del país que, eventualmente, me llevaría desde el puerto de Laredo de regreso a Flandes.

Igual que antes, sin embargo, las semanas se acumularon unas sobre otras sin visos de que el viaje continuaría. Las querellas entre la reina y yo llegaron a tal extremo, estábamos las dos tan descompuestas y arruinadas que los médicos reales Soto y De Juan convencieron al fin a mi madre de que no debíamos seguir compartiendo el mismo espacio. Se dispuso que yo marchara hacia Medina del Campo, al castillo de La Mota, siempre en dirección Norte.

En ese castillo de altas almenas y murallas monumentales en medio de un paisaje árido y rojizo vi el fin del verano en el que debí de haber embarcado, y cumplí el primer año de estar separada de Felipe y de mis tres hijos mayores.

La desesperación que me causaba la impotencia hacía estragos en mi estómago. Sin apetito, me faltaban las energías y no quería más que dormir. Pensaba obsesivamente en Felipe y en su ardor volcado hacia una lascivia sin obligaciones. Imaginaba su lengua sobre las espaldas de mujeres anchas y voluptuosas que lo seducían en orgías multitudinarias de cuerpos desnudos. Estas fantasías lo mismo me excitaban hasta el placer más intenso que me dejaban hecha una piltrafa, ahogada en lágrimas y sudor. Dejé de bañarme, de peinarme. ¿Qué me importaba andar sucia, desgreñada, si no era más que una vil prisionera en esos corredores adustos? ¿Qué dignidad podía esgrimir cuando así se atropellaba mi libertad? Al caer el sol cada tarde presentía el olvido creciente de mis hijos, una pincelada más de mi rostro diluyéndose en sus recuerdos igual que el día moribundo dejaba de existir en los campos de Castilla. Así veía también desaparecer el amor de Felipe: un líquido rojo dentro de su corazón que día tras día se consumía y que poco faltaba para que pereciera de sequedad. La angustia de mis pensamientos estrangulaba mi deseo de vivir. Me negaba a probar bocado, decidida a morirme de una vez.

Empezaba noviembre. Todavía flotaban en La Mota los cánticos del Día de los Difuntos cuando una tarde en que el mundo parecía sumergido en vapor de agua, apareció un jinete con una carta de Felipe, que Beatriz me entregó. Ella permaneció a mi lado esperando ansiosa mi reacción. Le temblaban las manos. Temía el ímpetu de mi desolación. Leí la carta bajo la ventana mientras el aya atajaba a mi pequeño Fernando, que intentaba ponerse de pie agarrado de mis faldas. Desde las primeras líneas reconocí que era una carta de amor. No podía más sin mí, decía. Yo tenía que encontrar la manera de regresar a Flandes. Y me enviaba el nombre del capitán de una nave lanera, dispuesto a hacer el viaje por barco no bien yo se lo ordenase. Como un oso que sale de la cueva tras hibernar el más frío de los inviernos, así mi corazón se levantó dentro de mi pecho, sacudido por el deseo de salir raudo y hambriento hacia los brazos de mi esposo.

Mandé a llenar jofainas con agua tibia para darme un baño. Di órdenes para que se me preparara comida. Convoqué a las más confiables damas de mi compañía y les comuniqué mi decisión de partir cuanto antes hacia Bilbao. Nadie más que ellas debía saberlo, les dije. Sigilosamente alistaríamos el equipaje para salir en dos días.

Pero, ¡ay de mí!, mientras nosotras, como abejas a punto de dejar la colmena, nos preparábamos, el capitán Hugo de Urríes, en abierta traición a mis deseos y los de Felipe, escribió a mi padre alertándole de nuestros planes.

Estaban ya prestas las acémilas. Con mi hijo Fernando en brazos, inspeccionaba yo en el patio del castillo que los baúles conteniendo ropas, libros y provisiones estuviesen bien sujetos cuando oímos un tropel que se acercaba. Cabalgando sobre el puente levadizo, penetró a toda marcha por las puertas abiertas del castillo el que había sido mi amigo y consejero, Juan de Fonseca, obispo de Córdoba. Desde que lo vi acercarse al frente de una partida de soldados, se me aflojaron las piernas. La súbita aparición sólo podía significar nuevos obstáculos. El obispo desmontó, se inclinó con una respetuosa reverencia frente a mí y solicitó le explicara el motivo de aquella caravana.

—Me marcho —le dije—. Mi esposo me espera en Flandes y debo reunirme con él.

—Perdonad, señora, pero ¿cómo es que la reina vuestra madre no ha recibido noticias, ni dado su consentimiento? ¿Cómo es que pensáis marcharos sin despediros de ella?

—Eso es asunto entre mi madre y yo. Ni ella ni nadie me pueden obligar a que permanezca más tiempo lejos de los míos.

—¿Y hacia dónde iréis? El capitán Urríes ha desistido de su misión a pedido de vuestro padre. Ningún barco os espera ya en Bilbao.

A mis flancos, Beatriz y Madame de Hallewin se aproximaron y me tomaron de los brazos, rodeándome y ofreciéndome su protección. Yo me ofusqué. Mi cuerpo se trocó en un mar de lava y una rabia gaseosa y silbante subió impetuosa desde mis entrañas.

—No me importa si ese malhadado capitán ha visto a bien traicionarme —exclamé iracunda—. Partiré atravesando Francia.

—¿No sabéis acaso que Francia está en guerra con España?

—Con España sí, pero no conmigo. Vamos —grité, sacudiéndome de las que me amparaban y dirigiéndome hacia el centro del patio para dirigirme al personal que aguardaba en vilo—, proseguid con los preparativos.

—En nombre de Su Majestad, la reina Isabel, os ordeno que os detengáis —gritó el obispo, contradiciéndome. Antes de que pudiera impedirlo, gesticuló indicando a los soldados que lo acompañaban que cerraran las puertas del castillo.

—Os lo prohíbo —grité yo—. Aquí no se cierra ninguna puerta hasta que yo me marche.

—Juana, Juana, sólo obedezco órdenes de nuestra señora, la reina, vuestra madre. Haced el favor de calmaros —me susurró el obispo.

La mención de mi madre disipó cuanto intento hice por imponer mi autoridad. Sin escuchar mis frenéticos reclamos, los soldados procedían a alzar el puente levadizo y cerrar las puertas. Acobardadas, mis damas retrocedían. Retrecheros, los sirvientes empezaron a desatar las sogas y a descargar el equipaje de mulas y carretas. Yo iba de unos a otros imprecándolos por su docilidad, pero lo único que obtenía eran miradas de compasión y temor. La desesperación me colmó. El obispo había salido del castillo antes de que se alzara el puente. Puse a Fernando en brazos de Beatriz y subí al parapeto tras las murallas. Lo avisté al otro lado del foso y grité que si no me dejaba salir lo pagaría caro cuando yo fuera la reina. Los mandaría ahorcar a todos, exclamaba fuera de mí. Mi razón se resistía a aceptar que hubiese motivo alguno para humillarme y avasallarme así frente a mi propia corte. Creo que en algún momento me abalancé contra los soldados que custodiaban la puerta. Los pobres soportaron mis improperios hasta que intervino Beatriz.

El sabor a bilis me llenaba la boca reseca. Me tomó un buen rato lograr que en mi mente dejaran de girar, como una serpiente enroscándose para estrujarme, los rostros que fui confrontando en mis correrías desenfrenadas por el patio del castillo. Cuando atiné a volver en mis cabales, envié un jinete a interceptar al cura para intentar convencerlo por las buenas de que me dejara marchar y disculparme por mis exabruptos. Pero quien una vez fuera mi aliado, me mandó decir con mi enviado, Miguel de Ferrara, que no estaba su paciencia para más insultos y desacatos y que esa misma noche daría cuenta a la reina de mi proceder. Su respuesta picó mi orgullo. Envié de nuevo a Ferrara para que le pidiese a Fonseca que le comunicase a mi madre que ni la lluvia ni el sol ni el viento me harían regresar dentro del castillo de La Mota. Permanecería en el patio, en el mismo lugar donde él me había dejado, esperando a que me abriesen la puerta y me permitiesen marchar.

Allí me quedé. Me recosté contra la garita del guarda a la entrada del castillo y cerré los ojos. Poco a poco se acalló el ritmo desbocado de mi corazón y se fue extinguiendo el ardor que me acaloraba las mejillas, las palmas de las manos y las ingles. Los guardas, los sirvientes, respetuosos, se retiraron. Sólo quedábamos en el patio dos soldados de mi madre, Beatriz y yo. De reojo veía la falda de Beatriz, sentada a prudente distancia a mis espaldas.

Cumpliría con mi palabra. No volvería a entrar al castillo que hacía tan sólo unas horas abandonara feliz y liviana. En su interior oscuro y monumental me ensordecería oír el eco de mis planes y visiones optimistas derrumbándose como una torre de maderos carcomidos. La perspectiva me producía náuseas. ¡Qué destino el mío de tener que someterme a voluntades empecinadas en domarme como a una fiera salvaje! Intentaba pensar pero mi mente sólo me devolvía la imagen de un pasillo estrecho y sin fin lleno de humo blanco y espeso. Me asfixiaba mi nombre, las puertas cerradas, mi absoluta dependencia. Mi cuerpo real estaba dividido. La pierna izquierda, la derecha, amarradas a sendos caballos briosos que competían en una loca carrera sin percatarse de que me destrozaban. Al caer la noche empezó a hacer frío. Beatriz se acercó con unas mantas, pero la mandé dejarme sola. Dentro de la garita, un soldado con rostro compungido que apenas se atrevía a mirarme, encendió la lumbre discretamente. Quizás me habría congelado de no ser por esto. Su gesto me conmovió y lloré mucho rato en silencio. Me distraje contando las lágrimas, pensando en cuán curioso es el mecanismo humano de llorar, de que el dolor y la pena nos salga por los ojos. Peor que esa noche fue el día siguiente y la noche que lo siguió. La tristeza se alzó de nivel y no hubo parte de mí que no se sumergiera en ella. Sin fuerzas, me convertí en un puñado de ropa junto a la pared, como si me hubiese desangrado. Creo que habría muerto —y en buena hora—, pero empezó a llover y acepté el refugio que el guarda me ofreció dentro de la garita. Sebastián se llamaba y era de Andalucía. A la mañana del tercer día oí el sonido lejano de cascos de caballos, muchos caballos, y supe que mi madre no tardaría en estar frente a mí.

De aquel encuentro entre ella y yo, el último, Isabel se lamentaría más tarde acusándome de haber pronunciado lo impronunciable, pero lo cierto es que nada le dije que una hija doliente no osara decirle a su madre. No la insulté pero sí le eché en cara su desamor, su voluntad de sacrificarme por razones de Estado, su incapacidad de amar a nadie más que a sus dominios. Le dije que era seca y árida como un páramo y que a todos sus hijos nos había usado como moneda de cambio para ensanchar su poder y sus tierras. Maldije la vida que la había hecho mi madre. Mi única madre verdadera, le dije, había sido mi nodriza María de Santiesteban. Le deseé una muerte doliente y solitaria para que expiara sus culpas y sufriera la soledad que tan cruelmente había prescrito para mí.

Me dio gusto ver su perplejidad mientras yo hablaba sin detenerme, apurada por aliviarme de las palabras que me habrían corroído de quedarse dentro de mí. Poco quedaba de la muchacha que ella despidió en Laredo, la que se acurrucó en sus brazos mientras soplaba la tormenta. Ella misma se había encargado de destruirme.

Pero en nuestro lance, mi madre se guardó la última estocada: daría su consentimiento para mi viaje, dijo, si aceptaba que mi pequeño Fernando se quedase en España para ser criado por mi padre y por ella como un príncipe español. Ésa era su condición para dejarme marchar. Si aceptaba partir sin mi hijo, podría embarcarme no bien llegase la primavera.

Capítulo 14

La cercanía de diciembre anunciaba la inminencia de los exámenes semestrales. Por fortuna mi vida de colegiala transcurría sin mayores alteraciones. Pensaba en mí como dos personas que llamé la interna y la externa. La del internado y la de la calle. La niña buena y la mujer. A mi regreso del primer fin de semana con los Denia, madre Luisa Magdalena me llamó a la enfermería. Empezó preguntándome si estaba mejor del estreñimiento y no tardó en llevar la plática hacia mi descripción de la casa de mis amigos. Le conté de los cerrojos. Pensé que la mejor manera de tranquilizarla era hablar animadamente, como una niña entusiasta que le cuenta a su mamá los detalles de un viaje. Los instintos maternales de madre Luisa Magdalena encontraban en mí un sujeto propicio. Por el contrario, tras cuanto había ocurrido en mi vida, mis deseos de confiarme a una madre eran poco menos que inexistentes. Pero no quería que se percatase. Ella seguía aferrada a la efímera intimidad del inicio de curso. Creo que atribuía a una falla personal que mi confianza en ella no se hubiese profundizado y constantemente buscaba la manera de reestablecer la conexión entre nosotras. La enfermería era un cuarto pequeño recubierto de azulejos blancos, con muebles metálicos —blancos también— adosados a la pared, además de un escritorio y una silla. Estaba situada en el lado sombreado del jardín interior. Por la ventana se veía el pino que crecía al centro del colegio. Era un sitio frío y yo siempre tiritaba después de un rato de estar allí. La monja se levantó y fue a buscarme un tazón de chocolate caliente.

—Pues mira qué bien —dijo poniéndolo sobre la mesa junto con otro plato con una rebanada de pan y un chocolate—. Me parece que has tenido suerte de encontrarte en España una familia tan enterada de la historia. Será interesante para ti, supongo, poder conocer más sobre la reina Isabel y sus hijos.

—Interesantísimo —dije. Intenté disimular la ironía de mi respuesta con un gran sorbo del líquido espeso y caliente—. No tiene usted idea de cuánto saben ellos sobre la reina Juana. El sobrino, sobre todo. Manuel —sonreí con fingida ingenuidad—. Creo que reconstruir esa historia se le ha convertido en una obsesión. Y bueno, la tía está más bien dedicada a cuidar el patrimonio de la familia. Son un poco extraños, no hay duda. Muy solitarios —añadí compelida por unos gramos de honestidad.

—Es muy español eso —dijo la monja. Se sentaba siempre muy estirada, como si las sillas del convento, incómodas y de respaldares muy rectos, la hubiesen dejado permanentemente en posición de soldado listo para una inspección.

—¿De veras? Yo más bien tenía la impresión de que los españoles eran gente sociable, bulliciosa, pero bueno, a mí me viene bien. Usted sabe que yo más bien tiendo a ser introvertida.

—Eso de que los españoles somos gregarios es una generalización, un estereotipo. Nos gusta conversar, pero hay una parte de nuestro carácter, sobre todo del carácter castellano, que es muy místico, muy austero. Hay que cuidarse de eso, pienso yo. Tú, aunque eres del trópico, más bien pareces castellana. A tu edad, tendrías que esforzarte un poco más por cultivar amistades entre tus compañeras —dijo con un tono dulce, maternal—. Te veo conversar muy poco con ellas. Ya ves que Piluca y Marina te quieren mucho. Antes os veía siempre juntas.

—Me deprime oírlas hablar de sus familias y sus planes de verano —respondí, resguardándome en mi leyenda negra.

—Pero tú tienes familia, Lucía... Por cierto que tendrías que escribir a tus abuelos y ver qué proponen para las Navidades. ¿Querrás ir a Málaga de nuevo, o a Londres? ¿Cuándo es el matrimonio de tu prima al que pensabas ir?

En Navidad se alteraría la rutina. Tendría que pensar en algo para no salir de Madrid. Ya le había escrito a mis abuelos disculpándome de no asistir a la boda y achacándolo a la intensidad de mis estudios en el último semestre de la secundaria.

—No. No voy a ir al matrimonio. Es un viaje muy largo. No quiero, la verdad. Quizás decida quedarme en Madrid para Navidad —dije tentativamente.

—Mira, hija, que aquí en Navidad se le echan las paredes encima a uno. Se queda muy solo esto.

—Podría salir donde Manuel y su tía. Creo que ellos estarían encantados. Son de pocos amigos, como yo —sonreí, continuando con mi sondeo.

—La tía es muy maja. Un poco excéntrica, me parece, pero ¿estás segura de que el sobrino profesor no está un poco enamorado de ti?

—¡Madre Luisa! —exclamé—. Manuel es muchísimo mayor que yo.

—Nunca ha sido impedimento para que los hombres se enamoren de las mujeres. Al contrario. Es de lo más corriente.

—Manuel me ve como una alumna más. Creo que le acaricia el ego el hecho de que a mí me subyuguen tanto las historias que me cuenta, pero, de veras, se está imaginando cosas.

—Pues vete a ver que no te pille de sorpresa.

Me pregunté si no sospecharía la verdad, si Dios no tendría alguna comunicación especial con gente como ella, dedicada a su servicio. A la par de la preocupación de ser descubierta y de la vergüenza que me producía mi duplicidad, me asombró que una monja sin experiencia del mundo pudiera percibir lo que, según Manuel y yo, estaba tan oculto.

—¿Me está diciendo que no le parece que pase las vacaciones con ellos?

—Tienes que pensar si las pasarás bien con personas que conoces poco.

—Los conozco mejor que a las religiosas de Málaga.

—Sí, sí. Tienes razón. Y no te estoy diciendo que no puedas pasarlas con ellos.

Guardé silencio mirando un haz de luz que atravesaba el pino del jardín dándole un aura de encantamiento. Hice el ademán de levantarme.

—Espérate, Lucía. Reconozco que me da un poco de apuro abordar el tema contigo pero he pensando que, a tu edad, deberías aprender algunas cosas de la vida que, no teniendo madre, no tienes quien te las enseñe. —Se había inclinado hacia delante, extendiendo la mano para tomar la que yo tenía sobre el escritorio. Me miraba con las mejillas cubiertas de rubor. Le devolví una mirada interrogante.

—Se trata de tu educación sexual —me dijo—. Sé que en el colegio no llenamos este vacío y se lo dejamos sobre todo a los padres de nuestras alumnas, pero en tu caso...

La miré sin saber qué decir, casi con ganas de reírme por las ironías de la vida, pensando que a estas alturas yo podría darle clase a las demás, si es que lo necesitaban.

—Nuestros cuerpos de mujeres empiezan su maduración tras la primera regla y sin duda las clases de anatomía te habrán dado una idea de cómo funcionan tus órganos sexuales, pero esas láminas y textos son esquemáticos y yo al menos soy de la opinión de que las jóvenes de hoy deben contar al menos con una información básica sobre los peligros de exponerse a ciertas experiencias antes de tiempo.

—¿Peligros como cuáles, madre Luisa?

—Pues mira, embarazos precoces, enfermedades de transmisión sexual... La carne es débil y el instinto es una fuerza de la naturaleza que no siempre se puede prever. Como un huracán, un terremoto. Los muchachos no pagan los platos rotos del mismo modo que las chicas. Mira que yo he visto más de una que ha estropeado su vida por ignorancia. Informarte al respecto no es política del colegio. Es una determinación mía, personal, nacida de mis conclusiones en este particular. Queda entre tú y yo, ¿me entiendes?

El haz de luz había desaparecido. El pino se hundía en la claridad dorada del crepúsculo. Se oían puertas cerrarse, pasos en los corredores. El colegio se preparaba para la cena. Estaba atrapada como un venado detenido en medio del bosque por un cazador. Los ojos de la monja me alumbraban y yo no osaba moverme. Tendría que dejarla proceder con su discurso. No se me ocurría la manera de rehuir la situación, levantarme e irme de allí. Aprendería algo, quizás. El libro de mi madre era de al menos quince o veinte años atrás. Las ilustraciones tenían la misma calidad de los grabados en blanco y negro de los libros antiguos. Yo había confiado en que Manuel supiera lo que hacía. Él había dibujado un esquema de mi ciclo menstrual marcando los días fértiles y los días «seguros», porque el condón le parecía un dispositivo antinatural y engorroso. Cuando le dije que nunca había visto uno, me lo mostró. Al principio no entendí el redondel de hule plano en su envoltorio metálico, con aquella gelatina encima. La gelatina no se veía pero la sentí cuando extraje el redondel que, dentro del envoltorio, parecía una dorada moneda de chocolate. Me dijo que se ponía sobre el pene y luego se desenrollaba deslizándolo hacia abajo sujetándolo con el índice y el pulgar. Me dio risa ver aparecer la envoltura de goma. Viéndoselo encima, lo compadecí. Pensé que le dolería. Pero dijo que no dolía. Yo seguía tirando para que se extendiera y el material transparente quedase ajustado de arriba abajo sobre su miembro, pero él me detuvo. Debía quedar un sobrante, explicó, una bolsa en la punta del pene donde se depositaría el semen. Terminada la operación pensé que la capucha era fantasmal y un poco ridícula. ¿Cómo se explicaba que no hubiesen inventado algo mejor, al menos en términos estéticos? Coincidí con su opinión de que sería mejor olvidarse de ese dispositivo y apostar por el método Ogino o del ritmo que, según él, se utilizaba desde tiempo atrás. Me preguntó si me venía puntual la regla. Le dije que sí. Él anotó mis fechas en una hoja con cuadrícula que numeró del uno al veintiocho, y marcó los días en que nos abstendríamos y otros en que, si hacíamos el amor, él tendría el cuidado de no eyacular dentro de mí.

Desde el inicio así habíamos procedido. Y yo me sentía segura.

Bajé los ojos. Miré mi falda de colegio. Debía mandarla a la lavandería. Últimamente se me olvidaban esas cosas. No estaba tan manchada, pero entre los paletones se veían unos cuantos puntos oscuros.

—¿Te incomoda que te hable de esto? —me preguntó madre Luisa Magdalena.

Le dije que no. ¿Por qué iba a incomodarme? Si ella que nunca había tocado el cuerpo de un hombre creía que me podía enseñar los misterios de la vida, como nos decía la profesora de ciencias, por qué no iba a hacerlo. Claro que esto no lo dije. Lo pensé. La monja me enterneció. Era una mujer fuera de lo común. Por eso me gustaba.

Estuvimos en la enfermería hasta la hora de cenar. Madre Luisa Magdalena sacó unos libros de anatomía y me explicó en un gráfico cómo se llamaban y para qué servía cada parte de los genitales femeninos. Me contó que en África a las niñas antes de los diez años las mutilaban. Les cortaban el clítoris para que no sintiesen placer y la tentación no les hiciese mella. Era una barbaridad, dijo. Me explicó que el clítoris era como un pene ínfimo, hipersensible. No volvió a ruborizarse. Asumió un tono de profesora, pero se notaba que le maravillaba lo complejo de todo aquel sistema. Fantástico, ¿no?, me dijo en cierto momento. Yo no podía parar de preguntarme por qué se habría hecho monja. Oírla hablar con tanta delicadeza y poesía de la sexualidad me dio ganas de llorar, pero le oculté mis ojos humedecidos. No quería que se sintiera mal.

Encontré la conversación muy útil, ilustrativa de relaciones y funciones que sólo había intuido, pero salí preocupada de allí. Madre Luisa Magdalena no compartía la fe de Manuel en el método del ritmo. Según ella, era poco seguro pues el balance hormonal que controlaba los ciclos, sobre todo en las mujeres jóvenes, se alteraba hasta con los disgustos y entonces el cálculo se podía ir al traste. El riesgo de quedar embarazada, sin embargo, me parecía remoto por lo poco que nos veíamos Manuel y yo.

Esa noche en mi habitación del internado, enfundada en mi cálida y acogedora pijama de franela rosada, vislumbré la ciudad de mis entrañas como un laberinto donde un hombre podía extraviarse para siempre. Imaginé los espermatozoides como los hombrecitos de Magritte, con sus bombines y sus paraguas caminando deprisa por el túnel de la vagina para llegar a la estación de Metro de mi útero y de allí ser arrojados como una multitud a las cinco de la tarde a los altos arcos de las Trompas de Falopio. Miré los óvulos femeninos acechándolos desde las ventanas prismáticas de los ovarios, animándolos como la barra de un estadio a lanzarse sobre el que descendía lento y majestuoso, mientras los irrisorios espermatozoos intentaban abordarlo frenéticos, empujándose los unos a los otros en una carrera mortal a la que sólo el más aguerrido sobreviviría. Al día siguiente, la ciudad estaría cubierta de bombines y paraguas sin dueño y un rojo camión de la basura recogería sistemáticamente los despojos con una larga, lenta pala mecánica que haría su labor con tristeza.

La idea de mi cuerpo como una fragua de donde saldrían otras personas me traía la imagen del ardiente sílice que el vidriero sopla e infla para formar un jarrón. Me inflaría, pensaba, recordando con aprensión las barrigas de las mujeres embarazadas. Me dormí con las manos cruzadas sobre el vientre.

Esa semana me sentí menos sola en el colegio. Tener un sitio al que ir los fines de semana, adultos que sin ser monjas o que les pagaran por hacerlo se ocuparan de mí, me confería el estatus de una muchacha normal. Piluca y Marina querían saber cómo era la casa de los Denia. La describí con exageraciones que inspiraron su respeto y admiración. En la clase de derecho participé de buena gana en la broma que le jugamos al profesor, un hombre joven y torpe, muy tímido. «Todas vosotras que estáis en la primera fila de la clase, no dejéis de mirarle los zapatos y veréis lo nervioso que se pone», dijo Florencia, que era de Cádiz, pelo muy liso y rubio y grandes ojos fijos de muñeca. Entramos riendo en el aula. El profe se sentaba en un estrado frente a la pizarra. Nos acomodamos en los pupitres. Fijamos la mirada en sus zapatos desde que empezó a hablar. Los llevaba lustrados. Zapatos marrón con arabescos discretos en las lengüetas donde se anudaban los cordones. Poco después, el pobre hombre no hallaba qué hacer con sus pies. Los cruzaba y descruzaba, tiraba una pierna para atrás, luego la otra, y con la mano se tocaba con disimulo el borde del calcetín. Nosotras apenas podíamos contener la risa. La madre Blanca, que se sentaba a tejer en la última fila para cuidarnos, siseaba para imponer silencio. «Niñas», decía, con tono de amonestación. Apenas terminó la clase y él desapareció por la puerta, nos desternillamos de risa. «No hicimos nada, madre Blanca. Le estábamos mirando los zapatos.» La monja movió la cabeza de lado a lado, pero terminó sonriendo, contagiada. «Sois unas diablillas. Pobre joven. No lo volváis a hacer.»

Capítulo 15

Qué deja Juana en el castillo de La Mota, apurada por llegar a Laredo y embarcarse antes de que la madre se arrepienta y cambie de parecer?

Deja al hijo que apenas empieza a caminar. Aún se esfuerza por prenderse de su imagen sacando la cabeza del carruaje hasta que el castillo y el grupo que la despide es un punto marrón en la planicie. Deja a Beatriz de Bobadilla que, enamorada, le ha pedido permiso para casarse y permanecer en Castilla. Deja a su madre tras un breve y frío adiós.

Llevaba el alma a plomo y sin aire dentro del pecho, pero confiaba que el viento del camino dispersaría la tristeza. El nombre de Laredo sonaba musical en mis oídos. Me sequé las lágrimas y sonreí a Madame de Hallewin. Ella también estaba flaca como yo. Parecíamos sobrevivientes de una guerra. Me poseía la añoranza hasta por la lluvia de Bruselas, por mi palacio de Coudenberg. ¿Me reconocerían Carlos, Leonor e Isabel? ¿Los reconocería yo? Habrían crecido mucho. Avanzamos despacio y al atardecer la atmósfera cargada y oscura estalló en centellas blancas y una borrasca de marzo nos dejó caer el agua en marejadas. Mal pronóstico. Cuando llegamos a Laredo el capitán Colindres se personó en la casona donde nos hospedamos, con las botas enfangadas, para anunciarme que se esperaban días de mal tiempo.

No fueron días, sino dos meses más los que debí esperar. A mi primer desasosiego lo siguió un estado de calma. Reconocí que estaba agotada. Se me confundía el día con la noche, el sueño con la vigilia. Decidí reponerme, dejarme mimar. Las esclavas moras que llevé conmigo me iniciaron en sus secretos. Me daban masajes aromáticos. Me lavaban y trenzaban el cabello. Me decoraban las manos y los pies. Yo me abandonaba a sus cuidados. Descansé, leí, me alimenté, hasta que llegó mayo y el mar del Poniente se apaciguó.

Felipe y su séquito me esperaban en Blankenburgo. Al entrar en la rada del puerto el agua gris perdió su ímpetu y el barco tornó a bambolearse suavemente. Era uno de esos días radiantes, raros en Flandes. Diríase que nuestros barcos arrastraban tras de sí el sol de España. Desde cubierta divisé la silueta de la ciudad flamenca de techos puntiagudos, las fachadas triangulares de las casas con los bordes escalonados rematados con gárgolas, la familiar silueta de la iglesia y los castillos sucediéndose a la orilla del agua. Pequeñas figuras se apretujaban frente a la fortaleza, sobre el muelle donde atracaríamos. Me embargaba la alegría del reencuentro con Felipe y mis hijos, pero también el temor y la inquietud de que la separación hubiese abierto distancias infranqueables. Tantos días no pasaban en vano. Lo sabía por mí misma. Me acomodé los pliegues de mi vestido azul. Si mientras navegábamos hacia allí mi espíritu flotaba joven y liviano, ahora que se acercaba el fin de mi viaje afloraban las dudas, los recuerdos de mis primeros años en Flandes, sola y asediada. Poco a poco se definían los rostros rubicundos de los pajes y los cortesanos, las ropas suntuosas, los caballos engalanados y los estandartes con las insignias de los Habsburgo. El contento de mi buen ánimo flaqueó como si un lodo espeso se me hubiese adherido a las plantas de los pies tornando mi cuerpo en un pesado monumento. Recordé que ya no hablaría castellano. Miré el perfil de Madame de Hallewin, sus ojos alerta seguramente reconociendo amistades y personajes que llegaban a encontrarnos. Hasta hace unas horas ella había sido mi confidente y leal servidora, pero el aire de Flandes la envolvía ahora llevándosela lejos.

Los ojos de Felipe me tendieron un puente. Sonreí y me hundí en su mirada y luego en sus brazos, que me estrecharon ceremoniosos, mientras la corte aplaudía y sonaban las trompetas. Cerré los ojos y aspiré su olor. Su cuerpo era mi hogar, mi patria. Mi Felipe estaba, si se quiere, más hermoso. El paso del tiempo había definido sus facciones y su cuerpo lucía maduro y fuerte. Respondió a mi afecto con discreción pidiéndome con los ojos que esperase a que estuviéramos solos. La complicidad de su mirada entró como una llave en la ranura de mi centro y me despertó el deseo que el tiempo había puesto a dormitar. Mis hijos estaban allí: Leonor, de rizos rubios, vestida como una menuda mujercita, con una sonrisa que le encendía las mejillas; Isabel apenas me conocía y me miró con más curiosidad que otra cosa y Carlos, con golana y traje de gala, se escondió de mí en la capa de su padre, sus ojillos recelosos desconfiando que yo tuviese alguna relación con su infancia.

Me alegró ver de nuevo a Jean de Berghes, Gustave de Chamois, Ana de Viamonte y los servidores de palacio. Después de saludos y besamanos abordamos los carruajes y partimos hacia Bruselas. De camino nos detuvimos en varias ciudades y pequeños poblados donde nos colmaron de homenajes y celebraron banquetes y torneos en mi honor. En medio del ambiente festivo percibí, sin embargo, nuevos recelos. ¿Es que acaso tendrían que someterse a España? ¿Se quedarían ellos huérfanos de señores cuando nos tocara asumir el trono castellano? A solas con Felipe me lamenté por sentirme ahora más extranjera que antes. Deploré que la nobleza me recriminara solapadamente por anteponer al de Flandes el interés de los reinos que heredaría. Felipe me miraba con no poca dureza y criticaba la facilidad con que, según él, cedía a la especulación. «Te lo imaginas», me decía. Durante nuestro viaje a Bruselas, esa frase se convirtió en su letanía.

En la alcoba percibí en él una nueva ferocidad que inicialmente atribuí al deseo acumulado durante nuestra separación y a la que correspondí con la misma moneda. Por primera vez, por más que nos amásemos a dentelladas y nos marcásemos el cuerpo con moretones, el amor carnal no nos saciaba y, por el contrario, nos dejaba irritables y malhumorados.

Por mucho que Felipe me contradijera, el foso que me separaba de su corte y su país nunca había sido tan profundo. Tras los primeros días en el palacio de Coudenberg, pasado el alivio de retornar a la rutina de una vida que temía perdida, empecé a experimentar la clara sensación de que pisaba un suelo lleno de cuchillos puestos de canto. Apenas salía yo de un salón el aire cambiaba a mis espaldas. Mis palabras eran barajadas y vueltas a repartir con los signos alterados. No podía confiar en nadie y nadie confiaba en mí.

La tensión que me rodeaba se ceñía a mi frente como una cinta apretada alrededor de mi cráneo. Por las mañanas amanecía con las sienes y la quijada rígidas. Los dolores de cabeza me cegaban por horas o me postraban provocándome náuseas. Preocupado por mi salud, el administrador de mi casa se presentó un día con Teodoro Leyden, un eminente médico de origen turco, para que me tratase estos padecimientos.

Felipe me habría tachado de fantasiosa, pero lo cierto es que apenas aquel hombre apareció en mi habitación el aire se aclaró como si en lugar de un ser humano hubiese entrado en la estancia una mañana de campo. Leyden era un hombre de mediana estatura, delicado y esbelto, con unos ojos muy hermosos y profundos. Su rostro estaba rodeado de una pelusa oscura distribuida en una barba muy limpia, fino bigote y abundante cabello cortado y peinado con esmero. Sus manos delgadas de largas uñas me produjeron inicialmente un poco de aprensión. Usaba un aro de oro en una de sus orejas y hablaba con una voz muy bien modulada y acariciante. Me trató con respeto pero sin distancia. Parecía poder dilucidar, con sólo verme a los ojos, todo lo que discurría dentro de mi corazón. Su mirada carecía de deseo carnal o de interés propio. Más bien sentí que él tenía la rara virtud de olvidarse de sí mismo. Por eso quizás encontré en sus visitas y curas no sólo consuelo para mis dolores, sino cierta paz para los remolinos de aguas bravas con que se topaban a menudo y con sobresalto mis pensamientos. No faltaban las noches en que escuchaba en sueños el llanto de mi pequeño Fernando. Despertaba buscándolo a mi lado sólo para quedarme horas insomne imaginándolo en alguno de los castillos de mis padres, al cuidado de sirvientes solícitos. Ante Felipe yo había fingido estar conforme con dejar al niño en España. No quise atizar la discordia narrándole las circunstancias de mi partida. Me gané así sus reproches por «abandonar» a nuestro hijo. Respondí que quien nos había abandonado a ambos había sido él. De todas formas, argumenté, a mis hijos mayores los educaba su hermana Margarita. Al menos Fernando aprendería castellano.

La ausencia de mi criatura, la frialdad de la corte flamenca, las miradas y risas que me precedían o seguían por el palacio, la pasión violenta y castigadora de Felipe vaciada de palabras dulces, el recuerdo de los ojos duros y ofendidos de mi madre, la falta que me hacía Beatriz y su lealtad eran como barrotes que me encerraban en una soledad oscura, sin resquicios de claridad. De esa soledad me salvaba Teodoro y el té que me preparaba con unas flores alargadas como flautas y otras hierbas fragantes. En el ensueño de sus brebajes mis penas perdían sus aristas y los recuerdos amables se tornaban visibles y cercanos. Volvía a ver a Juan, mi hermano, volvía a jugar con la mula *Sarita* en los corrales del palacio, volvía a oler los pechos de mi nodriza. El tiempo de mis hijos era el de su primera infancia, cuando aún me miraban como si continuaran siendo partes de mi carne y no como ahora que temían darme su amor previendo que me marcharía de nuevo.

Tras esas ensoñaciones que a veces me ocupaban el día entero, me levantaba a cenar y en los salones del palacio recibía a la corte sin agitaciones y sin que me preocupara su actitud, como la habitante de una isla velada por la niebla que mira desde allí a los personajes de un teatro artificioso y sin importancia. ¡Cuánto hubiese deseado poder permanecer así, como un pájaro sobrevolando las bandadas de cuervos!, pero los cuervos no me dejaban en paz y una tarde Pedro Mártir de Anglería llegó a conversar conmigo, a entregarme unos escritos de mi amigo, el humanista Erasmo de Rotterdam, y a decirme al oído que ya era hora de que supiera lo que se comentaba en la corte: Felipe, que hasta entonces había sido discreto satisfaciendo sus necesidades de hombre con meretrices ocasionales e inofensivas, había cometido el error de relacionarse sentimentalmente con una de las damas ahora a mi servicio. Anglería consideraba que esto era inadmisible. De haber estado vivo Busleyden, semejantes cosas no habrían sucedido, me dijo, pues éste bien sabía poner freno a las actuaciones irreflexivas de Felipe. Ahora sería yo quien tendría que ponerles coto para evitar que su infidelidad me despojara por completo del respeto de mis súbditos. Me correspondía a mí enseñarles a los flamencos que los españoles no tolerábamos sus perniciosas liviandades.

Jamás sufrí el aguijonazo de un escorpión, pero no dudé que su ponzoña sería semejante a la que me inocularon esas palabras en el cuerpo. En vez de lágrimas, sentí que se me acumulaban cristales detrás de los ojos y que la cabeza me palpitaba como un corazón enorme atrapado en una ínfima caja de madera. Perdí la noción de mi cuerpo. Me transformé en un nudo de rabia, una idea sin brazos ni piernas. No pude moverme por un buen rato de donde estaba. Me pareció comprender entonces la razón de la extraña atmósfera que percibiera desde mi regreso. Sabía quién era la mujer de la que hablaba Anglería. Era pelirroja, de piel muy blanca, con pecas en la espalda y los pechos y un rostro gracioso mezcla de duende y gato. ¿Qué hallaba en ella Felipe que yo no poseyera más redondo y abundante? ¿Cómo podía mi esposo exponerme a la burla por alguien como ella? Recordé los hijos de mi padre que mi madre llevaba a la guardería de palacio, los medio hermanos, cuya procedencia era uno de los misterios de mi infancia. Me dio asco la idea de un niño o niña pelirrojo compartiendo rasgos con mis hijos.

Pedro Mártir se marchó tras recomendarme mesura y madurez. Mandé llamar a Teodoro y a él no le oculté mi desasosiego. Sabía que era el resultado de mi ausencia, le dije. Ya en España mi intuición me advertía que no sólo al amor respondían los cuerpos inflamables y que demandar castidad de Felipe era como pedirle al leño que no ardiera junto a la llama. Bien habría querido yo que su deseo sólo estuviese asociado a mi nombre, pero a los hombres no les servían los recuerdos para calentar las noches frías.

Era una interpretación sabia, me dijo él. Por eso mismo no debía espantarme. Teodoro sonreía con su mirada de comprenderlo todo y la sonrisa displicente del que acepta el mal como inevitable. Yo iba de un lado a otro de la antesala de mi habitación. Allí mismo nos sentábamos por las tardes esa mujer y yo y las otras damas de la corte a coser, contarnos historias y cuchichear. Me parecía verla bajo la ventana ojival, acomodada en los cojines anaranjados de la banqueta que seguía el contorno de la torre. Teodoro sugirió que me comportase con la madurez y benevolencia a la que aspiraba cuando fuera reina. Debía hablarle a Felipe, mostrarme comprensiva y decirle que olvidaría sus devaneos si él prometía no reincidir.

Así lo hice esa misma noche. No sé de dónde saqué fuerzas para lucir tan dueña de mí en tanto que flotaba sobre un suelo que se negaba a sostenerme y veía las paredes y muebles adquirir la textura de cera derretida. Felipe no negó nada. Me miró caminar frente a la cama. Tenía los ojos fijos y los brazos cruzados detrás de la cabeza. Yo estaba tan acobardada y asustada, tan llena de palabras, que a la par de mis reclamos y sin darle espacio a que él expusiera sus motivos, justifiqué su conducta y le ofrecí la reconciliación. Cuando me metí en la cama, él no tuvo más que asentir a mis razones, alabar mi intuición, admirarse de lo bien que lo conocía. Insistió en lo mucho que me quería, lo mal que soportaba la soledad. Nunca volveríamos a separarnos, dijo. Yo era la única mujer que él deseaba. Su deseo de mí era como una enfermedad que lo hacía arder por dentro.

En la casona de los Denia en el barrio de Salamanca, esa noche Manuel me habló de los celos. Yo estaba desnuda, boca abajo sobre la cama, y él me pasaba los dedos por la espalda creando delicados movimientos telúricos en mi epidermis. Yo imaginaba que la angustia de Juana sería como la de mi madre: una sensación de impotencia que, según Manuel, hacía que los celos se parecieran a la muerte. El amor borra las fronteras de la identidad, me decía. El que ama deja entrar al otro no sólo en la interioridad física sino en el espacio de la psiquis. El yo deja de ser un círculo cerrado y por esa abertura también puede penetrar la destrucción. El amor es como un caballo de Troya, un regalo hermoso; pero si hay traición de por medio, uno se despierta un día con el enemigo dentro de la ciudad.

Cuando comprobó sus temores de que Felipe le fuera infiel y se enfrentó con la certidumbre, de poco le valieron a Juana sus buenos propósitos. No podía quedarse quieta. Tenía que salir de noche a merodear, a rondar su amor; tenía que hacerle agujeros a la panza del caballo de madera para cerciorarse, una y otra vez, de que no albergaría soldados escondidos. Lo mismo hizo tu madre.

—Quédate como estás. No te pongas el traje. Para esta parte de nuestra historia más vale que estés desnuda. Vulnerable. Como Juana.

Desde su confesión de culpa, Felipe se esforzaba por comportarse como amante esposo y me obsequiaba hermosos regalos: un breviario Grimaldi, exquisito, con cubierta de terciopelo rojo, ilustrado por el maestro de Escenas de David. Las miniaturas eran bellísimas. En varias de ellas aparecía yo y otras mostraban los escudos de cada quien. La de Felipe que reza: «¿Quién se atreverá?», y la mía que responde: «Yo me atreveré.» Lo pensamos al casarnos; que él y yo nos atreveríamos tanto al mutuo amor, como a lo que el destino dispusiera.

El destino quizás habría dispuesto otra vida para mí si yo hubiese olvidado el agravio de su infidelidad, igual que mi madre olvidó las veleidades de mi padre. Pero ya dije que no habría querido ser reina, y en ese entonces estimaba la libertad que me daba no serlo, pensando que mi madre tenía aún mucha vida por delante. Teodoro persistía en sus intentos de tranquilizarme con los tés aromáticos, pero yo apenas si los probaba ya. Ignoraba si Felipe cumplía su promesa de no pensar en la pelirroja, pero yo no hacía más que pensar en ella. Reanudé las sesiones vespertinas de costura con las damas de la corte sólo para verla y desnudarla con los ojos. Era muy rubia. Sobre su piel crecía un delicado vello color durazno que, a contraluz, la rodeaba de un halo luminoso. Le gustaba usar trajes marrones y azules. Su cabello era realmente hermoso, abundante, rizado y brillaba como cobre bruñido derramándose hasta su cintura. Según supe por cuchicheos e infidencias, era esa melena de seda la que había enloquecido a mi marido. Yo no podía mirarla sin que me enardeciera el deseo de arrancársela mechón por mechón en una rueca de tortura cuyo diseño imaginé mientras bordaba punto de cruz. Ella me esquivaba la mirada, hundía sus agujas en la labor y cuando pensaba que yo estaba distraída se reía de soslayo con las demás con una irreverencia que a mí me daba mala espina. No se reiría así, ni mis damas la tratarían con deferencia, me decía, si se sintiese derrotada o escarmentada. Me pinchaba los dedos queriendo interpretar gestos y miradas, vigilándolas. Una tarde, mientras bordábamos y yo, atenta a mi aguja, escuchaba la conversación que sostenían entre ellas sobre la interminable contienda por el dominio de Nápoles, pesqué, con el rabo del ojo, a la pelirroja mostrándoles con un gesto pícaro algo que llevaba en el corpiño. Puede que la excitación de las demás hubiese pasado desapercibida para quien no estuviese en guardia como yo, pero a mí la reacción ante el sutil intercambio no se me escapó. Sin que mi razón tuviese tiempo de intervenir, mi espinazo se irguió como una palanca y salté de la silla. Me abalancé sobre la amante de Felipe en medio de un estruendo de muebles y volandas de seda. Ella se echó para atrás. Intentaba protegerse el pecho con las manos, pero poco podía hacer contra mi ímpetu. Certera como un halcón que desciende con las garras extendidas sobre la presa, la tiré al suelo, mis rodillas sobre su costillar. Sobre los gritos de las demás se escuchó el sonido de tela rasgada. Metí las manos en su corpiño y le arrebaté la esquela que ocultaba. La pelirroja gemía y se cubría el rostro que yo intentaba arañar. Madame de Hallewin me tomó por los hombros y me apartó con la ayuda de Ana de Viamonte y otras. Blandiendo el recado en la mano me estabilicé lo suficiente para ordenarles a gritos que me dejaran sola. Las eché a todas, incluso a mi pobre Madame de Hallewin y las damas españolas, gritando con todas mis fuerzas para asustarlas.

Cerré la puerta con llave y con la espalda apoyada en la madera, me deslicé hasta el suelo y cerré los ojos tratando de calmar el jadeo que me ahogaba. Puse la esquela sobre mi cara, persiguiendo el olor de Felipe, rogándole a Dios que no fuera cierto, que no fuera nada. Por favor, Dios mío. Por favor. Pero empecé a llorar porque otra cosa me advertía mi intuición.

Leí. «Madame: Todo sigue igual. Tras el toque de vísperas, en la biblioteca. Suyo. F.»

«¿Quién se atreverá? Yo me atreveré.» Mi mente se empeñaba en repetir sin parar la enseña de nuestro matrimonio. Mis pensamientos no tenían más palabras que ésas.

Al cabo de un rato me levanté del suelo. Fui al costurero de mimbre, saqué tres tijeras de acero toledano y las puse sobre la mesa. Pasé al dormitorio, me eché agua de la jofaina en la cara, me compuse el cabello mirándome al espejo. Yo también era hermosa. Tenía las mejillas enrojecidas. Tomé de un golpe varias copas de vino del decantador de Felipe. Esperé un tiempo prudencial. Descorrí la tranca de la puerta. Ordené a mis guardas que, de inmediato, llamasen a las damas de mi corte. A todas, sin excepción.

Entraron, una a una con la cabeza baja, la pelirroja en medio de las demás. Muy juntas se reunieron a un lado de la mesa al centro de la estancia donde las esperaba. Madame de Hallewin se me acercó con la clara intención de hablarme sin que la escucharan las otras. La detuve alzando la mano. Mis compatriotas me miraban entre atemorizadas y solidarias. Les sonreí con absoluta calma, percibiendo la curiosidad y el miedo que las embargaba. Ordené a mis damas españolas, Blanca y María, que sentasen a la pelirroja en la silla junto a la mesa. Se miraron. Repetí la orden alzando la voz. La pelirroja empezó a llorar. Madame de Hallewin intervino: «¿Qué haréis, señora?» Pero la sentaron en la silla. Me acerqué y le amarré las manos a la espalda con unas cintas de colores que había dispuesto sobre la mesa. Las mujeres aguantaban el aliento, fascinadas, como si se aprestasen a ser testigos de una ejecución y no pudieran ni quisieran hacer nada por impedirlo. Despacio, con parsimonia deliberada, solté el pelo de la pelirroja, lo dejé caer sobre sus hombros, lo acaricié. Era suave, sedoso. Pensé en las manos de Felipe. Después tomé las tijeras y sin prisa fui cortándolo poseída por el chasquido de las tijeras, que se imponía sobre las exclamaciones, el llanto de mi víctima. No lograba detenerme. Corté y corté cada vez más deprisa. ¿Quién se atreverá? Yo me atreveré. Y caían los mechones. ¿Quién se atreverá? Yo me atreveré. Y el siseo de las tijeras y los sollozos, hasta que entreví el cráneo traslúcido y me aparté para verla convertida en un muchacho feo, con la cara enrojecida y la nariz hinchada goteándole moco sobre la falda.

Me senté en una silla después con las tijeras sobre el regazo. Madame de Hallewin desató a mi víctima. Salieron todas corriendo. ¿Quién se atreverá? Yo me atreveré. Luego recogí los rizos del suelo y los esparcí sobre la almohada de Felipe.

Cuando Felipe llegó me sentía calma, vacía. Entró como si cabalgara un furioso corcel y se aprestase a abatir a su contendiente en un torneo. Me tomó del pelo y empezó a abofetearme, a darme de golpes, mientras profería gritos e insultos. Nunca más me haría el amor. Me odiaba. ¿Cómo podía atreverme? Buena razón tenían quienes me acusaban de loca. La pelirroja (dijo su nombre, que no recuerdo) no merecía más que amor; el amor que él le daba y le seguiría dando, no importaba cuánto hiciera yo por impedirlo. ¿Quién se atreverá? Yo me atreveré, grité a mi vez. ¿Ah, sí?, preguntó, y alzó de nuevo la mano. Me aparté esta vez pero el golpe aún alcanzó el canto de mi mejilla derecha. El movimiento me hizo perder pie. Caí al suelo, pero él me levantó rasgándome el traje, me obligó a ponerme de nuevo en pie. Tenía los ojos desorbitados por la furia y una fuerza brutal concentrada en sus manos. Por fin logró atemorizarme. Tuve la presencia de ánimo para pensar que, frente a una fiera, lo mejor era quedarse quieta. Me quedé en el medio del cuarto sin moverme, con las manos cruzadas sobre la falda y la cabeza baja. Hiciera lo que hiciera, no me alcanzaría el alma. Eso creí entonces. Mi quietud lo enfureció. Me zarandeó por los hombros, pero me quedé floja como una muñeca sin vida, encerrada en un espacio que ni su violencia lograría penetrar. Pienso que lo comprendió porque cesó su ataque y salió dando un portazo. Cuando intenté salir de mi habitación, me di cuenta de que la puerta estaba trancada por fuera. Me pasé la noche golpeándola, lanzando contra ella cuanto imaginé haría estruendo al caer y quebrarse. Felipe oiría mi escándalo. Cuando no dormía conmigo, lo hacía en la alcoba justo bajo la mía. Quería que el ruido le transmitiese mi furia, la medida de mi inconformidad y desasosiego. Poseída de ira, adolorida por los golpes, no logré dormir.

Al día siguiente, Felipe envió a Teodoro de Leyden a mi recámara. Todavía sin recuperarme de lo sucedido, yo me paseaba contemplando el desorden provocado por mi rabia. Cuando entró Teodoro, me dejé caer en una silla, aliviada de que fuese él quien llegara. No podía admitir que Felipe me encerrara y quedarme callada, sin protestar, dije para explicar mi proceder. Era inadmisible que se atreviera a trancarme las puertas. Por eso me había empeñado en no dejarlo dormir. Teodoro me miraba mientras recogía pedazos de jarrones y espejos y los colocaba primorosamente sobre una mesa redonda en la esquina del cuarto como si pensase juntarlos en un mosaico. Cuando dejé de hablar me sonrió blandamente y se acercó con actitud paternal. Se sentó cerca de mí acomodando sus bombachas. Tenía la manía de jugar con los anillos de sus dedos mientras pensaba.

—¿Qué habrías hecho tú, Lucía?

—No entiendo a Felipe. Su crueldad rebasa mi comprensión. (Tampoco entiendo a mi padre; pero al menos mi madre pudo haberse divorciado.) Admiro a Juana, que, sin tener mayores alternativas, optó por rebelarse, por enfrentar su situación y no quedarse callada. No era lo que acostumbraban hacer las mujeres de entonces, por eso la aplaudo.

—Teodoro de Leyden le aconsejó tácticas más sutiles. Quizás como las que Isis le habrá sugerido a tu madre. No se combatía el deseo con la rabia, le dijo, sino con más deseo. Felipe no era indiferente a sus encantos femeninos. En vez de brindarle con sus desplantes mayores excusas para que él justificase su infidelidad ante los demás, ella tenía el recurso de esgrimir las armas de su más íntimo poder. Teodoro opinaba que él no opondría resistencia si ella lanzaba las redes de su seducción, si lo atraía con perfumes y borraba con su amor la brecha cavada por la distancia. ¿Y qué mejor venganza que recuperar su amor y mostrarle a todos que Felipe seguía amándola? Gracias a Teodoro reaparecieron las esclavas moras que acompañaron a Juana en su viaje desde Laredo, las mismas que la consolaron los dos meses que esperó a que cesaran las borrascas.

Las moras conocían de brebajes de amor y encantamientos. Ellas no me traicionarían, ni se reirían de mí. Seleccioné a Fátima para que se encargara de regentar a las demás. Nacida en Algeciras, era alta y musculosa. Tenía las manos fuertes y pocas inhibiciones para decir lo que pensaba. Su acento andaluz me hacía gracia y me reconfortaba que tuviese el talante de alguien que ha vivido mucho y visto lo suficiente como para no asustarse de nada. Felipe no se fijaría en ella porque su físico era más bien masculino. Contrario a lo que podría deducirse de su personalidad, Fátima hacía su trabajo con gran delicadeza, lo mismo cuando me lavaba el cabello que cuando me daba masajes con tibios aceites con aroma a naranjas o limones. Hizo llevar a mi alcoba una tina de cobre para baños de inmersión en los que yo me sumergía por largo tiempo. Por muy húmeda y sedosa que se me pusiera la piel, sin embargo, mi interior era un páramo agrietado y yerto. «Estoy seca, seca», pensaba, y al cerrar los ojos veía la piel mustia de mi madre y la imaginaba como la describía Beatriz en sus cartas, postrada con fiebres y una sed que día y noche la atenazaba. «La reina está muy mal. Debes prepararte, debes pensar que pronto heredarás estos reinos.» Con los ojos cerrados, trataba de imaginarme reinando no sólo en Castilla y Aragón, sino en las nuevas tierras descubiertas por el almirante Cristóbal Colón. (Recordaba al almirante acudiendo a presentarse ante mis padres de regreso de su primer viaje. Había vuelto a España el 4 de enero de 1493, pero llegó a Barcelona en abril. En la plaza frente a la iglesia de Santa Clara, avanzó hasta el palio dorado donde nos encontrábamos, acompañado de seis salvajes semidesnudos de aquellas tierras, con los cuerpos pintados con dibujos rojinegros, y los cabellos adornados con huesos y plumas. Personas de su comitiva cargaban jaulas con pájaros multicolores que más parecían flores que animales. Recordaba la bandeja llena de piezas de oro con formas de monos y lagartijas que ofreció a mis padres, el olor de las hojas de tabaco, y los granos de cacao antes nunca vistos, con los que ahora se hace el chocolate.) Quizás durante mi reinado haría realidad mi deseo de organizar una expedición para que Felipe y yo alcanzásemos a ver las aguas transparentes del mar que han llamado Caribe y las selvas llenas de animales desconocidos. Me seduce la idea de esas tierras rodeadas de agua, habitadas por gentes primitivas poseedoras de una inocencia perdida ya para nosotros. Las visiones que describen quienes han estado en las Indias han dado vuelo a mis fantasías y sueños.

Los baños, los perfumes y mis atenciones surtieron efecto. Felipe y yo nos reconciliamos. El ardor que existía entre nosotros antes del malhadado año que pasé en España era el recuerdo del que yo me prendía con los ojos cerrados cuando nos abrazábamos. Sin embargo, a menudo sentía que en la cama ya no estábamos solos. Otros cuerpos como espectros se deslizaban entre las almohadas. Rizos cobrizos, rostros femeninos aparecían como visiones entre los cortinajes. Husmeaba olores ajenos e imaginaba que el tacto de Felipe buscaba en mis pechos otros contornos y que su placer se alimentaba de la evocación de noches en las que yo estaba ausente. En medio del jadeo de nuestros cuerpos, sin que él se percatara, escudriñaba su rostro y presentía ocultas memorias tras sus párpados cerrados. En esos momentos anhelaba hundir los dedos en sus ojos para arrancarle de cuajo esas visiones. Simulaba gemir de gozo, pero los celos me consumían y mis quejidos eran de rabia y de impotencia. Mi amor se tornó en una necesidad angustiosa de poseerlo, de asegurar que, a cualquier precio, mi amado no fuese más que mío.

¿Qué haré, Dios mío? ¿Qué haré con las angustias de este amor que me asedian implacables? Sospecho constantemente de Felipe. Quiero conservar mi dignidad, pero no hago más que asediarlo a preguntas con las que me denigro ante él. Pero es que necesito estar enterada. Nada me parece más repugnante y lastimoso que ser la esposa engañada. Lo que me mueve a celarlo no es sólo el amor que le profeso, sino el orgullo. No puedo permitir que me traicione, menos aún que tenga éxito en engañarme. Desde que regresé me ronda la extraña idea de que Felipe tiene un doble. Me resisto a creer que sean la misma persona el hombre que amo y el que abusa de su autoridad para mal informarme y mofarse cruelmente de mí, presentándome ante el mundo como una desquiciada. Cuando el falso Felipe se acerca, mi piel se estremece de miedo. Me espanta la dureza de sus palabras y sus ojos que, si pudiesen, me taladrarían impunes el corazón.

Me aficioné a las abluciones de Fátima. Tanto es así que convencí a Felipe de que él también se dejase perfumar y untar de aceites. Al poco tiempo, sin embargo, empezó a incomodarle mi placer. Le daba celos que yo encontrase tanto reposo y dulzura en las manos de mis esclavas. La verdad es que no sólo me daban el placer de masajes y aromas. Esas mujeres tenían las manos asedadas y sabían todos los secretos del cuerpo. Varias de ellas eran tan hermosas que verlas desnudas y sentir sus pechos sobre mi cabeza, cuando me lavaban el cabello, excitaba todos los diablos de la tentación. Ellas no se conformaban con los aceites que me echaban en el cuerpo, ni con el azúcar con que me frotaban para eliminar las asperezas, sino que me lo quitaban de encima lamiéndolo con sus lenguas. La primera vez que Almudena me lamió el sexo, estaba yo medio dormida. Fingí no despertarme y gozar en el sueño de la suavidad de su lengua. Era mujer y sabía la presión exacta que debía emplear para que yo me derritiera por dentro, me desmadejara y sintiera la delicia más exquisita que nos es dada a los seres humanos. Esas esclavas laborando sobre mí todas a una me hacían flotar en placeres prolongados y fantásticos, que luego yo le narraba a Felipe cuando nos acostábamos juntos. Él se enardecía oyéndome describir los besos de Melina, la manera en que Fátima lamía mis pezones y los dedos de mis pies. Lo que yo le narraba como un juego inofensivo para alimentar nuestra pasión era también mi secreta venganza, mi manera de demostrarle que yo tampoco dependía sólo de sus caricias. Logré que sintiera celos, pero fue una victoria pírrica. Empezó a amonestarme, a decirme que aquello era perverso y contra natura. Yo estaba cometiendo el pecado de la isla de Lesbos. Ni debía continuar esas prácticas ni él me lo permitiría: Teodoro y mis esclavas debían marcharse de palacio.

Porque me negué a despedir a Fátima, Almudena y sobre todo a Teodoro, Felipe mandó a Pedro de Rada a advertirme de que no volvería a estar conmigo hasta que se marcharan. Ellos o él. Debía escoger. Por toda respuesta, hice despedir a su mensajero de mis aposentos. Como represalia, otra vez Felipe mandó a trancarme las puertas.

Meses después me enteré de que como mis padres se preocupaban por los rumores que recibían de los maltratos de que yo era objeto, Felipe ordenó a Martín de Moxica que cuanto él le reportase de lo que yo hacía o dejaba de hacer, lo anotase en un legajo. Entre otras cosas, Moxica reseñó, como si de un delito se tratase, que yo me bañaba varias veces al día, me lavaba los cabellos a menudo y mis habitaciones flotaban en un aroma de almizcle tan intenso que a duras penas se podía respirar. Finalmente, Felipe envió esta relación a mis padres, pensando probarles así que yo estaba perdiendo no sólo el juicio, sino el sentido del bien y del mal.

Acuso a la sombra de Felipe de ser quien echó de mi lado sin miramientos a Teodoro, así como a doce de mis sirvientes, mis esclavas moras entre ellos. Ni siquiera me permitió conservar a mi lado a Madame de Hallewin. En su lugar, ha querido imponerme a una dama afrancesada que me odia, la vizcondesa de Furnes, Alienor de Poitiers. Además hizo partir a mi confesor de regreso a España y se niega a entregarme el dinero para mis gastos alegando que no ha recibido las rentas que le corresponden como príncipe de Asturias. Quizás esté yo realmente loca, pero ese hombre y Felipe no pueden ser la misma persona. Nadie más que yo se da cuenta del engaño porque nadie como yo conoce al verdadero Felipe. Por eso he optado por quedarme en cama. No será Alienor de Poitiers quien me haga comer, ni vestirme. Si no puedo tener a mis sirvientes, nadie me pondrá una mano encima. Moriré de hambre si éste es el único recurso del que dispongo para que el Felipe que quiero regrese a hacerse cargo de nuestra casa.

—En mi país hay un dicho: «Candil de la calle, oscuridad de su casa»; Juana veía luces y sombras alternar en su Felipe.

—Pero ante los demás, Felipe mostraba un comportamiento coherente con los usos de su época. En cambio, los celos de Juana, ese tormento que sufría, sumado a su incapacidad para simular que no la afectaba —pues carecía del don de la duplicidad tan requerido por las mujeres en esa época— la convertían en el perro flaco en el que iban a parar todas las pulgas. —dijo Manuel—. Para sus coetáneos, descalificarla era más fácil que comprenderla, no sólo porque, de sí, lo primero sea más sencillo, sino porque descalificar a Juana prometía un rédito político.

—Esos cambios en el marido la harían dudar de la realidad, desconfiar de su juicio. Y si a eso le sumamos el desasosiego que venía acumulando Juana, con el empeño de sus padres de separarla del cónyuge, más la infidelidad de Felipe y el aislamiento al que la forzó... pobrecita. No me extraña que pensara que Felipe tenía un doble.

—Él quería apartar a Juana de quienes le devolviesen un reflejo de sí misma que ella pudiese reconocer. Hacer que ella pensase que estaba loca era parte de la trama y Juana tendría momentos en que preferiría pensar que la cruel no era la realidad sino su propia mente, aunque a mí eso me parece más terrible. Para desgracia de Juana, que la pensaran loca servía tanto a Felipe como a Fernando para justificar sus ambiciones. El 23 de noviembre de 1504, tres días antes de que muriera la reina Isabel y seguramente apoyándose en el testimonio de Martín de Moxica, que ya para entonces Felipe le había hecho llegar, Fernando ejecutó otra de sus jugadas: convenció a Isabel de añadir una cláusula a su testamento. De más está decir que la moribunda ya no tendría voluntad o fuerzas para oponerse. Esta cláusula establecía que de estar Juana ausente de Castilla, o incapacitada para gobernar, el rey Fernando asumiría la regencia. Usando los medios que el yerno intentaba justificasen que, cuando llegase a reinar, se le concediese a él más poder que a Juana, el suegro le hizo jaque mate.

Al enterarse de esto, Felipe y sobre todo el embajador español, Gutierre Gómez de Fuensalida, reconocieron la trampa en la que habían caído. Gómez de Fuensalida se había pasado al bando del que suponía sería el futuro rey a la muerte de la reina Isabel. Era ahora consejero fidelísimo de Felipe en sustitución de François de Busleyden, arzobispo de Besançon. Forzados a variar de estrategia, para no darle ocasión a Fernando de despojar a Felipe del poder, príncipe y consejero decidieron entonces reivindicar la cordura de Juana y restarle importancia al infundio que se habían encargado de alimentar. Era tarde, sin embargo. A la muerte de la reina, Fernando convocó a las Cortes de Castilla en enero de 1505, y les leyó la relación de Martín de Moxica. De inmediato, las Cortes le cedieron la regencia del reino. Felipe se dio cuenta de que sólo llevando a Juana a España y presentándola como reina en uso de sus facultades lograría oponerse efectivamente a Fernando.

—¿Cuándo murió Isabel?

—El 26 de noviembre de 1504, pero Felipe y Juana no llegaron a España sino hasta el 27 de abril de 1506. Felipe no pudo viajar hasta que aplacó una rebelión de sus súbditos en Guelders, y Juana, por otro lado, estaba de nuevo embarazada y dio a luz a su tercera hija, María, el 15 de septiembre de 1505. Si haces la cuenta, verás que quedó encinta en diciembre de 1504. Justo cuando murió Isabel, Felipe volvió a acercarse a Juana. Desde el incidente con las esclavas, había rechazado verla.

—El verdadero Felipe la consolaría... —sonreí.

—Quizás Juana tenía razón. Felipe oscilaría entre su pasión y su ambición. Los historiadores debatimos si la actuación de Felipe no estaba en gran parte provocada por sus consejeros. Era muy susceptible a las influencias. Yo pienso que tanto él como ella se movían entre el amor y el odio.

Capítulo 16

Dormité en el Metro en el trayecto de regreso al internado. No sabía si achacar la somnolencia a la entrada del invierno con sus grises, o al hecho de que me costaba retornar al mundo que me rodeaba y salirme del espacio del siglo XVI en el que Juana sufría sus celos, hacía sus intentos de reconciliación y se quedaba cada vez más aislada.

Recordé que, de niña, cuando iba al cine y al final se encendían las luces, me costaba desprenderme de la identidad prestada de la protagonista de la película. Mientras caminaba por el pasillo hacia la salida, era ésta quien, convertida en una adolescente saliendo de la tanda de matinée al sol del trópico, veía el mundo a través de mis ojos.

Así me sentía con Juana. Manuel había acertado cuando se figuró que lograría sin dificultad adentrarme en su interioridad. Ella se paseaba por mi mente con sus entuertos y sus pasiones y yo la encontraba en las esquinas y la abrazaba conmovida, deseosa de trascender los siglos que, como pliegues en la tela del tiempo, nos separaban. Yo no dudaba de su cordura. Más bien pensaba que sería su lucidez la que la traicionó. Juana se imaginaría libre de actuar como quería y no dentro de los límites de lo que le permitían su padre, su madre y los demás. Y contravenir las normas era correr muchos riesgos. Para mí lo fascinante de ella, lo que hacía que me sintiera tan deseosa de conocerla mejor, era ese desparpajo, esa forma de atreverse a quebrar los esquemas del marido, de la corte, de todo el mundo. Por su forma de actuar se quedó sola, condenada a una lucidez impotente. Su afán de independencia se revirtió contra ella, de manera que Felipe, que tenía más don de gentes, pudo aislarla desde el principio, cimentando la lealtad hacia él —hasta de los mismos españoles— con dádivas y promesas.

Juana usaba el recurso de su cuerpo una y otra vez. Quizás tantos embarazos habrán sido una manera de afirmar su poder, de hacer ostentación del amor que Felipe le tenía. La figura de la mujer embarazada era un símbolo de la sexualidad femenina. Más que como Madonnas, uno veía a las mujeres con sus barrigas y las imaginaba en la cama, haciendo el amor. A mí me encantaba verlas. Me gustaba la torpe dulzura que las rodeaba como una aureola de vida. No le había dicho nada a nadie, pero a mí ese mes la regla me había fallado, desatándome una zozobra angustiosa, sobre todo cuando recordaba mi reciente conversación con madre Luisa Magdalena. El fin de semana, cuando estaba desnuda al lado de Manuel, él tomó uno de mis pechos, como si sopesara una evidencia, y comentó que me habían crecido, dijo que hacer el amor me estaba haciendo madurar el cuerpo. Seguramente era eso. No era la primera vez que me fallaba la regla. A los quince años las monjas hasta me llevaron al ginecólogo para que determinara qué problema podría ser y el doctor les dijo que así era al inicio, cuando aún los ciclos y las hormonas se estaban ajustando. Mi período se regularizó al fin, pero quizás éste era otro episodio de esos, producto de mi verdadera entrada en la madurez. Porque Manuel y yo habíamos sido muy cuidadosos. Él sobre todo. Así que no me preocuparía demasiado. Tenía que tener en cuenta mi estado emocional y confiar en que mis temores demostrarían ser infundados.

Salí del Metro al frío seco de la calle. Me detuve en la pastelería y compré croissants. La chica que empacaba me entregó el envoltorio con una cinta verde y roja. El papel tenía motivos navideños. La tía Águeda me había dicho que tendría mucho gusto de que me quedara con ellos para las vacaciones de diciembre. Ya las monjas lo habían aceptado. La abuela, a petición mía, le escribió a la madre superiora diciéndole que yo ya tenía la edad y el criterio suficientes para tomar este tipo de decisiones. Saberme a salvo de las tristes vacaciones que pasábamos las internas extranjeras en Málaga era un gran alivio.

Caminé por la calle hacia el internado pensando en Juana y

su encierro. En toda la semana yo no veía más la calle, ni los coches, ni el bullicio de la ciudad. Me tragarían las paredes grises. Crucé el sombrío zaguán de los azulejos, empujé la puerta. La oí cerrarse tras de mí. El eco del golpe de la madera contra el quicio me acompañó hasta el dormitorio. La idea de pasarme seis meses más allí se me hacía una eternidad. Imaginaba la liberación que traería el fin de esa rutina imperturbable. Me pregunté qué sería de mis compañeras y de mí en unos años. ¿Dónde iríamos a estar? Una gran distancia nos separaba. Ellas tenían padres, yo no. Ellas eran vírgenes, yo tenía un amante. Ellas descartaban los prejuicios que nos obstaculizarían el camino. Yo pensaba que las fuerzas estaban alineadas contra nosotras como un ejército cuando saliéramos de allí. Nos dispararían a las piernas para que no pudiéramos caminar muchos pasos sin ayuda. No ser virgen quizás haría las cosas más difíciles para mí cuando quisiera casarme. Todas tendríamos que cuidarnos de quienes intentarían tornarnos en personal auxiliar: enfermeras, secretarias, segundonas.

Eché de menos tener padres que me aconsejaran. El mío había sido un banquero exitoso, abogado de profesión, pero a mí estudiar leyes no me atraía. Mi plan para el fin del bachillerato, antes de la aparición de Manuel, era marcharme a Nueva York, para decidir allá con Isis una carrera de humanidades. Historia, tal vez, pensaba ahora. Prefería revivir más que vivir. Por eso quizás me había sentido tan a gusto evocando la historia de Juana, sumergiéndome en el pasado. O quizás era que el futuro se me antojaba tan incierto. Cuando terminara el curso me quedaría sin el colegio, sin las monjas. Por más que me aburriera el internado, que quisiera salir de allí, no tenía ni idea de lo que me esperaba después. No atinaba a imaginar de qué manera la relación con Manuel cambiaría mis planes o qué pasaría entre él y yo cuando terminara la historia de Juana.

Capítulo 17

En la mañana del 7 de enero de 1506, sobre la cubierta de la carraca genovesa *Julienne* vi perderse el perfil del puerto de Flesinga. Había transcurrido año y medio desde la muerte de mi madre y Felipe y yo íbamos por fin rumbo a España. Mandé traer una silla y me dispuse a quedarme sobre la cubierta a rumiar mi último disgusto. Para protegerme del frío que exacerbaba la brisa salobre del mar, me envolví bien en mi caperuza de piel. En los camarotes del capitán, mi esposo estaría tomando vino con sus chambelanes, despotricando contra mí. No me importaba. Hasta sonreí recordando su expresión cuando lo obligué a desembarcar a las jóvenes que, sin mi consentimiento, él se proponía llevar como pasajeras bajo la excusa de que serían mi escolta femenina. Amenacé con no embarcarme a menos que accediera a mi petición. Yo había preparado cuidadosamente aquel viaje y él no me lo iba a amargar removiendo mis celos con aquellas mujeres.

Cerré los ojos y respiré profundo tratando de acompasar mi corazón a las olas del mar. Atrás quedaban Flandes, y el año mil quinientos cinco, *annus horribilis*, que se anunció en noviembre de 1504 con el fallecimiento de mi madre.

Hacía meses que esperaba la noticia, pero desestimé el efecto que tendría escucharla. Recibí al mensajero con Felipe a mi lado. Él empezaba a creerse sus fabricaciones y temía que reaccionara como la loca en que me han intentado convertir. Juana la Loca. (Sé que mis detractores ya han empezado a llamarme así. La pasión que en los hombres es causa de admiración, en las mujeres se interpreta como señal de desequilibrio. Y yo no sé actuar más que como me lo mandan mis emociones. No nací qui-

zás para la corte, que es lo mismo que decir para la hipocresía.)
No grité. Una espesa oscuridad, un líquido negro me llenó las
venas, como si todas las tristezas de mi vida se hubiesen fundido
en una marea de tinta. Sentí que me ahogaba, que se deslavaban
todos los colores de mi entorno. Me sobrecogió un vahído de pánico, no sé si a la muerte o a la vida. Felipe se habrá asustado
porque de pronto dejó de ser el otro. Me abrazó. Me acarició la
cabeza y me arrulló como a un infante. Su dulzura me aflojó las
lágrimas y poco a poco el líquido negro dejó de atenazarme la
garganta. Eran los primeros días de diciembre y en Coudenberg
las paredes rezumaban frío. Él mandó poner leños en las chime-
neas, mandó traer pieles para abrigarme, se metió en la cama
conmigo y me cantó como juglar. Una semana entera pasamos
en la cama él y yo. Quería quitarme la mirada de desolación.
Nunca mis ojos se habían apagado de esa forma, decía. Quizás el
espíritu de mi madre antes de partir sopló sobre nosotros. En-
gendramos a María en esa semana de amor en que Felipe se mostró luminoso y durmió como un dios desnudo a mi lado. Hablamos. Me pidió que entendiera que si había despachado a mis sirvientes era porque descubrió que conspiraban para llevarse a
Carlos a España y dejarnos sin nuestro hijo. No lo contradije en
lo absoluto, temerosa de que volviera el otro Felipe.

Pero era sólo cuestión de tiempo. Debí adivinarlo. Ya en las
regias exequias a mi madre en Santa Gúdula, el 14 y 15 de enero,
se hizo entregar la espada de la justicia y lució ostentosamente su
nuevo escudo de armas, en donde, como unos reinos más dentro de sus posesiones, incluía las insignias de Castilla, León y
Granada. Doscientas copias de su nuevo y flamante escudo adornaban la catedral y miles de personas lo portaban en sus antorchas. Siendo él consorte y yo propietaria, era yo quien debía ser
homenajeada, pero, frente a sus súbditos, él decidió alterar el orden de las cosas sin consultarme, sin importarle un comino hacerme a un lado. Mientras era aclamado, cambió su capa de luto
por una regia bordada con el nuevo escudo y forrada de armiño
y se proclamó rey. Indignada, yo tuve que permanecer varias
gradas más abajo, a la diestra del altar, con mi luto y mi velo, oscura y apagada frente al relumbre de su vanidad. Compadecí su

estupidez, su ambición. Cuando, días después, llegó la noticia de que, usando el testimonio de Martín de Moxica, mi padre había logrado que las Cortes en Toledo aceptaran mi incapacidad y lo nombraran regente, ni siquiera me enfurecí. Fue más mi alegría por la humillación infligida a Felipe que mi sorpresa ante la sagaz maniobra de mi padre. Supuse que su motivación sería la de evitar que Felipe intentase usurparme el trono. Acepté su criterio razonando que, después de todo, si tenía que escoger entre un aragonés y un flamenco para que gobernase mi reino, me quedaba con el aragonés. ¡Al menos éste hablaba el idioma!

Para legitimar la situación, mi padre me envió una carta solicitándome autorización para reinar en mi nombre. Bien sabía él que yo no estaba incapacitada y, por lo mismo, valoraba la significación de contar con mi venia. Firmé sin más, pero mi ayuda de cámara, Miguel de Herrera, malhadada sea su estampa, fue con el cuento donde Felipe y éste, ni corto, ni perezoso, pasó otra vez por encima de mi voluntad y no sólo rompió el pergamino, sino que torturó al pobre emisario, el secretario de mi padre, Lope de Conchillos, de tal forma que lo dejó desfigurado y cojo. Si a Conchillos lo puso a padecer en el potro y los hierros, a mí no me tocó mejor suerte. Felipe prohibió que ningún español se me acercara y me encerró una vez más en mi habitación, ahora colocando una docena de arqueros en la antesala para asegurar mi prisión.

Estando yo incomunicada, Felipe y Gómez de Fuensalida falsificaron mi firma y escribieron una carta en la que yo juraba lealtad y defendía los derechos de sucesión de mi marido.

En estos ires y venires con que —bien podía pensarse— tanto mi padre como mi marido intentaban usurparme el derecho que me correspondía, alguien informó a mi progenitor del encierro al que estaba sometida. Éste montó en cólera y se valió de la información para desconocer mis supuestos votos de lealtad a Felipe, amenazándolo además con hacer públicos los agravios que me infligía, si no restablecía de inmediato mi libertad y me brindaba el trato que merecía una reina de Castilla.

Finalmente descorrieron los cerrojos de mi habitación. Más que a los reclamos de mi padre, Felipe temía la censura del suyo y en esos días el emperador Maximiliano, alarmado por las noticias de nuestras desavenencias, se personó en el palacio.

Sucia, con el pelo largo suelto y desgreñado, y vestida con un batón gris del que sobresalía la esfera de mi vientre pronta a romperse para dejar salir a María, pasé entre mis carceleros, crucé la antesala en medio de los arqueros, y corrí al jardín, desesperada por vaciarme de la penumbra de semanas. Era agosto. El sol, el aire y los árboles desbordaban la plenitud de sus dones, la enredadera de campánulas azules se desmadejaba de flores, las hormigas atareadas cargaban hojas a sus nidos. Tras muchos días de reclusión alumbrada tan sólo por velas, mis ojos lagrimeaban y veía todo envuelto en el filtro de gasa de su humedad. Desde balcones y pasillos, mozos y damas miraban el espectáculo. Forcé la imaginación para que el rumor de sus voces se incorporase al sonido de las hojas en el viento y así no permitir que su curiosidad arruinase mi contento.

A pesar de mi alivio, vale decir que tuve la clara conciencia de que, con cada encierro, más ducha me volvía en extender los horizontes de mi mundo interior y conquistar los parajes de mi soledad. De no haber sido así, bien que hubiese perdido el juicio. Este recurso, sin embargo, también me alejaba de los demás al dotarme de la capacidad de ausentarme y borrarlos de mi realidad hasta percibirlos solamente como perfiles en la distancia. Por contraste, no lograba prescindir sin dolor de la belleza muda y generosa de la naturaleza. Ese destierro me producía una añoranza física, un deseo de verde, de copas abundantes y cielo abierto, que a menudo se traducía en un ardor vegetal en las yemas de los dedos, como el que imaginaba sentirían las flores al morirse de sed. Me senté bajo un abedul, con las piernas y brazos extendidos y la frente alzada hacia el cielo, y me puse a cantar, a tararear en voz baja, bañándome de sol y de brisa.

No sé cuánto tiempo estuve allí, contenta, hasta que llegaron unas damas flamencas a llevarme. Me dejé conducir al baño. Se hablaría de la escena en el jardín como un episodio más de mi locura, pero no me importaba.

Nació María, sana como todos mis hijos. Esta vez un médico y una partera me acompañaron en el nacimiento. Mi suegro llegó y aceptó cargarla en el baptisterio. La paz pareció volver a mi palacio. Asistí a justas y banquetes, bajo la mirada llena de desconfianza y miedo de mis cortesanos y la fría vigilancia de Gómez de Fuensalida y del otro Felipe.

Ahora aquí voy rumbo a España por fin. Apenas si me acerqué a mis hijos estos meses. Ellos permanecerán en Coudenberg. Desteté a María en Middleburg, desde donde supervisé los preparativos de nuestro viaje, y se la entregué a la nodriza. Compadezco a mis hijos. Serán todos reyes. Posiblemente infelices. No puedo ofrecerles ninguna niñez venturosa sufriendo como sufro de tanto desamor y tanto encierro. Quizás no los quiero, quizás no me han dejado quererlos. Nunca más me volvieron a ver con ojos de conocerme desde que regresé de España. Les habrán dicho que tienen una madre loca. Y para no ver sus ojos temerosos, preferí verlos poco, casi nada.

—Manuel, la regla no me vino este mes.

Me miró fijamente. Sin hablar.

—Pueden ser ajustes hormonales. Ya me sucedió por un tiempo hace dos años, que se iba y volvía, pero pensé que era mejor decírtelo.

—Espera, Lucía. No te distraigas. Continuemos —eso dijo, pero noté su preocupación, esa manera suya de rumiar varias cosas a la vez.

Olvidé mencionar que la armada que acompañaba a Felipe y Juana constaba de cuarenta naves en las que viajaban, además del séquito y el equipaje, dos mil soldados alemanes. Aunque la nobleza española había ofrecido su apoyo a Felipe y Juana contra las presuntas aspiraciones de Fernando, el archiduque prefirió prepararse para arrancarle el trono a Fernando por la fuerza si así fuera necesario. De ahí que contratara a los lansquenetes a manera de ejército privado. Siempre preocupado por ganar el favor de sus servidores, Felipe no sólo embarcó, a escondidas y haciendo caso omiso de las protestas de Juana a las mujeres que ella mandó desembarcar, sino a un nutrido grupo de prostitutas. Cierra los ojos y no te distraigas porque, acercándose al paso de

Calais, por ser época de vientos y tormentas, la flota en que viajabais se topó con una violenta tempestad. Tú la presentiste.

Iba yo mirando el agua, pensando en la ballena de Jonás como la metáfora del recinto donde me ocultaba cuando la vida me hundía en sus profundidades, cuando percibí el desasosiego del mar. Se había puesto muy yerto, como si el alma lo hubiese abandonado. Más que navegar, la *Julienne* parecía suspendida sobre la superficie del agua, las velas fofas y tristes. El aire denso pesaba como un fardo. El cielo plomizo y opaco, imperturbable desde que dejamos Flesinga, reverberaba con un brillo amenazante como si alguien tras la bóveda celeste estuviese derramando plata líquida. Aunque el espectáculo era hermoso, pensé en un asesino enfundándose guantes de satén. Viene tormenta, musité. Un viejo marinero que a desgana amarraba jarcias cerca de allí, miró al cielo y asintió con un gruñido. Y de las malas, dijo.

A las tres de la tarde se ocultó el sol. El mar y el cielo iniciaron su ritual de batalla. El viento dejó su escondite y se puso a aullar como lobo desterrado. Las olas alzaban sus brazos contra la oscuridad que nos envolvía. Bajé a mi recámara, me persigné y me encomendé a Dios, ya sin la angustia de la premonición y la espera. No tenía más oficio que rodar con la tormenta. Nunca un rey o reina, que yo supiera, había sucumbido en un naufragio y no seríamos nosotros los primeros. Pero así como yo me situé más allá del miedo, todo el pasaje se entregó a él. Pálido como un lirio de pascua llegó Felipe a mi camarote y me sacó a jalones hacia el cuarto común donde se apretujaban damas, caballeros y nobles, con caras de ratones rodeados de gatos.

Me senté frente a ellos a la mesa del capitán. Mi calma les parecería displicencia. El barco se mecía y, con el vaivén, los estómagos delicados de los cortesanos expulsaban su agrio contenido. Yo, que más bien tenía hambre, tomé el recipiente con nueces de la mesa del capitán y me puse a mordisquearlas. Llovía como si el mar se hubiese mudado al cielo e intentase regresar. Impulsada por el viento, el agua se estrellaba a latigazos contra los costados y las escotillas del barco. Viendo el pánico de todos, les dije para tranquilizarlos que nunca un rey o una reina había muerto en un naufragio. Me miraron como si estuviera desvariando, así que me encogí de hombros y seguí mordisqueando las nueces. En la cámara del capitán se deslizaban los libros de los estantes, rodaban los objetos de las mesas, caían mapas, catalejos, licores, muebles. Las damas llorosas no encontraban dónde asirse; algunas sostenían cortinas desprendidas con las que se cubrían la cara y en las que escupían el vómito. Tirados por el piso, duques y condes ya sin dignidad no levantaban la cabeza para vomitar y yacían en su propia sopa.

Felipe gritaba que nos encomendáramos a Dios, Gómez de Fuensalida lloraba y dejaba que le corrieran los mocos por la barba. Los relámpagos se encendían el uno con la cola del otro. Los truenos restallaban tan cerca que nos crujían los huesos. Estar en calma en situaciones así lo vuelve a uno sabio y ponderado. Me dio por pensar en lo mucho que necesitaban quienes así sufrían recordar su pequeñez frente a la naturaleza, darse cuenta de su poder irrisorio, incapaz de desatar vientos ni tormentas. Qué poco éramos en ese mar nosotros, nuestras penas y preocupaciones. En minutos, la tempestad nos regresaba al terror de la nada o de la infancia.

En algún momento, un estrépito de árbol cortado de cuajo resonó en nuestros cráneos. Oímos las voces del capitán a su tripulación anunciando que el mástil se había quebrado. Felipe corrió tras él y regresó con un odre cosido al cuerpo que, supongo, pensaría lo mantendría a flote en caso de naufragio. Nunca lo he visto tan pálido, ni tan solícito con todos. Hasta creo que se acercó a mí y me pidió perdón por los malos tratos y los encierros. No era momento para conversaciones, afortunadamente. Yo sabía lo pronto que Felipe olvidaría sus palabras cuando la mar se aquietara.

Pero la tormenta no daba señales de amainar. El capitán bajaba cada vez más frecuentemente a comunicar algún que otro percance. Habíamos perdido el mástil y no lograban avistar las otras naves. En una de sus apariciones, pidió autorización para echar parte de la carga por la borda. Gómez de Fuensalida accedió y le oí ordenar que también echaran al mar las meretrices que viajaban con los caballos porque, de seguro, esa tormenta era un castigo de Dios.

Ver a todos tan cobardes y capaces de semejante crimen, colmó mi paciencia. Me puse en pie y le ordené al capitán que, so pena de muerte que yo personalmente me encargaría se cumpliese no bien tocásemos tierra, le prohibía cometer esa atrocidad. «No echarán una sola de esas mujeres por la borda a menos que las acompañen quienes las trajeron al barco para desgracia nuestra, empezando por el rey, mi señor, a quien sin duda le debemos esta disposición.»

El capitán me lo agradeció sin palabras y salió sin que Fuensalida o Felipe se atreviesen a contradecirme. Entre los viajeros, yo me había ganado el respeto de los marineros por ser la única que no gemía ni vomitaba, ni perdía la cabeza. Mi calma los tenía a todos pasmados.

Al tercer día de andar el barco sin rumbo y bamboleándose como si lo sostuviese una manada de elefantes en estampida, la tempestad cesó. Divisamos otros barcos de la armada pero la mayoría no estaba en condiciones de continuar. Improvisando velámenes y tras mínimas reparaciones el capitán decidió arrumbar a las costas de Inglaterra para pedir auxilio.

Al llegar a Portsmouth nos percatamos de la pérdida de siete navíos. Vi descender a puerto, con los rostros aún descompuestos por el miedo, a las mujeres que ordené desembarcar en Flesinga. Verlas bajar fue una amargura. Me encerré en mi camarote sin hablar con nadie. Ya no sabía cómo reaccionar ante tantas humillaciones. Debía desempeñar mi papel de reina, pero Felipe jugaba conmigo. A cada paso me ponía trampas para restarme estatura ante el séquito que nos acompañaba. Frente a sus actuaciones yo reaccionaba con la desesperación del desamor. ¿Cómo creer en sus palabras de contrición, en sus caricias, en las veces que me dijera en medio de la tormenta cuánto me amaba? Con poca cosa henchía mi corazón de esperanza y alegría, para luego dejarlo exangüe, sin aire, desinflado e inerte, haciendo que me odiara a mí misma por ingenua, por mi voluntarioso deseo de creer en sus palabras y por el perdón que una y otra vez concedía a las injurias, y al deshonor que me hacía pasar. Yo no lograba comprender mi disposición a dejarme convencer de que las cosas entre nosotros volverían a ser como al principio. A ninguna de sus ofensas adjudicaba tanta valía como la otorgaba a la más pequeña prueba de su amor. Un gesto era suficiente para que mi esperanza desplegase sus velas y navegase como si el viento favorable jamás fuese a amainar. En un instante olvidaba yo los agravios que horas antes me parecieran un cúmulo de horrores imposibles de perdonar.

El capitán del barco se encargó en esos días de mantenerme atendida y cómoda. Creo que se había enamorado un poco de mí. Me miraba con enorme dulzura y admiración. No se me escapaba que, siendo hombre de mar, mi valentía en la tormenta contaba para él más que cualquier rumor o chisme que la escolta real querría hacerle creer. Así fue como cumplió lealmente con mis deseos de comunicarle a Felipe mi intención de permanecer en el puerto, mientras él y los demás viajaban a Windsor en los coches que el rey Enrique VII mandase para trasladarnos hacia allá, enterado del percance y del arribo de nuestra flota frente a sus costas.

Habría permanecido en el barco disfrutando de la compañía del capitán, que era un hombre culto con el que mantuve agradables conversaciones, de no haber sido porque mi hermana Catalina llegó personalmente a buscarme. Fue una gran alegría verla tras casi diez años de separación. Pobre Catalina. Estaba arruinada, adusta y delgada, con el rostro ya permanentemente marcado por una mueca de desagrado y tristeza. Viuda de Arturo de Gales era ahora la prometida del futuro Enrique VIII, pero la perspectiva de ese matrimonio la tenía sumida en la depresión. ¿Por qué no nos tocarían en suerte hombres dulces como aquel capitán, gentil, sencillo y hermoso?, se lamentó. Los príncipes de nuestro destino sólo dolores y lágrimas nos causaban. Se asombró de que yo estuviese aún hermosa. Mi talle, tras cinco hijos, todavía era el de una muchacha y mi semblante no mostraba arrugas, ni ese rictus adherido a su rostro como una máscara que ya nadie podía arrancarle. Lloramos ambas por nuestra madre. Fue un consuelo, a pesar del tiempo transcurrido, estar con alguien que no me traicionaría y a quien podía revelarle sin miedo mi intimidad.

Al despedirnos, Catalina me comentó que su suegro, el rey, había quedado profundamente impresionado por mí. Una de sus damas le oyó decir que estaba pasmado de que me acusaran de loca cuando él me había visto tan cuerda, tan dueña de mí. Ya habría querido él una reina como yo en su palacio. «Tienes que cuidarte —me advirtió mi hermana—, te acusan a ti de loca pero mira la locura que ha cometido nuestro padre casándose con Germana de Foix, una mujer menor que nosotras, confiando que engendrará un hijo con ella para que ocupe, en vez de ti, el trono de Aragón.» Catalina era de la opinión de que Fernando, como buen aragonés, no tendría reparos en aliarse con Felipe en desmedro mío para mantener su control sobre la corona de Castilla. Yo, en cambio, le confesé que confiaba en que él me defendiera de la ambición de Felipe. Si lo hacía, gustosamente gobernaría con él, igual que nuestra madre. No estaba dispuesta a admitir que Felipe reinase en España a costa mía. Catalina temía las argucias de los dos. En las pugnas de poder las mujeres siempre llevábamos las de perder. Ni siquiera nuestra madre había logrado impedir que Fernando se las ingeniase para inmiscuirse en mi reinado.

Catalina y yo no permanecimos juntas muchos días. Demasiado pronto su suegro la mandó de regreso a Londres, tras banquetes y ceremonias en el castillo de Windsor. El rey negociaba por esos días su dote con nuestro padre y seguramente no querría que yo, como próxima reina de Castilla, interviniera en favor de mi hermana. Antes de marcharse, ella arregló mi partida de Windsor hacia el castillo de Arundel, en la campiña inglesa. Sus amigos, los duques de Exeter, me lo cedieron graciosamente para que descansara y me repusiera de mi accidentado viaje. Tras una semana de idílico reposo entre gente amable y servicial que me trató con los honores que, como reina, me merecía, me sentí mucho mejor. Estaba de buen humor cuando Felipe llegó a reunirse conmigo. Lo perdoné igual que tantas veces. Él se mostró apasionado y gentil, como si los aires de Inglaterra lo hubiesen contagiado de dulzura y caballerosidad. Lejos estaba yo de imaginar que ésta sería nuestra última temporada apacible y feliz. En esos días concebimos a mi última hija, a quien llamaría

Catalina, la compañera de mis prisiones, la hija póstuma de mi Felipe el Hermoso.

Eran casi las cinco de la tarde cuando Manuel me devolvió al siglo XX, indicándome que era hora de que me cambiara para regresar a la escuela. Cuando me saqué el vestido de Juana por encima de la cabeza y me quedé en bragas frente a la chimenea, tomó mis manos en las suyas para indicarme que me acercara. Me miró desnuda en el resplandor del fuego. Con el entrecejo fruncido y la mirada fija y tensa volvió a tomar en su mano uno de mis pechos. Luego pasó lentamente su otra mano por mi vientre, deslizando su dedo índice por la fina hilera de vello que me crecía del esternón hasta el bajo vientre, como una misteriosa e inexplicable línea recta.

—Dices que no te ha venido la regla. ¿Cuántos días llevas de retraso?

—Diez —dije. Insistí en que no debía preocuparse. Serían mis hormonas, irregularidades de un sistema que aún no funcionaba con la precisión debida.

Volvió a pasar la mano por mi vientre, a mirarme los pechos.

—Mira que se te han oscurecido los pezones. ¡Dios mío, Lucía, qué he hecho contigo! —De pronto lució angustiado, preso de nerviosa agitación. Encendió un cigarrillo y caminó de un lado al otro de la chimenea, pasándose las manos una y otra vez por la cabeza.

—Manuel, Manuel, no te pongas así. No será nada, ya te dije...

—Estudié medicina dos años, ¿sabes? —me interrumpió, volviéndose hacia mí, mirándome intensamente—, y creo no equivocarme si te digo que estás embarazada. Tienes todas las señales: amenorrea, pechos crecidos, pezones oscuros y esa línea en el estómago. —Se dejó caer sobre el sofá y metió el rostro entre las manos—. ¡Qué barbaridad! Esto es imperdonable. No me lo perdonaré nunca.

—No puede ser —dije, menos segura esta vez—. Tomamos todas las precauciones. Tú has sido tan cuidadoso.

—Pero no en balde tú eres como Juana, Lucía, fértil a más no poder. Mira cómo te le pareces. —Me miraba con los ojos extraños, encendidos; una mirada que veía a través de mí hacia el pasado—. Seguro que parirás como ella, sin problemas. Pero nos encargaremos de todo, no te preocupes, Lucía. Águeda y yo nos encargaremos de todo. No te faltará nada.

—Pero espera, Manuel. No seas precipitado. No llegues así de rápido a conclusiones tan serias. Esperemos unos días más.

—Esperaremos si quieres —dijo, levantándose, mirando el reloj que indicaba mi hora de regresar al internado—, pero ya verás que estoy en lo cierto. No te vendrá la regla, puedes estar segura. Vístete, ven, te llevo al colegio en mi coche.

Me vestí, turbada y nerviosa. Luego fui a despedirme de la tía Águeda, que estaba en la cocina limpiando una serie de objetos de plata que tenía puestos sobre la mesa del comedor.

—Me hace mucha ilusión, chiquilla, que pases la Navidad con nosotros —dijo la tía—. Hace mucho que no preparo la cena de Nochebuena. Tu amigo Manuel es muy reacio a esas celebraciones religiosas y, por lo general, no tengo ánimos para insistir, pero contigo aquí las cosas serán diferentes. Cocinaremos juntas. Lo pasaremos bien, ya lo verás.

Asentí con una sonrisa de memoria, sin dejar de pensar en cómo se alteraría la vida de todos y cada uno de nosotros si se comprobaba la corazonada de Manuel. No podía imaginar qué pasaría. Me negaba a considerar semejante posibilidad.

Capítulo 18

La menstruación no llegó. Empecé a dudar de mí misma y a contagiarme de la certidumbre de Manuel. Experimentaba nuevos síntomas: náuseas, dolor en los pechos. Si me apretaba los pezones, un líquido blanco brotaba de la areola. El frío del invierno se me metió en el cuerpo. Tiritaba constantemente y apenas si logré concentrarme en los exámenes. Las náuseas aparecían y desaparecían sin ton ni son. Huía de la mirada siempre perspicaz de madre Luisa Magdalena. Pensaba en Juana. Me perseguían las palabras de Manuel de que compartiría con ella no sólo el parecido físico, sino la misma fertilidad. Pensaba una y otra vez en lo que haría. Me obsesionaba sobre todo evitar la vergüenza de que las monjas se enteraran de mi descarrío. La única persona en el mundo a la que imaginaba confiarlo era Isis. Se me ocurría que en vez de pasar la Navidad con los Denia, me iría a Nueva York. Isis me protegería. Isis no le diría a mis abuelos. Ella y yo hilvanaríamos alguna historia. Pero Manuel era el padre. No podía actuar como si él nada tuviera que ver. Me sumí en una suerte de estupor, de ausente presencia. Caminaba pretendiendo que ni mi vientre ni mi cuerpo me pertenecían. Por las noches me concentraba con los ojos cerrados intentando que la vida me devolviera a mi tiempo de colegiala antes de conocer a Manuel, antes de que esa versión masculina de Sherezade me sedujera, remontándome en las alas de un ingenuo romanticismo. Renegaba de la fascinación que me inspirara diciéndome que un hombre tan mayor jamás sería el padre de ningún hijo mío. ¿Hijos? ¿Yo? A la hora de la misa de las internas, rezaba con toda mi alma para que Dios me quitara ese hijo de adentro. «Padre, aparta de mí este cáliz.» Inmediatamente me arrepentía. Me sentía baja, ruin por querer destruir lo que no merecía más que amor. Los distintos escenarios de cuanto podía suceder se deslizaban por mi imaginación en medio de clase, del comedor, del recreo. Jamás me bachilleraría. Con los pocos meses que faltaban. Recordaba historias de muchachas de mi edad embarazadas que se amarraban el estómago para que nadie se enterara y seguían asistiendo a clases. Me mortificaba renunciar a bachillerarme, la perspectiva de no seguir estudiando. Y por supuesto que la vida con un bebé sólo podía visualizarla en Nueva York, en un lugar donde viviría de incógnito, como en una novela de Charles Dickens, llena de tragedia, miseria y vergüenza.

No poder hablar con nadie de mi angustia me resultaba casi intolerable. Ansiaba que terminaran las clases ese viernes para poder ver a Manuel y saber lo que propondría. Él era un adulto responsable, con más experiencia. Tendría que saber qué hacer.

Madre Luisa Magdalena se mostró muy solícita conmigo aquellos días. Su olfato de monja sensible a los humores y necesidades de nosotras, las colegialas, le indicaría que yo pasaba por alguna crisis, pero claro, poco podía imaginar que se trataba de un percance que, de conocerse en el colegio, causaría un escándalo semejante a los terremotos de mi país, donde, en un segundo, se derrumban ciudades y los paisajes se alteran para siempre. Me imaginaba el rumor difundiéndose por las paredes del colegio, los rostros de religiosas y alumnas. Me parecía oír el coro de padres repitiendo en sus casas, en conversaciones a media voz, su perplejidad de que algo así pudiera suceder en nuestro guardado y exclusivo colegio de señoritas.

Frente a madre Luisa Magdalena no tuve empacho en llorar hasta que los ojos me recordaron los cauces inundados de mi ciudad en la época de los aguaceros torrenciales. La cercanía de la Navidad siempre afectaba a las que estábamos lejos de casa y yo no mentía cuando berreaba diciendo que no lograba hacerme a la idea de que mi madre no estaría conmigo en ninguno de los momentos importantes de mi vida. No estaría para el bachillerato, ni cuando me casara, ni cuando tuviera mi primer bebé. La monja no sospechó de mi congoja aunque admitió que le asombraba la súbita aparición de mis penas.

—Dime, mi niña, ¿por qué de pronto te ha venido esto? Ciertamente que te entiendo, pero ¿ha pasado algo que haya hecho aflorar esta tristeza?

Se lo achaqué al olor a pino y canela de la temporada, al fin del semestre, que me obligaba a pensar que pronto terminaría el año escolar y yo dejaría definitivamente aquel colegio que había sido una suerte de vientre, de refugio para mí. Ella hizo lo posible por consolarme, pero mis llantos no la afligían excesivamente. Pensaba que, finalmente, reaccionaba como era de esperarse tras una orfandad trágica. Interpretaba mi desahogo como el augurio de que, al fin, lidiaba con mi duelo y me encaminaba a la sanación. Hasta consideró que quizás mi relación con los Denia, al ponerme en contacto con el calor de familia, había penetrado mis defensas sacando a flote mis emociones.

El sábado Manuel me esperó a la salida del colegio. Estaba pálido y ojeroso. Se puso a caminar al lado mío sin decir casi palabra, tras darme una suerte de abrazo. A mis diecisiete años no concebía que un hombre de su edad estuviera más angustiado que yo. Y, sin embargo, la confusión y el desconcierto se evidenciaban en su rostro y su silencio. Hacía frío, pero no tomamos el Metro hacia su apartamento o la casa de Águeda. Salimos en la estación cerca de la Puerta de Alcalá y caminamos.

Cuando al fin habló fue para decirme lo que yo ya sabía. No dormía, ni podía pensar en otra cosa que no fuera aquel problema. (Así fue como mi embarazo quedó nombrado entre nosotros.) Sentía muchísimo haber sido tan estúpido de creer que sus métodos funcionarían. Sus relaciones anteriores habían sido con mujeres mayores que se encargaban ellas mismas de esos menesteres. Recién se empezaban a usar anticonceptivos, pero eran fármacos nuevos, no probados en su eficacia, ni en sus efectos secundarios y él, temeroso de causar daños a mi joven organismo, no me los había procurado. Yo debía saber que las alternativas eran solamente dos: interrumpir el embarazo mediante un aborto o seguir adelante. Los abortos eran ilegales en España, pero él me podría llevar a Londres al día siguiente si yo lo decidía. Según su entender, era un procedimiento sencillo. El martes o miércoles yo podría regresar a clase como si nada hubiese ocurrido.

Sin pensar, me puse las manos en el bajo vientre. La sola idea hizo que los músculos se me contrajeran. Vio mi gesto y se quedó en silencio. Nos habíamos sentado en una banca del parque. Puso los codos sobre las rodillas y metió la cara entre las manos.

—¿Es que acaso quieres casarte conmigo? Ésa es la otra alternativa —me dijo—. Dejas el colegio, nos casamos y vivimos con la tía Águeda.

—No quiero escándalos en el colegio. Lo que más me preocupa es que las monjas lo descubran. No quiero casarme. No así.

—La semana próxima saldrás de vacaciones. Te vendrás con nosotros. Lo pensaremos mejor. Dispondremos de más tiempo.

Desaparecer, que me tragara la tierra y no tener que darle cuentas a nadie ni pasar tamaña vergüenza. Eso era lo que yo quería. Si nadie se enteraba sería como que no sucediera, me daría tiempo de adaptarme a la idea, de considerar si realmente quería casarme con Manuel. Pensar en informárselo a mis abuelos y hasta a la misma Isis, y peor aún a madre Luisa Magdalena, me resultaba intolerable. Lo más intolerable de todo.

—No tienes que casarte conmigo, Manuel. Tan sólo ayudarme.

Estaba consciente de decir frases como una actriz preocupada por ser fiel a un libreto. Trataba de imaginar lo que habría hecho mi madre, lo que dirían mis abuelos. Más que pensar en las consecuencias de un embarazo, mi preocupación esencial era el presente, como si un milagro fuera a resolverlo todo una vez que el niño naciera.

—Resolvamos el problema por partes —dije—. La primera parte es que nadie se dé cuenta. Después resolveremos lo demás.

—Lo «demás», como tú dices, es lo más importante. —Sonrió Manuel, con ironía—. Lo de menos es que tus abuelos, Isis o las monjas se enteren...

—Lo será para ti, pero no para mí.

La semana antes de Navidad, la tía Agueda se presentó en el colegio, pues se había ofrecido voluntaria para trabajar en las festividades. Desde que la vi en la portería mirándome supe que

Manuel la había puesto al tanto de lo que sucedía. Me trató como alguien de su familia, con afecto y firmeza pero, sobre todo, con sentido de propiedad. Las monjas estarían más tranquilas de que yo me quedase con ellos las Navidades si la conocían mejor, me dijo. Me sorprendió verla integrarse cómodamente a los grupos de madres que planificaban la fiesta navideña.

El día señalado para la celebración llegó a la escuela con galletas, pasteles y telas para adornar las mesas donde los venderíamos para recaudar fondos y comprar regalos a los niños de las barriadas donde las monjas hacían trabajo social. Por primera vez en una celebración de Navidad del colegio, circulé entre las familias de mis compañeras escoltada por adultos que se ocupaban de mí, «tíos» adoptivos. Su presencia me liberó, siquiera momentáneamente, del estigma de huérfana solitaria y digna de compasión que, en años anteriores, me hacía sentir triste en medio del jolgorio de familias felices.

Finalizada la fiesta, tía y sobrino se mezclaron en la portería con el bullicio de conversaciones y despedidas que alborotaba el colegio, madre Luisa Magdalena les agradeció efusivamente la hospitalidad que me brindaban. Me haría inmenso bien, bromeó, pasar la Navidad sin tanto hábito morado y tanta monja. A la postre, me entregó feliz y contenta a su cuidado.

La abracé fuerte al despedirme. Había puesto toda mi ropa en la maleta, dejando sólo una poca cosa en mi habitación para no causar sospechas. A menos que lo del embarazo resultara ser una falsa alarma, no regresaría más allí, no volvería a ver a madre Luisa Magdalena. Nunca imaginé que experimentaría la congoja que me sobrevino al cruzar el zaguán con los azulejos. Pensé en Margarita, que ese año había partido con antelación para pasar las vacaciones con su familia en Guatemala, pensé en Piluca y en Marina y en el trozo de mi vida inocente y adolorida que quedaría flotando en el jardín junto al pino silente, la fuente apagada y aquella monja tiernamente severa.

No se habló mucho en el camino a la calle del Cid. Manuel no me dejó cargar nada. Me quitó los libros de los brazos, la bolsa con mis cosas de tocador y jaló mi maleta por las baldosas del jardín.

Apenas estuvimos dentro de la casa, Águeda pidió que nos sentáramos a la mesa en la cocina, antes de subir a desempacar. No esperaba su reacción.

—Seré una vieja extraña, Lucía. Quizás debía estar consternada y reprocharos semejante desvarío. Ya le he hecho saber a Manuel que su conducta, más que la tuya, me parece censurable. Evidentemente no es la manera correcta de hacer las cosas, pero ante el hecho consumado ¿qué quieres que haga? La noticia me ha emocionado. No sé por qué, desde la primera vez que te vi en esta casa, supe que venías para quedarte. Lo sentí. Ahora serás de los nuestros. Y Manuel, que pensaba que sería el último en llevar nuestro nombre, tendrá descendencia. Con suerte tendrás un hijo varón, otro marqués de Denia. Estarás asustada, pero de nada tienes que preocuparte. Manuel y yo te cuidaremos, nos encargaremos de ponerte cómoda, de que nada te falte.

—No puedo volver a la escuela —dije con la vista baja. Tendría las mejillas rojas porque sentía la cara encendida.

—Por supuesto, imagínate el escándalo —dijo la tía.

—No sé qué haré. —No sabía qué hacer con mis manos. Hablar con Águeda confería realidad a lo que yo habría preferido no aceptar, al menos no con la certidumbre con que lo hacían mis anfitriones. Saqué y volví a ponerme el anillo de perla de mi madre que llevaba en el anular.

—Ya lo he pensado —dijo Manuel, serio, metódico, juntando los dedos de las manos, los codos sobre la mesa—. Al término de las vacaciones, te quedarás aquí. Cuando llamen las monjas preguntando por qué no has llegado, diremos que te pusimos en un taxi rumbo al internado y que es lo último que sabemos de ti.

—Pero mis abuelos, Isis, madre Luisa. Investigarán, me buscarán. Vendrá la policía —era un ardid torpe, quise decir, pero me contuve.

—Espera. Déjame terminar. Tú escribirás una carta a tus abuelos, a las monjas, a Isis. Tú decides. El contenido lo podemos meditar con tiempo. Dirás que estás sana y salva, que es lo fundamental. Luego puedes decir lo que se te ocurra, que te enamoraste de un chico y te has escapado, que no quieres regresar a la escuela. Sucede a menudo. No es descabellado. No estarán de acuerdo, te censurarán, pero al menos sabrán que estás viva. Pensarán que es un descarrío de juventud. Mira que ya no eres una niña. Mi madre se fue de casa a tu edad.

—Así es —dijo Águeda—. Y nadie la buscó.

—Podemos casarnos si lo prefieres, ya te lo he dicho —musitó Manuel.

—No —dije—. No me gustaría casarme en estas circunstancias.

Cada vez que Manuel mencionaba el matrimonio, sentía un golpe de adrenalina, un sobresalto. Respondía que no casi automáticamente, como un reflejo. Estaba segura de que no me quería casar. De eso estaba segura.

Águeda intervino.

—No tienes por qué decidirlo a la carrera. Puedo ser moderna cuando se trata de un asunto como éste. No necesito de formalidades para hacerme cargo de la descendencia de la familia.

—Por el momento, lo que más me preocupa es el escándalo —dije—. No quiero que nadie se entere. Me moriría de vergüenza. Me parece bien la idea de Manuel. Quizás funcione. —Lo pensaría yo sola más tarde, me dije. La ficción que ellos proponían para que me sirviera de coartada no iba con mi carácter. Pero quizás no era tan descabellado. Esas cosas sí que sucedían.

—Ya aparecerás, al final, con tu bebé y verás el poder de la sonrisa de una criatura —dijo Águeda, filosófica, rememorando quizás la aparición de Manuel en su vida.

No lograba imaginarme con un bebé. Quizás no habría bebé. A mí hasta me daba la impresión de que Manuel y su tía se adelantaban a los acontecimientos.

Águeda se levantó. Me sorprendió verla sacar una botella de champaña de la nevera. Debíamos brindar, dijo. Un niño era una bendición. Y brindamos. Yo no lograba salir de la niebla en que estaba metida, el desasosiego que me causaba verme catapultada a un mundo ajeno. No sabía si el plan de Manuel funcionaría, pero todavía había tiempo para pensarlo. Ya se vería. Además, cualquier día de esos me bajaba la regla. Quizás lo del embarazo era sólo un espejismo. Yo, al menos, no terminaba de asimilarlo.

Manuel me acompañó a mi habitación. Dijo que al día siguiente me llevaría por la casa para que escogiera algún otro mueble que pudiese necesitar dado que esta vez mi estancia sería más larga.

—Quiero que te sientas muy cómoda, muy bien. Como una princesa. —Sonrió recuperando por un instante su expresión habitual de persona sin demasiadas dudas. Sonreí incrédula de que aún en ese trance lo acompañara su obsesión. Continué con mis afanes mientras él se acercaba a la ventana y miraba al jardín, pensativo. Me vería hermosa embarazada, dijo de pronto. Me vería majestuosa. Y comprendería mejor a Juana.

—Seguiremos con la historia después de cenar. Nos hará bien —añadió.

La tía Águeda me preparó una comida especial con codornices y arroz silvestre. En algún momento, habló de sus convicciones religiosas. Dijo que el misterio de la concepción, cualesquiera fueran sus circunstancias, era una ocasión celebratoria. Cuántas jovencitas, asustadas por sus propias acciones, no viajaban a Londres a hacerse abortos, sentenció, manchando así su corazón con un crimen que luego las perseguiría el resto de su vida. Por eso mismo yo debía saber que ellos me protegerían y no dejarían que nada malo nos sucediera, ni al bebé ni a mí. No podía menos de sentirse en parte responsable de no haberse percatado de que nuestra relación era carnal, además de amistosa, pero ante el hecho consumado, no había más que hacer. Repitió que un descendiente de los Denia sería recibido por ella no sólo con amor, sino con alegría. Después de todo, el bebé era un inocente que no tenía por qué cargar con las culpas de sus padres.

—Te confesarás, Lucía, ¿no es cierto? —preguntó, mientras me ponía en el plato más arroz.

Asentí con la cabeza para no contradecirla. No valía la pena relatarle el incidente en el confesionario.

Manuel y yo cruzamos una mirada de entendimiento. Águeda dijo luego, muy modosa, que le daba un poco de apuro pedirnos que mientras Manuel y yo no nos casáramos y viviéramos bajo su mismo techo, ella querría que la complaciéramos conservando dormitorios separados.

—Anda, tía, ya está bien, ¿no?

—Soy chapada a la antigua, ¿qué quieres que haga? Es una tontería. Ya ves que cuando se trata de cosas de importancia, no me detienen mis creencias, ni soy mojigata.

—Tiene razón, Águeda. No se preocupe —dije, sintiendo que el rostro me ardía de vergüenza.

—Y una última cosa, algo que te sonará quizás exagerado pero que considero esencial: no debes salir de casa. Tu cuerpo irá cambiando y lo notarán las chicas de servicio, las señoras del barrio, a quienes no se les escapa nada. Lo mejor es que no sepan que estás aquí, que no puedan identificarte ni ahora ni, sobre todo, más tarde.

—¿Tú estás de acuerdo, Manuel? No se me nota nada aún.

—La tía tiene razón. El éxito de lo que hemos planeado requiere de disciplina y discreción. Mucha discreción. Hacerse invisible. Confía en nosotros, Lucía.

—Y no se dice más. Mira este postre, hija, cómetelo, anda. Es pudín de caramelo.

Después de la cena, en la biblioteca, como si la vida continuara inalterable, yo me puse mi traje de Juana y Manuel siguió relatándome la historia.

Capítulo 19

Me desquiciaba que, a los días de amor y armonía que vivíamos Felipe y yo, se sucedieran otros en que nos convertíamos en enemigos jurados. Dentro de la mente y el cuerpo, mi razón y mis ilusiones trastocadas batallaban hasta dejarme inapetente, exhausta y sumida en honduras de tristeza de las que me parecía que no saldría jamás. Aún ignoraba la presencia de Catalina en mis entrañas cuando arribamos al puerto de La Coruña el 27 de abril de 1506. El plan original era desembarcar al sur, en Sevilla. Allí Felipe se reuniría con el duque de Medina Sidonia y otros nobles, para llegar donde mi padre en Toledo secundado, no sólo por su ejército de alemanes, sino por fuerzas suministradas por la propia nobleza castellana. Pero los vientos conspiraron contra este plan. Otra vez corrimos el riesgo de naufragar. Nuestro capitán perdió el rumbo por cuatro días y hubo que alterar los planes y desembarcar en La Coruña. Los habitantes del pequeño puerto, no bien se enteraron de quiénes eran los pasajeros de los barcos que sorpresivamente atracaron frente a sus costas, prepararon a gran velocidad un recibimiento digno, sintiéndose muy ufanos de que sus nuevos monarcas decidieran concederles la honra de ser la primera tierra española que visitarían.

Mientras Felipe se entusiasmaba con la idea de desfilar sobre los hermosos alazanes árabes que llevábamos, y se engalanaba para despertar la admiración de sus nuevos súbditos, yo me preguntaba cómo sortearía aquella situación. No quería poner en cuestión el poder de mi padre y que nuestra entrada triunfal se interpretase como un intento de desplazarlo. Mediante el acuerdo de Salamanca firmado el 24 de noviembre de 1505 (luego de que el matrimonio de mi astuto progenitor con Germana de Foix malogró la alianza de Felipe y mi suegro con los franceses), mi marido no tuvo más remedio que aceptar que él y yo reinaríamos juntos, pero que mi padre sería gobernador, con derecho a la mitad de las rentas del reino. Pero este acuerdo, igual que tantos que firmarían estos dos hombres, era papel mojado. Ninguno estaba dispuesto a ceder ante el otro. Lo que negociaban constantemente era tiempo para medir fuerzas y astucias. Yo era la carta desconocida, decisiva, para ambos y mi plan era aliarme con mi padre para impedir que Felipe y sobre todo sus consejeros me desplazaran con artimañas, y que flamencos usufructuaran el poderío de España. Para esto, debía actuar con mesura e inteligencia y no enviar señales equivocadas. Me propuse entonces negarme a ejercer mi autoridad real hasta no reunirme con mi padre y acordar la manera en que compartiríamos el poder. Nuestros anfitriones, sorprendidos de que yo no aceptara las llaves de la ciudad, ni jurara por sus fueros, pensaron que quizás me habían ofendido. Intenté tranquilizarlos como pude y me instalé con Felipe en un convento de franciscanos que nos ofrecieron su hospitalidad. A sugerencias de sus consejeros, el principal de ellos Gutierre Gómez de Fuensalida, Felipe envió recado de nuestra llegada a los nobles principales del reino. En los días que siguieron, éstos empezaron a llegar con sus nutridos séquitos. Comprobé, con desmayo, que la mayoría optaba por pasarse al bando de Felipe, quien no perdía oportunidad para enrostrarme la torpeza de mi decisión de esperar a mi padre, en vez de tomar de una buena vez lo que nos pertenecía. Fernando no tendría más que aceptar su desventaja y retirarse de Castilla, me dijo. Si yo tenía planes de reinar con mi padre, ya podía olvidarme de ellos. La nobleza estaba cansada de su autoridad férrea y sobre todo de los impuestos que les hacía pagar.

Igual que en Flandes, aunque sin colocarme detrás de puertas con aldabas, Felipe volvió a someterme a un régimen de aislamiento en mi propio país. A los nobles que iban llegando sólo él los recibía. El confesor del convento, un buen hombre de voz ronca, ya entrado en años, me contó en la oscuridad de la capilla que circulaban rumores de que mi consorte me tenía prisionera. No confirmé ni negué, esperando que la situación se resolviera más temprano que tarde.

Supongo que para acallar los rumores, Felipe me permitió recibir al marqués de Villena cuando éste llegó a presentar sus respetos. Se abrieron las puertas del salón de recibimiento de par en par para que otros nobles que pululaban por allí también pudieran verme. Las miradas de mis compatriotas eran como lancetas queriendo penetrar los recovecos de mi mente y comprobar mi lucidez. El marqués de Villena traía cartas muy afectuosas de mi padre para Felipe. A las poses de desafío de mi marido, su suegro contestaba cada vez con más cariño y humildad. Me pregunté qué se traería entre manos.

A las pocas semanas de nuestra llegada, la arrogancia e impenetrabilidad de los flamencos de la corte de Felipe era una muralla contra la que se estrellaban las ambiciones de los nobles que esperaban recibir favores, rentas y nombramientos. Crecía la tensión en el convento donde nos encontrábamos y el descontento era tal que hasta mí se filtraron los reclamos de las antesalas, las largas esperas y las humillaciones que Felipe y los suyos hacían pasar a los orgullosos e impacientes españoles que esperaban prebendas a cambio del giro de su lealtad.

Un día de tantos, Felipe irrumpió en la modesta habitación donde yo me encontraba leyendo y descansando del calor, para informarme de que se tenían noticias de que mi padre, el Duque de Alba y otros de sus partidarios avanzaban con la supuesta intención de cortarnos el paso hacia el interior. Saldríamos de La Coruña cuanto antes.

Ver a Felipe urdiendo sus tramas y asumiendo poses de rey consagrado mientras, por otro lado, apenas podía disimular el temor a que yo esgrimiese mi poder contra él, me llenaba de una extraña mezcla de rabia y compasión. Yo era su cautiva pero ser mi carcelero no lo libraba del juicio de mis ojos, ni del íntimo desasosiego que debía producirle tratarme como lo hacía, siendo yo la madre de sus hijos y la mujer en cuyo amor él había bebido pasiones y deleites que, pese a mis celos, yo sabía que nadie más le había proporcionado. Él mismo me lo decía en nuestras reconciliaciones. Se aferraba a mí con el amor que odia a quien así lo tiene sometido a su embrujo. Me decía bruja, gata, puta, pero él y yo éramos mitades que se acoplaban con la perfección con que el líquido se aferra a la vasija que lo contiene. En su fuero más interno él admiraba mi desafiante terquedad. Mis rebeliones, mi amor por lo mío le evocaban a su abuelo Carlos el Temerario, quien era, de su familia, el personaje que más veneración y respeto le inspiraba. Para mí, la noción de poseer una majestad indoblegable nacida de la íntima libertad e independencia que no podían anular sus encierros, más el conocimiento que tenía de sus debilidades, me excitaba no sé qué fibras torcidas de mi ser. Por esos ignotos cauces, nuestros enfrentamientos alimentaban la pasión que desgarrándonos nos enlazaba como una boa constrictor atenazándonos en un abrazo circular y malévolo del que ni él ni yo podíamos escapar.

Partimos de La Coruña, dimos vueltas y cambiamos de rumbo sin cesar pues, aunque llevábamos un enorme ejército, compuesto por los dos mil soldados alemanes más otros casi mil caballeros del séquito de los nobles que nos acompañaban, mi padre había sembrado el camino de rumores de emboscadas y asaltos. Por fin, Felipe recibió noticias de que Fernando lo esperaba en una vieja y pequeña capilla en las inmediaciones de Villafáfila. No se me informó sobre esta reunión. Felipe deseaba a toda costa impedir que yo me reuniese con mi progenitor.

Mis anfitriones, el marqués de Villena y el conde de Benavente, trataban de entretenerme para que no me percatase de los preparativos que se llevaban a cabo para el encuentro de mi esposo con mi padre. Pero habrían tenido que enterrarme para que no me apercibiera de la salida estrepitosa de Felipe a la cabeza de mil jinetes armados. Disimulando la angustia que me produjo un despliegue que imaginé sería quizás el primer paso de una guerra entre yerno y suegro, me personé ante el marqués y demandé explicaciones. Me aseguró que no debía atormentarme con especulaciones. Se trataba de una marcha, un simulacro, cuyo objetivo era combatir la molicie y la falta de disciplina que se extendía en las filas de los alemanes. Fingí que su explicación me satisfacía, pero tras nuestra conversación no me quedó duda de que mentía. Mi padre estaría cerca y ellos no hacían más que seguir las instrucciones de Felipe de engañarme e impedir que yo lo viese.

Aunque me sacudiera la rabia y me atenazara la angustia, debía conservar el seso pues si no actuaba con urgencia perdería la oportunidad de encontrarme con Fernando. Se me hacía sospechoso y me daba mala espina que él no solicitara verme, pero lo achaqué a nuevos ardides de Felipe.

Con un par de pendientes de esmeralda, soborné a uno de los cocineros. Por él me enteré de lo que todos en el palacete sabían a excepción de mí: Fernando y Felipe se reunían ese día en Villafáfila para firmar un tratado, merced al cual mi padre se marcharía a Aragón y Felipe asumiría la regencia de Castilla. Según supe más tarde, en contraste con la multitudinaria y apertrechada escolta de Felipe, Fernando llegó con apenas doscientos caballeros, deshecho en sonrisas y afabilidad. El tratado que firmaron me desplazaba a mí del poder y me incapacitaba para gobernar aludiendo problemas de juicio que podrían poner en peligro los sagrados intereses del reino. Por otra parte, mi padre, aceptaba dejar Castilla, lo que hizo tras dos horas de conversación a solas con su yerno, sin antes pedir reunirse conmigo. Como temía Catalina, los dos hombres se arreglaban entre ellos, desplazándome a mí. Las cosas no quedarían así, sin embargo. Antes de que terminara el día mi padre le daría otro puntillazo a Felipe. Lo mismo haría yo que, apenas me enteré de la cita concertada entre ambos, no cejé en las maquinaciones que, finalmente, me permitieron salir a dar un paseo a caballo con el conde de Benavente y el marqués de Villena.

Mi estratagema no partía de una decisión sosegada, pero en mi desesperación fue la única alternativa que vislumbré. Era el 27 de junio. Hacía calor pero soplaba brisa. Una profusión de florecillas silvestres bordeaban los senderos por los que trotaban nuestros caballos. No bien nos encontramos en campo abierto, me asenté sobre la montura y sin más demora, espoleé al animal y hui al galope. ¡Qué gozo me invadió en esa cabalgata desenfrenada! Mi cara, mis pechos, mis brazos hendían el viento como velas extendidas. La tarde de campo, el olor de las encinas y los pinos, era jugo de la vida azotando mis pulmones sedientos de espacio abierto. Bien pronto se apagaron los sonidos de los cascos de mis acompañantes que me seguían desconcertados y avancé a galope tendido sola entre los árboles buscando el rumbo incierto de mis deseos, el sitio donde tenía lugar la reunión. Mi corazón parecía un gran pájaro carpintero horadándome el pecho.

Pero, claro, llegué tarde. Todo había concluido horas atrás. La ermita estaba vacía. El pasto apelmazado testimoniaba el paso de muchos caballos. Rodeé el lugar, grité el nombre de mi padre, más para desahogarme que porque sirviera de nada, y por fin volví en mí, pensé en lo que sobrevendría tras mi escapada, el encierro estricto y duro que me impondría Felipe para castigarme por mi atrevimiento. Iba al trote cuando pasé por un villorrio y sin pensarlo dos veces, desmonté, amarré las bridas del caballo a una cerca y golpeé a la puerta. La mujer que me abrió era una campesina sencilla y afable, de rostro enjuto y manos fuertes. Me dijo que era de oficio tahonera. Soy tu reina, la reina Juana, le dije a mi vez. Déjame entrar, dame un poco de agua y una silla y refugio. Me miró asustada, pero hizo, silenciosa, cuanto le pedí y se sentó conmigo mirándome sin dar crédito a mis palabras, pero sin atreverse a contradecirme. Apenas empezaba ella el relato de las durezas de su vida cuando oímos el estruendo de los guardas y el mismísimo Felipe cruzó el umbral de la casucha, con las mejillas enfebrecidas y una expresión de pasmo. Sería porque saboreaba el triunfo de su reunión con Fernando por lo que su tono fue irónico. Sabía sin duda que sus palabras me humillarían más que un arrebato de violencia.

En pocas palabras me puso al tanto de los términos del tratado mediante el cual mi padre y él se dividían la regencia del reino. Dijo que ambos coincidían en que ellos y no yo debían dirigir los asuntos de Estado. Hasta el cardenal Cisneros, añadió Felipe, había expresado su acuerdo ofreciéndole a él su lealtad pues, desde mis desplantes en Alcalá de Henares y Medina del Campo, estaba convencido de que yo era un riesgo para los intereses de la corona. Viéndome abatida por lo que decía, Felipe me puso una mano en el hombro, pidiéndome que me fuera con él. Sacudí el cuerpo rechazándolo. Si quería que regresara al palacete, debía enviar a buscar a mi padre. No saldría de allí de otra manera.

Yo me empecinaba en creer que mi padre había firmado el tratado engañado por Felipe. Si me veía, pensaba, se daría cuenta de que yo no estaba loca. Ordené a Felipe que retirara los guardas de la casa de la tahonera. Por respeto a mi anfitriona, nadie más que él o mi padre entrarían en la casa, dije.

La pobreza tiene sin duda un efecto calmante. Demasiados colores y lujos afectan la sobriedad y encienden el orgullo. Sería por eso por lo que Felipe cambió de actitud y me habló como padre tierno a una niña díscola. Por favor, Juana, ¿por qué recurrir a estos juegos, a estos extremos, si todo se puede arreglar sin aspavientos? La mujer nos miraba. Sus ojos como péndulo se movían de uno al otro, entendiéndolo todo. Ya mis oídos eran sordos a las dulzuras de Felipe y nada dijo él —de lo mucho que habló— que lograra convencerme.

Durante una semana, la choza de Soledad, como se llamaba mi forzada anfitriona, fue refugio de una reina. El villorrio me alimentó con palomas y conejos y otros cocimientos. A los pocos días me llegó la noticia de que mientras Felipe anunciaba a bombo y platillo su triunfo, mi incorregible y astuto padre había mandado desautorizar lo firmado no bien cruzó la frontera de Aragón, haciendo proclamar en toda Castilla que Felipe lo había forzado a firmar presentándose en el lugar con un ejército. Jamás consentiría, decía su proclama, que se me privara de libertad y de los derechos que me correspondían.

La corte levantó campo del castillo de Benavente. Viendo que ya de nada valía esperar, me despedí de Soledad y montando sobre mi caballo, me uní a la caravana que partía hacia Valladolid.

Apenas Felipe se enteró de que yo me había incorporado a la marcha, llegó a buscarme en su caballo para conversar. Cabalgamos juntos un trecho. No dejaba de asombrarme lo dueño que se sentía de maltratarme e imponer su voluntad. Se comportaba conmigo como si yo fuese una yegua indómita que alguien le hubiese encargado domar. Me comunicó que nos detendríamos en el pequeño poblado de Mucientes, pues mi más reciente arrebato lo había terminado de convencer de que no cabía esperar más para que las Cortes me declarasen inepta para el gobierno y le cediesen a él la autoridad que requería para poner orden en el reino. Por amor a mis hijos, a mí misma y a él debía aceptar que su proceder era el que más convenía a todos. Al día siguiente, llegarían a Mucientes los procuradores de las ciudades castellanas y se reunirían las Cortes, me dijo. Yo debía prometerle guardar la compostura y no hacer nada que otra vez nos pusiera en vergüenza, tanto a él como a mí. Con el rostro compungido, habló de la angustia que le causaba mi proceder falto de razón y tino. Bien sabía él, reconoció, que estando yo de buenas, ninguna mujer me igualaba en inteligencia y encanto, pero la gobernación era asunto de hombres. No me creyera yo que casos como el de mi madre se repetían a menudo; si aun una gran señora como ella siempre dispuso de un hombre fuerte a su lado. ¿Por qué entonces yo, que contaba no con uno, sino con dos hombres que gobernaran, no cedía de buena gana y dejaba que fueran ellos quienes se ocuparan de los asuntos de Estado? Le dije que, según mi entender, ni él ni mi padre lograban ponerse de acuerdo. Por otro lado, yo estaba dispuesta a aceptar el gobierno de ellos, como hija y esposa obediente que era, pero no podía aceptar mansamente que, para hacer lo que deseaban, dispusiesen declararme loca e incapaz y tratarme como a una persona carente de juicio. Debía saber, además, le dije, que me hallaba encinta de su sexto hijo. Lamentaba que fuese tan mezquino con quien así se encargaba de asegurar su descendencia. Se le puso la cara compungida por un instante, pero luego se volvió a mí y me repitió que me comportase juiciosamente y no me interpusiera más en su camino.

Dicho esto, espoleó su caballo y regresó al lado de Fuensalida.

Lo vi alejarse y pensé, conteniendo mi despecho, que sí me comportaría juiciosamente, sólo que lo que esto significaba lo entendíamos ambos de forma diferente.

En la iglesia de Mucientes se dispusieron las cosas para la reunión de las Cortes al día siguiente de nuestra llegada. Una sola dama tenía yo a mi servicio, doña María de Ulloa. Era de edad ya madura, de pocas palabras. A pesar de mis desconfianzas iniciales ella había logrado apaciguar, con sus opiniones mesuradas, su constancia y suave trato, la hostilidad que me inspiraban las acompañantes que Felipe asignaba a mi servicio.

Para mi presentación ante las Cortes, doña María me ayudó a enfundarme en uno de los magníficos trajes de brocado y encaje del ajuar de reina que llevé conmigo a Castilla y me trenzó el largo pelo negro ciñéndome la trenza alrededor de la cabeza con una diadema de perlas y diamantes. Lucir llena de majestad era importante para mis propósitos y me satisfizo, cuando me vi en el espejo, comprobar lo regia y bien puesta que me veía.

Entré en el salón del brazo de Felipe. Mientras caminaba, recordé el porte de mi madre y los consejos de Beatriz Galindo sobre lo recta que debían llevar siempre la espalda las princesas. Los procuradores se levantaron a una. Mientras caminaba a tomar mi sitio me alegró ver entre ellos al almirante de Castilla, Fadrique Enríquez, mi viejo amigo, y al leal caballero de mi madre, Pedro López de Padilla.

La sesión se inició con parabienes, a los que siguieron muchos rodeos en los que salieron a colación los términos del Tratado de Villafáfila. Según argumentaron Felipe y De Vere, su consejero, tanto mi padre como mi marido habían convenido que sería mejor para la suerte del reino que yo delegara el gobierno de Castilla en mi esposo, habida cuenta que los vaivenes de mi salud y mi poco interés por los asuntos de Estado resultarían en desmedro de mis propios intereses como reina. Se trataba entonces de que ellos aceptaran a Felipe como rey propietario, en lugar de consorte, para proceder luego a la juramentación oficial en Valladolid.

Yo escuché los argumentos que se cruzaban entre unos y otros, sobre mis aptitudes para gobernar y la conveniencia de aquella propuesta.

Me enfureció ver tantos hombres en esa sala decidiendo mi suerte, como si un poder natural los hubiese investido de más sabiduría que la mía o la de mi misma madre cuando decidió hacerme su heredera. Creo que habrían cedido a las pretensiones de Felipe, de no ser porque de tanto escucharlos se me colmó la paciencia y no esperé más para poner coto a todos esos entuertos. Me puse de pie y ante el asombro de sus ojos y el sonido de su perplejidad, me dirigí al centro de la estancia, recorrí sus rostros con la mirada y alzando la voz pregunté si es que acaso no me reconocían como Juana, la hija legítima de la reina Isabel la Católica. Que me miraran bien, les pedí. ¿Quién era yo sino la que la gran Isabel había investido como su heredera?

Reaccionaron como si despertasen de un sueño. «Sí, os reconocemos, Majestad», dijo el presidente de las Cortes haciendo una reverencia.

—Puesto que me reconocéis, dije, os mando que os trasladéis a Toledo. Allá habréis de jurar vuestra fidelidad a esta reina de Castilla y yo juraré defender vuestras leyes y derechos. ¿Es que acaso desconocéis que mi padre desautorizó el tratado de Villafáfila a que ha hecho referencia el señor archiduque?

Se desató un frenético debate con voces que iban y venían de lado a lado de la sala. Decían que puesto que yo afirmaba mi deseo de ser reconocida, era su obligación brindarme oídos y saber la verdad de lo que se les informara sobre mi estado. Otros tomaban partido por la posición de Felipe, otros más me daban la razón recordando que mi padre se había abstenido de ratificar y más bien había renegado del tratado de Villafáfila por haberlo firmado bajo presión de las armas. Finalmente me solicitaron una audiencia privada que acepté de inmediato. Anuncié que los esperaba en el claustro del monasterio.

Diciendo esto, me retiré. Sobre mi espalda sentí la mirada candente de Felipe, humillado.

Pocas horas después llegaron ante mí los procuradores muy modosos, haciendo grandes reverencias. Algunas de sus preguntas eran lógicas y necesarias. Por ejemplo, si deseaba gobernar sola o si quería asignar alguna función especial a mi marido; pero otras eran tontas, dictadas por quién sabe qué vanidades, como la de si estaba dispuesta a vestirme a la moda española e incluir en mi servicio una mayor cantidad de damas. Me reí ante estas inquietudes. Los tranquilicé sobre el diseño de mis trajes y les dije que decidir cuántas damas y quiénes me servían era asunto mío y en nada competía a un Consejo del reino. Hice hincapié en mi deseo de que fuera mi padre y no Felipe quien gobernara conmigo hasta la mayoría de edad de mi hijo Carlos.

Se marcharon aparentemente satisfechos, pero Felipe, acompañado de Cisneros, volvió a la carga al otro día, insistiendo en mi incapacidad, diciéndoles que la luna llena me trastornaba y que poco podían juzgar ellos mi estado en un tiempo tan corto. Fue así como las Cortes designaron al almirante de Castilla para que decidiera, mediante otra, más larga, audiencia conmigo, el verdadero estado de mi seso.

Diez horas me reuní con don Fadrique. Diez horas muy agradables, por cierto, en las que él se comportó como un padre y escuchó con la cara dolida la historia de mis agravios. Haría cuanto estuviera en su poder, me dijo, pero tenía que tener claro que nadaba entre tiburones que a dentelladas acabarían conmigo si no sabía medir bien mis pasos.

Frente a los demás, don Fadrique rechazó la noción de mi incapacidad. Dijo que era una falacia afirmar que yo no estaba en mis cabales.

Desistí de mi demanda de que las Cortes se trasladasen a Toledo y, finalmente, los procuradores decidieron proceder con la ceremonia de coronación en Valladolid.

Había logrado que aceptasen proclamarme su reina.

Felipe y yo desfilamos a caballo por las calles de la ciudad mientras el pueblo se aglomeraba para aclamarnos. El pabellón real de Castilla y León ondeaba solamente frente a mí, Juana de Castilla.

Pero otra vez fui magnánima, o sierva del impertérrito amor: durante la ceremonia en que nos ungieron como reyes, acepté compartir mi título de reina propietaria con Felipe, como «legítimo esposo que era de la reina». Así escapó él a la suerte de mi padre, cuyo mandato provenía de la autoridad de su esposa.

Pese a esto, Felipe no cejaba en su empeño de desplazarme. Había nombrado su consejero principal al cardenal Cisneros, quien seguía convencido de que yo era un obstáculo para la gloria de España. No pasaba un día sin que Cisneros y Gómez de Fuensalida conspirasen para tenderme el lazo con que esperaban dejarme fuera de juego. Interceptaron una carta que escribí a mi padre solicitándole su presencia a mi lado. Sostuvieron reuniones con don Pedro López de Padilla incitándolo a desistir de apoyarme. Luego presionaron a Felipe para que nos dirigiésemos a Segovia, pues la marquesa de Moya rehusaba entregar el Alcázar a nadie más que a mí. Estaban desesperados. Los nobles con cuya fidelidad contaban a diario amenazaban con pasarse a mi lado.

El viaje a Segovia obedecía al deseo de Felipe y sus consejeros de llevarme al alcázar, que era una fortaleza, y dejarme allí confinada para que no entorpeciera más sus planes. Terribles fueron esos días para mí. Lo mismo se aceptaba que se negaba mi autoridad. Yo era la manzana de la discordia, llena de gusanos, rodeada de miradas hostiles, temiendo por mi libertad, por mi vida, sin saber qué amigos podían tornarse, de un momento al otro, en enemigos. Según su ánimo, Felipe me trataba como una hija mentalmente enajenada e indefensa; o como una enemiga jurada.

Doña María era mi único refugio, pero ni de ella me animaba a confiar plenamente. Por las noches apenas lograba conciliar el sueño temiendo despertar encerrada bajo llave. Durante ese intempestivo viaje a Segovia sólo logré dormir algunas horas cuando acampamos al aire libre.

En la villa de Cogeces del Monte, a la cual arribamos al atardecer, se hizo lo pertinente para que nos alojáramos en el monasterio de La Armedilla. Sin embargo, algo en la expresión de Felipe, en la forma tensa y obsequiosa con que me habló de los preparativos para mi descanso en el convento de los Jerónimos, me llevó a sospechar que se aprestaba, como gato, a darme un zarpazo. Tendría que parecer loca otra vez, pensé, pero nadie me haría pasar la noche dentro de esas murallas. Sonreí beatíficamente y dije que haría un recorrido por los alrededores a caballo mientras la corte y los soldados se acomodaban en su alojamiento. El ejercicio haría bien a mis nervios.

La villa estaba situada en medio de un paisaje estepario, la planicie interrumpida por monumentales formaciones rocosas y parajes donde manaban arroyos entre bosques de coníferas. Felipe designó a uno de sus soldados alemanes para que me acompañara. Era un hombre desdentado y fiero con aspecto de bárbaro, pero su apariencia escondía una persona gentil y discreta que se mantuvo cortésmente a cierta distancia, mientras yo cabalgaba a mis anchas por los senderos que ascendían a los rocosos promontorios. Yo sabía cuán larga sería aquella noche y tras galopar un poco, detuve el caballo en un riachuelo que surtía de agua al lugarejo y, sentada sobre la montura, vi ponerse el sol. Con la oscuridad, el soldado me indicó que debíamos regresar al monasterio, pero le dije que se marchara él porque yo pasaría la noche allí. Esto lo desconcertó. Estábamos lo suficientemente lejos del lugar para que no se atreviera a dejarme sola y salir a avisar de lo que sucedía. Nos mandarían a buscar, le dije, no debía preocuparse. Me dio pena ver su rostro de villano, azorado como un niño. Que yo hablara su idioma me había ganado su respeto y entablamos una conversación en la que me contó de su esposa, de su siembra de cebada en Bavaria, insistiendo cada vez y tanto en que debíamos regresar.

Como supuse, no tardaron en oírse cascos de caballos y en llegar los mensajeros de Felipe que me mandaba retornar a La Armedilla. Yo más bien me apeé de la montura, amarré el caballo a un árbol y me senté sobre un tronco caído a mirar las estrellas, mientras mi soldado daba vueltas desconcertado, sin saber qué hacer.

Fue una repetición de la escena donde la tahonera en Villafáfila, sólo que esta vez a la intemperie. Ignoraba cuántas noches tendría que rehusar entrar al monasterio, pero era verano y se estaba bien en el fresco del pinar.

Afortunadamente esta vez la suerte me favoreció. Esa madrugada avisaron de Segovia que Gómez de Fuensalida había logrado entrar al alcázar, eliminando el motivo que nos llevaba hasta allá. Felipe me mandó decir que nos encaminaríamos a Burgos, al palacio del condestable de Castilla, casado con Juana de Aragón, la hijastra de mi padre. Me reincorporé a la marcha.

La noche que pasé a la intemperie me hizo caer enferma y tuvimos que instalarnos en Tudela del Duero hasta mi restablecimiento, pues todos temían que peligraría mi preñez si continuábamos antes el viaje. Al palacio de Juana de Aragón llegamos casi dos meses después, en septiembre.

Tenía ilusión de ver a mi hermanastra Juana y su hermoso palacio, diseñado por Simón de Colonia, en donde mi madre recibió en una ocasión al almirante Colón. Pero el grosero de Felipe aceptó el alojamiento con la condición de que ella y su marido, don Bernardino Fernández de Velasco, se trasladaran a otro lugar. Temía la presencia de una pareja tan adepta a mi padre encargándose de mí y alentando mi rebelión. No sé en qué negociaciones entraron Gómez de Fuensalida y el condestable de Castilla sobre el palacio que, sin miramientos, Felipe usurpó. Según supe después, el bueno del condestable aceptó cederlo a cambio de que no se me privara a mí de libertad. Esta arbitraria disposición de Felipe me afectó de tal manera que sentí mi corazón vacío del amor que, durante tantos años, me elevara y arrastrara en sus altibajos. Me sobrevino un profundo decaimiento y la única energía que me animaba procedía de la rabia sorda que ardía en la fragua de mi pecho. Me encontré invocando los poderes de Dios y el diablo contra Felipe. Me bastaba oír su voz para que el odio circulara por mi cuerpo como un río revuelto donde a veces temía se ahogara el hijo que llevaba en mis entrañas.

Una vez dueños del edificio, Felipe y sus consejeros decidieron alegrar a los nobles que los secundaban y las tropas ofreciéndoles varios días de continuas festividades, banquetes, justas y cacerías. Querían aliviar las tensiones que nos perseguían, pues los pobladores, que en todo el reino habían sido dadivosos con nuestra comitiva, se cansaban de mantenernos y de las altas contribuciones que debían aportar para alimentar, vestir y pagar los salarios de tanto extranjero. Por si esto fuera poco, la peste había vuelto a hacer su aparición y se rumoreaban las muertes de campesinos y animales en las poblaciones vecinas.

A pesar del odio que velaba mis ojos, recuerdo la hermosura y euforia de Felipe, al tercer día de las festividades, cuando decidió pasar por mi habitación para decirme que pensaría en mí cuando su lanza atravesara el jabalí que se proponía cazar ese día. Lleno de arrogancia, gallardo, con su cota de malla, las bombachas y la túnica verde sobre las medias oscuras y las altas polainas de cuero, se paró al lado de la ventana y me miró con despecho. Me dijo: «mira en lo que te han convertido tus paisanos, en una reina adusta, vestida de negro como tu madre».

—Este color va conmigo —le dije—, tú has matado el rojo de mis trajes y de mi espíritu.

Esa tarde trajeron a Felipe convertido en un guiñapo. Se había desplomado durante la caza, presa de un vahído. El que apenas horas antes lucía desafiante y sano, ahora temblaba sacudido por la fiebre y sudaba como un remero. Fue todo tan súbito. Verlo sufrir, colgarse de mis manos y de mis ojos, lleno de angustia, me trastocó el entendimiento. Me sentí culpable, vil, por haber deseado tan intensamente su desgracia. Mandé que lo acostaran en mi cama, que me trajeran paños mojados. Nadie me trató como loca mientras disponía lo necesario para restablecer su salud. Me obedecían sin resistencia lo mismo médicos que consejeros. Felipe pareció tranquilizarse al ver que me hacía cargo de la situación. Durante cinco días, ese hombre, mi hombre, se entregó a mí sin más voluntad que la de un niño que se entrega en brazos de su madre. Lo acuné, le canté canciones, le limpié los brotes purulentos de la piel, le humedecí una y otra vez, noche tras noche, los labios que la fiebre resecaba. Mi pobre Felipe. Sus ojos que tantos estragos hicieran en mi corazón, se encendían de amor cuando acercaba mi rostro al suyo. Qué ternezas no me dijo, qué perdones no me pidió por sus atropellos y su ambición, cuánto no me habló del amor que sentía por nuestros hijos, por mi sexo fecundo. Yo le juraba que no dejaría que le pasara nada malo, tenía que ser fuerte, le decía, no podía dejar que la peste consumiera ese cuerpo que yo tanto amaba. Éramos jóvenes, podríamos recomponer nuestra vida, nuestro amor, reinar en paz, en armonía. Le pedía que no se atormentara con los remordimientos de lo que podía haber sido. «A nadie he amado como a ti, Juana, nadie ha podido sustituirte en mi corazón, no hay mujer que tenga la curva de tus brazos, de tu cuello, el arco oscuro de tu pelo bajo la nuca, nadie se ha estremecido como tú bajo mis besos, nadie ha sido más real, ni ha resistido mejor mi estupidez, mi vanidad.»

¡Ah!, pensé, ¡si sólo la vida nos diera la sabiduría de la muerte! Junto al cuerpo maltrecho del hombre que hizo brotar sus hijos de mí, socavándome como quien horada un túnel para vaciar el mar que lo ahoga, vi pasar durante esas noches, como espíritus reflejados en un espejo empañado, las siluetas de nuestros encuentros y desencuentros. Me aferré a su vida, negándome a aceptar que pudiera extinguirse como las miles de velas que se consumían una tras otra en la habitación en penumbra. Llena de odio al Dios de mis padres, que tan selectivamente me escuchaba, recé desesperadamente a otros dioses más compasivos, dioses que inventaba en olimpos imaginarios. Pero todo fue inútil. Al quinto día de las fiebres, Felipe expiró en mis brazos.

Era el 25 de septiembre de 1506. Felipe tenía tan sólo treinta años.

Capítulo 20

En la biblioteca, junto a Manuel, quien con tanto empeño deseaba sentir a Juana a través de mí, lloré la muerte de Felipe.

—Pero no es él el que me duele, Manuel, es ella —expliqué, intentando disimular lo sentimental que me puse—. Ella tan llena de amor, ella que se creó un Felipe digno de sus sentimientos. Ella que, contra viento y marea, lo hacía y volvía a hacer para que la realidad del hombre y su mezquindad no empequeñeciera el amor enorme que validaba sus sacrificios. Yo la entiendo. Uno excusa a las personas que quiere porque condenarlas es condenarse uno mismo. Lo digo porque aun sabiendo lo que sé sobre mi padre, no puedo maldecirlo. Siento que no le haría daño a él, que más bien me lo haría a mí porque el amor que le tengo es parte de quien yo soy, ¿me entiendes?

Que Felipe muriera joven y de forma repentina, reflexioné en voz alta, seguramente habría contribuido a que ella exaltara al «otro» Felipe, a la figura ideal en la que ella quería creer tan desesperadamente. La nostalgia decantaría el odio, neutralizaría los malos recuerdos. Yo no había vivido muchos años, pero conocía la habilidad con que la mente suavizaba la memoria para que uno se arropara con ella. Manuel fumaba mirándome fijo. Le brillaban los ojos. Verme conmovida parecía afectarle. Hasta pensé que se echaría a llorar también. En vez de eso, me quitó el traje y me hizo el amor junto al fuego de la chimenea, como si con esto escribiera otro desenlace para la misma historia. Estábamos los dos muy tiernos; nuestra carne desprovista de corazas, como si la vulnerabilidad de nuestra incierta e imprevista situación se pareciese a la de aquel triste momento en la vida de nuestros personajes.

Con caricias delicadas y dulces me lamió las lágrimas. Sus manos acunaron mi cabeza contra su pecho y respondió a mi llanto con un ruido ronco y quejumbroso que salió del fondo de sus pulmones. Habló de la paradoja de que la soledad fuese el sentimiento que más profundamente compartíamos los seres humanos. Cualquiera podía entender lo que otro sentía al experimentarla. Era difícil odiar a Felipe en su lecho de muerte, en el tránsito más solitario de todos. Uno se identificaba con su circunstancia y de ahí nacía la compasión. Cada vez que uno imaginaba la muerte de otro, ensayaba la propia muerte. Él tenía la teoría de que ese tránsito de la vida a la nada, ese instante en que uno adquiría conciencia de perderlo todo, era el infierno; un infierno en el que se purgaban todas las culpas, un fuego del que nadie se libraba.

—Y sin embargo, señorita Lucía —dijo levantándose y sirviéndose una copa de cognac, mientras yo terminaba de vestirme—, la vida es un engaño tan efímero. Sólo a través del conocimiento podemos alcanzar cierta plenitud porque el conocimiento es la suma de otras vidas y sólo esa sumatoria es la que brinda a nuestra infinitesimal existencia la ilusión de su permanencia y su propósito.

El sexo es otro de esos continuos eternos, dijo. Si la soledad de la muerte es el infierno; lo que sucede en la cópula es el Cielo, sonrió, alzando su copa malicioso, haciéndome reír tras sus oscuras filosofías. Su ternura me hizo mucho bien. Me fui a la cama sosegada. No pensé en nada. Dormí profundamente esa primera noche de lo que imaginaba sería una larga temporada en casa de los Denia.

Cuando desperté al día siguiente y bajé a desayunar, la tía Águeda me dijo que Manuel había salido.

—No te extrañes de que se ausente. Le gusta estar solo. Se va a su apartamento, pero ya volverá. Siempre vuelve y ahora que estás tú aquí, con mucha más razón. ¿Por qué no me acompañas por la casa? Nunca la has visto toda.

Acepté curiosa. En el fondo sentía un agradecimiento casi canino por Águeda. Otra en su lugar no habría sido cómplice y me habría delatado con las monjas o con mis abuelos. Por lo mismo, estaba dispuesta a hacer lo que me pidiera. Águeda abrió una pequeña caja de madera adosada a la pared y sacó un manojo de llaves. Ya me había percatado de que era muy metódica y ordenada. Sus rutinas le ayudarían a pasar el tiempo. Ahora me enteraría de lo que hacía a diario. Los fines de semana apenas se inmiscuía en nuestras idas y venidas porque era cuando salía a la peluquería y a la iglesia.

La seguí escaleras arriba. Aunque yo seguía esperanzada en que el embarazo se disiparía pronto con una gran mancha roja en mi ropa interior, la alternativa de que alguien de la familia se estuviese materializando dentro de mí pesaba en la manera en que veía la casa ahora. Era de planta cuadrada, con un techo alto de artesonado de madera muy hermoso. La escalera era la espina dorsal de la casa que se abría en el segundo y tercer piso en corredores alrededor de los cuales se ubicaban las habitaciones. El último piso, según dijo Águeda, había sido reconstruido y por eso los remates eran de estilo afrancesado, con cornisas y esquinas redondeadas.

—Porque la casa es muy castellana. No recuerdo si te dije que la construyó Juan Gómez de Mora, el mismo arquitecto que diseñó la Plaza Mayor de Madrid. Data de 1606. El primero que vivió aquí fue Francisco Gómez de Sandoval, marqués de Denia, cuando se trasladó a Madrid como privado de Felipe III. No concuerdo con Manuel en su visión de nuestros antepasados, pero tengo que admitir que este señor fue de muchos manejos. Aumentó el poder de la familia, sin duda, pero sus métodos no fueron del todo honestos. Pregúntale a Manuel. Él sabe todas las leyendas negras de los Denia. —Sonrió con ironía—. Pobre. Creo que denigrar a la familia ha sido su manera de reconciliarse con lo que le hicieron a su madre. Pero en fin.

Caminábamos por el ala de la casa que yo aún no conocía. Las puertas, dobles y macizas, tenían todas cerraduras modernas, si bien conservaban las originales. Águeda fue abriendo puertas. A pesar de la penumbra de las ventanas cerradas, pude ver que lucían limpias y arregladas, los muebles cubiertos con fundas grises y blancas. La tía me mostró cuartos de música, de costura, una minúscula capilla, que ella aún utilizaba, con la bella talla de un Cristo ante el cual ardían candelas votivas frente al reclinatorio de madera. Los pisos y techos de cada estancia eran joyas de maderas añejas, sólidas y brillantes, y sobre las paredes colgaban bellos tapices. Conservar los tapices y las pinturas era difícil, me dijo, de ahí los deshumidificadores en las esquinas y las gruesas cortinas. Águeda me explicó que cada mes una compañía profesional llegaba a pulir los pisos y hacer una limpieza a fondo. Ella no tenía paciencia para lidiar con muchachas de servicio o confiarles los objetos delicados. Prefería hacerlo personalmente. La entretenía. En una habitación más pequeña que otras, destapó un escritorio torneado cuya tapa se abría para dejar ver una cantidad de pequeñas gavetas. Me podría ser útil, dijo, puesto que en mi cuarto no había lugar para escribir. «Y tendrás que escribir muchas cartas», apuntó, con un dejo de ironía que no me hizo mucha gracia. Luego cruzamos un pasillo en el tercer piso con varias puertas cerradas.

—Allí dentro están las cosas más valiosas que poseemos. Muchas son del tiempo de doña Juana. Solían estar por todas partes pero yo las concentré allí, en lo que fue el estudio de papá, para limpiarlas y cuidarlas mejor. Otro día te las mostraré.

—¿Cómo fue que empezó la relación de vuestros ancestros con doña Juana? —pregunté—. Poco me ha contado Manuel. Se ensombrece mucho cuando habla de eso.

—Fue el 15 de marzo de 1518. El emperador Carlos I de España y V de Alemania nombró administrador de la casa de su madre, Juana, y gobernador de la villa de Tordesillas a don Bernardo de Sandoval y Rojas. Es que don Bernardo ejerció desde 1504 el papel de mayordomo mayor del rey Fernando el Católico, el padre de Juana. Estuvo con él hasta su muerte y su último servicio fue llevar el cuerpo del rey a Granada y depositarlo al lado de su esposa, la reina Isabel. Eran primos, ¿sabes? Fernando y don Bernardo eran primos. De ahí que gozara de la confianza del rey Carlos. Eran gentes muy ilustres. Grandes de España. Sólo veinticinco familias en todo el reino ostentaban esa distinción. Don Bernardo estaba casado además con doña Francisca Enríquez, que era pariente de don Fadrique Enríquez.

—¿El mismo que llevó a Juana a Flandes, el almirante de Castilla?

—Ése mismo. Mira tú que España atravesaba tiempos muy convulsos. Y los Denia se tomaron muy en serio su obligación de proteger la corona. Exceso de celo quizás se les pueda achacar. Pero la locura de Juana —la inestabilidad, si prefieres— significaba un peligro. No faltaron oportunistas que intentaron usar el poco seso de la madre para birlarle el poder a su propio hijo. Los marqueses de Denia, en cambio, fueron fidelísimos a Carlos, que era el legítimo rey, puesto que su madre no podía gobernar.

—Pero ése es el asunto —dije—, que ella sí podía gobernar.

—Ay, hija. Ya no importa quién tenga la razón. Ni ella ni ellos se pueden defender ahora del juicio de la historia y del más voluble juicio de los historiadores. No me hagas hablar más. Ven, te mostraré algo antes de bajar. Manuel no tardará.

La seguí hasta el extremo del corredor. Abrió la puerta y entramos a lo que debía haber sido la habitación de un niño.

—Aquí pasó Manuel su infancia —me dijo—. Aquí subía yo a contarle cuentos.

Era pequeña y angosta, como una celda. Los muebles eran oscuros, de madera, sobrios, y sobre los anaqueles vi apiladas cajas de juguetes de armar, que parecían haber sido el pasatiempo favorito de Manuel de pequeño. Me lo imaginé a los diez años, serio y pálido, recostado en la cama, leyendo bajo el crucifijo. Sentí pena. Era un cuarto triste. Apenas una ventana, como de buhardilla, en lo alto. Ahora servía de depósito para objetos en desuso. En una esquina había una cuna de barandas labradas, con el colgador para el mosquitero rematado en un querubín de cara regordeta esculpido en la madera.

—Se parece a mi cuarto en el internado —dije.

—Mis padres creían fervientemente en la austeridad castellana. Decían que formaba el carácter. Pero mira, la cuna es muy mona. ¿No te parece? Además, es la cuna de la familia. Aquí dormirá el nene cuando nazca —dijo, sin mirarme, pasándole afanosa el plumero que llevaba colgado de la cintura.

—O la nena —dije yo.

—Ya verás que será varón —me dijo, con una expresión que no admitía discusión.

Deseé que se equivocara. Yo no quería dar más marqueses de Denia al mundo. No me gustaban los rostros adustos y fríos de los antepasados cuyos retratos colgaban en las paredes de la casa.

Después de que bajamos y Águeda se puso al teléfono, ambulé por las estancias, sintiendo la historia en la atmósfera, mirando con detenimiento las alfombras persas, los tapices, el piano de cola en la esquina del salón principal. Aparte de los óleos antiguos, y a diferencia de la casa donde crecí, aquí no había una sola fotografía de los modernos Denia.

Manuel regresó a la hora del almuerzo. Preguntó cómo me sentía.

—Bien —dije—. La tía me ha llevado por la casa. Me ha contado un poco de la historia de la familia.

—Su versión —dijo él.

—Y me ha mostrado tu cuarto de pequeño.

—¡Ah! —dijo con sorna—. Si esas paredes hablaran.

—Vamos a la biblioteca —sugerí—, quiero saber qué hizo Juana tras la muerte de Felipe, qué pasó. Y me tendrás que hablar de los Denia.

—Todo en su momento —sonrió él, pensativo.

Capítulo 21

Y a me referí alguna vez a las muchas interpretaciones que se dan al comportamiento de Juana tras la muerte de Felipe. En general, los historiadores hasta ahora, apenas se han detenido a considerar lo que significaría para una mujer de su edad, embarazada, enamorada y sitiada por intrigas de Estado, enfrentarse a la muerte inesperada y súbita de su marido. Juana y Felipe eran una pareja «*mal avenida, pero bien enlazada*». Que ella se hubiera deprimido se vería hoy como la consecuencia natural de esa cadena de acontecimientos. Quizás por machismo, el juicio histórico contra Juana ha omitido estas consideraciones. Ahora bien, yo pienso que Juana se entregó con tanto denuedo a los ritos fúnebres para eludir la toma de decisiones y dar tiempo a Fernando a volver de Italia. Aunque la fe en su padre hubiese disminuido, prefirió esta alternativa al riesgo de que la nobleza la apartase para instalar a Maximiliano, su suegro, como regente hasta la mayoría de edad del pequeño Carlos. Yo pienso que ella tenía claro que no alcanzaría a llevar el cadáver de Felipe a Granada. Sabía que se acercaba la fecha de su parto.

Antes de que los embalsamadores se llevaran el cuerpo de Felipe, pedí que me dejaran sola con él y me senté a su lado. Tomé sus manos y las acaricié, levantando los dedos uno por uno. Con la uña de mi dedo índice limpié las suyas, que aún mostraban la tierra de su último juego de pelota. Él no se movió. Le pasé la mano por la frente, le acomodé el cabello. La docilidad de su cuerpo era una experiencia nueva. Me incliné y traté de abrirle los párpados y asomarme una vez más a sus ojos. Por un instante vi la muerte asomada allí en la total ausencia de luz. El

ojo fijo con la pupila dilatada, opaca, como una puerta condenada. Aparté la mano, atemorizada. Felipe, susurré. Felipe, ¿me
oyes? No contestó. De golpe, con una claridad que me dejó sin
aire, advertí que Felipe no me contestaría ya nunca. Creo que
hasta ese momento no me di cuenta de que, desde que lo vi por
primera vez, jamás volví a imaginarme la vida sin él. Y me llené
de pánico cuando al intentar ver el futuro, no logré visualizarme
más que velando su cadáver.

Cadáver, musité, caverna, calamidad, calavera, cadalso, catafalco. Qué palabra más terrible. El sonido iba cargado de rigidez, frío y podredumbre. Eso y nada más era ahora mi esposo, el
padre de mis hijos. En sólo cuatro meses en España había pasado del trono al catafalco. Lloré pensando en los rostros de mis
criaturas cuando supieran la noticia, pero mis lágrimas eran
como chubascos pasajeros, como penas que no lograban con-
densarse. Apenas lograba llorar porque me costaba pensar. Las
ideas aparecían en mi mente pero se desplomaban como guija-
rros atraídos por la fuerza del vacío. Supuse que si permanecía
junto al cadáver tendría que convencerme de la realidad de lo sucedido pero Philibert de Veyre —quien fuera embajador de Felipe en España— y el arzobispo Cisneros hicieron su aparición
poco tiempo después y me obligaron a separarme de él. Accedí.
Lo dejé ir con ellos. Esa noche se organizó el velorio a la manera
borgoñona. Felipe yació sobre un estrado en la Casa del Cordón,
vestido con sus mejores ropas y rodeado de hermosos tapices. Al
día siguiente, los doctores embalsamaron su cuerpo y al tercer
día lo llevamos en procesión desde la casa del condestable hasta
la Cartuja de Miraflores. Yo participé en los funerales. Sólo los
aleteos de vida de la preñez impedían que me sintiese tan muerta como Felipe.

Cuando al fin me encerré sola en mi habitación, me sobrevino un estado de clara lucidez en el que medité, fríamente, lo
que tendría que hacer. Mi madre, muerta en Medina del Campo,
había sido trasladada a Granada. A Felipe, como rey ungido que
era, le correspondía yacer a su lado. Él mismo así lo había dispuesto en su testamento y me lo repitió en su lecho de muerte.
La solicitud, nacida de su orgullo, me daría a mí la oportunidad

de viajar a Andalucía, rodearme de mis partidarios y así fortalecida, asumir mis funciones de reina. Pensé que, en aquellas circunstancias, marchar a Granada me brindaría un compás de espera para rehacer mis alianzas, deshacerme de los flamencos de mi corte y asegurar, sin resquicio de duda, los derechos sucesorios de mi hijo Carlos.

El aislamiento al que estaba sometida, los resquemores y miramientos que existían en la corte acerca de mí, resultaron un formidable impedimento para mis planes de retomar las riendas del reino. Supe entonces que, mientras yo me dedicaba a velar la agonía de Felipe, el arzobispo Francisco Jiménez de Cisneros se había hecho nombrar regente de Castilla y había exigido a los Grandes de España que jurasen que ninguno de ellos intentaría utilizar mi poder o se acercaría a mí para que yo delegase en ellos.

Pero la regencia de Cisneros no era del agrado de todos. A los pocos días, los bandos se dividieron entre quienes propugnaban por el regreso de mi padre y quienes opinaban que mi suegro, el emperador Maximiliano, debía gobernar hasta la mayoría de edad de mi hijo Carlos.

Ninguno de esos caballeros —ni siquiera mi buen amigo, el almirante de Castilla, don Fadrique Enríquez— se dignó considerar que yo tendría la capacidad de hacerme cargo del poder. Pensarían que les tenía más cuenta obtener el favor de Fernando o Maximiliano que el de una mujer, viuda, sola y en avanzado estado de gestación. Por mi parte, yo no contaba siquiera con el dinero necesario para comprar la lealtad incondicional de servidumbre y soldados. Los únicos dispuestos a defenderme eran los nobles andaluces que se encontraban a muchos días de camino. Quizás el pueblo, que me reconocía como reina, se habría opuesto a que se me hiciese a un lado, pero mientras yo atendía los ritos mortuorios, el arzobispo Cisneros mandó proclamar varios edictos amenazando con penas severas a quienes se alzasen en armas. De esta manera se encargó de apagar cualquier intento de levantamiento popular que me favoreciese.

Muerto Felipe reorganicé mi corte con damas que consideraba leales, pero que poco a poco revelaron ser dóciles a mi padre. La influencia de éste sobre la corte era tal que el propio Cisneros optó por rendirse a la evidencia y escribirle solicitándole que regresara de Italia; una petición que, a pesar de sus ruegos, me negué a suscribir, puesto que podía tomarse como una admisión de que yo declinaba mi derecho a gobernar.

Al recibir la carta de Cisneros de camino a Nápoles, Fernando contestó reconociendo mi autoridad y mis derechos sucesorios y afirmando que la regencia de Cisneros no tenía razón de ser. Sin embargo, aislada como estaba, mi único recurso para desautorizar al prelado era negarme a firmar los documentos que me presentaba, de manera que por varias semanas el país anduvo sin rumbo, al tiempo que la peste se ensañaba con mis pobres súbditos. Los nobles, cada uno más ambicioso que el otro, llevaban el agua a su molino utilizando sus ejércitos y privilegios para sembrar el caos y saldar viejas rencillas con el propósito de adquirir influencias que pudiesen conservar una vez se estabilizase la situación.

En la soledad de mis noches, yo trataba de ponderar cuál sería mi deber, sin lograr que la fuerza y el deseo de actuar superasen la apatía en la que volvía a caer por más que tratase de superarla. Desde la muerte de Felipe sufría de un constante dolor de cabeza. Mi única compañía era el niño que llevaba en mi vientre, al que soñaba varón y a quien pensaba llamar Felipe. Imaginaba que sería gallardo como él. Imaginaba que el espíritu de Felipe lo habitaría y que, de cierta misteriosa manera, la vida de su padre retornaría con su nacimiento a aletear cerca de mí, con un amor que esta vez ya no me haría daño. Dos veces en ese tiempo visité la Cartuja de Miraflores, donde reposaba el féretro de mi esposo. Las dos veces hice que lo abrieran para cerciorarme de que permanecía allí su cuerpo. Sabía que los flamencos habían partido llevándose su corazón en una urna de oro para sepultarlo al lado de sus ancestros, pero yo temí que se hubiesen hecho con el cadáver, pues no tuvieron empacho en llevarse todo lo que Felipe trajera consigo a España. Se repartieron tapices, muebles, armaduras, joyas, caballos, pinturas, todo eso y más, para cobrarse los servicios que yo no tenía otra manera de pagar. Yo no lo impedí porque nada me importaba en esos momentos, pero quería estar segura de que no me hubieran despojado hasta de sus huesos.

La segunda vez que hice abrir su féretro fue antes de marchar hacia Torquemada el 20 de diciembre. (Allí pensaba esperar mi alumbramiento, lejos de las intrigas y presiones de los nobles que me rodeaban en la Casa de la Vega, donde me hospedé tras la muerte de Felipe, pues no quise regresar a la casa donde lo vi morir.) Tanto se oponían los clérigos a entregarme el catafalco de Felipe que sospeché que su cuerpo no estaba allí. Se abrió la caja de madera y luego la de plomo e igual que la vez anterior, comprobé que seguía inmóvil, recubierto de vendajes y cal. Los embajadores y prelados se horrorizaban de que pudiese acercarme y hasta tocarlo, pero quien haya amado mucho comprenderá que ver a mi muerto no me causase mayor impresión. En todo caso, lo único visible eran los vendajes que recubrían su silueta. Para mí, que ya desconfiaba de todos, lo esencial era constatar la realidad con mis ojos y así librarme del tormento de mis especulaciones.

Finalmente, tras orar aquel día frente al féretro en el altar de la cartuja, tomé algunas decisiones con las que pensé restaurar el orden y la autoridad reales.

En primer lugar revoqué todos los favores concedidos por Felipe a la nobleza, pues muchas de las disputas tenían que ver con litigios originados por la liberalidad de mi marido en disponer de los bienes de los partidarios de mi padre para dárselos a los suyos. Despedí del Consejo Real a los miembros que nombrara Gómez de Fuensalida y sostuve una audiencia con los procuradores de las Cortes en la que ordené que las cosas retornaran al estado en que se hallaban cuando gobernaba mi madre y que el gobierno se condujese de la manera acostumbrada cuando ella vivía. Ellos me propusieron, haciéndose eco de los deseos de Cisneros, que yo invitase a mi padre a regresar de Nápoles para hacerse cargo de los asuntos de Estado. No dije que no, ni que sí. Me expresé de mi padre con cariño pero no firmé ninguna misiva, sino que reafirmé mi deseo de que se cumpliera lo que yo, como reina, había dispuesto.

Que yo asumiese mi autoridad real pareció desconcertarlos,

pero los dejé con su desconcierto y di órdenes a mi comitiva de salir hacia Torquemada llevando con nosotros el féretro de Felipe.

Ni yo o quienes me acompañaron ni el pueblo que nos vio pasar olvidaríamos las imágenes de esa noche. Fue el inicio de un sinnúmero de cuentos de camino y leyendas pues dados los retrasos del día, no salimos de allí sino una hora después de la caída del sol, en medio de una niebla que más bien semejaba un mar fantasmal alzando la cresta de sus olas sobre tierra firme. Para poder orientarnos en medio de las nubes blanquecinas que nos envolvían, mandé encender una gran cantidad de antorchas. A través de la niebla, avanzaba el carruaje tirado por cuatro caballos donde viajaba el féretro, cubierto por lienzos color negro y oro, precedido por los cantores flamencos. Lo seguíamos nosotros, la corte, junto con los clérigos que entonaban el oficio de difuntos. Debió parecer que la muerte desfilaba en la noche engalanada de espectrales gasas y cortinajes blancos.

Yo caminé un buen rato. Recuerdo las miradas de las mujeres que, a la vera de la trocha, se alineaban para verme pasar. Me miraban con la reverencia debida a un personaje sacro, pero sus ojos también rezumaban un preclaro entendimiento. Ser mujeres les permitiría conocer los más ocultos lloros de mi corazón y transmitirme silenciosamente su apoyo y la compasión que les inspiraba contemplarme viuda en mi avanzada preñez.

Los andares de esos días me devolvieron un poco de paz. El campo abierto, los pinos agrupados al lado de los arroyos, la tierra rojiza plantada de olivares, los rebaños de ovejas con sus pequeños pastores, el cielo azul tras los días de intrigas y encierros en la Casa de la Vega hicieron más por mi ánimo que el incienso y los responsos funerarios. Yo tenía veintisiete años y la vida fluía caudalosa dentro de mí. La música de mis cantores flamencos —lo más precioso que conservaba de mi señorío en Flandes— me aliviaba en los descansos de la jornada. En esos días el espíritu joven y enamorado de Felipe volvió a mi lado. Sin su presencia, me era fácil inventarme la historia de la inefable felicidad que, a pesar de los tropiezos, habíamos compartido. El pesar y la nostalgia borraban los malos recuerdos y frente a mis ojos cruzaban los recuerdos amables del hombre al que tanto había amado y a cuyo amor ahora podía entregarme sin miedo a que la vida me desengañara de mis fantasías.

Habría querido continuar camino tras unos días en Torquemada, pero mi cuerpo al fin me recordó las obligaciones que mi espíritu y mi deseo evadían reconocer. La luna menguó y con ella la criatura en mi seno anunció su arribo.

En casa del procurador, bajo cuya hospitalidad me alojé, se rompieron las aguas de mi vientre. Estaba aún tan fatigada que pensé que no sobreviviría al parto. Las mujeres que me rodeaban pensarían lo mismo pues nunca antes sentí tanta zozobra a mi alrededor con ocasión de dar a luz. A veces he pensado que Catalina se parió sola pues de ese parto sólo guardo el recuerdo de la urgencia de su embestida abriéndose paso en medio de mí. Dejé que me desalojara. Me abandoné al quehacer de mis entrañas sin voluntad, sin aferrarme a la vida ni desear la muerte, dócil al destino cuyo poder era mayor que yo y mis ánimos de desafiarlo. Cuando me quedé vacía y oí llorar a mi criatura, cerré los ojos y me alegré de seguir con vida. No bien vi su pequeño rostro, un sopor pesado me inundó. Era una niña y se parecía más a mí que a Felipe. Sus ojos me miraron con sabiduría desde el primer momento. Presentí que más que a una hija había dado a luz a un ser que velaría por mí.

Más tarde, a menudo pensé que el remordimiento de Felipe había animado el espíritu de esa niña, para que fuera mi compañía y mi consuelo. Su amor me sostuvo durante tantos, tan largos años.

Capítulo 22

Esperaba el desenlace de la historia de Juana como si dentro de la casa el tiempo no transcurriese más que para ella. Iba al baño constantemente a revisarme las bragas. Cualquier humedad me sobresaltaba y me asomaba entre mis piernas como quien espera ver el hielo derretirse al calor de rojas llamaradas. A pocos días de Navidad, el tiempo gris, la resequedad del frío invierno madrileño me hacían gravitar hacia la chimenea de la biblioteca con un libro en la mano. Observaba el curso del día de los Denia. Por las tardes, Águeda hablaba por teléfono con su Club de Reclusas, como lo llamaba Manuel. El teléfono timbraba muy poco, sin embargo. A veces las llamadas eran para Manuel. De los alumnos, decía, o de su amigo, Genaro. La vida quieta, de familia, tras tantos años de pasar vacaciones en residencias de estudiantes o en cuartos de hotel con mis abuelos, me pareció un regalo nada despreciable. Sentada en el sofá, con los pies en alto, una manta calentándome las piernas, y leyendo *Jane Eyre*, me sentía feliz. Sólo a ratos, cuando me ponía el libro sobre el estómago, me sobresaltaba. Otra persona vivía allí debajo ahora, me decía. Imaginaba la vida de ese ser escondido, nadando como pez en un acuario oscuro. Me pasaba la mano por la falda; medía el espacio entre la ropa y mi cintura, poseída por una fascinación que a ratos se tornaba en horror e incredulidad.

—Manuel, ¿no habrá alguna manera de saber con certeza si estoy encinta o no? —pregunté esa tarde.

—A mí no me cabe la menor duda —dijo levantando los ojos del libro que leía.

—Pero a mí sí y preferiría tener alguna prueba.

Me miró. Era cuestión de llevar una muestra de orina al laboratorio, dar un nombre falso.

—He tratado de no dejar rastros comprometedores, por si a las monjas o a tus abuelos les diera por buscarte con la ayuda de detectives o la policía.

—No lo había pensado —dije, aliviada de que su explicación me pareciera razonable—. Esperaremos a que pase la Navidad.

Me puse a dar vueltas por la biblioteca. Él me miraba desde el sofá.

—Juana tuvo que haber sido como tú. A menudo me he preguntado si cuando muere el cuerpo, la conciencia no vuelve a su punto de partida enriquecida de nueva experiencia, y luego vuelve a llenar otras vasijas, otros cuerpos. Eso explicaría la teoría del inconsciente colectivo, la idea de que nacemos con una sabiduría ya instalada que procede de los que han vivido antes que nosotros.

Pensé en los meses que llevaba Manuel haciendo de mi cuerpo una caracola para oír los sonidos de un mar anterior al suyo o al mío.

Lo miré. Me pregunté si la niña tendría sus ojos azules.

Por la noche llegó a mi habitación con el traje de época sobre el brazo. Sería mejor que me vistiese y bajase con el traje puesto. Así evitaría cualquier enfriamiento. ¿Qué diría su tía?, pregunté. Quizás se sorprendería, me respondió, pero de seguro acabaría por parecerle más que apropiado que otra Juana vagara por aquella casa.

—Pensará que eres el fantasma de Juana —sonrió—. Pero no le importará toparse con ese fantasma.

Me cambié de ropa y me hice un moño en el pelo y luego bajé a reunirme con Manuel.

Al pie de la escalinata me crucé con Águeda, que salía de la cocina. Intentaba explicarle que el disfraz era idea del sobrino cuando, sin dejar de mirarme con más fascinación que susto, ella se llevó el índice a los labios pidiéndome silencio y, para mi sorpresa, me hizo una pequeña reverencia y se adelantó a abrirme la puerta de la biblioteca. Me reí y le seguí el juego, pasando a su lado con aires de reina.

Manuel me esperaba junto a la chimenea encendida.

—Continuemos —dijo.

Iba de negro. La ropa oscura lo hacía lucir más delgado y alto y resaltaba los ángulos de su rostro. Lo noté sombrío, casi triste, algo inusual en él; siempre parecía controlar a cabalidad sus emociones.

Dar vida a Catalina estando yo tan hermanada con la muerte fue un esfuerzo que consumió mis energías y en mala hora me dejó frágil de cuerpo y mente. El nacimiento de mi hija el 14 de enero de 1507 inauguró con llantos de recién nacida el primer año de mi viudez, un año marcado por largas noches en vela. Me daba miedo dormir. En mis sueños, Felipe se me aparecía y me rogaba que lo acompañara porque estaba muy solo y tenía mucho frío. Sus ruegos eran tan vehementes que terminaba tiritando contagiada del hielo de su ataúd de plomo. En siete meses me gasté miles de maravedíes de mi escaso tesoro para la cera de las velas que ardían a su alrededor. Pagué los servicios que mandaba se oficiaran todas las tardes y mantuve los salarios de los cantores de Flandes pensando que sus melodías le endulzarían a mi esposo la nostalgia de haber muerto lejos de su Bruselas. Estaba convencida de que Felipe aún no lograba traspasar el umbral de su otra existencia. Concebí la noción de que sólo se terminaría de morir cuando estuviese al lado de mi madre, cuando ella lo obligara a hundirse en el mármol de su catafalco en Granada. Inútil era intentar explicar mi convencimiento a los demás. Sí, lo admito, la muerte de Felipe me sedujo con la misma obtusa pasión con que me sedujera su vida. Mi certeza de que él vivía una inexplicable existencia a ras de la mía me llevó a intentar proteger a otras mujeres de sus encantos. Me negué a pernoctar en conventos. Temía que él se paseara por la noche entre las celdas, al abrigo de su incorporeidad, acariciando las impúdicas fantasías de las monjas, introduciéndose en el vaho maloliente de sus hábitos. Otras veces lo imaginaba capaz de usurpar los cuerpos de los soldados para solazarse en las celdas nocturnas de los conventos con la sexualidad enjaulada de aquellas mujeres casadas con la aridez de cruces e imágenes. Me negué a aceptar un fin simple para mi Felipe, quizás porque en el fondo del luto no dejaba de sentir regocijo por haberme librado de sus crueles manejos y ambiciones y temía que él descubriera ese oscuro secreto de mi corazón y se vengara de mí.

A diario me asediaban nobles y curas intentando confundirme el entendimiento para que traicionara a éstos o aquéllos. Cisneros trasladó su ejército a Torquemada, con la excusa de protegerme. Para deshacerme de su pernicioso entrometimiento y de sus espías, reanudé mi peregrinación hacia Granada, no sin antes confirmar mis órdenes de revocar los favores de Felipe y de insistir con los delegados de las Cortes —con quienes sostuve una audiencia— en que condujeran la gobernación igual que en vida de mi madre.

Bastaba que yo demostrase raciocinio y autoridad para que cundiese el desconcierto entre prelados y nobles. Por una parte se lamentaban de mi supuesta locura, pero por otra nada les espantaba más que las evidencias de mi buen juicio y la posibilidad de que yo me decidiese a ejercer mis derechos reales. Poco a poco constataba que la realidad me era sumamente adversa. Que yo reinara no entraba ya en los cálculos de nadie. Para ellos lo que estaba en juego era quién gobernaría por mí y a quién legitimaría yo para este fin. Sola, sin ejércitos, sin dinero, mi posición era precaria. Me di cuenta de que mi única salida seguía siendo aliarme con mi padre y establecer con él un gobierno similar al que compartiera con mi madre. Sabía que él ya había salido de Nápoles camino a España. No quería que pareciese que era yo quien llamaba a mi padre, así que me refugié en evasivas para no firmar una carta que mosén Luis Ferrer —su emisario— insistía en que le enviara solicitando su presencia. No pude negarme, sin embargo, a la petición que me hizo de mandar que se hiciesen rogativas en el país para el buen suceso de su viaje. Al final no pude evitar aparecer públicamente como promotora de su llegada.

Nuestro encuentro tuvo lugar en Tórtoles el 29 de agosto. Viajé hacia allá desde Hornillos, un pueblo minúsculo donde permanecí cuatro meses tras salir de Torquemada, y en el que mi comitiva causó daños considerables por los que luego hubo que indemnizar a los pobladores. Hasta su iglesia fue consumida por el fuego de las velas que ardían junto al cuerpo de Felipe. Poco faltó para que el mismo cadáver terminase incinerado por el descuido de los encargados de vigilarlo.

Situada en la provincia de Burgos, Tórtoles era, por su tamaño, una villa más adecuada para recibir al rey de Aragón. Él no era de los que se acomodaban, como yo, en cualquier parte.

Hacía más de cuatro años que no veía a mi padre. Confieso que a la hora de encontrarlo mi mayor impresión no fue la emoción filial que me embargó, sino la facilidad con que los nobles que hasta hacía pocos días decían servirme a mí, se pasaron a su cortejo. Al final tuve que presentarme ante él rodeada únicamente por las pocas damas que quedaron a mi servicio. ¿Qué alternativa tenía sino reconocer mi desventaja? Habría querido comportarme hierática y lejana ante él para que comprendiese que, si bien era su hija, ahora era también reina y su igual. ¡Pero tonta de mí! Olvidaba la extraña capacidad de mi padre de aliviarme el dolor con la mirada. Me acerqué a él y levanté el velo negro de viuda. Apenas me topé con sus ojos, su gesto de inclinar la rodilla y besarme la mano me pareció una incongruencia. Doblé las piernas y caí de hinojos a su lado. Lo abracé poseída por una abrumadora sensación de amor y sosiego. Allí, mientras me estrechaba entre sus brazos, decidí mis contradicciones. Cerré los ojos. Me vino a la mente la frase del Padre Nuestro: «hágase tu voluntad así en la tierra como en el cielo». Que se hiciera la voluntad de mi padre. Por fin yo descansaría.

Bajo el entendido de que yo continuaba siendo la reina y tenía la última palabra, le otorgué la regencia y administración del reino. Me quedé un corto período en la villa de Santa María del Campo, y luego decidí establecerme en la Villa de Arcos, a dos leguas de distancia de Burgos. Mi padre habría querido que me trasladase allá, pero no quería retornar a la ciudad donde muriera Felipe.

El palacio episcopal de la villa de Arcos, donde fijé mi residencia, era un edificio de piedra hermoso y sencillo que compartía el claustro con la iglesia parroquial, de manera que, sin salir a la calle, yo podía ver la nave principal del templo y así velar el ataúd de Felipe. En la vecindad se alzaban otras tres casonas, suficientes para albergar el pequeño séquito que atendería a Catalina, a Fernando, y a mí.

El pequeño Fernando había vuelto a mi lado tras la muerte de su padre. Llegó de Simancas acompañado por el buen Pedro Núñez de Guzmán, quien estaba a cargo de su crianza. Me enterneció sobremanera la fidelidad con que me guardaba su memoria, a pesar del tiempo transcurrido. A sus cuatro añitos, no sólo me identificó como su madre, sino que se pegaba a mí con una sed de arrumacos que me hacía sentir necesitada y querida. Cuando amamantaba a Catalina, él quería que lo amamantase y de buena gana lo habría hecho de no ser porque la pena y el cansancio de aquellos meses se reflejaban en la poca leche que manaba de mis pechos. Nada me hacía más feliz en esos días que oír la dicción tan esmerada de Fernando, rara en un niño de su edad. Hablaba con una fluidez pasmosa y le encantaba que le recitara el cantar de gesta del Cid Campeador. Por las noches, metida en la cama con Catalina y Fernando, ningún mal sueño me asediaba. Yo que nunca había sido muy dada a jugar con mis hijos o dedicarme a ellos, encontré en la inocencia y el amor espontáneo y agradecido de Fernando, y en el cuerpecito pequeño y cálido de Catalina, un espacio seguro para querer y ser querida; una tabla de salvación. Me prometí a mí misma que me convertiría en una madre verdadera para ellos y que nunca más estarían lejos de mí.

Dieciocho meses pasé en la Villa de Arcos, apacentando las penas que poco a poco se dejaban llevar al redil. Sentía que empezaba a salir de un valle de nieblas y pedruscos tras el cual alcanzaría la encrucijada donde Felipe se perdería en el camino de su muerte, mientras yo tornaría al de la vida.

Aunque no lo tomase en serio, me halagó conocer el rumor de que el rey de Inglaterra, Enrique VII, el mismo que llegara varios años antes a mirarme a escondidas a Portsmouth, había pedido mi mano. Me reía con las damas y sentía que volvía a mi piel el espíritu de la muchacha que fuera alguna vez, fuerte, atrevida y ávida de música, baile y belleza.

Pero tras el invierno de 1508, cuando el verano anunciaba días cálidos y yo soñaba con caminatas por los campos castellanos, mi tranquilidad se llenó de astillas. Mi padre decidió marchar a Córdoba a castigar a los nobles andaluces que aún se negaban a aceptar su autoridad, y llevarse con él al pequeño Fernando. Temía que, en su ausencia, la nobleza se conjurara para arrebatarle el trono a Carlos —que aún se encontraba en Flandes— en favor de Fernando, considerado por todos más español que su hermano. Más que proteger los derechos de Carlos, mi padre quería asegurarse de que no se usara a su nieto para despojarlo a él de la regencia de Castilla, cosa que ya los nobles habían intentado poco después de la muerte de Felipe.

Yo no quería separarme de mi hijo. Rechazaba la idea de que creciera sintiéndose peón de intereses de poder. Pero de nada valió que yo rogara primero y gritara después, que invocara mi jerarquía y me encerrara con el niño en mi cuarto, como cualquier hembra que defiende a su criatura. Me lo arrancaron de los brazos a empellones, sin importar ni los gritos del pequeño ni los míos.

Salió la cabalgata de Arcos y yo me encerré, desolada y llena de amargura, en mi habitación. Me negué a comer, a bañarme. Otra vez apelé a la única resistencia a mi alcance: la de mi cuerpo.

—Mira, Lucía, lo que le escribe el obispo de Málaga a Fernando «el Católico»:

»"... después de que Vuestra Alteza partió, la reina estaba pacífica, así en obras como palabras, así que a ninguna persona ha herido, ni dicho palabra de injuria. Déjeme decirle que desde ese tiempo no ha mudado camisa, ni toca, ni se ha lavado la cara. Duerme en el suelo y come estando los platos en el suelo, sin mantel. Y muchos días se queda sin misa..."

—Puedo imaginarlo tan bien que hasta siento amarga la boca de rabia —susurré— pobre mujer.

—Cuando Fernando regresó de Andalucía, mandó sacar con «paciencia, halagos y hasta amenazas» a Juana de la Villa de Arcos. A la fuerza se la llevaron al palacio de Tordesillas. Fernando mismo vigiló el traslado de la reina, de Catalina y del cadáver de Felipe. Hoy diríamos que Fernando dio un golpe de Estado.

—Pero ¿qué necesidad tenía de hacer eso? —pregunté—. Ella le obedecía.

—Juana le obedecía pero no era dócil. Y entre los nobles castellanos Fernando tenía muchos enemigos. Él temía que si tenían libre acceso a la reina podían convencerla de actuar en su contra, utilizando las desavenencias entre padre e hija. Temía que Juana, furiosa por haberse visto separada del pequeño Fernando, tomase represalias. Temía que Maximiliano pudiese convencerla de cederle la regencia hasta la mayoría de edad de Carlos. Dejar a Juana en libertad significaba grandes riesgos para sus intereses. Y Fernando no estaba dispuesto a correr esos riesgos sabiendo que nadie se opondría a que sacara a Juana del juego. Con la excusa de la locura, él podía hacer cualquier cosa. Después de todo, Felipe le aró el camino.

—Pero tienes que admitir que la actuación de Juana era un poco desaforada, sus amores por Felipe, la sumisión a su padre, esa manera de rebelarse que la exponía al escarnio de los demás.

Manuel me miró con el entrecejo fruncido, como si le costara creer lo que acababa de oír. Verlo reclinado en el sofá junto a la chimenea, con las manos largas unidas por las puntas de los dedos, me hizo recordar el día que lo conocí en el Palace.

—«*El amor, esa extraña palabra.*» Juana no tenía a nadie. Su padre era muy poderoso. Sucede aún en nuestros días. Mira las historias de nuestras familias: mi madre murió sola en un hotel. Tu madre murió también por amor, si bien se llevó a tu padre —Manuel se puso de pie, paseándose frente a la chimenea—. Mis abuelos fueron sumamente crueles con mi madre por enamorarse de un don nadie. De cierta forma la condujeron a matarse como lo hizo. Por lo general en este mundo los peores golpes nos los dan los seres que más amamos. De ahí los crímenes pasionales, las locuras de amor. El que ama le da al otro un carcaj con flechas y se pone un blanco en el pecho. Se supone que existe un pacto de no agresión, pero si ese pacto se rompe... es una carnicería.

—¿Cómo es que sabes tanto de eso? —pregunté con un toque de sarcasmo en la voz.

—Soy historiador —sonrió él con el mismo tono—. Mira al mismo Fernando, de cincuenta y tres años, casándose con Germana de Foix, la sobrina del rey de Francia, que sólo tenía diecisiete. Lo intentó todo para tener un hijo con ella y al final fueron los brebajes que le dio Germana para excitar su virilidad los que terminaron por matarlo. Amores, desamores. Desde Troya hasta la Iglesia Anglicana, ¿qué otra abstracción logra influir así en el curso de los acontecimientos? Y sobre los métodos de Juana, en la época nadie los comprendía. Era muy moderna en ese sentido, creía en su poder individual. Al final, eso que algunos piensan que fue su ruina también le permitió sobrevivir tanto tiempo en Tordesillas.

Capítulo 23

L os cursos de Manuel se suspendieron por las vacaciones de Navidad. Nevaba en Madrid, lo cual no era muy usual. Por la ventana de la cocina, el jardín lucía blanco, bello y fantasmal. Yo llegaba al fin de *Jane Eyre*. Tomaba té de manzanilla en la biblioteca. Nada podía ser más adecuado en esa casona llena de silencios y secretos que leer a la Brontë. Manuel y la tía Águeda vivían en un mundo ficticio que no dejaba de tener sus encantos. Y en ese mundo, yo era Juana. Tan enamorada y poseída por el fantasma de la reina como ellos.

Ambulando por los estantes llenos de libros, encontré referencias genealógicas de los Denia, algunas muy divertidas. Los Denia provenían de Valencia. Uno de los primeros Sandoval, Sando Cuervo, había encontrado la muerte por salvar al rey Don Pelayo cuando éste cruzaba un precipicio sobre una viga. Otro de los ancestros había dado muerte accidentalmente a Enrique I con una teja. El escudo de los Denia mostraba la viga negra de Don Pelayo. Otras cinco estrellas se añadieron cuando emparentaron con los Rojas. En un folio encontré facsímiles de cartas cruzadas entre Carlos V y el marqués de Denia con relación al cuido de doña Juana. Eran cartas llenas de fórmulas de cortesía, pero poco tenía que leer uno para darse cuenta de la complicidad entre los Denia y el emperador, en lo que se refería a mantener a Juana en un mundo de falsedades, donde se le negara información sobre lo que pasaba fuera de las cuatro paredes de Tordesillas. Bajo el pretexto de que la presencia de otras damas la «desasosegaba» Denia rodeó a Juana de mujeres de su familia, comprometidas con la conjura de mantenerla aislada. Para que no escapara de su vigilancia el marqués mandó que una mujer estuviese siempre dentro de su habitación, mientras otra montaba guardia afuera, junto a la puerta. De esta manera, Juana no tenía privacidad en absoluto y todos sus movimientos eran controlados por el personal de la casa.

Lo que más me espantó, leyendo la correspondencia, fue comprobar que su propio hijo Carlos no hubiese tenido reparos en confinarla ni en hacer cuanto estuviese en su mano para impedir que recibiera noticias o se comunicara con el mundo exterior. El hijo, en cartas a Denia, aprobaba incluso el uso de la fuerza física en «casos extremos», dejando que Denia juzgara qué actos de la reina merecían este calificativo.

El día antes de Navidad Manuel entró a la cocina y se acercó a la tía Águeda. Con un gesto sorpresivo le quitó la llave que colgaba de un llavero en su cintura, la que abría la caja de madera donde ella guardaba el manojo de llaves de los pisos de arriba. Yo, que tomaba un café, vi que ella se ponía envarada con el gesto cariñoso y juguetón de él de tomarla por el cinturón mientras ella se ocupaba de alinear la cubertería de plata sobre la mesa de la cocina.

—Creo que recuerdo dónde está el Belén —le dijo—. Iré a sacarlo para que pongamos algo de ambiente navideño en esta casa.

—Iré contigo —le dijo la tía, girando el cuerpo en dirección a la puerta—. No sabes dónde están las cosas. Hace mucho que no subes.

—Tía, tía. No tienes de qué preocuparte. Si no lo encuentro te llamaré, pero no quiero que vengas conmigo. Quiero que nos dejes a Lucía y a mí ir solos allá arriba —le habló con autoridad, como a una niña. No pude ver las miradas que se cruzaban entre ellos, sólo la espalda de Manuel, pero supuse que no era la primera vez que surgía la discusión.

—Está bien, está bien, pero no toquéis nada, ¿eh? Dejad todo en su sitio.

Volvió un poco encorvada a continuar con la cubertería. La cabeza rubia con el peinado impecable alzándose entre los hombros con una mirada de acecho y rabia. Parecía una gata obligada a quedarse quieta, las zarpas listas.

Manuel me dejó pasar delante para subir las escaleras. El tercer piso olía a cera y a limpio. Desde allí se apreciaba, como un sistema solar lleno de planetas multicolores, el piso incrustado con piedras preciosas del redondel que remataba la escalera abajo. Manuel se detuvo en el pasillo al que daban dos puertas modernas, pesadas y con varios cerrojos. Manuel abrió la del extremo izquierdo del corredor, usando varias llaves, una de las cuales, según recuerdo, era muy larga.

Como la habitación estaba muy oscura, no vi nada hasta que Manuel encendió las lámparas de herrajes que colgaban del techo y abrió las cortinas. Me encontré en una suerte de museo abigarrado pero impecable, con altos muebles de estanterías encristaladas a lo largo de las paredes y una acumulación de mobiliario de estilo castellano, ordenado en pequeños grupos: sillones con aplicaciones en bronce, mesas de pie, de puente, estrados, bargueños, braseros, cosas cuyos nombres aprendí ese día mientras Manuel las iba señalando. Lo que debió haber sido, a juzgar por las puertas, una serie de cuartos vecinos era ahora esa estancia larga y rectangular. Tras las cristaleras se alineaban libros antiguos, crucifijos, copones y vasijas de los usados en oficios religiosos, pequeñas dagas, vasos, peines, juegos de mesa, broches, anillos, braseros y candeleros de plata, espejos, cosas que brillaban aún en la suave luz que proveían las luminarias. En una esquina, muy ordenados dentro de un alto contenedor de madera, vi tapices y alfombras enrolladas, de las que colgaban blancas etiquetas. Junto a éstas, lo único disonante en el orden de la habitación eran una serie de cajas y baúles antiguos puestos unos encima de otros.

—La riqueza de doña Juana fue quedándose en el camino. Una parte se perdió en los buques que naufragaron en su primer viaje a Flandes y en sus dos regresos a España. Los flamencos se llevaron otra cantidad a la muerte de Felipe. La mayor parte fue saqueada por sus hijos Carlos, Catalina y Leonor, quienes aún en vida de ella se apropiaron del grueso de sus joyas. Aquí ves una mínima muestra de lo que permaneció en mi familia. No he podido determinar exactamente todo lo que conservaron, pero mira, por ejemplo, éste es el crucifijo de oro macizo que le regaló a Juana su hijo Fernando —señaló—, y hay ocho misales con miniaturas muy valiosas, tapices, retablos. ¿Sabes que en aquel tiempo calculaban el valor de los retablos no por la maestría del pintor, sino por la cantidad de oro que contenían?

Manuel se acercó a un mueble bajo con divisiones verticales de donde sacó algunas pinturas con ilustraciones de escenas religiosas de natividad, anunciación, adoración de los magos. Dijo que eran de artistas flamencos, Van der Weyden, Memling. Muy valiosos.

Yo iba de un lado a otro, mirándolo todo incrédula y fascinada. Estar cerca de objetos que alguna vez existieran en medio del entorno de la vida de Juana era como ver a pedazos la vida de un ser querido muerto trágica y dolorosamente. Imaginé sus manos sobre los utensilios, la presión de sus dedos sobre un vaso o un crucifijo, el sudor de sus palmas. La memoria se condensaba, me ponía en contacto con imágenes entrevistas en la evocación, las ajustaba y hacía reales, palpables.

Diría que ambulando en medio de sus cosas, mi identificación con Juana alcanzó un estado que yo misma reconocí como rayano en la alucinación. Me sentí ella vuelta a vivir, visitando su pasado perdido. El cuerpo se me llenó de escalofríos y vi a Manuel con temor, preguntándome si aún conservaría el impulso cruel de su familia.

Él no se percataba de mi estado de ánimo. Hurgaba en los compartimentos de los muebles, supongo que buscando el Belén. De pronto levantó en sus manos un álbum de fotografías.

—Mira tú, fotos de familia. Toma, llevemos esto a la biblioteca. Te las mostraré —me pasó el libro con cubierta de cuero. Mientras él continuaba removiendo cosas aquí y allá.

Creo que me aferré al libro con fotos de personas más recientes para romper el embrujo inexplicable y poderoso en el que sentía a mi psiquis debatiéndose entre lo imaginario y lo real. Me senté en un sillón de cuero, en medio de mesas, y abrí el álbum. Eran fotografías de los Denia. Los reconocí por el colorido. Hombres y mujeres delgados, bien vestidos, las mujeres con sombreros coquetos, con plumas, a principios del siglo XX, o quizás en el siglo XIX. Me era difícil precisarlo. Me pregunté si habría alguna foto de la mamá de Manuel. Moví las páginas. Encontré una sección de fotos de la casa. Del tercer piso, había una fotografía de la mismísima habitación donde estábamos. Águeda había dicho que era el estudio de su padre. Supuse que era el hombre con un parche en un ojo sentado tras el escritorio, vestido de traje con una pajarita al cuello. El estudio, muy elegante, con altos paneles de madera. Mi mente iba comparando sin pensar demasiado, ubicando dónde habría estado esto o aquello. Noté que la habitación actual carecía de dos ventanas que estaban en la foto detrás del abuelo de Manuel. Me extrañó. En la habitación actual esas ventanas no existían, ni quedaban rastros, como suele ser el caso, de que las hubiesen tapado. Se notaría en la pared, pensé. Más bien la habitación parecía haberse achicado, encogido, como por arte de magia.

—Esta habitación era más grande cuando vivía tu abuelo, ¿no es cierto?

—No creo. ¿Por qué lo preguntas?

—Por esta foto. Aquí aparecen dos ventanas más de las que vemos ahora.

—Y aquí apareció el belén —exclamó. Me levanté con el álbum en la mano hasta acercarme.

Él fue sacando las figurillas de su lecho de paja protectora y mostrándome la imaginería policroma de la escuela castellana del siglo XVII. Puse el libro sobre una mesa y me senté a admirar las tallas una a una. El belén debía ser muy antiguo. Era precioso. Los rostros finos y angelicales, los ojos de vidrio con expresiones dulces y piadosas y los ropajes ricos de satén y terciopelo con bordados en hilo de oro. La Virgen, san José, el niño, la mula y el buey, el pesebre. Después le ayudé a empacarlos de nuevo porque dijo que sería más fácil bajarlos dentro de la caja.

Por fin apagamos la luz, Manuel cerró la puerta y cargamos la caja escaleras abajo. Él llevaba bajo el brazo el álbum de fotos.

Para la cena de Nochebuena, la tía anunció que prepararía pierna de cordero asada, mousse de trucha y turrón de almendras. Ella y Manuel irían de compras para el festín y los aperitivos, para que degustásemos un poco de champaña, caviar, jamón serrano, queso manchego y no sé cuántas cosas más. Yo me quedaría en la casa, para arreglar la mesa con el mantel, los platos, las velas y la cubertería que la tía había dispuesto. Entusiasmada por los preparativos, los despedí y me dispuse a realizar mi trabajo. No recuerdo de qué me ocupaba exactamente cuando oí el mecanismo que aseguraba la casa por las noches, el ruido que nunca dejaba de espantarme, el sonido de la bóveda de aquel banco de antigüedades cerrándose a cal y canto. Reaccioné sin pensar cuando me percaté de que se habían marchado dejándome encerrada con sus tesoros. Corrí a la puerta de la cocina. Intenté abrirla. No cedió. No cedieron ninguna de las ventanas ni las otras puertas que intenté abrir. Sudaba frío, diciéndome que no debía perder los estribos, que Manuel y su tía no tardarían en volver. Nada ganaría poniéndome histérica. Pero no lograba calmarme. Jadeaba. Me desmayaría si ingería más oxígeno del que mi cuerpo lograba procesar, pero no podía dejar de jadear. Recordé a madre Luisa poniendo una bolsa de papel sobre el rostro de una chica pronta a desmayarse. Saqué una bolsa de papel y empecé a soplar en ella. No entendía por qué me habían dejado tras siete candados en ese caserón. ¿Y si algo les sucedía y no podían regresar? ¿Y si un cortocircuito provocaba un incendio en su ausencia? La electricidad en esa casa no funcionaba muy bien. En la cocina uno tenía que cuidarse de no encender la tostadora de pan si alguien estaba usando el agua caliente, por ejemplo. Los circuitos se sobrecargaban. Hasta mi secador de pelo era un problema. Cuando lo utilizaba de noche, las luces parpadeaban. «Las casas viejas, hija, son achacosas», decía la tía sin darle importancia. Miré por la ventana. El jardín invernal lucía yerto, agonizante, lleno de hojas mustias y secas. El castaño del jardín, desnudo y sin hojas, extendía sus grandes ramas delineando sobre el suelo la silueta de un monstruo contrahecho inclinándose sobre la casa. Era un día soleado, sin embargo, y eso me alivió. De súbito mi encierro voluntario se tornaba en un encierro forzado. Ya volverán, ya volverán, pensaba. Más me valía convencerme de que nada dramático sucedería. Los Denia regresarían en unas horas. No habría incendio. Tenía que tranquilizarme. Fui a la cocina y tomé una copa de vino. Me hizo bien. Me acaloré. Las mejillas me hervían. Ya un poco más calma, me asaltó el ridículo miedo de toparme por la casa con el cadáver de Felipe el Hermoso. ¡Si serás tonta!, me repetía, ¡Felipe está en Granada! Recordé mi visita al mausoleo y el guía dicharachero comentando la insinuación del escultor, Domenico Fancelli, al hacer que la cabeza de la efigie de Felipe, en contraste con la de Juana, apenas pesara sobre la almohada de mármol en que ambos reposan. «¡Es que era un cabeza hueca!», dijo el guía cuando alguien pidió una explicación. Decidí ir a la biblioteca, pero a medio camino hacia allí mis pasos me llevaron a la habitación de Manuel. Para dominar el silencio me puse a tararear. No quería pensar en Juana, ni en que yo estaba encerrada por los descendientes de sus carceleros. Thornfield, la casa de Jane Eyre, con la loca en el ático, también formaba parte de mis temores. ¿Y si de pronto oía una carcajada? ¿Y si alguna otra muchacha como yo estaba enjaulada en el cuarto secreto que sospechaba en lo alto de la escalera? Pensé en lo fácil que era la locura, en lo angosto que era el espacio que separaba la razón de la sinrazón. Sentía los ojos enormes dentro de sus órbitas, muy abiertos, casi sin parpadear, y la boca sin saliva, seca. No sé qué esperaba encontrar en la habitación de Manuel. Su cama estaba hecha. Sobre la mesa de noche, vi libros apilados. Uno de ellos era un libro de medicina con un pedazo de papel marcando un pasaje que estaría leyendo. Otro era Homero, otro el *Purgatorio* de Dante. Abrí las gavetas de su cómoda. Vi calcetines, calzoncillos, suéteres tejidos por la tía Águeda. Una gran cantidad. Demasiados. Los olí sin pensar. Olían a limpio. Sus camisas colgaban del ropero. En el baño abrí el gabinete detrás del espejo. Colonias, crema de afeitar. Volví a la cama. Me senté. Busqué con los ojos algo en que fijar mi atención. Tomé el libro de medicina y lo abrí en la marca. Era la sección ginecológica. Vi un subrayado con lápiz, un delicado asterisco sobre unas negritas que indicaban: *seudociesis*. Leí: «Embarazo fantasma o falso embarazo, usualmente asociado con un fuerte deseo de procrear. Aun sin que se produzca la concepción, el período menstrual cesa, el vientre aumenta de tamaño y los pechos se ponen túrgidos y llegan a secretar leche, simulando un embarazo auténtico. El útero y la cérvix pueden acusar los cambios característicos y el examen de orina arrojar un falso resultado positivo. Se da el caso de mujeres que incluso reportan movimientos fetales. Quienes sufren este estado pueden llegar a creer en su gravidez al punto de caer en profunda depresión cuando se convencen de que no habrá ningún nacimiento. Se ha sugerido que la depresión ocasionalmente puede alterar el funcionamiento de la glándula pituitaria hasta causar cambios hormonales que semejan los que ocurren durante la preñez normal. Tanto María Tudor como Isabel de Valois, segunda y tercera esposa del rey Felipe II de España sufrieron de esta condición.»

No sé cuántas veces releí el párrafo. Cerré el libro y salí de allí. No quería tocarme la barriga, pero me la toqué. Palpé la protuberancia que había empezado a acariciar porque me prometía el fin de mi orfandad obtenido por mis propios medios, porque al final así había resuelto yo la incógnita de si dejarlo existir o liberarme de él. Mi rechazo al aborto, más que miedo o culpa, terminó siendo complicidad con esa menuda criatura que aun en su estado de larva, de ser más acuático que mamífero, constituía mi vínculo biológico con otro ser humano, mi única familia. Pero tras leer un simple párrafo en un libro de medicina, la burbuja explotaba. ¿Sería que Manuel temía que ése fuera mi caso, o es que pensaba que lo era?

No me reponía cuando los oí regresar. Oí las voces al tiempo que se abrían los cerrojos.

Fui y les dije que nunca más quería que me dejaran encerrada allí. Nunca más, repetí. Jamás había pasado tanto miedo en mi vida.

—Pero si era por tu seguridad, hija, ¿cómo piensas que te íbamos a dejar aquí sola sin ninguna protección? ¿Cómo es que te da miedo a ti, que has vivido en un convento todos estos años? —dijo la tía Águeda.

—Espero que no hayas pensado que te encerraríamos como a Juana —dijo Manuel, sonriendo.

Ayudé a desempacar la comida, sin decir más. La tía sacó pudines de Navidad, dulces, chocolates, hablando de la mucha ilusión que tenía de preparar una cena de Nochebuena como Dios manda para que olvidara mis Navidades sola en Málaga. Se me fue pasando el enfado, pero no la sensación de vacío en las entrañas. Y sin embargo, si era cierto, si mi embarazo era fantasma, falso, seudociesis o como se llamara, el tiempo volvía para atrás, yo recuperaría la libertad, aunque me quedara sola de nuevo.

Para la cena de Nochebuena Manuel tuvo la idea de que me vistiese con el traje de terciopelo rojo y pechera negra de Juana y hasta se las ingenió para que la tía le prestase la cruz de oro guardada en la habitación de los tesoros. Con el cabello recogido y el tocado de bordes dorados, me sobrecogió, al verme en el espejo, el parecido que tenía con la Juana de los retratos. Vestirme así era una concesión para la obsesión de mis anfitriones, pero esa noche no me importaba. Prefería sentirme princesa o reina que huérfana. Prefería el fantasma de Juana que los otros fantasmas que me rondaban, que quizás desde mi propio vientre se empeñaban en demostrar los engaños ocultos de la realidad.

Durante la cena, mientras Águeda y Manuel conversaban y recordaban memorias plácidas o inocuas, yo debatía la posibilidad de que la negativa de Manuel de llevar el examen al laboratorio reflejara su sospecha de que yo sufría de un falso embarazo. Pero ¿por qué entonces aducir una seguridad tan rotunda en mi gravidez, hasta el punto de descartar la conveniencia de una prueba científica que lo confirmara? No tenía sentido y rebasaba mi capacidad de explicación. En la mesa, opinaron que debía tomar zumo de frutas por mi estado, pero insistí en tomar una copa de champaña. No la tomé toda, sin embargo, porque me asaltó la duda de nuevo. ¿Y si Manuel simplemente había tropezado con esa descripción mientras leía sobre el embarazo? El asterisco podía ser simplemente su manera de registrar asombro, quizás él tampoco hubiese estado enterado de que casos así podían presentarse. No significaba que fuera mi caso. En algún momento, viéndolos reír y comer, me avergoncé de haber pensado mal, de haber pensado que quisiesen encarcelarme, y me alegré de saber que jamás conocerían mis íntimas especulaciones. De temerlos, pasé a quererlos con esa necesidad de la juventud que intenta siempre que la realidad se corresponda con sus sueños.

A la hora de despedirme para irme a dormir, abracé a la tía

Águeda. Manuel se metió en mi cama esa noche y cuando volví a hablarle de lo mal que lo pasara ese día en la mañana al oír los cerrojos, me miró imitando mis mohines de niña con un gesto muy seductor. ¿No te estarás identificando demasiado con mi Juana?, preguntó. Terminé riéndome de mí misma. Estuve a punto de preguntarle por el libro en su habitación, pero preferí callar. No podía decirle que había estado allí, abriendo sus gavetas, buscando la prueba de que yo era su única alumna aventajada. Hicimos el amor apaciblemente, casi con pereza, tomándonos el tiempo para acunarnos el uno al otro como niños desvalidos que súbitamente devienen en felinos contendientes. Mi cintura apenas había crecido, aunque perdía su definición lenta pero seguramente. Mis pechos en cambio seguían aumentando de tamaño. Los pezones cada vez más oscuros, como soles en eclipse. Junto a la blancura de Manuel, mi piel morena lucía como melaza oscura sobre las sábanas. Le dije que quería que hiciéramos el examen de orina después de Navidad.

Manuel fue a su habitación a traer cigarrillos y una copa de cognac. Regresó descalzo, enfundado en el pantalón de la sudadera. Se sentó en el diván. Yo permanecí en la cama, envuelta en la colcha. Dijo que había estado pensando en la foto de la habitación del tercer piso. Fumaba lanzando círculos de humo en el aire. Le intrigaba, admitió.

—¿Te das cuenta de que nadie que no sea de la familia ha subido allí? Eres la única aparte de nosotros. Precisamente por eso me intriga tu observación. Uno se familiariza con su entorno y deja de ver lo obvio. Te he hablado del cofre de Juana que desapareció sin dejar rastro. Mi madre, con quien me vi en secreto más de una vez al llegar a la adolescencia, me dijo que existían pruebas de que Juana no estaba loca, pero que nuestra familia las ocultaba temiendo el descrédito; no tanto por el pasado remoto, sino por no haber permitido que esos documentos salieran antes a la luz. Así son las mentiras o los secretos. Se empieza por ocultar el secreto en sí y luego se termina siendo víctima de la vergüenza de guardar el secreto. Mi madre hacía un paralelo entre ese secreto y el de mi nacimiento. Nunca supe qué relación había entre uno y otro, aparte del hecho de que ambos fueran secretos de familia. Porque yo pensé, hasta los trece años, que Águeda me había adoptado de una familia sin medios. Hasta el día en que ella me reveló que mi madre era su hermana. Hasta que murió mi abuelo —Manuel dio un sorbo a la copa de cognac que se había servido.

Desconcertada, no supe qué decir. Sentí pena por Manuel.

—Extraña tu familia. Quizás todas las familias son extrañas, llenas de secretos.

—El cofre del que te hablo desapareció ocho días antes de morir Juana. Hubo tanto escándalo por la pérdida —lo cual no deja de ser curioso— que un nuncio papal redactó una bula de excomunión para quien lo hubiese tomado o lo destruyera. Mis ancestros temerían la ira de Dios a la muerte de la reina, ¡qué sé yo! Quizás especulo y el cofre ya no existe, pero es como mi sueño arqueológico. Me imagino encontrándolo, abriéndolo, leyendo los documentos que contiene.

—Y ¿qué tipo de documentos imaginas?

—Diarios, relaciones, cartas. Me imagino que conozco a Juana tan íntimamente porque alguna vez, leí todo esto que hemos venido hilvanando tú y yo. Imagino que esta historia es la que Juana escribió, lo que está guardado allí esperando a que alguien lo descubra y haga justicia al reino de su memoria.

Cuando desperté y bajé a la cocina a desayunar no encontré más que las tazas de café de Manuel y su tía en el fregadero. Era tarde, casi las once de la mañana. Me asusté pensando que otra vez me dejarían bajo llave. Probé la puerta del jardín y me dio gran alivio ver que se abría con facilidad. El jardín estaba expuesto a las ventanas de los vecinos, pero hacía sol y me poseyó la tentación del aire libre. En pantuflas, apretando mi bata de franela contra el pecho, bajé las dos o tres gradas que me separaban del sendero de grava que conducía a la fuente bajo el castaño. Hacía frío, pero el sol brillaba y nubes redondas y blancas flotaban en el espacio azul. A paso rápido hice el camino de ida y vuelta a la fuente, como una reclusa que se escapa al patio de la prisión. De regreso, no bien cerré la puerta, me topé con Manuel. Me tomó de las manos. «Te vas a enfriar», me dijo, con cara de enfado. No me pasaría nada, respondí. No había sido más que un breve paseo para sentir el aire fresco.

—Esto no es un juego de niños, Lucía. Tú y yo tenemos que ser conscientes de que podemos poner a mi tía en aprietos. Con la hospitalidad que te ha brindado, diría que no se lo merece. No respondí. Me pareció que exageraba, pero también me sentí culpable. Llené la tetera de agua y la puse al fuego.

—Lo lamento, Manuel. No volverá a suceder.

—Ven a la biblioteca cuando te vistas.

Manuel sabía exactamente qué hacer para que yo me sintiera pequeña y tonta. En un dos por tres, con inflexiones de la voz y gestos, creaba distancias y yo no lograba sosiego hasta que él me devolvía su aprobación. De pronto, sin aviso, volvía a estar amable y cariñoso. Pero a veces su lejanía se prolongaba y yo me preguntaba si no maldeciría la hora en que me conoció. Estando yo en el colegio noté alguna vez esos súbitos cambios suyos, pero ahora que pasábamos los días juntos me daba cuenta de que era un patrón de comportamiento que me inducía a una extraña docilidad.

Me bañé, vestí y llegué a la biblioteca apurada. De nuevo fui Juana, esta vez recluida en Tordesillas.

Capítulo 24

Era el 14 de febrero de 1509 cuando tres horas antes del amanecer, mi padre se personó en mi recámara en Arcos dando voces. Imperioso y duro, como en los peores tiempos de mi infancia, me hizo levantar de la cama para obligarme a marchar a Tordesillas.

De que contaba con mi sorpresa estoy segura. ¿Cómo no iba a sorprenderme aquella orden perentoria que me sacó del profundo sueño de madrugada, para forzarme a tomar camino? Supuse que la peste estaría a las puertas o que nos amenazaba alguna rebelión. Pensando en la seguridad de Catalina, confundida por la alegría de ver llegar a Fernando con su abuelo, accedí a proceder a la mudanza, contagiada de la urgencia con que actuaban quienes pululaban a mi alrededor, empacando y embalando muebles, tapices y cortinas.

Cuando me llegué al patio ya estaba allí el carro jalado por caballos con el ataúd de Felipe, los portadores de las antorchas y los clérigos de mi séquito. Doña María de Ulloa, todavía con legañas en los ojos, cargaba a Catalina, que lloraba asustada. La tomé de sus brazos y la monté conmigo en mi caballo, *Galán*. Partimos, bajo la vigilancia personal de mi padre, en una larga procesión. Los habitantes de la villa salieron a despedirme, muchos de ellos todavía con las camisas de dormir bajo sus casacas. Avanzamos despacio a través de las agrestes planicies castellanas, interrumpidas aquí y allá por bosquecillos de pinos oscuros donde nos deteníamos a descansar. Bandadas de pájaros se alzaban de pronto sobre nuestras cabezas, yendo y viniendo al Duero, que empezaba a cantar en la distancia. Recuerdo bien, al acercarnos, el perfil del convento de Santa Clara al lado derecho del puente de piedra que cruzamos para entrar en Tordesillas. Antes de que lo habitaran monjas de clausura, el convento había sido un palacio muy bello mandado construir por Alfonso XI para conmemorar la batalla del Salado. Pedro I el Cruel también vivió allí su idilio con María de Padilla. Cuando ésta murió el rey ordenó a su hija Beatriz que se lo legara a las monjas clarisas. Felipe y yo lo visitamos en nuestro primer viaje a España. En esa ocasión nos sentamos bajo el techo forrado en oro de la capilla mudéjar y Felipe tuvo que admitir que ninguna iglesia en Flandes podía presumir de poseer un artesonado tan magnífico. Ni él ni yo podíamos imaginar entonces que ese techo cobijaría su cadáver durante dieciséis años.

Al lado izquierdo de la villa, tras las murallas, vi la iglesia de San Antolín y el corredor exterior que la unía con el palacio y al final del cual se alzaba un gracioso torreón rematado por un techo cónico. Desde allí se divisaría sin duda el ancho río deslizándose como una serpiente verde entre los altos cañizales de las riberas. Las cigüeñas poblaban las torres que se perfilaban en la distancia; sus nidos semejaban ovillos grises sostenidos en precario equilibrio sobre las altas cúpulas y construcciones de la ciudad.

Por fin llegamos al palacio bajo la mirada de los habitantes de la villa que se asomaban a ver la extraña procesión que, en más de una forma, alteraría sus vidas. Saludé a diestra y siniestra, ya despierta del todo, asustada. Empezaba a tomar conciencia de que nada bueno podía esperar de ese intempestivo traslado. El palacio de Tordesillas era de mediano tamaño. Recién construido por el rey Enrique III, debió haber sido confortable y señorial, pero desde entonces, puesto que apenas se utilizaba, estaba casi desamueblado. La vez que Felipe y yo pernoctamos allí me pareció triste y descuidado. Sus salones de anchas paredes de adobe flotaban en una atmósfera de abandono y vejez. Jamás imaginé que ése sería nuestro destino final. Pensé que era un traslado más. Días atrás mi padre había mencionado que la pequeña villa de Arcos, donde por dieciocho meses había residido, ya no daba abasto para sostener la corte.

Marchamos primero al convento de Santa Clara, a depositar el cadáver de Felipe en la capilla. Las monjas estaban avisadas de nuestro arribo porque la priora nos esperaba y las reclusas se asomaban detrás de la reja de su clausura por donde oían misa. Una vez que el cortejo penetró en la nave de la iglesia, ordené que se encendieran los cirios y me quedé largo rato allí, velando a mi muerto. Catalina y Fernando dormitaban al lado mío, extendidos sobre las bancas de la capilla. «Espera aquí», me instruyó mi padre y me dejó al cuidado de doña María de Ulloa. Un cansancio extremo me pesaba en los huesos. Pensé que el alivio de tener de regreso a Fernando me había desmadejado el cuerpo al llevarse la angustia y la rabia de meses. Quizás por eso en aquel momento me flaquearon las fuerzas y me entregué a lo que fuera a sobrevenir. Mientras tuviera a mis hijos a mi lado, cualquier lugar sería llevadero. El palacio de Tordesillas, cercano a Valladolid, bien podía ser un buen sitio para fijar mi residencia. Mientras se rezaba un responso por el alma de Felipe y las monjas cantaban el *Dies Irae*, dormité. Entreví largos días iguales en Tordesillas, ignorante aún de que ésa sería la última estación en mi peregrinar por España y por la vida.

Mi padre se marchó tras dejarme instalada en el palacio. No tardé mucho en darme cuenta de que estaba prisionera. Inicialmente me había distraído habilitando las estancias para que fueran más acogedoras y cubriendo las paredes de tapices para mitigar el frío. No sé cuándo noté que mis criadas, Anastasia, María y Cornelia, andaban nerviosas, murmurando entre ellas e intercambiando oscuras miradas. Las llamé para inquirir lo que sucedía y Cornelia, lagrimeando, me confió la conversación que había escuchado entre dos guardias reales, monteros de Espinosa. Según ella, los guardias comentaban que mosén Luis Ferrer, a quien mi padre había encomendado la administración del palacio, les había ordenado impedir «por cualquier medio» que yo saliera a la calle. Si iba a la iglesia debía hacerlo por el corredor del palacio que comunicaba con San Antolín; si se trataba de visitar el cadáver de Felipe, ellos debían acompañarme y hacer a mi alrededor una valla para que nadie pudiese acercárseme o verme. «Que la reina está loca y nadie debe saberlo.» Eso les habían dicho, terminó Cornelia, llorando apenada por tener que ponerme al tanto de aquello.

Les ordené a mis criadas y a doña María que me acicalaran y se acicalaran para salir de paseo por la villa. El hombrecito aquel, mosén Luis Ferrer, se personó ante mí. Era pequeño de estatura, con el pecho combado de tanto mantenerlo enhiesto para compensar con postura lo que le faltaba de tamaño. Su cabeza redonda apenas tenía pelo; en cambio, lucía una pequeña barba muy cuidada, manos con muchos anillos y ropas impecables. Yo lo había visto a menudo, pero casi nunca antes le dirigí la palabra. Sus ojillos brillaban desafiantes mientras me informaba de que, por disposiciones expresas del rey Fernando, mi padre, y dado que la peste se estaba extendiendo por las villas aledañas, yo no debía salir del palacio.

—¿Y cómo es que nadie ha mencionado la peste más que vos?

—Majestad, vuestro ilustrísimo padre ha tenido a bien no divulgar esta información para impedir que os preocupéis y que cunda el desconcierto en vuestra corte, pero habéis de saber que este palacio está rodeado de peste como una isla está rodeada de agua. Por vuestro bien, debéis permanecer dentro de sus muros.

Sospeché que la excusa de la peste era simplemente una estratagema para mantenerme aislada. Lo era. La peste siempre rondaba cuando yo hacía intentos de salir. A ratos pensaba que no me quedaba más remedio que conformarme con aquel encierro: leía, pensaba y me ocupaba de mis hijos. Otros, me invadía de tal manera la desesperación que me volvía como fiera enjaulada contra mí misma y contra todos. Me tiraba al suelo y me negaba a comer, a bañarme y lloraba día y noche de impotencia, poseída de un odio violento contra mi padre, que me ofuscaba el entendimiento y me carcomía las entrañas.

Pero no sólo se me despojaba de mi libertad. A mi hijo Fernando se lo llevaron poco después. ¿Hasta dónde llegaría la hostilidad y el deseo de silenciarme? Imposible saberlo. El palacio era una cueva repleta de sombras equívocas. Un miedo nuevo de niña asustada me mantenía constantemente intranquila. Dispuse que Catalina durmiera en una alcoba a la que sólo se podía llegar atravesando mi habitación. Por las noches me atrincheraba con ella, temiendo que también me la arrebataran.

—Mientras, en Tordesillas, Juana se hundía en la engañosa realidad que se le imponía como verdadera, Fernando, ya sin cortapisas y al mando de Castilla y Aragón, se dio a la conquista de Europa —dijo Manuel, rompiendo mi ensimismamiento. Apoyé la cabeza en el respaldar del sofá y lo escuché sin lograr apartar la imagen de Juana abrazada a Catalina, sitiada por todas partes, contemplando la luz de la tarde.

«Un trozo de azul tiene mayor intensidad que todo el cielo», escribió un poeta loco de mi país en cuya celda sólo había una pequeña ventana.

—Tras dos años de alianzas y maniobras, Fernando cimentó su poder en Nápoles y Castilla. Sus tropas entraron a Navarra y la separaron de Francia de una vez, obteniendo así el control del paso por los Pirineos.

—¿Y el padre no volvió a visitar a la hija?

—En 1509, Fernando firmó con Maximiliano un acuerdo que lo nombraba guardián y administrador legítimo de la «persona y bienes» de Juana. Aunque el documento la reconocía como reina, la despojaba del ejercicio de su autoridad real por considerarla incapacitada para ejercerlo. Con su papel asegurado, Fernando llegó a verla en 1510, acompañado por el condestable y el almirante de Castilla, los duques de Medina-Sidonia y Alba, el marqués de Denia y el arzobispo Santiago, más los enviados del emperador Maximiliano. Entró hasta sus aposentos de sorpresa porque sabía por mosén Luis Ferrer que Juana pasaba por una de sus etapas de rebeldía, negándose a comer, a vestirse y a salir de su habitación. Quería exhibirla ante estas personalidades y así justificar su papel de regente. Juana montó en tremenda cólera cuando se vio así expuesta e insistió en que los visitantes permanecieran en el palacio para que la viesen comportarse como la reina que era. Mandó traer sus ropas reales, se cambió y volvió a presentarse ante ellos, pero el daño estaba hecho. Los nobles y embajadores la habían visto «débil y desfigurada». Difícilmente entenderían que con su descuido personal Juana expresaba su desaprobación por la manera en que la maltrataba Ferrer. Es bien sabido que este personaje llegó hasta castigarla físicamente —lo que llamaban entonces «darle la cuer-

da»— pretextando que lo hacía para obligarla a comer y así preservarle la vida.

—¿Juana no tendría manera de avisar a alguien de lo que estaba pasando?

—El encierro al que la sometieron tenía justamente el propósito de que no se comunicara con nadie. Cuatro de sus damas: Francisca, Isabel, Violante y Margarita, eran de la familia Ferrer. El resto del personal era leal a Fernando y al mosén, su administrador. Al menos lo fueron hasta la muerte de Fernando. Es revelador que su padre tomase tantas precauciones para aislar a una «loca», ¿no?; que constantemente se preocupase por reafirmar la incapacidad de Juana para gobernar. Pero el aislamiento era efectivo. Mosén Ferrer y Denia, más tarde, le impidieron hasta el uso del corredor exterior que conducía a la iglesia. Temían que Juana gritara desde allí. Dime, ¿qué habrías hecho tú para romper ese aislamiento?

—Escribir, quizás; anotar todo lo que me pasaba esperando el momento para entregárselo a alguien que lo divulgara o lo utilizara para liberarme. Recordaría que, por órdenes de Felipe, Martín de Moxica hizo la relación de hechos que mi padre usó para que las Cortes accedieran a cederle el gobierno. Ciertamente que no me resignaría a no hacer nada. No era propio de Juana tolerar atropellos en silencio.

—Ves cómo he tenido razón —exclamó Manuel, sonriendo complacido—. Os parecéis. Tú y Juana, dos mujeres jóvenes, a siglos de distancia la una de la otra, os parecéis.

Cuántas humillaciones no hube de vivir yo en aquel palacio de Tordesillas desde que llegué en 1509. De la rabia saqué el coraje para no doblegarme. Aprendí a estar a solas conmigo misma, a no hablar más que con Catalina y Agustina, mi lavandera. Cuando los desplantes y crueldades de mosén Ferrer se tornaban intolerables, lo sacaba de quicio rehusando los alimentos. Yo sabía que mi vida física era esencial para los planes de mi padre. Si yo moría, se terminaba su regencia. Los flamencos le arrebatarían Castilla y Aragón, porque a su Germana la juventud no la había provisto de la fertilidad que ella tanto envidiaba en mí.

Fernando no lograba el heredero que se proponía. Un niño nacido en mayo sólo vivió unas horas. Hasta Tordesillas trajo a su esposa en una ocasión para que yo le revelara el secreto de mi vientre fecundo. La acogí con amabilidad, pues no era más que una niña, pero le hice ver que de nada había echado mano yo que no fuese la fogosidad de mi amor. Y ¿a qué fogosidad podía aspirar ella que tenía que yacer con un hombre viejo que roncaba y resoplaba? Búscate un amante, estuve tentada de decirle. Ella lo hizo más adelante. Lo supe yo. Tuvo una hija, Isabel, con mi hijo Carlos.

Desesperado por mi fortaleza que no doblegaba el paso de los años, mosén Luis Ferrer se atrevió un día de tantos a lo impensable. Seis soldados llegaron a sacarme de mi habitación y me llevaron a los sótanos del palacio, arrastrándome como una condenada. Mientras yo resistía y pataleaba me arrancaron la camisa. Un hombre encapuchado me dio de azotes con un látigo. No lloré mientras sentía el cuero desgarrar mis carnes. Me ausenté como acostumbraba hacerlo, recordando la música de mi vida, el nacimiento de mis hijos, el amor de Felipe. Mi espalda crujía. Una manada de gatos parecía estarme crucificando a arañazos. Pero no me quejé. En cambio, ¡cómo sollocé cuando me quedé sola! La imagen de mi madre vino a mi mente y la vi llorando también en su eternidad de reina, separada de sus hijos. Ni ella, que era tan dura, habría deseado eso para mí. ¡Malhadada suerte la nuestra de mujeres fuertes y temidas de los hombres! ¡Tenían que encerrarnos, humillarnos, pegarnos, para olvidar el temor que les inspirábamos y sentirse reyes!

Ésos fueron años de constantes rebeliones. Años en que anoté y guardé mis penurias, en los que soñé venganzas que desdecían de mis enseñanzas cristianas. Al menos mi habitación miraba al Duero y la visión de esas aguas remontándose al mar surtía un efecto de bálsamo sobre mi corazón. Planearon cambiarme a otra ala del palacio con la excusa de que estaría más protegida del frío y los elementos, pero yo no necesitaba protegerme de la naturaleza, sino de los hombres. Ninguna lluvia, ni rayo, ni nevada se ensañó conmigo como ellos. Catalina y yo nos fuimos quedando en harapos. Vestida como el más pobre de mis vasallos, mi niña llevaba un jubón de cuero, mientras yo iba vestida como una monja con lanas toscas. Pero mi hija y yo teníamos nuestro mundo secreto. A ella yo le narraba mi vida como querría que hubiese sido y mis fantasías la entretenían. Me hacía repetir las mismas historias una y otra vez. Hasta el Nuevo Mundo le describí, como si lo hubiese visto. Le hablé de grandes selvas de árboles desconocidos habitados por bandadas de pájaros de colores. Le describí a los indios con sus pechos desnudos y su oro refulgente. ¡Qué podía imaginar mosén Ferrer lo libres que éramos nosotras dentro de las cuatro paredes de mi habitación! Una ventana al Duero era suficiente para que navegásemos la mar y descubriésemos mundos que sólo mi Catalina y yo hollaríamos jamás.

Mi padre murió el 23 de enero de 1516. Siete años llevaba en Tordesillas sin ver calendarios, ni contar semanas o meses porque ver cómo se acumulaban me causaba angustia. Pero ese día lo recuerdo bien. Desperté con el bullicio del pueblo entero congregado en la plazoleta frente a mi ventana pidiendo la destitución y castigo de mosén Ferrer. ¡Doña Juana, doña Juana!, exclamaba Anastasia jubilosa, ¡se lo llevan, se lo llevan! Trepé a la torre de San Antolín y desde allí lo vi, conducido por la multitud que hacía escarnio de él. Alguien dijo que mi padre había muerto, pero alguien más lo contradijo. Supuse que algo serio tendría que haber sucedido para que la gente se atreviese a echar a Ferrer, hartos como estaban de las historias que circulaban sobre lo mal que nos trataba a Catalina y a mí, pero mi confesor me aseguró que si bien mi padre estaba enfermo, continuaba con vida. Cuatro años pasarían antes de que me enterase de la verdad. Aquel día cerré los ojos un momento, cegada por un llanto súbito, preguntándome si sería cierto. ¡Ah, Juana, qué llorona te has vuelto!, me dije. Y no lloré. Más bien me sentí amparada por las personas sencillas que salieron en mi defensa.

Cisneros, que me despreciaba, tuvo la gentileza de nombrar como regente de mi casa a don Hernán, duque de Estrada. Era guapo don Hernán, un hombre maduro que, desde que me vio no dudó un instante ni de mi entereza ni de la esencia clara de mi sangre. Bien podría haberlo hecho mi amante. Sentía que mis ojos, mi voz se aposentaban en su piel. Él y yo conversábamos como jamás he conversado con hombre ni mujer. Durante dos años fuimos como Abelardo y Eloísa y a mí se me aplacaron las furias, los entuertos. Jamás, sin embargo, me revivieron las pasiones. Extraño es el cuerpo cuando tiene dueño y el mío ya ni el placer de las sábanas entendía. Todo cuanto me hacía feliz venía de mi entendimiento. Ni baños, ni perfumes, ni el contacto con el satén o el terciopelo, despertaban mi carne. Yo era un brasero apagado y el carbón de mis cenizas se hacía cristal, diamante. A veces me entristecía recordar cuánto gozo me dieran mi sexo y mis pechos ahora apretados tras la ropa interior, pero la claridad de mi mente compensaba la ausencia de estremecimientos. A través del cristal de mi aridez el mundo era ámbar atrapando vestigios, un prisma mostrándome cuántas aristas y lados existen en los seres humanos, en las historias que nos contamos unos a otros.

Don Hernán se apiadó de mi Catalina y mandó abrir una ventana amplia en su pequeña habitación. Mi niña tira monedas a los niños de Tordesillas que juegan en la plazoleta del palacio, para que vuelvan día tras día y poderlos ver. Desde aquí, por las tardes, la oigo arbitrando en sus juegos y carreras y me maravillo de la infancia que no conoce de muros para su fantasía. Es claro que don Hernán podría dejarla salir, pero es un hombre. Le teme a los demás. No llega hasta ese punto su bondad.

Capítulo 25

Días después de Navidad, Manuel llevó al laboratorio el frasquito con la orina y a los pocos días regresó de la calle diciéndome que el resultado era positivo, como él sospechara. Tuve un intenso momento de alegría al que dieron paso, sin mucho intervalo, nuevas dudas. Mi mente fluctuaba entre altas mareas de sentimientos maternales y calmas bajamares en que me abandonaba sin ilusiones, con melancolía, a lo que fuera a ser.

En la semana entre Navidad y Año Nuevo, empecé a oír ruidos en el piso de arriba. Si el sonido de los cerrojos que anunciaba que la tía había activado la alarma aún me sobresaltaba cada noche, ahora los pasos y crujidos desacostumbrados me mantenían despierta. Supuse que Manuel estaría buscando la ventana que aparecía en la fotografía del estudio de su abuelo, o el cofre de Juana. Por las mañanas se levantaba tarde, ojeroso, y esas noches no llegó a mi habitación como solía hacer luego de que la tía se iba a dormir. Me bastaba verlo llegar a desayunar en la cocina para darme cuenta de lo infructuoso de su búsqueda. Habría querido acompañarlo pero opté por fingir ignorancia de lo que pasaba. No podía obligarlo a incluirme. Develar ese misterio era su prerrogativa.

La tensión en la casa era como el aire pesado que precede a una tormenta tropical. Águeda se movía por las estancias con nerviosa actividad. La oía desde la biblioteca recorriendo los salones con su infaltable plumero, limpiando afanosamente. Subía a menudo al tercer piso. Hablaba mientras deambulaba de un lado a otro, arrastrando tras de sí un rumor de palabras ininteligibles. Supuse que sospechaba que el sobrino rondaba secretos que ella prefería mantener ocultos. La obsesión de uno y otra con la historia, la casa y lo que fuera que contuviera rayaba en lo enfermizo, pero yo misma me sentía presa de una fascinación inexplicable. Me intrigaba el misterio y me deslumbraba la idea de desentrañarlo. Me imaginaba participando en un descubrimiento histórico que, de producirse, ocuparía los titulares de los diarios. Me imaginaba lo que sería sacar a Juana de la niebla de la locura para enseñarla al mundo como yo la veía ahora tras conocerla a fondo y tomar conciencia de lo que ella tendría que sentir. Sin salir a ninguna parte, ni respirar más que la atmósfera encantada de la casa y sus cosas, mi imaginación no tenía realidad que la frenara. Andando escaleras y pasillos me parecía oír pasos de niña que me seguían. Imaginaba a la pequeña Catalina, vestida con su tosco sayal, buscándome para jugar conmigo en las tardes oscuras, en las habitaciones grises de aquella casa cerrada y fría.

La noche de Fin de Año cenamos temprano. Los Denia no acostumbraban esperar la medianoche con uvas y jolgorio. Manuel llevó, sin embargo, una tarta de almendra. Empezaba a cortarla cuando Águeda, inesperadamente y con un tono extrañamente cortante preguntó cuándo era que yo debía regresar a la escuela. Su tono, su mirada fija, me sobresaltaron. Tragué con dificultad el trozo de tarta.

—El siete de enero.

—Pues mira qué poco falta. Habrá que pensar qué les diremos a las monjas cuando vengan a buscarte.

—Les diremos que salió de aquí rumbo al internado, tía, que la pusimos en un taxi y no hemos vuelto a saber de ella —dijo Manuel, con parsimonia.

—Lo dices tan fácil. Investigarán. Seremos los primeros sospechosos de su «desaparición». Espero que hayas pensado esto bien.

—Pues mira que tú has estado de acuerdo.

—Sí que lo he estado, pero mientras más lo medito, más complicado se me hace. No sé si hemos pensado tan bien eso de que escriba cartas.

—A mí también me preocupa —admití—. La otra alternativa es que me marche a Nueva York. Allá vive Isis. Le he hablado de ella. La amiga de mi madre.

—Tú no te vas a ninguna parte —dijo Manuel, severo—. Y esta conversación se termina aquí. Tú y yo, Águeda, hablaremos de esto luego.

No se dijo más. Águeda bajó la cabeza e hincó el tenedor como lanza en la corteza del pastel. Manuel poseía no sé qué mecanismo psicológico para dominarla. Le bastaba levantar la voz o encresparse como gallo de pelea, ponerse amenazante, para que esa mujer que parecía tan sólida y segura de sí, se redujera a una frágil vieja sin poder. Sólo sus ojos revelaban su rabia. Me daba miedo verla mirando a Manuel. Le chisporroteaban las pupilas con una luz corrosiva, púrpura, dolorosa.

Yo no pude comer más. Sentía la manzana del bien y del mal en mi garganta. Me quedé en la biblioteca mientras Manuel subía a la habitación de la tía.

El antiguo palacete de los Denia, con su arquitectura castellana austera y cuadricular, no permitía que escuchara la discusión que procedió. Capté el tono airado y palabras aisladas. Me tapé los oídos con la almohada del sofá. Pensé que Águeda al fin mostraba lo que debía sentir desde el principio. No era lógico que reaccionara con la parsimonia y el tono de aquí no pasa nada con que lo había hecho. Hasta cierto punto, me aliviaba que se comportara como cualquier tía normal. Por otro lado, su incomodidad me devolvió a la precaria realidad que yo había evadido ocupándome de Juana y sus fantasmas. El estómago me dolía como un cráter abierto en la cintura.

La discusión terminó de súbito, casi simultáneamente con el ingreso de Manuel, acalorado, a la biblioteca. Fue a la mesa donde tenía la botella de cognac y se sirvió una copa que se tomó sin respirar.

—Manuel, Águeda tiene razón. Será mejor que me vaya a Nueva York antes de que empiecen a buscarme. Esa solución que hemos pensado me parece cada vez menos convincente.

—He dicho que no. No saldrás de aquí —dijo categórico, sirviéndose otra copa.

—Pero...

—Pero nada. Tú deja que yo me encargue de esto. Sé lo que hago. A Águeda se le pasará. Como si no la conociera yo. Está celosa. Es todo. Nunca ha tolerado mujeres a mi alrededor. Ni siquiera a mi madre. Ya se le pasará. Relájate. Te hablaré de los Denia. Creo que es un buen momento para hacerlo. Ve a cambiarte. Ponte el traje negro.

Duele decirlo pero los cambios que convertirían mi encierro en un persistente e inconsolable suplicio se iniciaron con la llegada de mi hijo Carlos y mi hija Leonor a Tordesillas, el 4 de noviembre de 1517. Nueve años llevaba yo allí. Los últimos, muy plácidos, gracias a don Hernán. El 6 de noviembre, día de mi cumpleaños, me levanté como siempre. Me anunciaron la visita de Guillermo de Croy, señor de Chrièvre, a quien recordaba de mis años en Flandes. Ignorando de qué se trataba, lo recibí sin demasiadas ceremonias. Se llegó ante mí y con grandes fórmulas de respeto, me habló de Carlos y Leonor, me preguntó si por ventura querría verlos. Contesté que sí, no necesitaba siquiera preguntarlo.

Jamás imaginé que estuvieran tan cerca. Habían llegado dos días antes sin que yo me percatara. De Chrièvre se acercó a la puerta, la abrió. Dos jóvenes se mostraron ante mí. La última vez que vi a Carlos y Leonor, el uno tenía cinco años y la otra siete. Doce años habían transcurrido. Ahora él tenía diecisiete y ella diecinueve. En sus rostros, como el rastro de un espectro, flotaba la presencia de Felipe, confundida con la imagen lejana de mis retratos de juventud. Reconocí las criaturas nacidas de mi amor. Se inclinaron ante mí. Cerré los ojos. Rodeada de espejismos, ya no confiaba en mis certezas. ¿Pero de veras sois mis hijos?, pregunté, alelada por la emoción, tragándomelos con la mirada. El rostro de mi hijo era el de Felipe, sin la belleza de Felipe; un rostro de joven cansado, sin luz. Leonor en cambio tenía un porte majestuoso y el colorido claro y rubio de mi madre. Nos sentamos a conversar. Se comportaban como príncipes borgoñones, tanto en sus maneras como porque apenas sabían castellano. Les hablé en francés. Les sorprendió. Cada pregunta mía los sorprendía, como si no atinasen a comprender que aún pudiera razonar y esto los confundiera más que si me hubiesen encontrado loca de atar. Leonor sonrió con facilidad ante varios de mis comentarios, pero en Carlos reconocí la vieja desconfianza que me tuvo desde pequeñito, desde que regresé de mi primer viaje a España y lo vi con su padre en Blakenburg. Recordé cómo, desde entonces, me había desconocido. Me entristeció sentirlo incómodo, lejano. Esa visita era una formalidad para él y no lo ocultaba. Incapaz de sobreponerme al íntimo dolor de haberlos perdido sin remedio hacía mucho tiempo, los envié a dormir argumentando que estarían cansados.

Me quedé sola con De Chrième, quien era el principal consejero de Carlos. Con mucha amabilidad me puso al tanto de las buenas cualidades del príncipe. Debía ser un consuelo para mí, dijo, contar con un hijo como él para llevar adelante los asuntos del reino. En su opinión, yo debía abdicar en él desde ahora para que, en vida mía, él aprendiera cuanto fuera necesario sobre la gobernación. Si yo daba mi venia, las Cortes lo autorizarían para reinar conmigo. No me opondría, le dije. Suponía que mi padre estaría de acuerdo, cosa que me alegraba. Sólo demandaba el respeto que se me debía, el reconocimiento a mi figura, que reinara en mi nombre, que reinara conmigo, como mi padre debió haberlo hecho.

Las Cortes pusieron ochenta y ocho condiciones para reconocer la corona de Carlos. Tres de ellas se referían al gobierno de mi casa, a la dignidad que debía ser otorgada a mi persona como reina propietaria. Otra especificaba que si Dios me devolvía la salud, él debía retirarse y dejarme reinar. Esta última la convirtió en mi enemigo.

Después de que Carlos, con mi venia, inició su reinado, su atención se fijó en su hermana, Catalina. Nadie de los que me rodeaban eran ajenos a mi amor por ella. Catalina era mi balanza, la plomada que me mantenía derecha. Carlos, que había sido criado con mimo por Margarita de Austria en Malinas, se espantó ante sus juegos en la ventana, ante sus pobres ropas. Fue así como él y sus consejeros urdieron el plan para robarla, para llevársela de mi lado. Puesto que no había manera de pasar a su habitación sin cruzar por la mía, cavaron un túnel por la pared, lo taparon con un tapiz y una de esas noches sacaron a Catalina por allí, descolgándola hasta la calle. Reaccioné como era de esperarse: me eché a morir. Recurrí al ayuno absoluto, a la más terrible e inconsolable desesperación. Mis sirvientes y don Hernán le habrán informado a Carlos del estado en que me encontraba. Por una vez mis plegarias fueron escuchadas y mi rebelión surtió efecto. En tres días tuve a Catalina de vuelta. Se echó en mis brazos. Ambas sollozamos. Juana Cuevas, mi sirvienta, me contó después que la princesa había dicho que si yo me desesperaba, nada la detendría de regresar a mí.

Volvió Catalina, pero ese episodio fue sólo el anuncio de lo que estaba por venir.

Apenas tres meses después de su primera visita, Carlos retiró al buen don Hernán, duque de Estrada, de mi servicio. En su lugar, el 15 de marzo de 1518, llegaron a mi casa don Bernardo de Sandoval y Rojas y su mujer, doña Francisca Enríquez, los marqueses de Denia. Mi paz terminó el día que se marchó don Hernán. Cuando nos despedimos me lamenté de que nadie me hubiese consultado. «Ambos somos siervos de otros, doña Juana», me dijo quien, a pesar de todo, intentó ser mi amigo, quien nutrió en la intimidad de mi cautiverio mi espíritu de mujer.

Los Denia me rodearon con una muralla de rostros, de manos y ojos. Erigieron paredes de silencio y olvido para enclaustrarme y acallar la evidencia de mi razón, que amenazaba a quienes no se detenían ante nada para usurpar mi reino. Círculos del infierno llamaba yo a los lazos con que estrangularon mi voz. Y eran tres círculos: en el primero, dos mujeres montaban guardia dentro de mi habitación día y noche, impidiéndome el alivio de la privacidad, el solaz de mi propia compañía. El segundo lo conformaban doce damas que me rondaban con el pretexto de ocuparse de mí. Alrededor de ellas, cerrando el tercer círculo, veinticuatro monteros armados me circundaban. Se me prohibió ir a San Antolín. Se me prohibió asistir a Santa Clara. El marqués de Denia, blanco de cabellos y de piel, los ojos azules, grandes, sin emoción, era un dechado de cortesías. En cada reverencia, me ensartaba una daga y todavía pretendía que yo no la sintiese.

Igual que mosén Ferrer, aludía a la peste, a órdenes de mi padre, para justificar mi encierro.

¿Cómo era que pensaba que mi padre había muerto?, me dijo en cierta ocasión en que le expresé alguna duda; estaba enfermo, pero, recluido en un monasterio pasaba sus días ensalzando al Señor. Debía escribirle. Se alegraría tanto de tener noticias de su hija Juana.

—Escribidle vos, marqués —le decía yo—. Escribidle vos, que sois su primo. Y dadle saludos de mi parte.

Déspotas eran los Denia para mis servidores más leales, pero iban a la iglesia a mostrarle a las estatuas de madera la devoción que no sentían por sus semejantes. Los oficios religiosos siempre me parecieron ritos públicos que poco hacían para enaltecer el espíritu. Desde Flandes, nunca fui muy dada al fervor. Preocupados por mi alma, los marqueses organizaron misas en el salón del palacio para obligarme a cumplir con Dios sin ver el sol. Me negué a sus pedidos y sólo accedí a ir a la iglesia si me dejaban cruzar por el pasillo exterior del palacio hasta la torre de San Antolín. Por allí bajaba yo a la capilla de los Aldarete, más por ver el paisaje que por rendirle mis respetos a un Dios que me había olvidado.

Contra los Denia libré una guerra sin cuartel usando las pocas armas de que disponía. Me mantuve al acecho para que nadie me tomara por sorpresa. Pero la ignorancia de lo que pasaba fuera de las paredes de mi casa era el arma con que contaban mis carceleros. Mientras yo me pudría en el encierro, España era despojada. Las riquezas de América salían en barcos hacia Flandes. Extranjeros ocupaban las principales posiciones. Un niño de diecisiete años fue nombrado cardenal de Toledo y se nombró gobernador de Castilla a Adriano de Utrecht. Cuando mi hijo Carlos marchó a ser coronado emperador del Sacro Imperio Romano-Germánico, el 20 de mayo de 1520, los pueblos cansados del constante abuso de los flamencos se alzaron en rebelión.

Juan de Padilla, natural de Toledo e hijo de don Pedro, uno de mis fieles defensores, fue el principal dirigente de la rebelión. La Santa Junta de las Comunidades, como se hicieron llamar los rebeldes, dijo alzarse «en servicio de la reina doña Juana».

Yo solía sentarme con Denia a interrogarle sobre el estado de mis hijos, de mis reinos. Él se azoraba, se ponía incómodo. En una ocasión lo tuve seis horas ante mi presencia, decidida a no dejarle ir hasta que hablara, pero este señor sólo engaños me decía y quiso hacerme creer que mi suegro Maximiliano había abdicado en favor de Carlos, que por eso iba él a ser coronado emperador, como si yo no pudiese suponer que mi suegro había muerto.

Apenas dos días después de esa conversación, descubrí que Denia había mandado cerrar el pasillo por el que yo cruzaba a la torre de San Antolín. Me dirigí a imprecarlo y a ordenarle que lo hiciese abrir. En esa discusión estábamos; el marqués me reiteraba su negativa cuando llegó el obispo Rojas, presidente del Consejo del reino de Castilla, a pedirme que firmara un decreto condenando a los comuneros que se habían alzado en armas.

Denia no pudo evitar que me reuniera con el obispo. Fue ese hombre, pálido y sudoroso, que llegaba a mi presencia atemorizado por el desorden que se extendía como un incendio, el que me enteró de la muerte de mi padre cuatro años atrás. De su boca también supe de la muerte de mi suegro, y por lo que me dijo, deduje que la gente alzada reclamaba que mi hijo estaba cediendo la gobernación de España a extranjeros. La rebelión crecía, me dijo. A la gente alzada se habían unido los campesinos descontentos de las zonas de señoríos.

—Creedme, señor obispo —le dije—, que todo lo que veo y oigo me parece cosa de sueño. Hace dieciséis años que ya nadie me dice la verdad, todos me maltratan y el marqués aquí es el primero que me engaña.

El obispo miró al marqués. Por primera vez en todos esos años, vi miedo en su rostro, cosa que me alegró el corazón, sobre todo cuando lo oí justificarse contrito diciendo que se había visto forzado a mentirme para «curarme de mis pasiones».

No quise firmar nada hasta comprobar la realidad de lo que se me decía. El 29 de agosto recibí a los que se declaraban capitanes de los comuneros, Juan de Padilla, Juan Bravo y Francisco Maldonado. Escuché sus agravios y razones y les encomendé que hicieran lo que consideraran más beneficioso para los intereses del reino. Los acontecimientos eran tan súbitos y tenían tanta fuerza que me abrumaba mi propia ignorancia. Sentía que mi vida estaba colmada de falsedades y dudaba de mi habilidad para discernir entre la verdad y la mentira. A mediados de septiembre, una autoridad de la Santa Junta y Cortes echó a los Denia, lo mismo que las dueñas que me mantenían encerrada. Yo salí al balcón a saludar a la gran multitud que se aglomeraba en la plaza frente al palacio. Los cabecillas de la rebelión y el propio pueblo me urgían a que desacatara a Carlos y me encargase del reino, para expulsar a los flamencos e impedir que siguieran quedándose con las riquezas y diezmos de España.

Fue hermoso sentir el cariño que me profesaban tantos que jamás me habían visto. Pero a la levedad de sentirme libre, se contraponía el peso de las dudas sobre cuál debía ser mi actitud. Tantos años de encierro me habían convertido en una mujer con miedo. ¿Qué sabía yo, además, de gobernar si, desde que recordaba, no había hecho más que desafiar la autoridad y despreciarla? ¿Quién me decía que éstos igual que aquéllos no me encerrarían también si yo hacía lo que me parecía a mí y no lo que les pareciese a ellos? Siempre dije que no quise ser reina. Mucho menos si serlo suponía enfrentarme con mis hijos. No podía olvidar que quienes ofrecían servirme malquerían a Carlos y requerían de mí para defenestrarlo. Necesitaba tiempo, tiempo para pensar, para hurgar la verdad. Era una gran responsabilidad la que, de pronto y sin yo propiciarla, me caía sobre el regazo. Aposté a la espera. Mientras tanto, no puse mi sello ni mi rúbrica en nada.

Otra vez, nadie me comprendió. Apenas empezaba a recuperar el deseo de vestirme como correspondía a mi rango, la autoridad de ser quien nombrara a mis acompañantes, el olor del aire fuera de las cuatro paredes del palacio, cuando los comuneros perdieron la paciencia y quisieron obligarme a firmar sus disposiciones. Llegaron hasta amenazarme con no darnos de comer a Catalina y a mí, si continuaba empecinada en esperar. Al final quizás mi miedo me condenó y perdí la única oportunidad de salvarme de mi destino, pero se lo dije y repetí; les repetí que me dejasen sanar, que esperasen a que en mi mente se aclararan las nieblas de tantas mentiras y llantos.

Los nobles volvieron por lo suyo y aplastaron la rebelión.

Un traidor les allanó el camino: Pedro Girón, quien sustituyó al leal Juan de Padilla al mando de las tropas comuneras. Girón les dejó el paso libre para que retomaran Tordesillas. Setenta y cinco días duró la revuelta y entre el 5 y 6 de diciembre Tordesillas se rindió a las fuerzas realistas.

Esperé a los Grandes en el patio del palacio, de la mano de mi pequeña Catalina.

Una firma mía habría bastado para terminar con el poder de Carlos en España, pero en vez de gratitud mi hijo no tuvo la gentileza de cederme siquiera la apacible libertad que merecía. Al contrario, Carlos reinstauró a los Denia y me dejó a merced de sus atropellos. Enconados y arrogantes, con toda la potestad de Carlos, los Denia volvieron a gobernar en mi casa. No me libré de ellos sino hasta el día de mi muerte.

—¿Hasta el día de su muerte? —pregunté.

—El 12 de abril de 1555. Era Viernes Santo. Juana tenía setenta y seis años. Desde 1509, desde los veintinueve años, estuvo encerrada en Tordesillas. El primer marqués de Denia murió. Lo sustituyó su hijo, Luis. Pero a Juana le dijeron el viejo había enfermado. Nunca le dijeron la verdad. Los Denia nunca dejaron de mantenerla en un mundo trastocado por la falsedad; un mundo sin ventanas, de habitaciones oscuras y personas hostiles que se reían de ella y la mortificaban sin piedad. Murió llena de llagas, con gangrena, rebelde hasta el último día, negándose a las curas que querían hacerle, negándose casi hasta el final a las misas y los ritos religiosos. Cuando murió culminó el despojo de sus bienes al que la sometieron sus hijos y los Denia. Es más, ésa cruz de oro que usaste en Navidad, Juana la llevaba siempre consigo. La quería mucho porque se la dio su hijo Fernando, fue quizás el único regalo desinteresado que recibió mientras estuvo en Tordesillas. ¿Y qué hizo su hijo Carlos, a sabiendas de lo mal que quería su madre a los Denia? Se la dio cuando ella murió. Juana debió revolverse en su tumba.

—¿Y el cofre? —pregunté—. ¿De qué tamaño era? ¿Existe alguna descripción?

—Cuando doña Juana llegó a Tordesillas en 1509, se hizo un

inventario muy detallado de sus bienes. Luego, ocho días antes de que muriera, los marqueses de Denia hicieron otro. Durante los cuarenta y seis años que estuvo Juana en Tordesillas, su tesoro mermó considerablemente. El primero en llevarse gran cantidad de plata y oro fue su padre. Mis ancestros, por su lado, también se repartieron con la cuchara grande. Luego, su hijo Carlos terminó de despojarla con el pretexto de que preparaba el ajuar que Catalina llevaría para su boda con el rey de Portugal. Fíjate, Lucía, que mientras su madre dormía, Carlos ordenó que sacaran los cofres que estaban en su habitación. Para que la reina no se enterase de que los cofres habían quedado vacíos, Carlos los hizo rellenar con ladrillos. Pero Juana se enteró. Hizo que le abrieran uno de los cofres y vio los ladrillos. Sin embargo, en vez de acusar a sus sirvientes, se dio cuenta de quién le había sustraído sus cosas y dijo que esperaba que sus hijos disfrutaran de aquello. Fue una vergüenza para Carlos y una actitud muy real de Juana. Apenado, Carlos dispuso que no se le tocara nada más y lo cumplió por un año. Después de eso volvió a llevarse cosas de Tordesillas. Cada vez que llegaba a visitar a la madre, que fueron contadas veces, salía de allí con todo lo que veía que le parecía valioso o que le gustaba a Isabel, su mujer. Este cofre del que te hablo, sin embargo, desapareció ocho días antes de morir Juana. Era un cofre pequeño, cuadrado, hecho en Flandes, con una cerradura de oro e incrustaciones de rosicler. Hay declaraciones de la lavandera de Juana, Catalina Redonda, de sus hermanas, Marina, de doña Francisca de Alba y de otros servidores de la reina, donde ellas y ellos cuentan lo celosamente que lo guardaba en un escondite al que sólo ella tenía acceso. Decían que, cuando la reina lo sacaba, hacía que sus damas y sirvientas se volviesen de espaldas para que no viesen lo que contenía.

—Temería que le robaran las pocas joyas que le quedaban —dije—. ¿Qué te hace pensar que pudiese guardar algo escrito por ella?

Manuel sonrió y se pasó la mano por el cabello, mirándome con ojos que denotaban el entusiasmo de sus especulaciones.

—Hay una referencia en uno de los documentos del repostero de camas García del Campo, que menciona «un portacartas de todas las escrituras de Su Alteza». Fíjate que dice «todas las escrituras de Su Alteza». Esa manera de llamarlas «escrituras», por no saber cómo calificar lo que Juana hubiese escrito, y de decir «todas las», o sea que no eran pocas, me ha hecho sospechar a mí que Juana escribía. Sabemos, además, que podía hacerlo. Había estudiado con Beatriz Galindo. Escribía en latín tan bien como en español. ¿Y qué escribiría Juana, Lucía? No era religiosa. Uno de los argumentos para llamarla loca es que no era devota. Desde sus primeros años en Flandes, apenas acude a los servicios religiosos, las misas. Tenía amigos inteligentes: Erasmo de Rotterdam, por ejemplo. Siempre he pensado que *El elogio de la locura*, si bien está dedicado a Tomás Moro, es un homenaje y una reivindicación de Juana. Éste era un libro que ella tenía entre sus libros de cabecera al morir. No me parece descabellado sospechar que pudiera encontrar solaz en la escritura.

—Llevas razón —dije, admirando a Juana—. Llévame a la habitación de arriba —pedí—. Por favor. Siempre fui buena para solucionar acertijos. Si sólo me dejaras ayudarte. Dos mentes piensan mejor que una.

—Te parece que eres la heroína de una novela, ¿no?, que encontrarás el tesoro escondido, pero las novelas de intrigas son tramas que un escritor arma en su imaginación. Lo he visto hacer. Las arman como un teorema matemático: ahora sucederá esto y esta causa surtirá este efecto. Está todo ordenado para dar la apariencia de causalidad, pero la vida real no es así.

—Pero ya ves, yo me fijé en la discrepancia entre la foto del estudio de tu abuelo y la habitación actual. Tú no te percataste de eso.

—Me has tenido persiguiendo esa pista como un tonto. Y tenías razón. Acortaron la habitación sin que parezca haber una razón lógica o funcional. Hay una división. Encontré un acceso que da a un espacio angosto, pero no hay ningún cofre allí. Sólo una acumulación de cosas viejas, inservibles, que quizás no se animaron a tirar. Pero tú ganas. Yo ya perdí la partida. Quizás tú veas lo que yo no vi.

Se sacó una llave del bolsillo. Me la mostró. Era una copia de la de Águeda. La tía se consideraba guardiana de los tesoros de los Denia, pero él tenía tanto derecho como ella. Esperaríamos a que ella se fuese a la cama. Su tía tomaba pastillas para dormir desde siempre, según me dijo. De ahí que no se hubiese enterado de sus expediciones nocturnas. No las habría tolerado, añadió Manuel.

—De tanto vivir sola con esas cosas, las siente como una prolongación de su cuerpo. Y nunca le ha gustado que la toquen.

Subimos pasada la medianoche. Manuel tomó una linterna y unas velas de una gaveta de la cocina. El tercer piso era más cálido que el resto de la casa. En los pisos inferiores la calefacción apenas hacía mella en el frío de enero que se colaba por los resquicios de las ventanas. Estaba muy oscuro. El ronroneo de los deshumidificadores era apenas audible pero me reconfortó. No me gustaba la idea de entrar a la habitación a esa hora. Manuel presionó el interruptor y enllavó la puerta por dentro. La lámpara del centro alumbraba con una luz macilenta. Cruzamos la habitación hasta la pared del fondo. Me pareció que todo seguía igual, pero Manuel se acercó a uno de los muebles cerrados con cristales. Guardaba una bellísima imagen de la Virgen de la Concepción y otros objetos litúrgicos de oro y plata con adornos de pedrería. Le ayudé a separar el mueble de la pared. No vi nada diferente, sino la continuación de los paneles de madera que recubrían la habitación, cada uno rematado con una moldura de esquina curvada.

—Es aquí, dijo. Por aquí se entra.

Manuel tomó un formón del suelo y lo introdujo bajo la moldura. Lo empezó a mover delicadamente.

—No es una puerta propiamente. Me costó mucho figurarme que esta moldura no es un adorno como son las de los otros paneles. Se quita completamente, es menos sofisticada que las puertas secretas. Podrás figurarte que cuando se movió y vi que, efectivamente, se abría, casi no podía con la emoción. Estaba convencido de que éste era el escondite —seguía moviendo el formón lentamente y poco a poco el marco, que parecía estar ajustado a presión, cedió con un crujido y la lámina de madera se despegó del todo.

Manuel la levantó y la puso a un lado. Sentí una bocanada

de aire encerrado y polvo viejo atacarme la nariz y los ojos. Tosí.

Alzando la pierna, se introdujo por la abertura y luego me ayudó a cruzar a mí. Más que una habitación, aquello era como el doble fondo de una maleta, un espacio angosto, del ancho de las dos ventanas delgadas y ojivales cubiertas con papeles negros que se apreciaban en el extremo derecho, las mismas que aparecían en la foto. Sillas quebradas, celosías, puertas, cortineras, estaban acomodadas contra la pared del fondo, cubiertas de una pátina de suciedad. Frente a la ventana había un rumero de cajas de cartón y apoyados contra éstas una serie de herrajes y una mesa pequeña y redonda sobre la que Manuel colocó las velas. La colección de objetos quebrados e inútiles iba de un extremo al otro, en desorden, en medio de polvo y telarañas. Un tapiz con los bordes deshilachados colgaba de la pared. La oscuridad, el espacio constreñido, el aire encerrado, me produjeron ahogo y claustrofobia, ganas de salir corriendo de allí. Me tapé la nariz con la mano. El polvo se alzaba en nubecillas apenas tocábamos cualquier cosa. Caminé con cautela. La curiosidad obligaba a mi cuerpo a moverse contra su voluntad, a sobreponerse. Recorrí el angosto espacio para llegar donde Manuel removía unas maletas de cuero que debían de haber pertenecido a sus abuelos.

—Habría que abrir las cajas —dije—, las maletas.

—Ya lo hice. No hay nada. Ya revisé pulgada a pulgada todo lo que ves aquí. ¿Qué crees que he hecho estas noches pasadas? Te lo digo, no hay nada —me susurró, como si el secreto fuese necesario.

—Pero es extraño, ¿no crees? ¿Por qué se tomarían la molestia de acortar la habitación? ¿Para qué un desván en una casa tan grande? Huele mal —dije— a ropa vieja.

—Hay unos abrigos en una de esas cajas. Y un nido de ratones. Creo que eso es lo que huele mal.

—Uuuugh —sentí que un escalofrío me recorría el cuerpo. No era un olor insoportable pero era agrio, constante y si pensaba en él sabía que me costaría continuar respirando.

En la penumbra, Manuel movía la linterna de un lado a otro. El motivo del tapiz en la pared era una Virgen de la Anunciación. Lo vi en uno de los movimientos del haz de luz de la linterna; un rostro de mujer con los ojos muy fijos. Tomé una vela, la encendí.

—Cuidado —dijo Manuel, volviéndose—, ¿qué haces?

—Quería ver el tapiz. Ese foco no alumbra lo suficiente.

Manuel miró su linterna y me miró a mí con cara de ofendido. Era ciertamente vieja, de aluminio, no muy potente.

—La he tenido desde niño —dijo Manuel y alumbró la pared—. ¿Qué me dices del tapiz? Está todo deshilachado, desteñido. Me sorprende que no lo hayan tirado.

—Precisamente —dije yo—, y está clavado a la pared.

—Porque sería más difícil desclavarlo que dejarlo donde estaba.

Me acerqué con la vela.

—Y mira, es una Virgen de la Anunciación —dije—, con ojos y cabellos oscuros. Nunca vi una así. Las ponen siempre rubias.

—El tapiz —musitó Manuel detrás de mí, accediendo al fin a considerar mi insinuación, luego cada vez más excitado—. El agujero por el que sacaron a Catalina estaba cubierto por un tapiz. Por eso Juana no se enteró del túnel que excavaron. Pero claro, yo buscaba el cofre, Lucía, ¿te das cuenta? Buscaba el cofre como un idiota. Pero espera. Déjame pensar un momento —encendió un cigarrillo, aspiró ansioso como si se tratara de oxígeno. El aroma a tabaco era agradable allí—. Es tan obvio, sin embargo, ¿no? El escondite detrás del tapiz. Hace tiempo yo busqué detrás de todos los que hay por la casa, detrás de cada retrato. Pero mira, llego aquí y ni se me ocurre. No se me ocurrió pensar que, por supuesto, harían esta pared para ocultar lo obvio.

Se había quedado extático, contemplando la pared.

El tapiz estaba clavado sobre un marco de madera adosado a la pared. Manuel tanteó alrededor. Habría que quitar los clavos con el formón, dijo. Me dio la linterna. La luz vacilaba.

—No le cambié la batería —dijo—, joder.

Le temblaban ligeramente las manos. Sostenía el cigarrillo con la comisura del labio. Sentí cierta congoja al verlo tan ansioso. Yo también estaba nerviosa, tenía las manos frías. Mi emoción era comparable a la de un arqueólogo frente a un gran descubrimiento, en cambio su excitación rayaba en la angustia. Intentaba separar el tapiz como si arañara un ataúd tras ser enterrado vivo. ¿Qué pasaría si, más que un exorcismo, el hallazgo de los papeles resultaba en una reiteración de la maldición que perseguía a su familia? Tendría que ser tremendo confrontar el juicio de Juana, aunque hubiera pasado tanto tiempo, aunque la sangre de él apenas si conservase trazas de la rama de los Denia que la mantuvo prisionera. Sentí miedo de que esa obsesión nos persiguiese a todos; a mí por el hijo que cargaba, a Manuel y Águeda por el poder que le atribuían al pasado. Salían los clavos. El polvo me picaba en la nariz. De pronto, la linterna se apagó.

—Coño —exclamó Manuel—, espera.

Le pasé una vela que encendió con el mechero. Encendimos dos velas más y las fijamos con la cera derretida sobre una de las viejas mesas. Al fin los clavos de todo un costado estaban fuera. Manuel iluminó el espacio detrás del tapiz. Oí su sorpresa, la aspiración.

—¿Qué ves, Manuel?

—Hay una puerta —exclamó—. Hay una puerta —repitió. Podía oír el jadeo de su respiración.

—¡Una puerta! —me asombré.

Teníamos que quitar el tapiz del todo. Me contagié de su impaciencia. Sudábamos ambos. Las gotas de cera de la candela me ardían al caerme en los dedos cuando me descuidaba. No sé cuánto tiempo después, le ayudé a tirar del tapiz para quitarlo del todo y hacerlo a un lado. Nos vimos frente a una puerta estrecha. Manuel la empujó. Se abrió para dejar ver un espacio casi circular, corto en extensión, que parecía cavado en la esquina de la casa y que terminaba en unos escalones que descendían. Teníamos que estar en una parte antiquísima de la casa. Las paredes eran rugosas. Manuel hablaba para sí algo de la remodelación del tercer piso. Su abuelo tendría que haberlo sabido, musitaba. Avanzamos hacia la escalera. Manuel tomó una de las velas. Yo llevaba otra. Me apoyaba con la mano en la oscuridad del espacio estrecho cuando sentí la madera labrada.

—Manuel —dije.

Se detuvo. Los dos vimos al mismo tiempo la hornacina en

la pared, la cubierta de madera labrada con motivos mudéjares. Cruzados sobre ésta, de un lado al otro de la pared, dos cordeles terminaban en un sello de lacre rojo con un escudo: cinco estrellas, una viga, el escudo de los Denia. Manuel acercó la vela a los sellos. Los tocó, incrédulo. Su piel blanca estaba perlada de sudor. Yo temblaba de frío. Me pasó la vela que él llevaba. Tiró de los cordeles. Cerré los ojos. Cuando los abrí, vi la puertecilla abierta, la hornacina y allí, dentro, el cofre.

Era más bien un pequeño baúl recubierto de cuero oscuro, casi negro, con tres listones más claros verticales todo alrededor. Más que del pasado parecía llegado de la muerte, ser una réplica extraña del ataúd de Juana que está en el Mausoleo de los Reyes en Granada, bajo la lápida tallada con las efigies de los reyes. Me tapé la boca con la mano, conteniendo la sensación de espanto irracional.

—No lo toques, Manuel —dije. Me miró como si estuviera loca—. Ya sabemos dónde está, dejémoslo ahí, mejor no saber.

Me apartó. Me pasó su vela. Me quemaba la cera.

—Ponla en el suelo —me dijo—, y ve a traer más.

Chorreé la cera en el piso y coloqué la vela, fui a traer las tres o cuatro que habíamos dejado sobre la mesa. Manuel no debía abrir ese cofre, pensaba, recordando los maleficios de las historias de terror o los cuentos de arqueólogos que morían tras descubrir secretos en las tumbas egipcias. Me sentí tonta, supersticiosa. Volví con las velas, me pasó el mechero, me dijo que las encendiera y las asegurara en el suelo. El rostro de Manuel se había transformado. Dentro de la intensidad de su concentración flotaba una sonrisa llegada de la niñez. Miraba el cofre con los ojos entornados mientras lo deslizaba hacia él con extremo cuidado, como si estrechara una mano tendida a través de los siglos, una mano, pensé yo, que lo mismo podría darle un tirón y llevárselo al pasado para siempre.

Lo alumbré mientras, ya con el cofre sobre el suelo, se afanó abriendo los pequeños cerrojos de oro y rosicler. Hablaba incoherencias que sólo él comprendía. Me sentí intrusa de su amor desaforado por Juana, que si no era locura, se le parecía. La amaba igual que Juana amara a Felipe, un amor más allá de la muerte. Un amor a la muerte, quizás. Manuel había querido que yo fuera Juana, pero era él quien se parecía a ella; no a la Juana que quiso que yo habitara, sino a la Juana la Loca que sus ancestros habían encerrado.

Del interior del baúl, Manuel sacó dos portafolios; uno moderno, el otro antiguo. Imité a Manuel y me senté en el suelo del estrecho recinto. Igual que él, estaba pendiente de los portafolios. El pasadizo, las escaleras, la curiosidad por saber dónde conducían tendría que esperar. Más pálido que de costumbre, Manuel era un poseso. Creo que ni siquiera registraba mi presencia. A su lado, quieta, expectante, atemorizada, yo temblaba también por distintas razones. Tras que hojeó el portafolio más moderno que contenía no sé qué documentos, abrió el portafolio más antiguo. Vi una serie de pergaminos. Sentí escalofríos. Reconocí la caligrafía de los manuscritos medievales, un poco desleída, pero con los rasgos apretados en la página, sin espacios, sin puntuación.

Mientras él se perdía en el texto, pegué mi espalda a la pared fría. Me pasé la mano por los ojos. Una tristeza honda y envolvente me apretaba el cráneo.

—Manuel, estoy aquí. Léelo para mí también. Lee en voz alta.

—Te lo leeré —me dijo—. Cierra los ojos.

Es enero. 1525. Un viento frío sube por las almenas, bate suavemente las campanas de San Antolín. Ha caído la noche sobre el Duero. Brilla el agua escarchada bajo la luna. Catalina se ha marchado a casarse con el rey de Portugal.

Los embajadores la han sacado de aquí llorando. Mi hija, esa piel fuera de mi piel sin la que ya no soy más Juana, ni nadie que quiera vivir, se ha ido con sus memorias de este encierro a la corte donde conocerá los engaños de la libertad. Hemos sido libres ella y yo en medio de estas torres. Presas entre muros y campanarios llenos de cigüeñas, hemos alzado nuestros corazones, *sursum corda,* y visto sin ojos, comido sin bocas; despiertas mientras todos dormían. Pero estará mejor, mi Catalina. No me engaño pensando que este lento morir es la vida. Yo en tanto iniciaré el viaje que terminará al otro lado del Estigia, en la muerte donde viven mis padres, donde están Felipe, mi hermano Juan, mi hermana Isabel. Allí nadie más querrá despojarme de mi razón porque ya no habrá poderes que disputarse.

Sé que viviré largo tiempo. La vida se aferra a mí como una de las suyas. Me reconoce como la nube al agua. Quizás más adelante se apiaden de mí mis nietos, los hijos de mi hijo Fernando, de mis hijas María, Isabel y Leonor, mi Catalina. Tomaré lo poco que me toque y continuaré rebelándome contra los Denia, quienes, estando más cerca de mí, más atentos a mis palpitaciones y discursos, se niegan a verme y sólo proyectan en mí sus fantasías. No he tenido una existencia plácida. Vine al mundo con demasiados ímpetus, con el pecho demasiado ancho. Mi ansia de aire y de espacio confundió a quienes viven en corrales pensando en engordar las carnes o las bolsas. Me aterran los largos días de soledad que me esperan, las luchas que habré aún de librar contra confesores y curas que intentarán domarme el alma como no han podido domarme el cuerpo. Sé que ya han metido curas escondidos en mi habitación para practicar exorcismos mientras duermo. Porque no me entienden piensan que Satanás me habita, piensan que duermo con él, que así aplaco las pasiones legendarias de mi cuerpo acostumbrado a la carnalidad del amor. Que piensen lo que quieran. Nada puedo hacer para cambiar los intrincados nudos de sus pensamientos. Lamento, sin embargo, la opaca resonancia con que sonarán las campanas el día en que muera, el olvido que ya crece a mi alrededor como la hiedra que oculta ruinas antiguas. Juana la Loca, dirán. La pobre reina desquiciada, la reina que enloqueció de amor. Ni siquiera me reconocerán por los reyes y reinas forjados en mi vientre: Carlos I de España y V de Alemania, Leonor, reina de Francia, Isabel de Dinamarca, María, reina de Hungría, Catalina, reina de Portugal, y mi Fernando, emperador de Alemania. Tantos hijos y, de seguro, nietos. Una larga espiral saldrá de mí a extenderse por Europa, por las tierras del Nuevo Mundo. Pero qué poco contará todo eso para quienes oigan las fúnebres campanas o vean el pequeño y triste cortejo que acompañará mis restos. Qué poco significará en mi pequeña y oscura habitación de Tordesillas, con la mujer que borda al lado de la puerta y la otra que está afuera vigilando el menor de mis suspiros. Tanto aparato han puesto para mantenerme muda y sorda, tanto temen que escape, que deambule por la villa y hable con sus habitantes, que la corte sepa que existo. ¡Extraño tanto temor, tanta guarda para una simple loca! No tienen más recurso que enterrarme en vida. Y yo no tengo más recurso que dejar esta imprecación para los siglos, estos folios que esconderé, que llenaré, esta tinta que será mi sangre hablando para el tiempo. Quizás esté loca. No dudo de que algún día me convencerán de estarlo, que terminaré viendo gatos y alucinaciones. Uno se convence de la verdad de las mentiras que se repiten sin cesar, sobre todo cuando son las únicas que oye. Locura fue, sin duda, mi pasión por Felipe. ¿Cómo no iba a ser locura amarlo como lo amé? Pero el amor no escoge su objeto, ni toma decisiones mesuradas o basadas en la razón. Insistir en el objeto del amor es de lo que el amor se trata. Puede quemar el fuego, pero también la nieve, y yo preferí arder. No seré la primera, ni la última mujer que ame con desmesura, que insista una y otra vez ante la puerta cerrada, que golpee la dureza de un pecho cuyo aire necesita para respirar. No seré la última que clave su corazón como asta de bandera sobre la tierra que regó y cultivó, y vigile desde las altas torres, con las armas y los corceles prestos, para que no se acerquen las huestes enemigas que flamean al aire sus cabellos rubios, o desenvainan sonrisas detrás de tornasolados abanicos. Yo libré mis batallas. Guerreé por todos y cada uno de los hombres y mujeres que amé. Sólo por mí misma me faltó guerrear, y ahora no me quedará más batalla que ésta de encontrar mi libertad dentro del silencio, dentro de los vastos campos de la infatigable imaginación con que volaré de aquí a sitios donde ni los Denia ni sus descendientes podrán atraparme. Me perderé quizás en esos médanos y cañizales, en las vastas praderas de mis ensoñaciones. No importa. Ya estoy perdida. Me ganaré a mí misma. Ése será mi postrer empeño. Y venceré aunque ningún pregón lo anuncie, aunque los siglos caigan sobre mí con su ruido de paredes desplomadas. ¿Quién se atreverá? Yo me atreveré.

Capítulo 26

Calló Juana. Entreabrí los ojos por los que me rodaban las lágrimas. Manuel respiró hondo y encendió otro cigarrillo.

—Apenas la hemos intuido —dije.

Él volvía a los portafolios. Lo vi tomar el más moderno. La duda me asaltó.

—Manuel, ¿eso que me leíste es lo que Juana escribió?

No me contestó. Tenía en las manos un folio de tamaño legal escrito a máquina. Lo leía y se ponía la mano sobre la cabeza una y otra vez.

—¿Qué pasa, Manuel? ¿Qué pasa?

Me miró con los ojos muy abiertos. A la luz de las velas se veía transparente, los labios azulados.

—Noche de sorpresas, Lucía. ¿Quieres que siga leyendo? ¿Quieres que te lea este documento por el que me estoy enterando que soy hijo de Águeda?

—¿De Águeda? ¿Cómo?

—Ven —me dijo, levantándose—. Ven, acompáñame. Creo que sé dónde conduce esa escalera. —Me tomó de la mano, frenético. No me soltaba. Lo seguí por el breve pasillo hasta las escaleras oscuras por las que descendimos tanteando en la oscuridad, yo diciéndole qué pasa, dónde me llevas, asustada por la urgencia de su ímpetu, por sus palabras. Llegamos al final de la escalera. Debíamos de estar en el segundo piso. Otra puerta. Él la empujó. No se abría. Le dio una patada. Emergimos a la penumbra de la habitación de Águeda. Ella estaba sentada en la cama con cara de horror, con la mano puesta sobre la boca, bruscamente arrancada del profundo sueño al que se forzaba noche a noche.

Manuel me soltó. Águeda nos miraba a él y a mí. Yo me quedé junto a la pared, estupefacta, tratando, en la oscuridad, de reconciliarme con lo que veía: sobre las paredes de la habitación de Águeda, como una decoración de camerino de artista, estaban colgados los vestidos al estilo de la época de Juana. Tres, cuatro, cinco, no sé cuántos habría.

Manuel, mientras tanto, llegaba hasta su cama, le tiraba sobre el regazo los documentos.

—¿Me quieres explicar? Me *debes* explicar qué significa esto —decía, y los volvía a tomar y le señalaba—. Aquí dice que soy hijo tuyo. Este documento del hospital dice que diste a luz un niño justo el día de mi cumpleaños. ¿Qué quiere decir esto? —repetía frente a ella, caminando de un lado al otro—. ¿Otra vez un engaño? ¿Es que es un mal genético? ¡Por Dios! ¿Cuántas más patrañas tendré que desentrañar en la historia de esta familia? ¿Por qué esta maldita costumbre Águeda, por Dios? —casi que aullaba, grave, ronco—. Pero, por Dios, ¡no puedes ser mi madre! ¡Tú has sido tantas cosas para mí pero, por favor, no puedes ser mi madre!

Águeda gemía con la cara crispada, totalmente descompuesta.

—Maldita curiosidad la tuya, Manuel, maldita curiosidad la tuya.

Manuel estaba lívido. Más sosegado pero, por lo mismo, más terrible. No sé qué intuí, pero sentí náuseas. Yo tenía que irme de allí, pensé. Salir a tomar aire.

Águeda habló. No me moví.

—Déjame que me ponga de pie —se levantó, se puso su salto de cama, las pantuflas, se arregló el pelo con las manos, encendió la luz de la mesa de noche—. Quizás seamos todos perversos, pero la que creíste tu madre, Aurora, era una perversa confesa. Con la mala sangre de los Denia, engañaba sin escarnio y vivía una vida disoluta; afanada, según decía, en sacar provecho del día, del minuto. Para ella no existía ni el pasado ni el futuro. No la comprendí hasta muy tarde, ya cuando ella no es-

taba a mi alcance. No comprendí que yo no era de mejor cala-
ña. Pero en ese entonces, cuando era muy joven, tu tía Águeda
—dijo con sarcasmo— era la ejemplar, la dócil, la introvertida y
estudiosa. Como tú, Lucía —dijo mirándome—. Yo era la niña
de los ojos de mi padre, la que le arreglaba su estudio, sus papeles, la que discutía con él de historia, la que fue creciendo y haciéndose mujer hasta que un día quedó embarazada. Sucede. Ya
lo sabéis vosotros. Para salvar el honor de la familia, mis padres
decidieron que, puesto que Aurora ya estaba perdida, que carga-
ra ella con la culpa. Me ocultaron hasta que el niño nació y luego te hicieron pasar a ti, Manuel, como hijo de ella. Qué importaba, me dijeron, si total yo sería la que te criaría. Hicieron circular la leyenda de la caída de Aurora y se la llegaron a creer tan
a pies juntillas que renegaron de ella y la abandonaron a su mala
suerte. Ya sabéis que fin tuvo.

Absorta y paralizada por el drama, me recosté en la pared.
Sentí que vibraba. Serían ideas mías, pensé, sería el temblor de
mi cuerpo.

—Dime quién fue mi padre —preguntaba Manuel, frente a
la tía. Los dos mirándose.

—No, Manuel, no —respondió. Su cara una máscara de
horror.

—Dímelo.

Águeda salió corriendo por la puerta de su habitación.

Manuel corrió tras ella. Yo lo seguí. Apenas salimos al pasillo comprendí el origen de la trepidación que había sentido. La
casa ardía. El piso de arriba estaba encendido como una tea. Las
paredes crujían horriblemente. Era inexplicable la velocidad con
que sucedía todo, con que el fuego se extendía. El olor a quemado era insoportable. Empezaban a caer pedazos de madera en
llamas. La casa se llenaba de humo. El techo flameaba tornándo-
se rápidamente en una antorcha.

—Manuel, los manuscritos. ¡Dios mío!

Yo daba vueltas, sin saber qué hacer. Manuel también se había quedado inmóvil. Parecía incapaz de reaccionar. De pronto
se volvió, corrió hacia la habitación de Águeda. Un instante después, oí el ruido de los cerrojos al desactivarse.

—Vete, Lucía —me dijo, con determinación, absurdamente calmo—. Vete. Voy a buscar a Águeda. No la puedo dejar aquí. Veré si puedo salvar los manuscritos —me empujaba, me llevaba casi a empellones hacia la puerta del jardín.

—No, Manuel, te vienes conmigo.

—En un minuto. Sal, sal —me dio un último empujón. Pensé que la casa resistiría, que llegarían los bomberos. Corrí hacia el paseo de Recoletos, pero me quedé en la vereda, lo más cerca que pude.

No podía creer la celeridad con que avanzaban las llamas. El estrépito era ensordecedor. Caían vigas, las paredes estrujadas como papel se desplomaban. La casa rugía como un animal. A lo lejos aullaron las sirenas de los bomberos. Recé, implorando porque llegaran pronto. El fuego brotaba por todas partes y nada de aparecer Manuel. Nada de aparecer Manuel. No salía Manuel. Nada de Manuel.

Ni de su madre.

Capítulo 27

He visto fotografías del incendio. Quedó registrado en la historia de Madrid como un acontecimiento en el que se perdieron fabulosas obras de arte. Cuando amaneció, la casa seguía ardiendo y los curiosos se aglomeraban para ver el siniestro. Vestida con mi traje largo de terciopelo rojo, con la pechera cuadrada y la cruz de Juana sobre el pecho, no me reponía del estupor. Era incapaz de otra cosa que no fuera rememorar las escenas de esa noche como un giroscopio de imágenes entrecortadas que no cesaban de dar vueltas frente a mis ojos. Clavada en la acera, inmóvil, temblaba de frío, de miedo. Un bombero al que le dije que era amiga de la marquesa y su sobrino, me pasó una manta. Hacia las seis de la mañana sacaron las bolsas negras con los cadáveres de Águeda y Manuel. Me pregunté si alguna parte de Manuel se habría salvado del fuego, si tendría, como mi padre, el brazo o la mano intactos. Me lo imaginé corriendo detrás de Águeda en el caserón, ella intentando salvar cosas del incendio, quizás él regresando por los manuscritos de Juana. ¿Le habría revelado Águeda la identidad del padre? ¿Sería por eso por lo que habían muerto ambos? ¿Sería Manuel hijo de su abuelo y de ahí la comunicación entre su oficina y la alcoba de ella? ¿Qué había pasado entre Manuel y su tía? ¿Por qué no podía admitir él que ella fuera su madre, por qué lo repetía con horror?

Caminé mucho rato por el paseo de Recoletos. Cada respuesta que me daba se me hacía más terrible que la anterior. Yo me había salvado. Quizás había escapado de un destino peor incluso que la muerte. Pero el fuego me perseguía. No podía dejar de verlo, de olerlo. No lograba que mis ojos dejaran de arder. El hollín, el humo me atenazaban aún en el aire fresco de la madrugada. Las llamaradas que primero me dejaran en la orfandad, ahora depositaban al último inocente vástago de los Denia en mi sola custodia. Me pregunté si ese ser atrincherado en mi vientre, sin ver, sin oír, percibiría el extraño cosmos del que procedía: el padre poseído por una locura de amor semejante a la de la mujer de sus obsesiones, amando igual que ella a un fantasma. Y Águeda, la abuela, encerrada en la prisión de su oculto agravio, incapaz de llamar hijo a su hijo. Terrible estirpe anudando mordazas, alimentando ficciones, imponiendo encierros.

Sin saber qué rumbo tomar, llegué caminando a la fuente de Neptuno y seguí hasta el vestíbulo del Hotel Palace. Usé los privilegios y el nombre de mi abuelo. Hice que lo llamaran para que autorizara que me dieran una habitación. El conserje no cesaba de mirar mi atuendo. Soy actriz, atiné a decirle. He hecho el papel de la reina Juana en una función. ¿Juana la Loca?, preguntó. No, respondí, Juana de Castilla.

Epílogo

Cuando estuve segura de que mi embarazo no era otra de las fabricaciones de Manuel, debatí conmigo si debía o no interrumpirlo. Tras lo vivido, pensé que quizás me correspondía poner fin al linaje de los Denia. Manuel me dolía, pero temía las huellas de sus ancestros alimentándose de mi sangre. Al fin fue madre Luisa Magdalena, que acudió al hotel respondiendo a mi llamado, la que me hizo ver aquella criatura como una reivindicación de Juana. Su padre, después de todo, había muerto obsesionado por aclarar los entuertos de la historia. Su hija sería una página nueva, limpia, albergaría otra visión: la que yo le daría, la historia que el espíritu valiente e inclaudicable de Juana me había revelado, la que la voz de Manuel hizo vivir en mí.

—Es como si estuvieras embarazada de Juana —me dijo la monja—. Piénsalo así. Una Juana que será amada, que no conocerá de encierros.

No sabemos si será niña, le decía yo. Será, será, decía ella. Ya lo verás.

Madre Luisa me despidió en el aeropuerto pocos días después.

Mi hija nació en Nueva York.

He traído a mi hija Juana a Tordesillas para mostrarle dónde vivió la reina de la que mamá tanto habla, la que su padre amaba. Aquí la tuvieron prisionera, le digo. Ella bate sus manos. Quiere seguir los pájaros en la terraza. Me mira con sus ojos azules. El viento levanta sus faldas y ríe. Mira, le digo, los nidos de cigüeñas sobre los techos, mira las patas largas, las alas extendidas de esa que se remonta sobre el río.

Mientras la niña juega en la terraza a la que hemos salido tras subir la escalera de caracol de la iglesia, me siento en el banquito de piedra de la torre de San Antolín, el mismo donde se sentaría Juana para dejar que su alma escapara con el aire por la ventana.

Ahora yo recogeré las memorias de su reino. La colegiala que escribía cartas en el internado con una caligrafía pulcra y redonda, la que se fascinaba con los puentes que urdían sus palabras para sacarla de aquel espacio constreñido, recogerá los hilos, se exorcizará de sus propias tristezas, y escribirá otra historia, otra verdad para desafiar la mentira.

Ella es la misma que todavía conserva el vestido rojo de terciopelo. Y se lo pone algunas noches. Y recuerda a Manuel y a Felipe

Santa Mónica-Managua, enero de 2005

322

Nota final

L as contradictorias versiones sobre el estado mental y lucidez de la reina Juana de Castilla, que se encuentran en las referencias históricas de primera mano, dejó por mucho tiempo amplia libertad a los historiadores —mayormente hombres— para interpretar la actuación de la reina según su propia subjetividad y, por qué no decirlo, prejuicios. Esto es lo que me provocó, como mujer del siglo XXI, armada de una visión distinta de los motivos y razones que nos conducen a las mujeres a actuar de tal o cual manera, a vislumbrar la intimidad de Juana desde una perspectiva femenina y sacar de su drama las conclusiones a las que apunta esta novela.

En el proceso de investigación para escribir esta obra encontré que en los análisis sobre el mal que pudo haber aquejado a la reina, se concluye a menudo que debió padecer de esquizofrenia. Sin embargo, ninguno de los psiquiatras que consulté estuvieron de acuerdo con este diagnóstico. La esquizofrenia no mejora o empeora según el entorno que rodee a quienes la sufren. En los datos existentes sobre Juana, los estudiosos coinciden en que la reina pasaba largos períodos «sin episodios de locura» cuando era bien tratada. Esto no es coherente con un diagnóstico de esquizofrenia. Las crisis de Juana —en las que no comía, no se bañaba, etc.— coinciden siempre con momentos en que ella se ve forzada a aceptar decisiones o restricciones, o en que se le separa de sus hijos. Coinciden, curiosamente, con momentos de rebelión. Éste no suele ser el comportamiento de un esquizofrénico. Según quienes generosamente me ofrecieron sus interpretaciones médicas, Juana pudo haber sufrido, en todo caso, de bipolaridad, una tendencia maníaco-depresiva, o simplemente una depresión crónica explicable en sus circunstancias.

Personalmente, mi conclusión es que cualquier mujer con un sentido firme de sí misma, confrontada con las arbitrariedades y abusos que ella enfrentó y debiendo aceptar su impotencia frente a un sistema autoritario, se deprimiría. Cada quién vive sus depresiones de distinta manera y es comprensible que la falta de inhibiciones de Juana para expresar su descontento y su tristeza se interpretara, en una época en que la represión era la norma de conducta, como locura.

Por otro lado, como ya señalé, hay que considerar la óptica de quienes han interpretado su comportamiento. Mi lectura de documentos, ensayos y libros sobre Juana señala la existencia, aun entre los historiadores masculinos, de una controversia no resuelta en relación a si su conducta era patológica o resultado de la maraña de intrigas en la que se vio envuelta. Que la mayoría de los estudiosos se incline por la locura es coherente con el tipo de criterio con que se han analizado por muchísimo tiempo los personajes históricos femeninos.

Es evidente que Juana no tuvo la sabiduría ni la capacidad de maniobra política o voluntad de poder que tuvo su madre. Sus circunstancias, sin embargo, no podían haber sido más desfavorables. Así como Juana la Beltraneja, a pesar de ser la legítima heredera del trono castellano, terminó desposeída en un convento, Juana de Castilla sucumbió a las razones de Estado y a las ambiciones que conspiraron contra ella.

Al menos, en el proceso de ser anulada, gritó y pateó lo suficiente como para que, a siglos de distancia, podamos ahora apreciar la constancia de su rebeldía.

Aunque el punto de vista narrativo de esta novela es ficticio, la historia de Juana no lo es. Los hechos que se narran han sido reconstruidos sobre los datos históricos existentes, tomados de fuentes reales y de la amplia bibliografía de estudiosos con cuyas obras estoy en deuda.

A menudo encontré discordancias de días y lugares entre el

trabajo de uno u otro historiador. Escogí las fechas y lugares que me parecieron mejor sustentados en documentos de la época. Me tomé algunas libertades simplificando el relato de acontecimientos cuya detallada relación era innecesaria para los propósitos de la historia central. También, por razones de conveniencia literaria, decidí ubicar el cuadro de Francisco Pradilla, *Juana la Loca delante del ataúd de su marido*, en el Museo del Prado, cuando en realidad debía de encontrarse en el Casón del Buen Retiro.

La investigación histórica para una novela como ésta le debe mucho al trabajo de otros. Quisiera dejar constancia de algunos libros que fueron esenciales para reconstruir la época y la vida de Juana: de Bethany Aram, su extraordinario trabajo *La reina Juana* (Marcial Pons, Ediciones de Historia, S. A., 2001); de Miguel Ángel Zalama, su exhaustivo y serio estudio *Vida cotidiana y arte en el palacio de la reina Juana I en Tordesillas* (Universidad de Valladolid, 2003); de Michael Pradwin, *Juana la Loca* (Editorial Juventud, 1953); de Manuel Fernández Álvarez, *Juana la Loca, la cautiva de Tordesillas* (Espasa, 2000); de José Luis Olaizola, *Juana la Loca* (Editorial Planeta, 2002). Entre otras muchas obras consultadas en el proceso, mencionaré las de Nancy Rubin, *Isabella of Castile* (St. Martin's Press, 1991), de William Manchester, *A World Lit Only by Fire* (Little, Brown & Co., 1992), de Jose Antonio Vallejo-Nájera, *Locos Egregios*; de Julia Kristeva, *Black Sun, Depression and Melancholia* (Columbia University Press, 1989); de Michael Foucault, *Madness and Civilization* (Vintage Books, 1988); de John Adamson, ed., *The Princely Courts of Europe 1500-1750* (Weidenfeld & Nicolson, 1999); de Thomas Kren y Scot Mc Kendrick, *Illuminating the Renaissance* (Getty Publications, 2003).

Quisiera, asimismo, celebrar la Internet, esa gran fuente de datos de la que ahora disponemos y que me resultó inestimable para consultas de la más diversa índole. Agradezco al profesor Teófilo Ruiz, de la Universidad de Los Ángeles, por la plática personal y sus conferencias en The Teaching Company sobre el reinado de los Reyes Católicos en España. Al doctor Charles Hoge, a la doctora Toni Bernay y al doctor Iván Arango, por sus aportes sobre la patología de Juana.

Quiero expresar especial gratitud a mi hermana Lucía, quien no sólo me prestó su nombre para la protagonista de esta novela, sino que, desde Madrid, donde reside, contribuyó al trabajo de recopilar libros y datos. A ella y a mi sobrina Teresa les agradezco su compañía en las visitas a los distintos sitios donde se desarrolló la vida de Juana en España, particularmente Tordesillas. A mi hermana Lavinia, a mi hija Melissa, a Sergio Ramírez, el más acucioso y preciso, a Claribel Alegría, Anacristina Rossi y a mi editora, Elena Ramírez, doy las gracias por su tiempo, sus consejos y estímulo. A Bonnie Nadell y Guillermo Schavelzon, mis agentes, una en EEUU y el otro en España, gracias por su apoyo y entusiasmo por mi trabajo.

Como materiales adicionales de interés para el lector, se incluyen a continuación textos de documentos de la época conservados en el Archivo General de Simancas. Uno es el discurso de Juana, el único largo que conocemos de ella, pronunciado el 24 de septiembre de 1520 en la primera audiencia de la reina con la Junta Comunera que se rebeló contra las decisiones de Carlos I de España y V de Alemania, e intentó ponerla a ella al frente del reino y sacarla del encierro que padecía desde 1509.

El otro es un fragmento de la relación que hace la lavandera de Juana, Catalina Redonda, sobre el escondite y contenido del cofre (que, en la novela, encuentran Lucía y Manuel) y cuya desaparición yo atribuyo, para los propósitos de mi historia, a los Denia.

Santa Mónica, enero de 2005

Anexos

Discurso de Juana ante los Comuneros

Ya, después que Dios quiso llevar para sí a la Reina Católica, mi señora, siempre obedecí y acaté al Rey, mi señor, mi padre, por ser mi padre y marido de la Reina, mi señora; y ya estaba bien descuidada con él, porque no hubiera ninguno que se atreviera a hacer cosas mal hechas. Y después que he sabido cómo Dios le quiso llevar para sí, lo he sentido mucho, y no lo quisiera haber sabido, y quisiera que fuera vivo, y que allí donde está, viviese, porque su vida era más necesaria que la mía. Y pues ya lo había de saber, quisiera haberlo sabido antes, para remediar todo lo que en mí fuere. [?]*

Yo tengo mucho amor a todas las gentes y pesaríame mucho de cualquier daño o mal que hayan recibido. Y porque siempre he tenido malas compañías y me han dicho falsedades y mentiras y me han traído en dobladuras, e yo quisiera estar en parte en donde pudiera entender en las cosas que en mí fuesen, pero como el Rey, mi señor, me puso aquí, no sé si a causa de aquella que entró en lugar de la Reina, mi señora, o por otras consideraciones que S. A. sabría, no he podido más. Y cuando yo supe de los extranjeros que entraron y estaban en Castilla, pesóme mucho dello, y pensé que venían a entender en algunas cosas que cumplían a mis hijos, y no fue así. Y maravíllome mucho de vosotros no haber tomado venganza de los que habían fecho mal,

---

* Parece que el notario dejó sin consignar el final de la frase (... todo lo que en mí fuere *posible*).

pues quienquiera lo pudiera, porque de todo lo bueno me place, y de lo malo me pesa. Si yo no me puse en ello fue porque ni allá ni acá no hiciesen mal a mis hijos, y no puedo creer que son idos, aunque de cierto me han dicho que son idos. Y mirad si algunos dellos, aunque creo que ninguno se atreverá a hacer mal, siendo yo segunda o tercera propietaria y señora, y aun por esto no había de ser tratada así, pues bastaba ser hija de Rey y de Reina. Y mucho me huelgo con vosotros, porque entendáis en remediar las cosas mal hechas, y si no lo hiciéredes, cargue sobre vuestras conciencias. Yo así os las encargo sobrello. Y en lo que en mí fuere, yo entenderé en ello, así como en otros lugares donde fuere. Y si yo no pudiere entender en ello, será porque tengo que hacer algún día en sosegar mi corazón y esforzarme de la muerte del Rey, mi señor; y mientras yo tenga disposición para ello, entenderé en ello. Y porque no vengan aquí todos juntos, nombrad entre vosotros de los que estáis aquí, cuatro de los más sabios para esto que hablen conmigo, para entender en todo lo que conviene, y yo los oiré y hablaré con ellos, y entenderé en ello, cada vez que sea necesario, y haré todo lo que pudiere.

RELACIÓN DE CATALINA REDONDA SOBRE EL COFRE QUE JUANA GUARDABA

... lo que de ello sabe es que en una pieza más adentro de la quadra de su alteza estaba un cofre de la manera que el dicho pedimento dice, con una funda de anzeo, el qual dicho cofre su alteza mandaba a este testigo sacar quando le quería abrir porque su alteza tenía la llave, y que al parecer de este testigo el dicho cofre pesaba mucho, y que a causa que su alteza le mandaba volver las espaldas quando su alteza lo abría este testigo no pudo ver lo que tenía dentro, mas de quanto veía estaba lleno hasta la boca de envoltorios con ropa blanca atados, y no sabe lo que estaba en los dichos envoltorios y que solamente este testigo vio en el dicho cofre una piedra que a parecer de este testigo era diamante engastado en oro, tan grande como una cabeza de un pulgar, con una paletica de oro esmaltada por donde la asían, y que la postrera vez que su alteza mandó sacar su alteza [*sic*] a esta testigo el dicho cofre era por el día de San Miguel de setiembre que pasó del año de 1554, ocho días antes u ocho días después [...] y que entrado a facer el inventario contenido en el dicho pedimento que fue ocho días antes que su alteza fallesciese esta testigo echó de menos el dicho cofre y lo dijo a los que hacían el dicho inventario [...] e que sabe esta testigo que ninguna persona entraba donde estaba el dicho cofre sin mandado de su alteza ni podía entrar sin que su alteza lo viese...

CPSIA information can be obtained
at www.ICGtesting.com
Printed in the USA
LVHW032307171219
640848LV00006B/164/P

9 780060 833398